Eugenie Marlitt

Das Geheimnis der alten Mamsell

❖

Roman

I – 5 Mißglückte Jagd, Spielersankunft
II 10 Tod der Spielersfrau
III 17 Hellwigs nehmen Fee auf
IV 22 Reaktionen auf Fee
V 27 Alltag, Tod v. Hr Hellwig
VI 35 Beerdigung v. Hr Hellwig
VII 41 Fee wird ausgeschlossen
VIII 50 Fee auf dem Friedhof
IX 59 Fee trifft alte Mamsell
X 71 Ankunft Adele, Thiesemann
XI 80 Tagebuch, Mamsell hilft, Johannes
XII 94 Fee lehnt Heiratsantrag ab
XIII 101 Gespräch Johannes + Studienfreund
XIV 114 Fee rettet Ännchen
XV 130 Johannes ergreift Fee's Partei
XVI 143 Pflege des Kindes
XVII 153 Streit Fee + Johannes
XVIII 168 alte Mamsell stirbt
XIX 176 Fr Hellwig verwüstet Wohnung
XX 188 Fee sucht Arbeitgeber
XXI 203 Testament, Fee geht leer aus
XXII 217 Johannes will Fee mitnehmen (Bonn)
XXIII 227 Offenbarung Verhältnis Mamsell + Fee
XXIV 242 Fee liest Mamsells Buch
XXV 257 Johannes' Heiratsantrag
XXVI 270 Johannes bekommt Mamsells Buch
XXVII 283 Offenbarung Vergangenheit Hellwigs
XXVIII 295 Fee zieht mit Johannes nach Bonn

Ullstein

ein Ullstein Buch
Nr. 23447
im Verlag Ullstein GmbH,
Frankfurt/M – Berlin

Ungekürzte Ausgabe

Umschlagentwurf:
Hansbernd Lindemann
unter Verwendung eines Gemäldes
von Berthe Morisot
Archiv für Kunst und Geschichte, Berlin

Taschenbuchausgabe mit freundlicher
Genehmigung der F. A. Herbig
Verlagsbuchhandlung GmbH, München

Printed in Germany 1994
Gesamtherstellung:
Ebner Ulm
ISBN 3 548 23447 X

Von derselben Autorin
in der Reihe
der Ullstein Bücher:

Schulmeisters Marie/Die zwölf Apostel
(23414)

Dezember 1994
Gedruckt auf alterungsbeständigem
Papier mit chlorfrei
gebleichtem Zellstoff

Die Deutsche Bibliothek – CIP-Einheitsaufnahme

Marlitt, E.:
Das Geheimnis der alten Mamsell : Roman /
Eugenie Marlitt. – Ungekürzte Ausg. –
Frankfurt/M ; Berlin : Ullstein, 1994
(Ullstein-Buch ; Nr. 23447)
ISBN 3-548-23447-X
NE: GT

Ullstein

DIE AUTORIN:

Eugenie Marlitt (eig. E. John), geboren am 5.12.1825 in Arnstadt/Thüringen, studierte am Wiener Konservatorium Gesang. Anschließend trat sie als Sängerin in mehreren Städten auf, unter anderen in Leipzig und Wien. Ein Gehörschaden beendete ihre Karriere. Nach zehn Jahren als Vorleserin und Gesellschafterin arbeitete sie ab 1863 als freie Schriftstellerin und wurde zu einer der meistgelesenen Autorinnen ihrer Zeit. In ihren spannenden und bewegenden Unterhaltungsromanen schildert sie Frauengestalten, die gegen Ungerechtigkeit, Standes- und Besitzunterschiede zu kämpfen haben und diese am Ende durch eine reiche Heirat überwinden können. »Ich habe dieses Frauenzimmer immer bewundert«, schrieb Gottfried Keller über sie. Eugenie Marlitt starb am 22.6.1887 in Arnstadt.

Mißglückte Jagd
Ankunft der Spieler

I

»Na, jetzt sag mir um Gottes willen, wo willst du eigentlich hin, Hellwig?«

»Direkt nach X., wenn du erlaubst!« klang es halb trotzig, halb spöttisch zurück.

»Aber dahin geht es doch in deinem ganzen Leben nicht über eine Anhöhe! . . . Du bist nicht gescheit, Hellwig . . . Heda, ich will aussteigen! Ich habe durchaus keine Lust, mich umwerfen zu lassen und meine heilen Knochen einzubüßen – wirst du wohl halten?«

»Umwerfen? Ich? . . . I, das wäre doch das erste Mal in meinem Leben« – wollte er vermutlich sagen, aber ein entsetzlicher Krach erfolgte, und mit demselben verstummten die Lippen des Sprechenden wie die eines Toten. Das Schnauben und Stampfen eines Pferdes wurde für einen Augenblick hörbar; dann stand das Tier auf seinen vier Hufen und jagte wie rasend querfeldein.

»Na, da haben wir die Bescherung!« brummte endlich der erste Sprecher, indem er sich auf dem nassen, frischgepflügten Acker aufsetzte. »He, Hellwig, Böhm, seid ihr noch am Leben?«

»Ja«, rief Hellwig nicht weit von ihm und tastete suchend auf den triefenden Erdschollen nach seiner Perücke. Alles Selbstvertrauen, aller Spott waren wie weggeblasen von dieser schwachen Stimme. Auch das dritte Opfer versuchte es zunächst mit einer Bewegung auf allen vieren, wobei es entsetzlich fluchte und stöhnte; denn seine gewaltige Korpulenz fühlte sich unwiderstehlich zur Mutter

Erde hingezogen. Endlich war die edle Stellung, die den Menschen als die bevorzugteste Kreatur in Gottes weiter Schöpfung kennzeichnet, wiedergewonnen; die drei Gefallenen standen auf ihren Füßen und besannen sich, was eigentlich geschehen sei und was nun geschehen müsse.

Fürs erste lag die kleine Chaise, in welcher die drei Herren heute morgen ihr Vaterstädtchen X. verlassen hatten, um zu jagen, umgestürzt neben der unglückseligen Anhöhe und zeigte dem Himmel ihre vier Räder, wie die drei tastend bemerkten; der Hufschlag des entfliehenden Rappen war längst verhallt, und eine stockfinstere Nacht bedeckte die traurigen Folgen des Hellwigschen Selbstvertrauens.

»Na, hier übernachten können wir nicht – das steht fest. Machen wir, daß wir fortkommen!« mahnte endlich Hellwig mit ermutigter Stimme.

»Ja, nun kommandiere auch noch!« grollte der Dicke, indem er sich heimlich überzeugte, daß nicht eine seiner Rippen, sondern die Scherben seines schönen Pfeifenkopfes das beängstigende, knirschende Geräusch an seiner Herzwand verursachten. »Kommandiere auch noch, das steht dir gut an, nachdem du um ein Haar in deinem schandbaren Leichtsinn zwei Familienväter gemordet hättest . . . Übernachten will ich freilich nicht in dieser Löwengrube; aber nun sieh du auch, wie du Rat schaffst . . . Nicht zehn Pferde bringen mich ohne Licht von dieser Stelle! Ich versinke zwar im Ackerschlamm, und von da drüben her kommt eine Luft, die mir für ein halbes Jahr meinen Rheumatismus in die Knochen jagt – da drein ergebe ich mich, du magst es verantworten! Aber ich werde nicht so verrückt sein, mir mutwillig in den tausend Löchern und Gräben, die diese gesegnete Gegend aufzuweisen hat, Arme und Beine zu brechen oder die Augen einzuschlagen.«

»Sei kein Narr, Doktor«, sagte der dritte. »Du kannst nicht wie ein Meilenzeiger abwechselnd auf einem Bein hier stehen und abwarten, bis Hellwig und ich in die Stadt tappen und Hilfe holen. Ich hatte längst gemerkt, daß dieser ausgezeichnete Rosselenker zu viel nach links fuhr. Wir gehen jetzt schnurstracks über den Acker nach rechts und kommen an den Fahrweg, dafür stehe ich ein. Und nun komm und mach keine Flausen; denk an Weib und Kind, die vielleicht jetzt schon jammern und schreien, weil du bei der Abendsuppe fehlst.«

Der Dicke brummte etwas von »heilloser Wirtschaft« in den Bart; aber er verließ seinen Posten und tappte mit den anderen vorwärts. Das war eine schreckliche Arbeit! Faustdick hingen sich Erdschollen an die Jagdstiefel, und hier und da sank ein unsicher tappender Fuß mit aller Vehemenz in eine Pfütze, deren Wasserspiegel sich sofort in Fontänenform über die Köpfe und Flauschröcke der drei Unglücklichen ergoß. Sie erreichten aber ohne ernstlichen Unfall den Fahrweg, und nun wurde tapfer und wohlgemut drauflosmarschiert. Selbst der Doktor gewann allmählich seine gute Laune wieder.

In der Nähe der Stadt tauchte ein Licht aus der Finsternis auf; es kam in stürmischer Eile auf die Wandernden zu, und Hellwig erkannte alsbald in dem breiten, fröhlich lachenden Gesicht, das sich in greller Beleuchtung über die Laterne hob, seinen Hausknecht Heinrich.

»Ja, herrje, Herr Hellwig, sind Sie's denn wirklich?« schrie der Bursche. »Die Madame denkt, Sie liegen mausetot da draußen!«

»Woher weiß denn meine Frau schon, daß wir Unglück gehabt haben?«

»Ja, sehen Sie, Herr Hellwig, da ist heute abend eine Kutsche mit Spielern gekommen« – der ehrliche Bursche hatte für Schauspieler, Taschenspieler, Seiltänzer und dergleichen nur diese eine Rubrik –, »und wie die Kutsche in den ›Löwen‹ eingefahren ist, da war das Biest, unser Rappe, hintendran, als ob er dazu gehörte. Der Löwenwirt kennt ihn ja, unseren Alten, und hat ihn gleich selbst gebracht ... Na, und der Schreck von der Madame! Sie hat mich gleich fortgeschickt mit der Laterne, und Friederike muß einen Kamillentee kochen.«

»Kamillentee? ... Hm, ich meine, ein Glas Glühwein oder wenigstens ein Warmbier wäre vielleicht zweckmäßiger gewesen.«

»Ja, das meinte ich auch, Herr Hellwig; aber Sie wissen ja, wie die Madame –«

»Schon gut, Heinrich, schon gut. Jetzt geh du voran mit der Laterne. Wir wollen machen, daß wir heimkommen.«

Auf dem Marktplatz trennten sich die drei Leidensgefährten mit stummem Händedruck; der eine, um pflichtschuldigst seinen Kamillentee zu trinken, und die anderen in dem niederschlagenden Bewußtsein, daß ihrer eine Gardinenpredigt daheim warte. Denn die Frauen waren der »noblen Passion« ihrer Eheherren ohnehin nicht hold, und nun lag die Jagdbeute, das einzige Beschwichtigungsmittel, zerquetscht draußen unter der umgestürzten Chaise, und das mit zähem Schlamm bedeckte Jagdkostüm verwandelte sicherlich schon die erste Umarmung in einen jähen Zornesausbruch.

Am anderen Morgen klebten an allen Straßenecken rote Zettel, welche die Ankunft des berühmten Taschenspielers Orlowsky und seine ausgezeichneten Kunstleistungen ankündigten, und seine junge Frau ging von Haus zu Haus, um Billetts zu den Vorstellungen anzubieten ... Sie war sehr schön, diese Frau, mit ihrem prächtigen, blonden Haar und der imposanten Gestalt voll Adel und Anmut; aber das liebliche Gesicht war bleich, »blaß wie der Tod«, sagten die Leute, und wenn sie die goldig bewimperten Lider hob, was nicht häufig geschah, da brach ein rührend sanfter, aber tränenvoller Blick aus den dunkelgrauen Augensternen.

Sie kam auch in Hellwigs Haus, das stattlichste am Marktplatz.

»Madame«, rief Heinrich in das Zimmer im Erdgeschoß, während er den hellpolierten Messingknopf an der glänzendweißen Tür in der Hand hielt, »die Spielersfrau ist draußen!«

»Was will sie?« rief eine weibliche Stimme streng zurück.

»Ihr Mann spielt morgen, und da möchte sie gern eine Karte an die Madame verkaufen.«

»Wir sind anständige Christen und haben kein Geld für solche Faxereien – schick sie fort, Heinrich!«

Der Bursche schloß die Tür wieder. Er kratzte sich hinter den Ohren und machte ein sehr verlegenes Gesicht; denn die »Spielersfrau« mußte ja jedes Wort gehört haben. Sie stand auch im Augenblick wie zusammengebrochen vor ihm: Eine fliegende Röte war in ihr bleiches Gesicht getreten, und ein schwerer Seufzer hob ihre Brust ... Da wurde ein kleines Fenster geöffnet, das in den Hausflur mündete; eine unterdrückte Männerstimme verlangte ein Billett – es wurde in Empfang genommen, und ein harter Taler glitt dafür in die Hand der jungen Frau. Ehe sie nur aufblicken konnte, war der Fensterflügel wieder geschlossen, und ein grüner Vorhang hing in dichten, undurchdringlichen Falten hinter den Scheiben. Heinrich öffnete mit einem linkischen Kratzfuß und gutmütig lächelnd die Haustür, und die Frau schwankte hinaus, schwankte weiter auf dem Wege voller Dornen und Stacheln.

Der Hausknecht nahm ein Paar blankgewichster Stiefel, die er vorhin bei dem Erscheinen der Frau niedergesetzt hatte, wieder auf und trat in das Zimmer seines Herrn, der sich uns jetzt im vollen Tageslicht als kleiner, älterer Mann mit einem mageren, blassen, aber unendlich gutmütigen Gesicht zeigt.

»Ach, Herr Hellwig«, meinte Heinrich, nachdem er die Stiefel an den gehörigen Platz gestellt hatte, »das war wirklich recht schön, daß Sie eine Karte gekauft haben! Die arme Frau sieht ja aus wie 's Leiden Christi; sie dauert mich, und wenn zehnmal ihr Mann sein Brot nicht ehrlich verdient ... Er hat hier so kein Glück – denken Sie einmal an mich, Herr Hellwig!«

»Warum denn nicht, Heinrich?«

»Ja, weil der Racker, unser Rappe, sich wie eine Klette an den Wagen gehängt hat, wie er zum Tor hereingefahren ist – das bedeutet nichts Gutes – das Unglücksvieh kam ja justament von einem Unglücksplatz ... Passen Sie auf, Herr Hellwig, was ich gesagt habe, die Leute haben kein Glück!«

Er schüttelte seinen dicken Kopf und ging, da sein Herr auf die Prophezeiung hin weder ein Für noch Wider verlauten ließ, wieder in den Hausflur, um die Strohmatte vor der Tür der strengen Madame zurechtzurücken; die fremde Frau hatte unbewußt mit dem Fuß daran gestoßen.

Tod der Spielerfrau durch Unfall

II

DER RATHAUSSAAL WAR gedrängt voll Zuschauer, und immer noch strömten die Menschen die Treppe herauf. Heinrich stand im dichtesten Gedränge und suchte sich schimpfend Luft zu machen mittels derber Püffe und heimlicher Attacken auf die Hühneraugen seiner nächsten. »Herr Jesus, wenn das die Madame wüßte, das gäb' ein Donnerwetter! – Der Herr müßte gleich morgen in aller Früh zur Beichte«, flüsterte er vergnügt schmunzelnd einem Nachbarn zu, indem er seinen schwieligen Zeigefinger nach einem der erhöhten Sitze an der Seitenwand des Saales ausstreckte. Dort saß Herr Hellwig in Gesellschaft seines Leidensgefährten, des Doktors Böhm. Es hatte den ehrlichen Burschen Mühe genug gekostet, seinen Herrn herauszufinden: denn die Honoratioren waren stark vertreten. Das Programm versprach aber auch lauter neue Wunderdinge, und der Schluß desselben lautete folgendermaßen:

»Madame d'Orlowska erscheint als Schildjungfrau. Sechs Mann Militär werden mit scharfgeladenem Gewehr auf sie schießen, und sie wird mit einem Hiebe ihres Schwertes die sechs Kugeln in der Luft zerhauen.«

Die Bewohner von X. waren hauptsächlich gekommen, um sich von der Wahrheit dieses Wunders überzeugen zu lassen. Die schöne, junge Frau hatte das allgemeine Interesse geweckt, und jeder mochte gern wissen, wie sie wohl aussah, wenn sie die Feuerrohre auf sich gerichtet wüßte ... Es gelang übrigens auch dem Taschenspieler, die Aufmerksamkeit des Publikums für seine Kunstleistungen zu gewinnen. Er war, was die Frauen einen interessanten Mann zu nennen pflegen. Mittelgroß, von schlanker, biegsamer Gestalt, mit regelmäßigen, aber bleichen Zügen, braunen Locken und ausdrucksvollen Augen ... Das alles war aber sofort vergessen, als die sechs Soldaten unter dem Kommando eines Unteroffiziers aufmarschierten. Ein Geräusch entstand im Publikum, wie das Tosen einer Brandung – dann plötzliche Stille.

Der Pole trat an einen Tisch und machte die Patronen angesichts des Publikums. Mit einem Hammer klopfte er auf jede einzelne Kugel, um die atemlosen Zuschauer durch den Klang zu überzeugen, daß es wirkliche Gewehrkugeln seien. Dann gab er jedem Soldaten eine Patrone und ließ vor den Augen des Publikums laden ... Der Taschenspieler klingelte.

Gleich darauf trat die Frau hinter einem breiten Schirm hervor. Sie schritt langsam seitwärts und stellte sich den Soldaten gegenüber. Sie war eine wundervolle Erscheinung, den linken Arm deckte der Schild, und in der Rechten hielt sie das Schwert. Ein weißes Gewand floß in reichen Falten auf die Füße nieder; um die Hüften legten sich silberglänzende Schuppen, und ein strahlender Harnisch deckte die herrliche Büste ... Was war aber all dieser Glanz gegen den matten Goldschimmer der Haarwellen, die unter dem Helm hervorquollen und fast bis auf den Saum des Gewandes herabfielen!

Das bleiche, schwermütige Gesicht richtete den traurigen Blick auf die Mündungen der todbringenden Waffen, die hinüberstarrten. Keine Wimper zuckte. Nicht die leiseste Bewegung war an dem leicht wallenden Gewand zu bemerken – sie stand dort wie ein Steinbild ... Das letzte Kommando schallte durch den totenstillen Saal; die sechs Schüsse krachten wie aus einem Rohr – sausend durchschnitt das Schwert die Luft, und zwölf halbe Kugeln rasselten auf den Boden.

Einen Augenblick noch sah man die hohe Gestalt der Schildjungfrau unbeweglich stehen – der Pulverdampf verwischte ihre Züge, und nur matt schimmerte die Rüstung durch die Wolke ... dann schwankte sie plötzlich, Schild und Schwert sanken klirrend zu Boden, mit der Rechten griff sie, wie nach einem Halt suchend, krampfhaft zuckend in die Luft und taumelte mit dem herzzerreißenden Schrei: »O Gott, ich bin getroffen!« in die Arme ihres herbeieilenden Mannes ... Er trug sie hinter den Schirm und stürzte gleich darauf wie ein Rasender auf die Soldaten zu.

Sie hatten sämtlich die Weisung erhalten, beim Laden

der Gewehre die Kugeln abzubeißen und im Munde zu behalten, das war das ganze Wunder. Einer derselben jedoch, ein ungelenkes Bauernkind, hatte, völlig verwirrt durch den Anblick der versammelten Menschenmenge, in jenem verhängnisvollen Moment den Kopf verloren – als die fünf anderen auf den leidenschaftlich herausgestoßenen Befehl des Taschenspielers die Kugeln sofort aus dem Mund holten, brachte er zu seinem eigenen Entsetzen ein wenig Pulver zum Vorschein – seine Kugel hatte die unglückliche Frau durchbohrt. Die Züge des Polen verzerrten sich bei diesem Ergebnis in Schmerz und Verzweiflung.

Im Saal entstand augenblicklich eine unglaubliche Verwirrung. Mehrere Damen wurden ohnmächtig, und zahllose Stimmen schrien nach dem Arzt. Doktor Böhm aber, der den Vorfall schneller begriffen hatte als alle anderen, war schon längst hinter dem Schirm bei der Verwundeten. Als er endlich mit erblaßtem Gesicht wieder hervortrat, sagte er leise zu Hellwig: »Muß ohne Gnade sterben, das arme, prächtige Weib!«

Eine Stunde später lag die Frau des Taschenspielers auf einem Bett im Gasthof »Zum Löwen«. Man hatte sie auf einem Sofa aus dem Saal getragen; Heinrich war einer der Träger gewesen. »Na, Herr Hellwig, habe ich recht oder unrecht mit dem Unglücksvieh, dem Rappen?« hatte er seinen Herrn im Vorübergehen gefragt, und dabei waren ihm dicke Tränen über die Backen gelaufen.

Die Frau lag still, mit geschlossenen Augen da. Ihre offenen Haare fielen in einzelnen Strähnen über die weißen Kissen und den Bettrand hinab, und die goldigen Spitzen ringelten sich auf dem dunklen Fußteppich ... Vor dem Bett kniete der Taschenspieler; die Hand der Verwundeten ruhte auf seinem Kopf, den er tief eingewühlt hatte in die Bettdecke.

»Schläft Fee?« flüsterte die Frau fast unhörbar, während sie mühsam die Lider öffnete.

Der Taschenspieler hob den Kopf und nahm die bleiche Hand zwischen die seinigen.

»Ja«, murmelte er mit schmerzverzogenen Lippen. »Die Tochter des Hauses hat sie mitgenommen in ihr Schlafzimmer; sie liegt dort in einem weißen Bettchen – unser Kind ist gut aufgehoben, Meta, mein süßes Leben!«

Die Frau blickte mit einem unaussprechlichen Ausdruck innerer Leiden auf ihren Mann, dem die Verzweiflung aus den Augen glühte.

»Jasko – ich sterbe!« seufzte sie.

Der Taschenspieler sank auf den Teppich zurück und wand sich wie in den heftigsten körperlichen Schmerzen.

»Meta, Meta, geh nicht von mir!« rief er außer sich. »Du bist das Licht auf meinem dunklen Weg! Du bist der Engel, der die Dornen meines verfemten Berufes sich ins Herz gestoßen hat, damit sie mich nicht berühren sollten! ... Meta, wie soll ich leben, wenn du nicht mehr neben mir stehst mit dem behütenden Auge und dem Herzen voll unsäglicher Liebe? Wie soll ich leben, wenn ich deine Stimme nicht mehr höre, dein Lächeln nicht mehr sehe? Wie soll ich leben mit dem marternden Bewußtsein, daß ich dich an mich gerissen habe, um dich namenlos elend zu machen? ... Gott, Gott, da droben, du kannst mich nicht in diese Hölle stoßen! ...« Er weinte leise. »Ich will erst sühnen, was ich an dir gefrevelt habe, Meta. Ich will für dich arbeiten, ehrlich arbeiten, bis mir das Blut unter den Nägeln hervorspringt – ich will arbeiten mit Hacke und Spaten. Wir wollen uns still und zufrieden in einen Winkel der Erde zurückziehen« – er riß das schwarze, mit Goldflitter besäte Samtwams von den Schultern –, »fort mit dem Plunder! Er soll mich nie mehr berühren ... Meta, bleibe bei mir, wir wollen ein neues Leben anfangen!«

Ein schmerzliches Lächeln flog um die Lippen der Sterbenden. Mühsam hob sie den Kopf, er schob seinen Arm unter und preßte mit der linken Hand ihr Gesicht wie wahnsinnig an seine Brust.

»Jasko, fasse dich – sei ein Mann!« stöhnte sie; ihr Haupt sank wie leblos zurück, aber sie öffnete die halb gebrochenen Augen wieder, und es schien, als klammere sich die scheidende Seele noch einmal verzweiflungsvoll an die zusammenbrechende Hülle – diese Lippen, die in Staub zerfallen sollten, mußten noch einmal sprechen, das Herz durfte nicht stillstehen und die Qualen unausgesprochener Mutterangst mit unter die Erde nehmen.

»Du bist ungerecht gegen dich selbst, Jasko«, sagte sie nach einer Pause, »ich bin nicht elend geworden durch dich ... ich bin geliebt worden wie selten ein Weib, und diese Jahre des Liebesglückes wiegen wohl ein ganzes, langes Menschenleben auf ... Ich habe gewußt, daß ich dem Taschenspieler meine Hand reiche – ich bin aus dem Vaterhaus, das mich um meiner Liebe willen verstieß, hellen Blickes gegangen, um an deiner Seite zu leben ... Wenn Schatten mein Glück getrübt haben, so trifft mich, mich allein die Schuld, die ich meine Kraft überschätzt hatte und die kleinmütig zusammenbrach unter der Misere deiner Stellung ... Jasko«, fuhr sie leiser fort, »den Mann erhebt der Gedanke, daß seine Kunst, gleichviel welche, ihn adle, über die engherzigen Ansichten der Menschen – das Weib aber zuckt unter den Nadelstichen einer geringschätzenden Behandlung ... O Jasko, die Sorge um Fee macht meine Sterbestunde zu einer qualvollen, schrecklichen! Ich beschwöre dich, halte das Kind fern von deinem Beruf!«

Sie faßte nach seiner Hand und zog sie an sich. Ihre ganze Seele drängte sich noch einmal in diese schönen Augen, die sich binnen kurzem verdunkeln sollten im Todeskampf.

»Ich fordere unsäglich Schweres von dir, Jasko«, fuhr sie

flehentlich fort. »Trenne dich von Fee – gib sie unter die Obhut einfacher, braver Menschen, lasse sie inmitten eines ruhigen, stillen Familienlebens aufwachsen – versprich mir das, mein einzig geliebter Mann.«

Mit von Tränen erstickter Stimme gelobte es ihr der Mann. Es folgte eine schreckliche Nacht, als aber das Frührot durch die Fenster brach, da warf es seine Rosen auf eine schöne Frauenleiche, deren verklärte Züge die Kämpfe der letzten Stunden nicht mehr ahnen ließen. Orlowsky hatte sich über die erkaltende Hülle geworfen, und nur der Anstrengung mehrerer Männer gelang es, ihn hinwegzureißen und in ein anderes Zimmer zu bringen.

Am dritten Tage gegen Abend wurde die »Spielersfrau« unter großem Zudrang zur Erde bestattet. Mitleidige Herzen hatten den Totenschrein mit Blumen bedeckt, und unter den angesehenen Männern der Stadt, die im Leichenzug schritten, war auch Hellwig ... Der Taschenspieler brach zusammen, als die ersten Schollen auf den Sarg fielen, aber Hellwig, der neben ihm stand, stützte ihn und führte ihn in die Stadt zurück. Er blieb mehrere Stunden allein bei dem Tiefgebeugten, der bis dahin jeden Zuspruch zurückgewiesen hatte. Die an der Tür des Sterbezimmers vorübergingen, hörten bisweilen ein heftiges Aufschluchzen des unglücklichen Mannes oder Ausbrüche leidenschaftlicher Zärtlichkeit, auf die süßes Kindergeschwätz antwortete – sie klangen herzzerreißend zusammen, jene tränenerstickte Stimme und die lachenden Silbertöne des Kindes.

Fee wird bei der Familie Hellwig aufgenommen

III

Der Abend war weit vorgerückt. Ein scharfer Novemberwind fegte durch die Straßen, und die ersten Schneeflokken taumelten auf Dächer und Straßenpflaster und auf die dunkle, frisch aufgeworfene Erde des Grabhügels, der sich über der jungen Frau des Polen wölbte.

Inmitten des Hellwigschen Wohnzimmers stand ein gedeckter Tisch. Es waren massive silberne Bestecke, die neben den Tellern lagen, und das weiße Damasttischtuch hatte Atlasglanz und zeigte ein prachtvolles Muster. Die Lampe stand auf dem kleinen, runden Sofatisch, hinter welchem Frau Hellwig saß und an einem langen, wollenen Strumpf strickte. Sie war eine große, breitschultrige Frau, im Anfang der Vierzigerjahre. Vielleicht war dies Gesicht im Schimmer der Jugend schön gewesen, wenigstens hatte das Profil jene klassische Linie, welche die Gesetze der regelmäßigen Schönheit verlangen, aber hinreißenden Zauber hatte die Frau wohl nie besessen. Und mochten ihr großes Auge auch noch so schön geschnitten und glänzend, ihr Teint noch so strahlend gewesen sein, sie hatten sicher nicht jenen Schmelz zu ersetzen vermocht, den ein reiches Seelenleben über die Züge haucht – wie hätte sich dies Gesicht so versteinern können bei innerer Wärme? Wie wäre es möglich gewesen, nach einer Jugend voll seligen Gebens und Nehmens, nach den zahllosen Anregungen und Empfindungen, die das Leben in der empfänglichen Seele weckt, noch so eisig zu blicken, wie diese starren, grauen Augen blickten? . . . Ein dunkler Scheitel legte sich in einer strengen, festen Linie um die noch immer weiße Stirn. Das übrige Haar dagegen verschwand unter einem Mullhäubchen von tadelloser Frische. Diese Kopfbedeckung und ein schwarzes Kleid von ausgesucht einfachem Schnitt, mit eng anliegenden Ärmeln und schmalen, weißen Manschettenstreifen am Handgelenk gaben der gesamten Erscheinung den Ausdruck der Strenge.

Dann und wann wurde eine Seitentür geöffnet, und das runzlige Gesicht einer alten Köchin erschien forschend in der Spalte.

»Noch nicht, Friederike!« sagte Frau Hellwig jedesmal mit eintöniger Stimme, ohne aufzublicken, aber die Nadeln flogen immer rascher durch die Finger, und ein eigentümlicher Zug von Verbissenheit lagerte um die schmalen Lippen. Die alte Köchin liebte es zu schüren und rief endlich in weinerlichem Ton in das Zimmer: »Du lieber Gott, wo aber auch nur der Herr bleibt! Der Braten wird schlecht, und wann soll ich denn heute fertig werden?«

Diese Bemerkung trug ihr zwar eine Rüge ein, denn Frau Hellwig litt es nicht, daß ihre Leute unaufgefordert ihre Meinung äußerten, aber sie zog sich vergnügt samt ihrem Verweis in die Küche zurück, hatte sie doch gesehen, daß die Madame nun auch eine tiefe Falte zwischen den Augenbrauen hatte.

Endlich wurde die Haustür aufgemacht. Der volle, tiefe Klang der Türglocke scholl durch den Hausflur.

»Ach, das hübsche Klingkling da oben!« rief draußen eine klare Kinderstimme.

Frau Hellwig legte den Strickstrumpf in ein vor ihr stehendes Körbchen und erhob sich. Befremden und Erstaunen hatten den Ausdruck der Ungeduld verdrängt – sie sah gespannt über die Lampe hinweg nach der Tür. Draußen kratzte jemand unzählige Male mit den Füßen über die Strohmatte, das war ihr Mann. Gleich darauf trat er in das Zimmer und ging mit etwas unsicheren Schritten auf seine Frau zu. Er trug ein kleines Mädchen, das ungefähr vier Jahre alt sein mochte, auf dem Arm.

»Ich bringe dir hier etwas mit nach Hause, Brigittchen«, sagte er bittend, aber er verstummte sogleich wieder, als sein Auge das seiner Frau traf.

»Nun?« fragte sie, ohne sich zu bewegen.

»Ich bringe dir ein armes Kind –«

»Wem gehört es?« unterbrach sie ihn kalt.

»Dem unglücklichen Polen, der seine junge Frau auf eine so schreckliche Weise verloren hat . . . Liebes Brigittchen, nimm die Kleine gütig auf!«

»Doch wohl nur für diese Nacht?«

»Nein – ich habe dem Mann heilig versprochen, daß das Kind in meinem Haus aufwachsen soll.«

Er sprach diese Worte rasch und fest, denn es mußte ja doch einmal gesagt werden.

Das weiße Gesicht der Frau war plötzlich mit einer hellen Röte übergossen, und ein schneidender Zug flog um ihre Lippen. Sie verließ ihren bisherigen Platz um einen Schritt und tippte mit einer unbeschreiblich maliziösen Bewegung den Zeigefinger gegen die Stirn.

»Ich fürchte, es ist nicht richtig bei dir, Hellwig«, sagte sie. Ihre Stimme hatte noch immer die kalte Ruhe, was in diesem Augenblick um so verletzender klang. »Mir, mir, eine solche Zumutung? . . . Mir, die ich mein Haus zu einem Tempel des Herrn zu machen suche, Komödiantenbrut unter das Dach zu bringen, dazu gehört mehr noch als – Einfalt.«

Hellwig fuhr zurück, und ein Blitz zuckte aus seinen sonst so gutmütigen Augen.

»Du hast dich gewaltig geirrt, Hellwig!« fuhr sie fort. »Ich nehme dies Kind der Sünde nicht in mein Haus – das Kind eines verlorenen Weibes, das so sichtbar vom Strafgericht des Herrn ereilt worden ist.«

»So – ist das deine Meinung, Brigitte? Nun, so frage ich dich, welcher Sünden hat sich dein Bruder schuldig gemacht, als er auf der Jagd von einem unvorsichtigen

Schützen erschossen wurde? Er war seinem Vergnügen nachgegangen – das arme Weib aber starb in Erfüllung einer schweren Pflicht.«

Das Blut wich der Frau aus dem Gesicht, sie wurde plötzlich kreidebleich. Einen Moment schwieg sie und richtete das Auge erstaunt und lauernd zugleich auf ihren Mann, der plötzlich eine solche Energie ihr gegenüber entwickelte.

Währenddessen zog das kleine Mädchen, das Hellwig auf den Boden gestellt hatte, die rosenfarbene Kapuze herunter, und ein reizendes Köpfchen voll kastanienbrauner Locken kam zum Vorschein; auch das Mäntelchen flog zur Erde . . . Wie verhärtet mußte das Herz der Frau sein, daß sie nicht sofort beide Arme ausbreitete und das Kind kosend an die Brust drückte! War sie völlig blind gegen den unsäglichen Liebreiz der kleinen Gestalt, die auf den zierlichsten Füßchen, die je in einem Kinderschuh gesteckt, durch das Zimmer trippelte und mit großen Augen die neue Umgebung betrachtete? . . . Das rosige Fleisch der runden Schultern quoll aus einem hellblauen Wollkleidchen, dessen Bändchen und Säume zierliche Stickerei zeigten – vielleicht war dieser Schmuck des Lieblings die letzte Arbeit der Hände gewesen, die nun im Tode erstarrt waren.

Aber gerade der elegante Anzug, der ungezwungene geniale Fall der Locken auf Stirn und Hals, die graziösen Bewegungen des Kindes empörten die Frau.

»Nicht zwei Stunden möchte ich diesen Irrwisch um mich leiden«, sagte sie plötzlich, ohne auf die eklatante Zurechtweisung ihres Mannes auch nur eine Silbe zu erwidern. »Das zudringliche kleine Ding mit den wilden Haaren und der entblößten Brust paßt nicht in unseren ernsthaften, strengen Haushalt – das hieße geradezu der Leichtfertigkeit und Liederlichkeit Tür und Tor öffnen.

Hellwig, du wirst diesen Zankapfel nicht zwischen uns werfen, sondern dafür sorgen, daß die Kleine wieder dahin zurückgebracht wird, wohin sie gehört.« Sie öffnete die Tür, die nach der Küche führte, und rief die Köchin herein. »Friederike, ziehe dem Kind die Sachen wieder an«, befahl sie, auf Kapuze und Mantel der Kleinen deutend, die noch am Boden lagen.

»Du gehst augenblicklich in die Küche zurück!« gebot Hellwig mit lauter, zorniger Stimme und zeigte nach der Tür.

Die verblüffte Magd verschwand.

»Du treibst mich zum Äußersten durch deine Härte und Grausamkeit, Brigitte!« rief der erbitterte Mann. »Schreibe es daher dir und deinen Vorurteilen zu, wenn ich dir jetzt Dinge sage, die sonst nie über meine Lippen gekommen wären ... Wem gehört das Haus, das du, wie du irrigerweise behauptest, zu einem Tempel des Herrn gemacht haben willst? – Mir ... Brigitte, du bist auch als arme Waise in dies Haus gekommen – im Laufe der Jahre hast du das vergessen, und, Gott sei es geklagt, je eifriger du an diesem sogenannten Tempel gebaut, je mehr du dich befleißigt hast, den Herrn und die christliche Liebe und Demut auf den Lippen zu führen, desto hochmütiger und hartherziger bist du geworden ... Dies Haus ist mein Haus, und das Brot, welches wir essen, bezahle ich, und so erkläre ich dir entschieden, daß das Kind bleibt, wo es ist ... Und ist dein Herz zu eng und liebeleer, um mütterlich für die arme Waise zu fühlen, so verlange ich wenigstens von meiner Frau, daß sie in Rücksicht auf meinen Willen dem Kind den nötigen weiblichen Schutz zuteil werden läßt ... Wenn du nicht dein Ansehen bei unseren Leuten verlieren willst, so triff jetzt die nötigen Anordnungen zur Aufnahme des Kindes – außerdem werde *ich* die Befehle geben.«

Nicht ein Wort mehr kam über die weißgewordenen Lippen der Frau. Jede andere würde wohl in einem solchen Augenblick der völligen Ohnmacht zu der letzten Waffe, den Tränen, gegriffen haben; aber diese kalten Augen schienen den süßen, erleichternden Quell nicht zu kennen. Dieses völlige Verstummen, diese eisige Kälte, mit der sich die ganze Frauengestalt förmlich panzerte, hatte etwas Beängstigendes und mußte jedem anderen die Brust zuschnüren . . . Sie griff schweigend nach einem Schlüsselbund und ging hinaus.

Mit einem tiefen Seufzer nahm Hellwig die Kleine bei der Hand und ging mit ihr im Zimmer auf und ab. Er hatte einen furchtbaren Kampf geführt, um diesem verlassenen Wesen eine Heimat in seinem Haus zu sichern, er hatte seine Frau tödlich beleidigt: nie – das wußte er – würde sie ihm die bitteren Wahrheiten, die er ihr eben gesagt hatte, vergeben, denn sie war unversöhnlich.

IV

Unterdes stellte Friederike einen kleinen Zinnteller mit einem Kindereßbesteck und einer frischen Serviette auf den Tisch. Zugleich klingelte es draußen, und gleich darauf öffnete Heinrich die Zimmertür und ließ einen kleinen, ungefähr siebenjährigen Knaben eintreten.

»Guten Abend, Papa!« rief der Kleine und schleuderte die Schneeflocken von seiner Pelzmütze.

Hellwig nahm den blonden Kopf seines Kindes zärtlich zwischen seine Hände und küßte es auf die Stirn.

»Guten Abend, mein Junge«, sagte er, »nun, war es hübsch bei deinem kleinen Freund?«

»Ja, aber der dumme Heinrich hat mich viel zu früh geholt.«

»Das hat die Mama so gewünscht, mein Kind . . . Komm her, Nathanael, sieh dir einmal dies kleine Mädchen an – es heißt Fee –«

»Dummheit! . . . wie kann sie denn ›Fee‹ heißen – das ist ja gar kein Name!«

Hellwigs Auge streifte gerührt über das kleine Geschöpfchen, das Elternzärtlichkeit selbst mittels des Rufnamens poetisch zu verklären gesucht hatte.

»Ihr Mütterchen hat sie so genannt, Nathanael«, sagte er weich, »sie heißt eigentlich Felicitas . . . Ist sie nicht ein armes, armes Ding? Ihre Mama ist heute begraben worden. Sie wird nun bei uns wohnen, und du wirst sie liebhaben wie ein Schwesterchen, gelt?«

»Nein, Papa, ich will kein Schwesterchen haben.«

Der Knabe war das treue Abbild seiner Mutter. Er hatte schöne Züge und einen merkwürdig klaren rosigen Teint; aber er hatte auch die häßliche Gewohnheit, das Kinn auf die Brust zu drücken und mit seinen großen Augen unter gewölbter Stirn hervor nach oben zu schielen, was ihm einen Ausdruck von Heimtücke und Verschlagenheit gab. In diesem Augenblick bog er den Kopf noch tiefer als sonst gegen die Brust, hob den rechten Ellbogen wie zu trotziger Abwehr in die Höhe und sah unter demselben mit einem bösartigen Ausdruck nach dem Kind hinüber.

Die Kleine stand dort und zog und zerrte verlegen an ihrem Röckchen. Der bedeutend größere Junge imponierte ihr offenbar, allmählich kam sie näher, und ohne sich durch seine gehässige Haltung abschrecken zu lassen, griff sie mit leuchtenden Augen nach dem Kindersäbel, der an seinem Gürtel hing. Er stieß sie zornig zurück und lief seiner Mutter entgegen, die eben wieder eintrat.

»Ich will aber kein Schwesterchen haben!« wiederholte er weinerlich. »Mama, schick das ungezogene Mädchen fort, ich will allein sein bei dir und dem Papa!«

Frau Hellwig zuckte schweigend die Achseln und trat hinter ihren Stuhl am Eßtisch.

»Bete, Nathanael!« gebot sie eintönig und faltete die Hände. Sofort fuhren die zehn Finger des Knaben ineinander, er senkte demütig den Kopf und sprach ein langes Tischgebet.

Der Hausherr rührte das Essen nicht an. Auf seiner sonst so blassen Stirn lag die Röte innerer Aufregung, und während er mechanisch mit der Gabel spielte, flog sein getrübter Blick unruhig über die mürrischen Gesichter der Seinen. Das kleine Mädchen ließ es sich dagegen vortrefflich schmecken. Sie steckte einige Bonbons, die er neben ihren Teller gelegt hatte, gewissenhaft in ihr Täschchen.

»Das ist für Mama«, sagte sie zutraulich, »die ißt Bonbons zu gern, Papa bringt ihr immer ganze Tüten voll mit.«

»Du hast gar keine Mama!« rief Nathanael feindselig.

»Oh, das weißt du ja gar nicht!« entgegnete die Kleine sehr aufgeregt. »Ich habe eine viel schönere Mama als du!«

Hellwig sah tieferschrocken und scheu nach seiner Frau, und seine Hand hob sich unwillkürlich, als wollte sie sich auf den kleinen rosigen Mund legen, der das eigene Interesse so schlecht zu wahren verstand.

»Hast du für ein Bettchen gesorgt, Brigittchen?« fragte er hastig, aber mit sanfter, bittender Stimme.

»Ja.«

»Und wo wird sie schlafen?«

»Bei Friederike.«

»Wäre nicht so viel Platz – wenigstens für die erste Zeit – in unserem Schlafzimmer?«

»Wenn du Nathanaels Bett hinausschaffen willst, ja.«

Er wandte sich empört ab und rief das Dienstmädchen herein.

»Friederike«, sagte er, »du wirst des Nachts dies Kind unter deiner Obhut haben – sei gut und freundlich mit ihm. Es ist eine arme Waise und an die Zärtlichkeit einer guten, sanften Mutter gewöhnt.«

»Ich werde dem Mädchen nichts in den Weg legen, Herr Hellwig«, entgegnete die Alte, die offenbar gehorcht hatte, »aber ich bin ehrlicher Leute Kind und hab' in meinem ganzen Leben nichts mit Spielersleuten zu schaffen gehabt – wenn man nur wenigstens wüßte, ob die Menschen getraut gewesen sind.«

Sie schielte hinüber nach Frau Hellwig und erwartete ohne Zweifel einen belobenden Blick für ihre »herzhafte« Antwort, allein die Madame band eben Nathanael die Serviette ab und sah überhaupt drein, als sehe und höre sie von dem ganzen Handel nichts.

»Das ist stark!« rief Hellwig entrüstet. »Muß ich denn erst heute erfahren, daß in meinem ganzen Haus weder Mitleid noch Erbarmen zu finden ist? Und du meinst, du dürftest unbarmherzig sein, weil du ehrlicher Leute Kind bist, Friederike? ... Nun, zu deiner Beruhigung sollst du wissen, daß die Leute in rechtlicher Ehe gelebt haben, aber ich sage dir auch hiemit, daß ich von nun an sehr streng mit dir verfahren werde, sobald ich merke, daß du dem Kind irgendwie zu nahe trittst.«

Es schien, als sei er des Kampfes müde. Er stand auf und trug die Kleine in die Kammer der Köchin. Sie ließ sich gutwillig zu Bett bringen und schlief bald ein, nachdem sie mit süßer Stimme für Papa und Mama, für den guten Onkel, der sie morgen wieder zu Mama tragen werde, und – für »die große Frau mit dem bösen Gesicht« gebetet hatte.

Spät in der Nacht ging Friederike zu Bett. Sie war zornig, daß sie so lange hatte aufbleiben müssen, und rumorte rücksichtslos in der Kammer. Die kleine Felicitas fuhr jäh aus dem Schlaf empor, sie setzte sich im Bett auf, strich die wirren Locken aus der Stirn, und ihre Augen glitten angstvoll suchend über die vergilbten Wände und dürftigen Möbel der engen, schwach beleuchteten Kammer.

»Mama, Mama!« rief sie mit lauter Stimme.

»Sei still, Kind, deine Mutter ist nicht da. Schlaf wieder ein«, sagte die Köchin mürrisch, während sie sich entkleidete.

Die Kleine sah erschreckt zu ihr hinüber, dann fing sie leise zu weinen an – sie fürchtete sich offenbar in der fremden Umgebung.

»Na, jetzt heult die Range auch noch, das fehlte mir gerade – gleich bist du still, du Komödiantenbalg!« Sie hob drohend die Hand. Die Kleine steckte erschrocken das Köpfchen unter die Decke.

»Ach, Mama, liebe Mama«, flüsterte sie, »wo bist du nur? Nimm mich doch in dein Bett – ich fürchte mich so . . . Ich will auch ganz artig sein und gleich einschlafen . . . Ich habe dir auch etwas aufgehoben, ich habe nicht alles gegessen – Fee bringt dir etwas mit, liebe Mama . . . Oder gib mir nur deine Hand, dann will ich in meinem Bettchen bleiben und –«

»Bist du wohl still!« rief Friederike und rannte wie wütend nach dem Bett des Kindes . . . Es rührte sich nicht mehr – nur dann und wann drang ein unterdrücktes Schluchzen unter der Decke hervor.

Die alte Köchin schlief längst den Schlaf des Gerechten, als das arme Kind, die aufgeschreckte Sehnsucht im kleinen Herzen, noch leise nach der toten Mutter jammerte.

Alltag in der Familie
Frau Hellwigs Vergangenheit
Tod von Hr Hellwig

V

Hellwig war Kaufmann, Erbe eines bedeutenden Vermögens, er hatte dasselbe durch verschiedene industrielle Unternehmungen noch vermehrt. Er zog sich jedoch, weil er kränkelte, ziemlich früh aus der Geschäftswelt zurück und privatisierte in seiner kleinen Vaterstadt. Der Name Hellwig hatte da einen gewichtigen Klang. Die Familie war seit undenklichen Zeiten eine der angesehensten, und durch viele Generationen hindurch hatte immer einer der Träger des geachteten Namens irgendein Ehrenamt der Stadt bekleidet. Der schönste Garten vor den Toren des Städtchens und das Haus am Markt waren seit Menschengedenken im Besitze der Familie. Das Haus bildete die Ecke des Marktplatzes und einer steil bergaufsteigenden Straße, und an dieser Ecke lief die stattliche Front des Gebäudes in einen weit vorspringenden Erker aus. In den zwei oberen Stockwerken hingen jahraus, jahrein schneeweiße Rouleaus hinter den Scheiben; nur dreimal im Jahr, und dann stets einige Tage vor den hohen Festen, verschwanden die Hüllen – es wurde gelüftet und gescheuert. Die mächtigen, erzenen Drachenköpfe hoch oben am Dach, die das Regenwasser aus der Dachrinne hinunter auf das Pflaster spien, die Vögel, welche vorüberflatterten, sahen dann die aufgespeicherten Schätze des alten Kaufmannshauses, die altmodische Pracht der Zimmer – jene hohen Schränke von kostbarer eingelegter Arbeit mit den blitzenden Schlössern und Handhaben, die reichen seidendamastenen Überzüge auf den strotzenden Daunenkissen der Kanapees und den hochgepolsterten Stühlen, die deckenhohen, in die Wand eingefügten venezianischen Spiegel und in den Kammern die hochaufgestapelten Gastbetten, deren Leinenüberzügen ein starker Lavendelduft entquoll.

Diese Räume wurden nicht bewohnt. Es war niemals

Sitte in der Familie Hellwig gewesen, einen Teil des geräumigen Hauses zu vermieten. Durch alle Zeiten hatte da droben vornehmes, feierliches Schweigen geherrscht, das nur unterbrochen wurde durch eine glänzende Hochzeit oder Kindtaufe und im Laufe des Jahres dann und wann durch den hallenden Schritt der Hausfrau, die dort ihre Leinenschätze, ihr Silber- und Porzellangeschirr verwahrt hielt.

Frau Hellwig war als zwölfjähriges Kind in dieses Haus gekommen. Die Hellwigs waren ihr verwandt und nahmen sie auf, als ihre Eltern rasch hintereinander starben und sie und ihre Geschwister mittellos hinterließen. Das junge Mädchen hatte einen schweren Stand der alten Tante gegenüber, die eine strenge und stolze Frau war. Hellwig, der einzige Sohn des Hauses, empfand anfänglich Mitleid für sie, später aber verwandelte sich die Teilnahme in Liebe. Seine Mutter war entschieden gegen seine Wahl, und es kam deshalb zu schlimmen Auftritten, allein der Liebende setzte schließlich seinen Willen durch und führte das Mädchen heim. Er hatte die mürrische Schweigsamkeit der Geliebten für mädchenhafte Schüchternheit, ihre Herzenskälte für sittliche Strenge, ihren starren Sinn für Charakter gehalten und stürzte mit dem Eintritt in die Ehe aus allen seinen Himmeln.

Seine Frau schenkte ihm zwei Kinder, den kleinen Nathanael und seinen um acht Jahre älteren Bruder Johannes. Den letzteren hatte Hellwig schon als elfjähriges Kind zu einem Verwandten, einem Gelehrten, gebracht, der am Rhein lebte und Vorstand eines großen Knabeninstitutes war.

Das waren Hellwigs Familienverhältnisse zu der Zeit, als er das Kind des Taschenspielers in sein Haus nahm. Das schreckliche Ereignis, dessen Zeuge er gewesen war, hatte ihn tief erschüttert. Er konnte den flehenden, unsäglich schmerzlichen Blick der Unglücklichen nicht vergessen, als sie gedemütigt in seinem Hausflur gestanden und seinen Taler in Empfang genommen hatte. Sein weiches Herz litt unter dem Gedanken, daß es vielleicht sein Haus gewesen war, wo das arme Weib den letzten verwundenden Stachel ihrer unglückseligen Lebensstellung hatte empfinden müssen. Als daher der Pole ihm die letzte Bitte der Verstorbenen mitteilte, erbot er sich rasch, das Kind erziehen zu wollen. Erst als er auf die dunkle Straße hinaustrat, wohin ihm der letzte, herzzerreißende Abschiedsruf des unglücklichen Mannes nachscholl und wo die Kleine, ihre Ärmchen fester um seinen Hals schlingend, nach der Mama fragte, erst da dachte er an den Widerspruch, der ihn voraussichtlich daheim erwartete. Allein, er rechnete auf den Liebreiz des Kindes und auf den Umstand, daß seiner eigenen Ehe ja ein Töchterchen versagt sei – er hatte trotz aller schlimmen Erfahrung noch immer keinen vollkommenen Begriff von dem Charakter seines Weibes, sonst hätte er sofort umkehren und das Kind in die Arme des Vaters zurückbringen müssen.

War bis dahin das Verhältnis zwischen Hellwig und seiner Frau ein frostiges gewesen, so hatte es jetzt nach der Aufnahme der kleinen Waise den Anschein, als seien granitene Mauern zwischen dem Ehepaar aufgestiegen. Im Hause ging zwar alles seinen Gang unbeirrt fort, Frau Hellwig wanderte täglich mehrere Male durch die Haus- und Wirtschaftsräume – sie hatte durchaus keinen schwebenden Gang, und für ein feines oder gar ein ängstliches Ohr hatten diese harten, festen Schritte etwas Nervenaufreibendes. Fortwährend glitt dabei ihre rechte Hand über Möbel, Fenstersimse und Treppengeländer – es war ein unbezwinglicher Hang, eine Manie dieser Frau, die große, weiße Hand mit den klobigen Fingerspitzen und den breiten Nägeln über alles hinstreifen zu lassen und dann die innere Fläche sorgsam zu prüfen, ob nicht Staubkörnchen oder das verpönte Fädchen eines Spinnwebenversuches daran hänge ... Es wurde gebetet nach wie vor, und die Stimmen, die Gottes ewige Liebe und Barmherzigkeit priesen, die sein Gebot wiederholten, nach welchem wir selbst unsere Feinde lieben sollen, sie klangen genau so eintönig und unbewegt wie vorher auch. Man nahm die Mahlzeiten gemeinschaftlich ein, und sonntags schritt das Ehepaar einträchtig nebeneinander in die Kirche. Aber Frau Hellwig vermied es mit eiserner Konsequenz, ihren Mann anzureden. Sie fertigte seine Annäherungsversuche mit der knappesten Kürze ab und machte es möglich, stets über die kleine Gestalt des Hausherrn hinwegzusehen. Ebensowenig existierte der kleine Eindringling für sie. Sie hatte an jenem stürmischen Abend der Köchin ein für allemal befohlen, täglich eine Portion Essen mehr anzurichten, und in die Kammer derselben einige Bettstücke nebst Leinenzeug geworfen. Den kleinen Koffer mit Felicitas' Habseligkeiten, den unterdes der Hausknecht aus dem »Löwen« gebracht, mußte Friederike vor den Augen der Hausfrau öffnen und die äußerst sauber gehaltene, kleine Garderobe, welcher ein feiner Duft entquoll, sofort auf einen offenen Gang zum Auslüften hängen ... Hiermit begann und beschloß sie die ihr aufgedrungene Fürsorge für das »Spielerskind«, und als sie danach wieder in das Zimmer trat, war sie mit diesem Kapitel innerlich fertig für alle Zeiten. Nur ein einziges Mal schien es, als ob ein Funke Teilnahme in ihr aufglimme. Eines Tages nämlich saß eine Näherin im Wohnzimmer und fertigte aus einem dunklen Stoff zwei Kleider für Felicitas, genau nach dem strengen Schnitt, wie die Frau des Hauses sie trug. Zu gleicher Zeit preßte Frau Hellwig die widerstrebende Kleine zwischen ihre Knie und bearbeitete deren Kopf so lange mit Bürste, Kamm und Pomade, bis das wundervolle Lokkengeringel die erwünschte Glätte und Nachgiebigkeit erhielt und sich in zwei häßliche, steife Zöpfe am Hinterkopf zwängen ließ ... Hellwig hätte weinen mögen, als ihm sein kleiner Liebling so entstellt entgegentrat, während seine Frau nach der Sühne, die ihr schönheitsfeindlicher Sinn gebieterisch verlangt hatte, womöglich noch zurückweisender gegen das Kind war als vorher.

Noch war indes die Kleine nicht zu beklagen; noch konnte sie aus dem Bereich jener Medusenaugen an ein warmes Herz flüchten – Hellwig liebte sie wie seine eigenen Kinder. Freilich fand er nicht den Mut, dies offen auszusprechen – seinen Vorrat an Energie hatte er seit jenem ereignisvollen Abend seiner Frau gegenüber völlig erschöpft –, aber sein Auge wachte unablässig über Felicitas. Gleich Nathanael hatte sie ihr Spielwinkelchen in ihres Pflegevaters Zimmer; dort durfte sie ungestört ihre Puppen herzen und sie einwiegen mit den Melodien, die sie noch gelernt hatte auf den Knien der Mutter. Nathanael ging nicht in die öffentliche Schule; er erhielt seinen Unterricht von Privatlehrern unter den Augen des Vaters, und als Felicitas ihr sechstes Jahr erreicht hatte, begann dieser Unterricht auch für sie. Sobald aber der Schnee schmolz und Krokus und Schneeglöckchen die noch leeren, schwarzen Rabatten besäumten, wanderte Hellwig täglich mit den Kindern hinaus in seinen großen Garten. Da draußen wurde gelernt und gespielt, während man nur zur Essenszeit das Haus am Marktplatz aufsuchte. Frau Hellwig betrat sehr selten den Garten, sie zog es vor, mit dem Strickstrumpf in ihrer großen, stillen Stube, hinter dem makellos weißen, in regelrechte Fältchen gebrochenen Fenstervorhang zu sitzen, und zu diesem Vorzug hatte sie einen ganz besonderen Grund. Ein Vorfahr Hellwigs hatte den Garten in altfranzösischem Stil angelegt. Es war sicher eine Meisterhand gewesen, von welcher die rings verteilten, lebensgroßen mythologischen Figuren und Gruppen aus Sandstein herrührten. Freilich hoben sich die hellen Gestalten scharf ab von den düsteren, steifen Taxuswänden. Die reizenden, aber ziemlich unverhüllten Formen einer Flora, die entblößten zarten Schultern und Arme der sich sträubenden Proserpina und die muskulöse Nacktheit ihres gewaltigen Entführers mußten den Blick des Eintretenden sogleich auf sich ziehen – und das waren in der Tat Steine des Anstoßes für Frau Hellwig. Sie hatte anfänglich die Hinwegschaffung dieser »sündhaften Darstellung des menschlichen Leibes« gebieterisch verlangt, allein Hellwig rettete seine Lieblinge durch Vorzeigung des väterlichen Testaments, in welchem ausdrücklich die Entfernung der Statuen untersagt wurde. Hierauf hatte Frau Hellwig nichts Eiligeres zu tun, als zu Füßen der mythologischen Zankäpfel eine Wildnis von Schlingpflanzen anlegen zu lassen, und nicht lange dauerte es, so erschien Herrn Plutos grimmiges Gesicht unter einer ehrwürdigen, grünen Allongeperücke. Eines schönen Morgens aber riß Heinrich auf Befehl seines Herrn mit einem wahren Wonnegefühl die grünen Schmarotzer bis auf das kleinste Wurzelfäserchen aus der Erde, und seit der Zeit vermied es Frau Hellwig, den Garten zu betreten. Gerade deshalb wurde er aber auch die eigentliche Heimat der kleinen Felicitas.

Hinter den Taxuswänden dehnte sich ein großer, prächtiger Rasenfleck. Riesige Nußbäume senkten die Stämme tief ein in das blumengesprenkelte Gras, und ein rauschender Mühlbach durchschnitt die grüne Fläche, seine Ufer umsäumte dichtes Haselgesträuch, und der kleine begrünte Damm, den man zum Schutze gegen das im Frühling reißende Gewässer aufgeworfen hatte, schimmerte im Mai gelb von Schlüsselblumen, und später lugten die rosenroten Äuglein der Feldnelken zwischen den wehenden Halmen.

Felicitas lernte unermüdlich und saß mit merkwürdig beherrschter Haltung in den Lehrstunden. Wenn aber Hellwig am späten Nachmittag den Unterricht für beendet erklärte, dann erschien sie plötzlich völlig verwandelt. Noch hochrot vom Lerneifer, war sie doch wie toll, wie berauscht von der Freiheit: sie konnte immer und immer wieder mit hocherhobenen Armen, wie ohne Zweck und Ziel, über den Rasenplatz jagen, ungebändigt, in wilder Grazie, wie das junge Roß der Steppe. Dann wieder glitt sie am Stamm eines Nußbaumes empor, tauchte den Kopf jauchzend aus der höchsten Spitze des Wipfels und lag dann plötzlich wieder drunten am Mühlbach; die gefalteten Hände unter den Kopf gelegt und in das grüne Düster der droben leise auf und ab wehenden gefiederten Nußblätter schauend, träumte sie, träumte jene hellen, trügerischen Gebilde von Welt und Zukunft, die sich wohl hinter jeder lebhaft denkenden Kinderstirne aus gehörten goldenen Märchen und der eigenen Einbildungskraft zusammenweben – dann stand plötzlich eine rätselhafte Vergangenheit vor den Augen des tief sinnenden Kindes. Weiß und leuchtend war ja auch das Gewand der Mutter gewesen; das Kerzenlicht hatte sich förmlich in dem milchweißen Glanz des Stoffes gespiegelt, der lang und mit Blumen bestreut über das schmale Bett herabgeflossen war. Felicitas wunderte sich noch immer, daß die Mutter Blumen in den Händen gehabt und ihr keine einzige geschenkt hatte; sie grübelte und sann, weshalb man ihr damals nicht erlauben wollte, die Mama wachzuküssen, was doch sonst jeden Morgen unter gegenseitiger Schelmerei, zum großen Jubel des Kindes, hatte geschehen dürfen. Hellwig hatte nie gewagt, ihr die Wahrheit zu sagen, denn wenn sie auch nach einem Zeitraum von fünf Jahren nicht mehr so bitterlich weinend und mit stürmischer Heftigkeit nach den Eltern verlangte, so sprach sie doch stets mit rührender Zärtlichkeit von ihnen und hielt ihres Pflegevaters doppelsinniges Versprechen, daß sie die Ihrigen dereinst wiedersehen werde, mit unzerstörbarer Überzeugung fest. Ebensowenig kannte sie den Beruf ihres Vaters; er selbst hatte es so gewünscht, und deshalb sah Hellwig streng darauf, daß niemand im Hause mit der Kleinen von der Vergangenheit spreche. Es fiel ihm nicht ein, daß der wohltätige Schleier, den er vor ihren Augen festhielt, vor der Zeit seiner Hand entfallen könne – er dachte nicht an seinen eigenen Tod; und doch schritt dies furchtbare Gespenst längst unhörbar, aber sicher neben ihm. Er war unheilbar brustleidend, allein, wie alle derartigen Kranken, hatte er die unerschütterlichsten Lebenshoffnungen. Er mußte bereits im Rollstuhl in seinen geliebten Garten gefahren werden – das nannte er vorübergehende Schwäche, die ihn durchaus nicht hinderte, großartige Bau- und Reisepläne zu entwerfen.

Eines Nachmittags trat Doktor Böhm in Hellwigs Zimmer. Der Kranke saß an seinem Schreibtisch und schrieb emsig; verschiedene Kissen, die man hinter seinem Rücken und zu beiden Seiten in den Lehnstuhl gesteckt hatte, hielten die abgezehrte, gebrochene Gestalt aufrecht.

»Heda!« rief der Doktor, indem er mit dem Stock drohte. »Was sind denn das für Extravaganzen? ... Wer in Henkers Namen hat dir denn das Schreiben erlaubt? Willst du wohl gleich die Feder hinlegen!«

Hellwig drehte sich um – ein heiteres Lächeln spielte um seine Lippen. »Da hast du wieder einmal das Exempel!« erwiderte er sarkastisch. »Doktor und Tod gehören zusammen ... Ich schreibe da an den Jungen, den Johannes, über die kleine Fee, und da fällt mir, der ich in meinem ganzen Leben nie weniger ans Sterben gedacht habe als gerade jetzt, in dem Augenblick, wo du ins Haus trittst, der Satz da aus der Feder.«

Der Doktor bog sich nieder und las laut: »Ich halte viel von Deinem Charakter, Johannes, und würde deshalb auch unbedingt die Sorge um das mir anvertraute Kind in Deine Hände legen, falls ich früher aus der Welt gehen sollte, als –«

»Basta, und nun für heute kein Wort weiter!« sagte der Lesende, während er einen Kasten aufzog und den halbvollendeten Brief hineinlegte. Sein Blick glitt verstohlen über die roten Flecken, die auf den scharf hervortretenden Backenknochen glühten.

»Du bist wie ein Kind, Hellwig!« schalt er. »Ich darf dir nur den Rücken wenden, so machst du sicher dumme Streiche.«

»Und du tyrannisierst mich himmelschreiend. Aber im nächsten Mai brenne ich dir durch, und dann magst du mir meinetwegen bis in die Schweiz nachlaufen.«

Tags darauf standen die Fenster des Krankenzimmers im Hellwigschen Hause weit offen. Ein durchdringender Moschusduft quoll hinaus in die Straße, und ein Mann in Trauerkleidung schritt durch die Stadt, um den Honoratioren im Auftrag der trauernden Witwe anzuzeigen, daß Herr Hellwig vor einer Stunde das Zeitliche gesegnet habe.

Beerdigung von Hr. Hellwig

VI

UNTER DEM GRÜNVERHANGENEN, nach dem Hausflur mündenden Fenster, da, wo vor fünf Jahren die schöne unglückliche Frau des Taschenspielers die Pein tiefer Demütigung erlitten hatte, stand der Sarg mit Hellwigs sterblichen Überresten. Man hatte die Hülle des ehemaligen Kauf- und Handelsherrn noch einmal mit allem Glanz des Reichtums umgeben. Massive silberne Handhaben schimmerten am Totenschrein, und das Haupt des Heimgegangenen ruhte auf einem weißen Atlaskissen.

Viele Leute kamen und gingen, flüsternd und geräuschlos. Der da lag, war ein reicher, angesehener und sehr freigebiger Mann gewesen, aber nun war er tot. Fast aller Augen huschten scheu und rasch über die bleichen, zerstörten Züge und konnten sich nicht satt sehen an dem Prunk, dem letzten Aufflackern irdischer Herrlichkeit.

Felicitas kauerte in einer dunklen Ecke, hinter den Kübeln mehrerer Oleander und Orangenbäume. Zwei Tage hatte sie den Onkel nicht sehen dürfen, das Sterbezimmer war fest verschlossen gewesen, und nun kniete sie da auf den kalten Steinfliesen und starrte hinüber auf dies völlig fremde Haupt, dem der Tod selbst das Gepräge unbegrenzter Gutmütigkeit weggewischt hatte ... Was hatte das Kind vom Sterben gewußt! Sie war in seinen letzten Augenblicken bei ihm gewesen und hatte doch nicht verstanden, daß mit dem Blutstrom, der über seine Lippen geflossen, plötzlich alles enden müsse. Er hatte die Augen mit einem unbeschreiblichen Ausdruck auf sie geheftet, als sie aus dem Zimmer geschickt wurde. Draußen, in der Straße, war sie tief besorgt und zornig vor den weit offenen Fenstern des Krankenzimmers auf und ab gelaufen – sie wußte ja, er hütete sich ängstlich vor jedem Zuglüftchen, und nun waren sie so rücksichtslos da drinnen. Sie hatte sich gewundert, daß abends kein Feuer im Kamin gemacht wurde, und auf ihre endliche Bitte, dem Onkel die Lampe und den Tee hineintragen zu dürfen, hatte Friederike ärgerlich gerufen: »Ja, Kind, ist's denn nicht richtig bei dir, oder verstehst du kein Deutsch? Er ist ja tot, tot!« Nun sah sie ihn wieder, bis zur Unkenntlichkeit entstellt, und jetzt fing das Kind an zu begreifen, was Tod sei.

Sobald ein frischer Strom Neugieriger den Hausflur füllte, kam Friederike aus der Küche, hielt den Schürzenzipfel vor die Augen und pries die Tugenden des Mannes, den sie zu ärgern gesucht hatte, wo sie konnte.

»Da seh einer das Mädchen an!« unterbrach sie sich zornig, als sie Felicitas' blasses Gesichtchen mit den heißen, trockenen Augen zwischen den Orangenbäumen entdeckte. »Ob sie auch nur eine einzige Träne vergießt! ... Undankbares Ding! Sie muß doch auch keinen Funken von Liebe in sich haben!«

»Du hast ihn nicht liebgehabt und weinst trotzdem, Friederike!« entgegnete die Kleine mit tonloser Stimme und zog sich tiefer in ihre Ecke zurück.

Der Hausflur leerte sich allmählich. Statt der Schaulustigen aus den niederen Ständen, die sich jetzt draußen auf dem Markt postierten, um den Leichenzug mit anzusehen, erschienen vornehme, schwarzbefrackte Herren; sie gingen, nach kurzem Aufenthalt am Sarg, in das Wohnzimmer, um der Witwe ihr Beileid auszusprechen. In dem großen, hochgewölbten Flur herrschte tiefe Stille, sie hätte eine feierliche genannt werden können, wäre sie nicht hier und da durch das Stimmengewirr im Zimmer unterbrochen worden.

Da fuhr die kleine Felicitas jäh aus ihrem tiefen Sinnen auf und starrte erschrocken nach der Glastür, die in den Hofraum führte. Dort hinter den Scheiben erschien ein merkwürdiges Gesicht – er lag doch hier mit den tief eingesunkenen Augen und den unbekannten Zügen um den festgeschlossenen Mund, und dort blickte er forschend in den menschenleeren Flur, wiedererstanden mit dem gütigen Ausdruck des Gesichts, wenn auch der Kopf in fremdartiger Weise umhüllt erschien ... War es doch fast gespenstisch, als das Türschloß sich leise bewegte und gleich darauf die Tür geräuschlos aufging ... Die seltsame Erscheinung trat auf die Schwelle. Ja, es waren Hellwigs Züge, aber sie gehörten einem weiblichen Wesen, einer kleinen alten Dame, die in wunderlicher, dem Reich der Mode längst entrückter Tracht langsam auf den Sarg zuschritt.

Die alte Dame bemerkte das Kind nicht, das unbeweglich und atemlos zu ihr aufsah, und trat an den Sarg heran. Ihre linke Hand ließ wie unbewußt ein Bukett köstlicher Blumen auf die Brust der Leiche fallen. Einen Augenblick verbarg sie ihre Augen im Taschentuch, dann aber legte sie die Rechte, tief erschüttert, in feierlich beschwörender Weise auf die kalte Stirn des Toten.

»Weißt du nun, wie alles zusammenhing, Fritz?« flüsterte sie. »Ja, du weißt es – du weißt es, wie ja auch längst dein Vater und deine Mutter es wissen! ... Ich habe dir verziehen, Fritz – du wußtest ja nicht, daß du unrecht tatest! ... Schlaf wohl – schlaf wohl!«

Sie nahm die wachsbleiche Hand des Verstorbenen noch einmal zärtlich zwischen ihre beiden Hände; dann trat sie vom Sarg zurück und wollte sich ebenso geräuschlos entfernen, wie sie gekommen war. In diesem Augenblick öffnete sich die Tür des Wohnzimmers, und Frau Hellwig trat heraus. Ihr Gesicht erschien unter der schwarzen Kreppbaube weißer als Marmor, aber die Unbeweglichkeit ihrer Züge trat auch schärfer hervor denn je – man suchte vergebens nach der leisesten Spur vergossener Tränen an diesen Augen. Sie hielt einen plumpen Kranz von Dahlien in den Händen.

Ihr überraschter Blick begegnete dem der alten Dame. Beide blieben einen Moment wie angewurzelt stehen, aber in den Augen der Witwe begann es unheimlich zu glühen, ihre Oberlippe hob sich ein wenig und ließ einen der weißen Vorderzähne sehen – es lag etwas von unauslöschlicher Rachsucht in diesem Ausdruck ... Auch die Züge der alten Dame verrieten eine tiefe Erregung; sie schien mit einem unsäglichen Widerwillen zu kämpfen, aber sie überwand ihn, und mit einem sanften, feuchten Blick auf den Verstorbenen hielt sie Frau Hellwig die Rechte hin.

»Was wollen Sie hier, Tante?« fragte die Witwe kurz, indem sie den Gruß der kleinen Dame völlig ignorierte.

»Ihn segnen!« lautete die milde Antwort.

»Der Segen einer Ungläubigen hat keine Macht.«

»Gott hört ihn – Seine ewige Weisheit und Liebe wägt nicht zwischen der armseligen Form –, wenn er aus treuem Herzen kommt –«

»Und aus schuldbeladener Seele!« ergänzte Frau Hellwig in beißendem Hohn.

Die alte Dame richtete sich hoch auf.

»Richtet nicht«, begann sie und hob feierlich drohend den Zeigefinger – »doch nein«, unterbrach sie sich mit unbeschreiblicher Milde und blickte auf den Toten, »auch nicht ein Wort mehr soll deinen heiligen Frieden stören ... Leb wohl, Fritz!«

Sie ging langsamen Schrittes zurück in den Hofraum und verschwand hinter einer Tür, die Felicitas bis dahin stets verschlossen gefunden hatte.

»Nun, das war doch stark von der alten Mamsell!« zischelte Friederike, die von der Küchentür aus den Vorgang beobachtet hatte.

Frau Hellwig zuckte schweigend die Achseln und legte den Kranz zu Füßen der Leiche. Sie bog sich über den Verstorbenen, anscheinend, um etwas an dem Arrangement zu ändern; ihre Hand stieß dabei an das Bukett der alten Dame – es rollte über den Rand des Sarges und fiel zu Felicitas' Füßen nieder.

Draußen schlug es drei. Mehrere Geistliche im Ornat traten in den Hausflur; auch die Herren kamen aus dem Wohnzimmer, und ihnen folgte Nathanael neben einer hochaufgeschossenen, schmächtigen Jünglingsgestalt. Die Witwe hatte ihrem Sohn Johannes die Todesnachricht telegraphisch mitgeteilt, und heute morgen war er gekommen, um der Begräbnisfeierlichkeit beizuwohnen. Die kleine Felicitas vergaß für einen Augenblick ihr Leid und sah mit der ganzen Neugier des neunjährigen Kindes zu ihm empor, welcher Liebling des Vaters gewesen war ... Weinte er wohl hinter der schmalen, mageren, aber wohlgepflegten Hand, die er beim Anblicke des Dahingeschiedenen über seine Augen gelegt hatte? ... Nein, es rollten keine Tränen herab, und ein ungeübtes Auge, wie das des Kindes, konnte außer einer ungewöhnlichen Blässe auch sonst kein Merkmal der Erschütterung an dem ernsten Gesicht bemerken.

Nathanael stand neben ihm. Er vergoß viele Tränen, aber sein Kummer hinderte ihn nicht, den Bruder leise flüsternd anzustoßen, als er Felicitas in ihrem Schlupfwinkel entdeckte. Johannes' Blick folgte der Richtung des brüderlichen Zeigefingers. Zum ersten Male hefteten sich diese Augen auf das Gesicht des Kindes – es waren schreckliche Augen, ernst, finster, ohne das Licht des Wohlwollens und der inneren Wärme. In der Bibel war ein Bild des Evangelisten, des Lieblingsschülers Jesu, ein sanftes, schönes Gesicht mit fast weiblich weichen Linien – »das ist der Johannes am Rhein«, hatte sie stets behauptet, und der Onkel hatte lächelnd dazu genickt ...

»Geh fort, Kind, du bist hier im Wege!« gebot er streng, als er sah, daß man Anstalten machte, den Sarg zu schließen. Felicitas verließ beschämt und erschrocken, als habe sie Strafe verdient, den Winkel und schlich, ungesehen von den anderen, in ihres Pflegevaters ehemaliges Zimmer.

Jetzt weinte sie bitterlich ... Ihm war sie nicht im Wege gewesen! Sie fühlte seine fiebrige Hand wieder auf ihrem Scheitel und hörte seine gute schwache Stimme, wie in den letzten Tagen, heiser flüstern: »Komm, Fee, mein Kind, ich hab' es so gern, wenn du bei mir bist!«

Horch, was war das für ein Hämmern draußen? Es scholl mißtönig durch den hochgewölbten Raum, wo doch die vielen Menschen kaum zu flüstern wagten. Felicitas hob verstohlen den grünen Vorhang und sah hinaus in den Flur... Schrecklich! Die Gestalt des Onkels war verschwunden; dort der schwarze Deckel lag auf seinem lieben Gesicht und hielt ihn für immer unerbittlich fest in der ausgestreckten Stellung. Wenn er nur ein wenig die Hand hob, stieß sie überall an harte, fest zusammengefügte Bretter... und dort klopfte der Mann abermals und rüttelte an dem Deckel, ob er auch fest säße, ob ihn nicht die Hand da drin zurückstoßen könne – da drin in der tiefen Dunkelheit des engen Kastens, da drin, wo man nicht atmen konnte, wo man so furchtbar allein war... Die Kleine schrie laut auf vor Entsetzen.

Aller Augen richteten sich verwundert auf das Fenster, aber Felicitas sah nur die großen, grauen, deren Blick sie vorhin so tief erschreckt hatte. Er blickte strafend herüber; sie verließ das Zimmer und flüchtete sich hinter den großen, dunklen Vorhang, der das Zimmer in zwei Hälften teilte. Dort kauerte sie sich nieder und blickte furchtsam nach der Tür.

In ihrem Versteck sah sie nicht, wie draußen die Träger den Sarg auf die Schulter nahmen, wie der Onkel sein Haus für immer verließ. Sie sah nicht den langen, schwarzen, unheimlichen Zug, der dem Verstorbenen folgte wie der letzte Schatten auf dem nun vollendeten Lebensweg.

Fee wird vom Familienleben ausgeschlossen

VII

Fee erfährt die Vergangenheit ihrer Mutter

Das Stimmengemurmel im Flur war plötzlich verstummt – und es folgte tiefe Stille. Felicitas hörte, wie die Haustür geschlossen wurde. Noch wagte sie sich aber nicht aus ihrem Winkel hervor. Sie saß auf dem kleinen, gepolsterten Lehnstuhl, den der Onkel ihr am letzten Weihnachtsabend geschenkt, und das Köpfchen ruhte auf ihren beiden Händen, die sich auf dem Tisch kreuzten. Sie dachte an die kleine, alte Dame, deren Bukett draußen auf den Steinfliesen lag und wahrscheinlich von den unachtsamen Leuten zertreten wurde ... Das war also die »alte Mamsell« gewesen, jene Einsame hoch droben unter dem Dach des Hinterhauses, der stete Zankapfel zwischen der Köchin und Heinrich! Nach Friederikes Aussage hatte die alte Mamsell Furchtbares auf dem Gewissen – sie sollte schuld sein an ihres Vaters Tod. Die haarsträubende Geschichte hatte der kleinen Felicitas stets Furcht und Entsetzen eingeflößt; aber jetzt war das vorbei ... Die kleine Dame mit dem gütigen Gesicht und den Augen voll sanfter Tränen eine Vatermörderin! Da hatte Heinrich sicher recht, wenn er beharrlich den dicken Kopf schüttelte und ebenso konsequent behauptete, das müsse anders zusammenhängen!

Vor Jahren hatte die alte Mamsell auch hier unten im Vorderhaus gewohnt, aber – wie sich die alte Köchin mit immer neu auflodernden Zorn ausdrückte – sie war nicht davon abzubringen gewesen, Sonntag nachmittags unheilige Lieder und lustige Weisen zu spielen. Die »Madame« hatte ihr Himmel und Hölle vorgestellt, aber das war alles umsonst gewesen, bis kein Mensch mehr im Hause den Greuel mit anhören konnte – da hatte Herr Hellwig seiner Frau den Willen getan, und die alte Mamsell hatte hinauf gemußt unters Dach ... Dort wäre sie unschädlich, meinte Friederike stets, und man mußte ihr recht geben, denn man hörte nie auch nur einen Laut des verpönten Klavierspiels im Hause ... Der Onkel mußte jedenfalls sehr böse auf die alte Mamsell gewesen sein, denn er hatte nie von ihr gesprochen; und doch war sie seines Vaters Schwester und sah ihm so ähnlich ... Eine heiße Sehnsucht erfaßte die kleine Felicitas bei dem Gedanken an diese Ähnlichkeit.

Am Ende eines langen abgelegenen Korridors, dicht an der Treppe, die aus den unteren Stockwerken heraufführte, war eine Tür. Nathanael hatte einmal, als sie da droben spielten, leise zu ihr gesagt: »Du, da droben wohnt sie!« Dann hatte er, mit beiden Fäusten auf die Tür schlagend, laut geschrien: »Alte Dachhexe, komm herunter!« und war in schleuniger Flucht die Treppe hinabgelaufen. Wie hatte da das Herz der kleinen Felicitas vor Angst und Schrecken geklopft, denn sie war keinen Augenblick im Zweifel gewesen, es müsse ein schreckliches Weib mit einem großen Messer in der Hand hervorstürzen und sie bei den Haaren fassen ...

Es fing an zu dämmern. Drüben am Rathaus huschte der letzte goldene Schein der Herbstsonne um das Giebelkreuz, und auf der großen Wanduhr drin im Zimmer schlug es langsam und rasselnd fünf. Bis dahin war es ziemlich still im ganzen Haus geblieben; aber jetzt wurde die Tür des Wohnzimmers plötzlich geöffnet, und harte, feste Schritte schollen durch den Flur. Felicitas zog ängstlich den Vorhang an sich heran, denn Frau Hellwig näherte sich dem Zimmer des Onkels. Das erschien dem Kind wunderbar neu; es war nie vorgekommen, daß die große Frau bei Lebzeiten ihres Mannes je diese Schwelle betreten hatte ... Sie kam ungewöhnlich rasch herein, schob leise den Riegel vor und blieb dann einen Augenblick mitten im Zimmer stehen. Es war ein Ausdruck unsäglichen Triumphes, mit welchem diese Frau ihre Blicke langsam durch den so lange streng gemiedenen Raum gleiten ließ.

Über Hellwigs Schreibtisch hingen zwei schön gemalte Ölbilder, ein Herr und eine Dame. Die letztere, ein stolzes Gesicht, aus dessen Augen aber Geist und Lebenslust sprühten, war in jener Tracht, welche so unschön die altgriechische nachzuahmen sucht. Die kurze Taille, die ein weißer leuchtender Seidenstoff umschloß, wurde noch verkürzt durch einen roten, golddurchwirkten Gürtel; Brust und Oberarme, fast zu üppig geformt und nur sehr wenig bedeckt, harmonierten in ihrer herausfordernden Schönheit durchaus nicht mit dem anspruchslosen, züchtigen Veilchenstrauß, der im Gürtel steckte ... Es war Hellwigs Mutter.

Vor dieses Bild trat die Witwe jetzt; sie schien sich einen Moment daran zu weiden. Dann stieg sie auf einen Stuhl, hob es von seiner gewohnten langjährigen Stelle und schlug vorsichtig, ohne großes Geräusch einen neuen Nagel inmitten der zwei alten, an welchen sie das männliche Brustbild, Hellwigs Vater, hing. Er blickte jetzt einsam hernieder, während die Witwe den Stuhl verließ und, das weibliche Porträt in der Hand, aus dem Zimmer ging ... Felicitas' gespanntes Ohr folgte ihren Schritten durch den Flur, über die erste Treppe – sie stieg immer höher in dem widerhallenden Treppenhause – wahrscheinlich bis in den Bodenraum.

Sie hatte die Tür nicht völlig hinter sich geschlossen, und als ihr letzter Schritt droben verhallt war, da erschien Heinrichs scheues Gesicht in der Spalte.

»Na, da haben wir's, Friederike!« rief er mit gedämpfter Stimme, der man aber den Schrecken anhörte, in den Flur zurück. »Es war richtig der sel'gen Frau Kommerzienrätin ihr Bild!«

Die alte Köchin riß die Tür weit auf und sah herein.

»Ach, du meine Güte, wirklich!« rief sie, die Hände zusammenschlagend. »Herrje, wenn das die stolze Frau wüßte, die drehte sich in der Erde um – und der sel'ge Herr erst! ... Na, sie war aber auch zu schrecklich angezogen –

so bloß auf der Brust – ein Christenmensch mußte sich schämen!«

»Meinst du«, entgegnete Heinrich, schlau mit den Augen blinzelnd. »Ich will dir was sagen, Friederike«, fuhr er fort und legte abzählend den Zeigefinger der Rechten gegen den linken Daumen. »Die alte Frau Kommerzienrätin hat's durchaus nicht leiden wollen, daß unser Herr die ›Madame‹ genommen hat – das kann ihr die Madame zum ersten nicht vergessen. Zum zweiten war sie eine fidele Frau, die gern was mitmachte und am liebsten da war, wo lustig aufgespielt wurde, und zum dritten – hat sie unsere Madame einmal eine herzlose Betschwester geschimpft ... Merkst du was?«

Während Heinrichs Beweisführung war Felicitas aus ihrem Versteck hervorgekommen. Das Kind fühlte instinktmäßig, daß es an dem rauhen, aber grundgutmütigen alten Burschen von nun an die einzige Stütze im Hause haben werde. Er hatte sie sehr lieb, und seinen stets wachsamen Augen dankte es die Kleine hauptsächlich, daß sie bis dahin in glücklicher Unwissenheit über ihre Vergangenheit geblieben war.

»Na, Feechen, da bist du ja!« sagte er freundlich und nahm ihre kleine Hand fest in seine schwielige Rechte. »Ich hab' dich schon in allen Ecken gesucht ... Komm mit 'nüber in die Gesindestube; denn hier wirst du ja doch nicht mehr gelitten, armes Ding! ... Wenn gar die alten Bilder fort müssen, nachher –«

Er seufzte und drückte die Tür zu; Friederike war bereits eilig in die Küche zurückgekehrt, denn man hörte die Schritte der herabsteigenden Frau Hellwig.

Felicitas sah sich scheu um, der Hausflur war leer; da, wo der Sarg gestanden hatte, lagen zertretene Blumen und Blätter am Boden.

»Wo ist der Onkel?« fragte sie flüsternd, indem sie sich

widerstandslos von Heinrich nach der Gesindestube führen ließ.

»Nun, sie haben ihn fortgetragen; aber du weißt ja doch, Kindchen, er ist nun im Himmel – da hat er's gut, besser als auf der Erde«, antwortete Heinrich wehmütig. Er nahm seine Mütze vom Nagel und ging fort, um einen Auftrag in der Stadt zu besorgen.

In der Gesindestube herrschte bereits starke Dämmerung. Seit Heinrichs Weggang kniete Felicitas auf der Holzbank, die unter den engvergitterten Fenstern weglief, und blickte unablässig in das Stückchen dunkelnden Himmels droben über den Giebelhäusern der schmalen, steilen Gasse, wo ja der Onkel nun sein sollte . . . Sie fuhr erschrocken zusammen, als Friederike mit der Küchenlampe eintrat. Die alte Köchin stellte einen Teller mit Butterbrot auf den Tisch.

»Komm her, Kind, und iß – da ist dein Abendbrot!« sagte sie.

Die Kleine kam näher, aber sie rührte das Essen nicht an; sie griff nach ihrer Schiefertafel, die Heinrich aus des Onkels Zimmer herübergebracht, und fing an zu schreiben. Da kamen hastige Schritte durch die anstoßende Küche, und gleich darauf steckte Nathanael seinen blonden Kopf durch die offene Tür. Felicitas zitterte, denn er war stets sehr ungezogen, wenn er sich mit ihr allein sah.

»Ah, da sitzt ja Jungfer Fee!« rief er in einem Ton, den Felicitas so sehr an ihm fürchtete. »Hör mal, du ungezogenes Ding, wo hast du denn die ganze Zeit über gesteckt?«

»In der grünen Stube«, antwortete sie, ohne aufzublikken.

»Du, das probier nicht noch einmal!« sagte er drohend. »Da hinein gehörst du jetzt nicht mehr, hat die Mama gesagt . . . Was schreibst du denn da?«

»Meine Arbeit für Herrn Richter.«

»So – für Herrn Richter«, wiederholte er und wischte dabei mit einer raschen Bewegung das Geschriebene von der Tafel. »Also du bildest dir ein, Mama wäre so dumm, die teuren Privatstunden noch für dich zu bezahlen?... Sie wird sich hüten. Das ist alles vorbei, hat sie gesagt... Du kannst nun wieder dahin gehen, wo du hergekommen bist – nachher wirst du das, was deine Mutter war, und dann machen sie es mit dir auch so« – er legte die Hände gegen die Wange, machte die Pantomime des Schießens und schrie: »Puff!«

Die Kleine sah ihn mit weit geöffneten Augen an. Er sprach von ihrem Mütterchen – das war ja noch nicht geschehen, aber was er sagte, klang so unverständlich.

»Du kennst doch meine Mama gar nicht!« sagte sie halb fragend und ungewiß; es schien, als ob sie den Atem anhielt.

»Oh, ich weiß viel mehr von ihr als du!« erwiderte er und setzte nach einer Pause hinzu, während sein Blick heimtückisch unter der gesenkten Stirn hervorschielte: »Gelt, du weißt nicht einmal, was deine Eltern waren?«

Die Kleine schüttelte das Köpfchen mit einer lieblich unschuldigen Bewegung, aber zugleich hefteten sich ihre Augen wie ängstlich flehend an seine Lippen – sie kannte die Art und Weise des Knaben viel zu gut, um nicht zu wissen, daß jetzt etwas kommen müsse, was ihr weh tun sollte.

»Spielersleute waren sie!« schrie er mit hämischer Betonung. »Weißt du, solche Leute, wie wir sie auf dem Vogelschießen gesehen haben – sie machen Kunststücke, Purzelbäume und solches Zeug, und gehen nachher mit dem Teller herum und betteln!«

Die Schiefertafel fiel auf den Boden und zerbrach in kleine Stücke. Felicitas war aufgesprungen und stürzte wie toll an dem verblüfften Knaben vorüber, hinaus in die Küche.

»Er lügt, gelt, er lügt, Friederike?« rief sie in schneidenden Tönen und faßte den Arm der Köchin.

»Das kann ich gerade nicht sagen, aber übertrieben hat er«, entgegnete Friederike, deren hartes Herz beim Anblick des furchtbar aufgeregten Kindes ein menschliches Rühren empfand. »Gebettelt haben sie nicht; freilich – das ist wahr – Spielersleute sind sie gewesen –«

»Und sehr schlechte Kunststücke haben sie gemacht!« ergänzte Nathanael, indem er an den Herd trat und forschend in Felicitas' Gesicht sah – sie weinte ja noch nicht, ja, sie sah ihn so »unverschämt wild« an mit ihren heißen, funkelnden Augen, daß er in eine förmliche Wut geriet.

»Greuliche Kunststücke haben sie gemacht!« wiederholte er. »Deine Mutter hat Gott, den Herrn, versucht, und deshalb kommt sie auch nie in den Himmel, sagt die Mama.«

»Sie ist ja gar nicht gestorben!« stieß Felicitas hervor. Ihr kleiner, blasser Mund zuckte wie im Fieber, und ihre Hand umschloß krampfhaft die Rockfalten der Köchin.

»O freilich, du dummes Ding, längst, längst – der sel'ge Papa hat dir's nur nicht gesagt . . . Drüben im Rathaussaal ist sie bei einem Kunststück von den Soldaten erschossen worden.«

Das gequälte Kind stieß ein herzzerreißendes Jammergeschrei aus; Friederike hatte bei Nathanaels letzten Worten bestätigend mit dem Kopf genickt – er hatte also nicht gelogen.

In diesem Augenblick kehrte Heinrich von seinem Ausgang zurück. Nathanael machte sich aus dem Staub, als die breitschultrige Gestalt des Hausknechts auf der Schwelle erschien . . . Heimtückische Naturen haben stets eine unüberwindliche Scheu vor einem geraden, ehrlichen Gesicht. Auch der Köchin schlug das Gewissen – sie hantierte emsig bei ihrem Herd.

Felicitas schrie nicht mehr. Sie hatte die hocherhobenen, verschränkten Arme gegen die Wand geworfen und ihre Stirn darauf gepreßt, aber man hörte, wie sie gegen ein heftiges Schluchzen ankämpfte.

Der durchdringende Schrei des Kindes war bis in den Hausflur gedrungen, Heinrich hatte ihn gehört; er sah noch, wie Nathanael hinter der Zimmertür verschwand, und wußte sogleich, daß hier irgendeine Bosheit verübt worden war. Ohne ein Wort zu sagen, drehte er die Kleine von der Wand weg und hob das Gesichtchen empor. Das Kind brach abermals in ein lautes Weinen aus und stieß schluchzend die Worte hervor: »Sie haben mein armes Mütterchen totgeschossen – meine liebe, gute Mama!«

Heinrichs breites, gutmütiges Gesicht wurde ganz blaß vor innerem Grimm – er schien einen Fluch zu unterdrükken.

»Wer hat dir denn das gesagt?« fragte er und sah drohend nach Friederike hinüber.

Das Kind schwieg, aber die Köchin begann den Hergang zu erzählen, wobei sie das Feuer schürte, den eben begossenen Braten noch einmal begoß und allerlei unnötige Dinge verrichtete, um nicht in Heinrichs Gesicht blicken zu müssen.

»Na, ich meine auch, Nathanael hätte es ihr just heute noch nicht zu sagen gebraucht«, schloß sie endlich, »aber morgen oder übermorgen nimmt sie die Madame doch ins Gebet, und da wird sie ganz gewiß nicht mit Handschuhen angefaßt – darauf kannst du dich verlassen!«

Heinrich führte Felicitas in die Gesindestube, setzte sich neben sie auf die Holzbank und suchte sie zu beruhigen, soweit er es in seiner ungelenken Redeweise vermochte. Er erzählte ihr schonend den schrecklichen Vorfall im Rathaus und sagte schließlich, daß ja die Mama, von der die Leute schon damals gesagt hätten, sie sähe aus wie ein Engel, nun auch droben im Himmel sei und jeden Augenblick ihre kleine Fee sehen könne. Dann streichelte er zärtlich das Köpfchen des Kindes, das aufs neue in krampfhaftes Weinen ausbrach.

Fee auf den Friedhof (Grab ihrer Mutter)

VIII

Fee erfährt, daß Johannes ihr Vormund ist

Am andern Morgen hallte das Ausläuten der Glocken feierlich über die Stadt. Die schmale, steile Gasse hinauf strömten die Andächtigen nach der hochgelegenen Barfüßerkirche. Samt und Seide und auch minder kostbare, aber doch sonntägliche Stoffe wurden in die Kirche getragen, nicht allein zur Ehre Gottes, sondern auch um der Augen des lieben Nächsten willen.

Aus dem stattlichen Eckhaus am Marktplatz schlüpfte eine kleine, schwarz umhüllte Gestalt. Niemand hätte unter dem großen, plumpen Umhängetuch, das eine Nadel unter dem Kinn zusammenhielt, die feinen, graziösen Formen der kleinen Felicitas zu entdecken vermocht. Friederike hatte der Kleinen das häßliche, grobe Gewebe mit den wichtig betonten Worten umgelegt, daß die Madame ihr das schöne Tuch zur Trauer schenkte; dann hatte sie die Haustür geöffnet und dem hinauseilenden Kind streng anempfohlen, ja nicht etwa, wie sonst, in den Familienkirchenstuhl zu gehen – es sei Platz für sie auf den Bänken der Schulkinder.

Felicitas drückte das Gesangbuch unter den Arm und schritt hastig um die Ecke. Es war unverkennbar, sie strebte ungeduldig vorwärts zu kommen; aber da drüben schritten feierlich gemessenen Ganges drei schwarzgekleidete Gestalten, deren Anblick sofort ihre Schritte verlangsamte ... Ja, dort ging sie, die große Frau, inmitten ihrer zwei Söhne, und alle Menschen, die vorüberkamen, neigten sich tief und respektvoll. Sie hatte zwar das ganze Jahr über fast für niemand einen guten Blick, und der Mund sprach oft unbarmherzig zu denen, die Hilfe suchten; und dort der kleinere Knabe an ihrer Linken schlug die Bettelkinder, die sich ins Haus wagten, und trat mit Füßen nach ihnen. Er log auch abscheulich und schwur dann heilig und teuer, daß er nicht gelogen habe – aber das schadete alles nicht. Sie gingen jetzt in die Kirche, setzten sich in den streng abgeschlossenen Kirchenstuhl, hinter vornehme Glasscheiben, und beteten zum lieben Gott, und er hatte sie lieb, sie kamen in seinen Himmel: denn – sie waren ja keine Spielersleute.

Die drei Gestalten verschwanden in der Kirchentür. Das Kind folgte ihnen mit den ängstlichen Augen, dann huschte es vorüber. An das trotzig empörte, heftig pochende Kinderherz aber, das da draußen vorübereilte, schlug der Orgelton vergeblich. Es konnte heute nicht zum lieben Gott beten; er wollte ja nichts wissen von dem armen, erschossenen Mütterchen, er litt es nicht in seinem großen, blauen Himmel – es lag einsam draußen auf dem Gottesacker, und da mußte das Kind hin und mußte es besuchen.

Noch nie hatte Felicitas diesen stillen Ort betreten – sie kannte jene kleinen, gleichförmig nebeneinanderliegenden Felder noch nicht, jene Schlußsteine, unter denen das vielgestaltige Leben urplötzlich verbraust und verklingt.

»Wen willst du denn besuchen, Kleine?« fragte ein Mann, der in Hemdsärmeln an der Tür des Leichenhauses lehnte und blaue Wolken aus seiner Tabakspfeife in die klare Luft blies.

»Meine Mama«, entgegnete Felicitas hastig und ließ ihre Augen suchend über das große Blumenfeld gleiten.

»So – ist die schon hier? – Wer war sie denn?«

»Sie war eine Spielersfrau.«

»Ah, die vor fünf Jahren auf dem Rathaus umgekommen ist? ... Die liegt da drüben, gleich neben der Kirchenecke.«

Da stand nun das kleine, verlassene Wesen vor dem Fleckchen Erde, das den Gegenstand all seiner süßen, sehnsüchtigen Kindesträume deckte! ... Ringsum lagen geschmückte Gräber, nur der schmale Streifen zu des Kindes Füßen zeigte dürres, verbranntes Gras, gemischt mit üppig wuchernden Queckenranken. Unachtsame Füße hatten bereits einen Weg darüber gebahnt; die anfangs lokkere, von Regengüssen durchwühlte Erde war tief eingesunken, und mit ihr der weiße schmucklose Stein zu Füßen des vernachlässigten Grabes – »Meta d'Orlowska« stand in großen, schwarzen Lettern dicht am Erdrand ... An diesem Stein kauerte sich Felicitas nieder, und ihre kleinen Hände wühlten in einer von Gras entblößten Stelle ... Erde, nichts als Erde! Diese schwere, fühllose Masse lag auf dem zärtlichen Gesicht, auf der lieben Gestalt im lichtglänzenden Atlasgewand, auf den Blumen in den lilienweißen, erstarrten Händen. Jetzt wußte das Kind, daß die Mutter damals nicht bloß geschlafen hatte.

»Liebe Mama«, flüsterte sie, »du kannst mich nicht sehen, aber ich bin da, bei dir! Und wenn auch der liebe Gott nichts von dir wissen will – er hat dir ja nicht ein einziges Blümchen geschenkt – und kein Mensch kümmert sich um dich, ich hab' dich lieb und will immer zu dir kommen! ... Ich will auch nur dich allein liebhaben, nicht einmal den lieben Gott, denn er ist so streng und schlimm gegen dich!«

Das war das erste Gebet des Kindes am Grabe der verfemten Mutter ... Ein leichtes Lüftchen strich vorüber, weich und kühlend, wie sich die beschwichtigende Mutterhand um die klopfenden Schläfen des fieberkranken Lieblings legt.

Als Felicitas später in das düstere Haus am Marktplatz zurückkehrte – das Kind wußte nicht, wie lange es träumend da draußen auf dem weiten, stillen Totenfeld gesessen hatte –, fand sie die Haustür nur angelehnt. Sie schlüpfte hinein, blieb aber sofort erschrocken in der nächsten Ecke stehen, denn die Tür zu des Onkels Zimmer stand ziemlich weit offen, Johannes' Stimme klang heraus, und Felicitas hörte, wie er mit festen, langsamen Schritten auf und ab ging.

Obwohl ein eigentümlich wilder Trotz seit gestern über die Kleine gekommen war, die Furcht vor jener unbewegten, grausam kalten Stimme und den unerbittlichen grauen Augen war doch noch größer. Sie konnte unmöglich in den Bereich der halboffenen Tür treten – ihre kleinen Füße standen wie angewurzelt auf den Steinplatten.

»Ich gebe dir vollkommen recht, Mama«, sagte Johannes drinnen, indem er stehenblieb; »das kleine, lästige Geschöpf wäre am besten in irgendeiner braven Handwerkerfamilie aufgehoben. Aber dieser unvollendete Brief hier ist für mich so maßgebend wie ein rechtskräftiges Testament ... Einmal sagte der Papa, daß er das Kind um keinen Preis aus dem Schutze seines Hauses entlassen werde – es sei denn, daß es der Vater selbst zurückfordere –, und hier mit den Worten: ›– ich würde deshalb auch unbedingt die Sorge um das mir anvertraute Kind in deine Hände legen –‹ macht er mich unwiderruflich zum Vollstrecker seines Willens ... Es kommt mir durchaus nicht zu, an der Handlungsweise meines Vaters irgendwie zu mäkeln, aber wenn er gewußt hätte, wie unsagbar zuwider mir die Menschenklasse ist, aus der das Kind stammt – er würde mich mit dieser Vormundschaft verschont haben.«

»Du weißt nicht, was du von mir verlangst, Johannes!«

entgegnete die Witwe im Ton tiefsten Verdrusses. »Fünf lange Jahre habe ich dies gottverlassene Wesen stillschweigend neben mir dulden müssen – ich kann es nicht länger!«

»Nun, dann bleibt uns kein anderer Ausweg als ein Aufruf an den Vater des Kindes.«

»Ja, da kannst du rufen!« erwiderte Frau Hellwig mit einem kurzen, höhnischen Auflachen. »Der dankt Gott, daß er den Brotesser los ist! Doktor Böhm sagt mir, soviel er wisse, habe der Mann zu Anfang ein einziges Mal von Hamburg aus geschrieben – seit der Zeit nicht wieder.«

»Als gute Christin wirst du übrigens auch nicht zugeben, liebe Mama, daß das Kind dahin zurückkehrt, wo seine Seele verlorengeht –«

»Sie ist sowieso verloren!«

»Nein, Mama! Wenn ich auch nicht leugnen will, daß der Leichtsinn in diesem Blut stecken muß, so glaube ich doch auch fest an den Segen einer guten Erziehung.«

»Du meinst also, wir bezahlen das schwere Geld noch so und so viele Jahre länger für ein Geschöpf, das uns auf der Gotteswelt nichts angeht. Sie hat Unterricht im Französischen, im Zeichnen –«

»Ei, bewahre, das fällt mir nicht ein!« unterbrach Johannes die Aufzählung – zum erstenmal erhielt diese monotone Stimme eine etwas lebhaftere Klangfarbe. »Mir ist diese moderne weibliche Erziehung ohnehin ein Greuel ... Solche Frauen wie dich, die, echt christlichen Sinnes und in wahrhafter Weiblichkeit, nie die ihnen gesteckten Grenzen überschreiten, die wird man in kurzem suchen müssen ... Nein, das alles hat von jetzt ab ein Ende! Erziehe das Mädchen häuslich, zu dem, was einst seine Bestimmung sein wird – zur Dienstbarkeit ... Ich lege die Angelegenheit völlig und unbesorgt in deine Hände. Mit deinem starken Willen, deinem Christentum –«

Hier wurde die Tür plötzlich weit aufgerissen, und Nathanael, der sich bei dem Zwiegespräch langweilen mochte, sprang heraus. Felicitas drückte sich gegen die Wand; aber er sah sie doch und stürzte wie ein Stoßvogel auf die Zitternde zu.

»Ja, versteck dich nur, das hilft dir nicht!« rief er und preßte ihr zartes Handgelenk beim Weiterzerren so heftig, daß sie aufschrie. »Jetzt kommst du mit und sagst der Mama gleich den Text der Predigt! Gelt, das kannst du nicht? Du warst nicht auf den Schulbänken, ich hab' genau aufgepaßt ... Und wie siehst du denn aus? ... Nein, Mama, sieh dir nur einmal dies Kleid an!«

Mit diesen Worten zog er die widerstrebende Kleine an die Tür.

»Komm herein, Kind!« gebot Johannes, der mitten im Zimmer stand und den Brief seines Vaters noch in der Hand hielt.

Felicitas trat zögernd über die Schwelle. Sie sah einen Moment an der hohen, schmalen Gestalt empor, die vor ihr stand. Da lag kein Stäubchen auf dem ausgesucht feinen, schwarzen Anzug; das Weißzeug leuchtete in blendender Frische; nicht ein Härchen auf der Stirn krümmte sich gegen die Hand, die unablässig, fast ängstlich darüber hinstrich – da war alles peinlich geordnet und sauber. Er blickte mit einer Art von Abscheu auf den Kleidersaum des Kindes.

»Wo hast du dir das geholt?« fragte er und zeigte nach der Stelle, die seinen Blick auf sich zog.

Die Kleine sah scheu hinab – das sah freilich schlimm aus. Gras und Wege draußen waren noch taunaß gewesen; sie hatte beim Niederwerfen am Grabe nicht daran gedacht, daß solche auffallenden Spuren an dem schwarzen Kleid zurückbleiben könnten ... Sie stand schweigend mit gesenkten Augen da.

»Nun, keine Antwort? ... Du siehst aus wie das böse Gewissen selbst – du warst nicht in der Kirche, wie?«

»Nein«, sagte die Kleine aufrichtig.

»Und wo warst du?«

Sie schwieg. Sie hätte sich lieber totschlagen lassen, ehe der Muttername vor diesen Ohren über ihre Lippen gekommen wäre.

»Ich will's dir sagen, Johannes«, entgegnete Nathanael an ihrer Stelle; »sie war draußen in unserem Garten und hat Obst genascht – so macht sie's immer.«

Felicitas warf ihm einen funkelnden Blick zu, aber sie öffnete die Lippen nicht.

»Antworte«, gebot Johannes, »hat Nathanael recht?«

»Nein; er hat gelogen, wie er immer lügt!« entgegnete das Kind fest.

Johannes streckte in diesem Augenblick ruhig den Arm aus, um Nathanael zurückzuhalten, der wütend auf seine Anklägerin losstürzen wollte.

»Rühr sie nicht an, Nathanael!« gebot auch Frau Hellwig dem Knaben. Sie hatte bis dahin schweigend im Lehnstuhl des Onkels am Fenster gesessen. Jetzt erhob sie sich. »Du wirst mir glauben, Johannes«, wandte sie sich an ihren Sohn, »wenn ich dir versichere, daß Nathanael niemals die Unwahrheit sagt. Er ist fromm und lebt in der Furcht des Herrn wie selten ein Kind – ich habe ihn behütet und geleitet, das wird dir genügen ... Es hat noch gefehlt, daß sich dies erbärmliche Geschöpf zwischen die Geschwister stellt, wie es bereits zwischen den Eltern der Fall gewesen ist ... Ist es nicht an sich unverzeihlich, daß sie, statt in die Kirche zu gehen, sich an anderen Orten herumtreibt? – Mag sie nun gewesen sein, wo sie will!«

Ihre Augen glitten mit tödlicher Kälte über die kleine Gestalt.

»Wo ist das neue Tuch, das du heute morgen bekommen hast?« fragte sie plötzlich.

Felicitas fuhr erschreckt mit den Händen nach den

Schultern – o Himmel, es war verschwunden, es lag sicher draußen auf dem Gottesacker! Sie fühlte recht gut, daß sie sich einer großen Unachtsamkeit schuldig gemacht habe – sie war tief beschämt; ihre gesenkten Augen füllten sich mit Tränen, und die Bitte um Verzeihung drängte sich auf ihre Lippen.

»Nun, was sagst du dazu, Johannes?« fragte Frau Hellwig mit schneidender Stimme. »Ich schenkte ihr das Tuch vor wenigen Stunden, und an ihrem Gesicht wirst du sehen, daß es bereits verloren ist . . . Ich möchte wissen, wieviel diese Garderobe deinen seligen Vater das Jahr über gekostet hat . . . Gib sie auf, sag ich dir! Da ist Hopfen und Malz verloren – du wirst nie ausrotten können, was das Erbteil einer leichtfertigen, liederlichen Mutter ist!«

In diesem Augenblick ging eine schreckliche Veränderung in Felicitas' Äußerem vor. Eine tiefe Scharlachröte ergoß sich über das ganze Gesicht und den lilienweißen Hals bis unter den Ausschnitt des groben schwarzen Wollkleides. Ihre dunklen Augen, in denen noch die Tränen der Reue funkelten, blickten sprühend empor zu dem Gesicht der Frau Hellwig. Jene ängstliche Scheu vor der Frau, die fünf Jahre lang auf dem kleinen Herzen gelastet und ihr stets die Lippen verschlossen hatte, war verschwunden. Alles, was seit gestern ihre kindlichen Nerven in die furchtbarste Spannung versetzt hatte, es trat plötzlich überwältigend in den Vordergrund und nahm ihr den letzten Rest von Selbstbeherrschung – sie war außer sich.

»Sagen Sie nichts über mein armes Mütterchen, ich leide es nicht!« rief sie; ihre sonst so weiche Stimme klang fast gellend. »Es hat Ihnen nichts zuleide getan! . . . Wir sollen nie Böses von den Toten sprechen – hat der Onkel immer gesagt, denn sie können sich nicht verteidigen. Sie tun es aber doch, und das ist schlecht.«

»Siehst du die kleine Furie, Johannes?« rief Frau Hellwig höhnisch. »Das ist das Resultat der freisinnigen Erziehung deines Vaters! Das ist ›das feenhafte Geschöpfchen‹, wie er das Mädchen in dem Brief da nennt!«

»Sie hat recht, wenn sie ihre Mutter verteidigt«, sagte Johannes halblaut mit ernstem Blick; »aber die Art und Weise, wie sie es tut, ist eine ungebärdige, abscheuliche ... Wie kannst du dich unterstehen, in so ungebührlicher Weise zu dieser Dame zu reden?« wandte er sich zu Felicitas, und ein schwacher Schimmer von Rot flog über sein bleiches Gesicht. »Weißt du nicht, daß du verhungern mußt, wenn sie dir kein Brot gibt, und da draußen das Straßenpflaster dein Kopfkissen sein wird, wenn sie dich aus dem Hause stößt?«

»Ich will ihr Brot nicht!« preßte das Kind hervor. »Sie ist eine böse, böse Frau – sie hat so schreckliche Augen ... Ich will nicht hierbleiben in eurem Haus, wo gelogen wird und wo man sich den ganzen Tag fürchten muß vor der schlechten Behandlung – lieber will ich gleich unter die dunkle Erde zu meiner Mutter, lieber will ich verhungern –«

Sie konnte nicht weitersprechen; Johannes hatte ihren Arm gefaßt, seine mageren Finger drückten sich wie eiserne Klammern in das Fleisch – er schüttelte sie einige Male heftig.

»Komm zu dir, komm zur Besinnung, abscheuliches Kind!« rief er. »Pfui, ein Mädchen und so zügellos! Bei dem unverzeihlichen Hang zu Leichtsinn und Liederlichkeit auch noch diese maßlose Heftigkeit! ... Ich sehe ein, hier ist viel übersehen worden«, wandte er sich an seine Mutter, »aber unter deiner Zucht, Mama, wird das anders werden.«

Er ließ den Arm der Kleinen nicht los und führte sie unsanft aus dem Zimmer hinüber in die Gesindestube.

»Von heute an habe ich über dich zu gebieten – merk dir

das!« sagte er rauh. »Und wenn ich auch fern bin, ich werde dich doch zu strafen wissen, sobald ich erfahre, daß du meiner Mutter nicht in allen Stücken ohne Widerrede gehorchst . . . Für dein heutiges Benehmen hast du auf längere Zeit Hausarrest, um so mehr, als du von der Freiheit einen so schlechten Gebrauch machst. Du betrittst den Garten ohne ganz spezielle Erlaubnis meiner Mutter nicht wieder; ebensowenig gehst du auf die Straße, die Wege nach der Bürgerschule ausgenommen, die du von nun an besuchen wirst; und hier in der Gesindestube magst du essen und dich tagsüber aufhalten, bis du bessere Sitten zeigst . . . Hast du mich verstanden?«

Die Kleine wandte schweigend das Gesicht ab, und er verließ die Stube.

Erstes Treffen von Fee und der alten Mamsell nach der Flucht auf den Dachboden

IX

Nachmittags trank die Familie Hellwig den Kaffee draußen im Garten. Friederike hatte ihren kattunenen, flanellgefütterten Sonntagsmantel über die Schultern geworfen, die schwarzseidene, wattierte Staatsmütze aufgesetzt und war zuerst in die Kirche und dann zu einer »Frau Muhme« auf Besuch gegangen. Heinrich und Felicitas waren allein in dem großen, kirchenstillen Haus. Ersterer war längst heimlicherweise draußen auf dem Gottesacker gewesen und hatte das verhängnisvolle Tuch geholt – es lag nun gesäubert und regelrecht zusammengelegt im Kasten.

Der ehrliche Bursche hatte die vormittägige Szene von der Küche aus mit angehört und zum Teil auch gesehen; er war sehr in Versuchung gewesen, hervorzuspringen und mit seinen derben Fäusten den Sohn des Hauses ebenso zu schütteln, wie die zarte Gestalt des aufrührerischen Kindes hin und her geschüttelt wurde. Jetzt saß er da in der Gesindestube und schnitzelte an seinem Ausgehstock herum, wobei er zwar leise, aber ungeschickt und unmelodisch pfiff. Er war aber auch gar nicht bei der Sache; seine Blicke huschten rastlos und verstohlen hinüber nach dem schweigenden Kind ... Das war gar nicht mehr das Gesicht der kleinen Felicitas! Sie saß dort wie ein gefangener Vogel, aber wie ein Vogel, dem die Wildheit in der Brust brennt und der voll unversöhnlichen Grolles der Hände denkt, die ihn gefesselt haben ... Auf ihren Knien lag der Robinson, den Heinrich auf eigene Gefahr hin von Nathanaels Bücherbrett geholt hatte, aber sie warf keinen Blick hinein. Der Einsame hatte es gut auf seiner Insel, da gab es doch keine bösen Menschen, die seine Mutter leichtsinnig und liederlich schalten; da lag der funkelnde Sonnenschein auf den Palmenkronen, auf den grünen Wogen des fetten Wiesengrases – und hier brach das Gotteslicht gedämpft, als trübe Dämmerung durch die engvergitterten Fenster, und nirgends, weder draußen in der schmalen Gasse noch hier im ganzen Haus, erquickte ein grünes Blatt das Auge ... Ja, drin im Wohnzimmer, da stand freilich ein Asklepiasstock im Fenster – die einzige Blume, die Frau Hellwig pflegte, aber Felicitas konnte diese regelmäßigen, wie aus kaltem Porzellan geformten Blütenbüschel, die starren, harten Blätter nicht leiden, die stocksteif und ungerührt dahingen, mochte auch der Luftzug durchstreichen, soviel er wollte – was gab es denn Schöneres als draußen die leichtbeweglichen, grünen Zungen an Büschen und Bäumen mit ihrem unaufhörlichen Rauschen und Flüstern?

Die Kleine sprang plötzlich auf. Droben auf dem Dach, da war sonnige Luft – wie ein Schatten glitt sie die gewundene steinerne Haupttreppe hinauf.

Das alte Kaufmannshaus war eigentlich nach gewissen Begriffen degradiert worden. Vor langen Zeiten war es ein Edelsitz gewesen.

Wo es irgend möglich gewesen, hatte der Steinmetz das Wappen des Erbauers des Hauses, eines Ritters von Hirschensprung, angebracht. Die steinernen Tür- und Fenstereinfassungen, ja selbst einzelne Quader des Fußbodens zeigten den majestätischen Hirsch, wie er, die Vorderläufe hochhebend, zum grausigen Sprunge über einen Abgrund ansetzte.

Felicitas stand oben an der Mündung der Treppe und sah mit großen, verwunderten Augen in eine halboffene Tür, die sie nicht anders als verschlossen kannte. Wie sehr mußte die Ausführung ihres Racheaktes alles Denken der sonst so peinlich genauen Hausfrau in Anspruch genommen haben, daß sie darüber Schloß und Riegel vergessen konnte! ... Hinter der Tür lag ein scheinbar endloser Korridor, der über eines der Hintergebäude hinlief und in welchen verschiedene Türen mündeten. Eine derselben stand offen und ließ eine Rumpelkammer mit einem sehr hochliegenden Mansardenfenster sehen. Sie war vollgepfropft mit altem Gerümpel, und da, seitwärts an einem Rokokoarmsessel, lehnte auch das Bild der Frau Kommerzienrätin. Es war nicht einmal gegen eine schützende Wand gekehrt; Staub und Spinnen durften sich nun ungestört des Gesichts bemächtigen, das dem Maler in der stolzen Überzeugung gesessen hatte, es werde für Kind und Kindeskinder bis in die fernste Zeit ein Gegenstand hoher Verehrung sein.

Die großen, begehrlichen Augen hatten, so nahe gesehen, etwas Furchterregendes für das Kind – es wandte sich ängstlich ab. Aber in dem Moment fuhr es wie ein Stich durch das kleine Herz, und das Blut brauste nach dem Kopf – den mit Seehundsfell überzogenen Koffer dort am Boden kannte ja die kleine Felicitas ganz genau! ... Scheu, mit angehaltenem Atem, schlug sie den Deckel zurück – da lag obenauf ein hellblaues Wollkleidchen, dessen Säume und

Bündchen zierliche Stickerei zeigten. Ach ja, das hatte ihr Friederike eines Abends ausgezogen, und dann war es verschwunden, und die kleine Felicitas mußte dafür ein abscheuliches, dunkles Kleid anlegen.

Immer tiefer und heftiger wühlten die kleinen Hände – was kam da alles zum Vorschein und wie stürmte es in der Kinderseele bei diesem Wiedersehen! ... All diese Gegenstände, so elegant, als sollten sie den vornehmen Körper einer kleinen Prinzessin umhüllen, hatte die tote Mutter in den Händen gehabt. Felicitas erinnerte sich mit peinlicher Schärfe des süßen Gefühls, wenn die Mama sie angekleidet und mit ihren samtweichen, zarten Fingern berührt hatte ... Ach, hier tauchte auch das buntscheckige Kätzchen auf, das einst der ganze Stolz des Kindes gewesen! Es war auf eine kleine Tasche gestickt. – Halt, da steckte auch etwas drin, aber es war kein Spielzeug, wie das Kind anfänglich meinte, es war ein hübsches Petschaft von Achat, auf dessen silberner Platte derselbe majestätische Hirsch sich bäumte, den das Mauerwerk des Hellwigschen Hauses bis zum Überdruß zeigte. Unter dem Wappen stand in feinen, flüchtigen Zügen M. v. H. ... Das hatte gewiß der Mama gehört, und das Kind hatte einst die räuberische Hand danach ausgestreckt.

Höher und höher wuchs die Flut der Erinnerungen, und auf manche fiel ein Strahl des gereiften Verständnisses. Jetzt begriff sie jene Momente, wo sie, aus dem ersten Schlaf aufschreckend, den Vater im goldblitzenden Wams und die Mutter mit den aufgelösten blonden Locken an ihrem Bettchen stehen sah – sie waren aus der Vorstellung heimgekommen ... und da war auch jedesmal auf die arme Mama geschossen worden, und das Kind hatte so ahnungslos in das totenbleiche Gesicht gesehen; es wußte aber noch, daß es an solchen Abenden stets stürmisch, wie in atemloser Hast, an das Mutterherz emporgerissen worden war ...

Stück um Stück der neuentdeckten Schätze wurde gestreichelt und liebkost und dann sorgsam in den Koffer zurückgelegt, und als der Deckel alles wieder verschloß, da schlang das Kind seine Arme um den kleinen, vielgereisten Kasten und legte das Köpfchen darauf – sie waren ja alte Kameraden, zwei, die zusammengehörten in der weiten Welt, welche nicht so viel Heimatboden für das Spielerskind hatte, wie auch nur sein kleiner Fuß bedeckte ... Jetzt sah das erst so wildtrotzige Gesichtchen mild und versöhnt aus, als es, die zarte Wange auf die von Motten halbzerfressene Decke des Koffers gepreßt, mit geschlossenen Augen regungslos dalag.

Durch das Fenster zog die laue Luft aus und ein und hauchte einen Strom balsamischer Düfte in den abgelegenen, stillen Bodenwinkel ... wie konnte sich dies berauschende Aroma, das ganzen Resedabeeten entquellen mußte, so hoch in die Lüfte versteigen? Und was waren das für Töne, die jetzt von fern herüber mit ihm hereinströmten? ... Felicitas öffnete die Augen und setzte sich horchend auf. Das konnte nicht die Orgel der nahen Barfüßerkirche sein – der Gottesdienst war ja längst vorüber. Ein gebildeteres Ohr als das des harmlosen, unwissenden Kindes würde auch eher alles andere als diese Harmonien mit der Orgel in Verbindung gebracht haben – die Ouvertüre zu »Don Juan« wurde meisterhaft auf dem Klavier gespielt.

Felicitas schob einen wackligen Tisch unter das Fenster und stieg hinauf. Ah, was war das! ... Freilich, mit der geträumten Ausschau in die weite Gotteswelt war es hier nichts; vier Dächer bildeten ein festgeschlossenes Quadrat, von denen das gegenüberliegende die anderen überragte und dem Blick jede Fernsicht verwehrte; aber gerade dies Dach-Visavis war für die zwei erstaunten, weitgeöffneten Kinderaugen ein Wunder, wie es die schönsten Märchenbücher nicht wunderbarer erzählen konnten. Dort auf der hohen, doch sanft geneigten Schrägseite gab es nicht etwa Ziegel, wie sie die anderen Dächer schwarzbraun, schmutzig und bemoost zeigten – nein, es war förmlich überschüttet mit Blumen, mit Astern und Dahlien, welche ihre bunten Häupter hoch droben in den Lüften mit derselben Sicherheit wiegten wie drunten, dicht an der starken Muttererde. Soweit ein pflegender menschlicher Arm von der am unteren Rande des Daches hängenden Galerie aus reichen konnte, stiegen Blumenreihen empor, dann aber schloß sich ihnen ein in allen Nuancen des Rot spielendes Blättergewirr an, fast wie ein Mantel, der sich um die Schultern einer glänzenden Schönheit legt – die wilde Weinrebe reckte und streckte sich bis hinauf zum First; selbst auf die Nachbardächer krochen die Ranken noch mit ihren leuchtenden, gefingerten Blättern und den schwarzblauen Trauben. Die Galerie hatte die ganze Länge des Daches und hing so luftig und leicht da, als sei sie hingeweht, und doch trug die Brüstung ihres Geländers schwere Kasten voll Erde, aus denen dicke Resedabüsche quollen und Hunderte von Monatsrosen ihre lachenden Köpfe steckten.

Ein weißer, ziemlich plumper Gartenstuhl neben einem runden Tischchen, auf welchem ein Porzellankaffeegeschirr stand, bewies unwiderleglich, daß Geschöpfe von Fleisch und Blut hier oben hausten; gleichwohl behielt die ursprüngliche Vermutung des Kindes etwas für sich, nach welcher dort der kleine Vorbau, den eine Glastür von der Galerie abschloß, das Hüttchen der Blumenfee sein mußte. Man sah weder Dach noch Mauern; es war alles überwuchert von großblättrigem schottischem Efeu; die Kapuzinerkresse rankte sich hinauf, verstreute droben über die grüne Kuppel ihre gespornten Blütenkelche mit den feurig orangegelben Samtblättern und hing sie mutwillig schaukelnd über die Glastür. Diese Tür klaffte ein wenig, und aus ihr quollen die Töne, die das Kind ans Fenster gelockt hatten.

Ein Blick hinunter in den Raum, den die vier Hintergebäude umschlossen, ließ plötzlich eine Ahnung in der kleinen Felicitas aufdämmern. Da drunten krakeelte und krähte es um die Wette – es war der Geflügelhof. Felicitas hatte ihn noch nie gesehen; Friederike trug den Türschlüssel stets in der Tasche. Wie oft aber war sie mit zornigem Gesicht in die Küche gekommen und hatte zu Heinrich hinübergescholten: »Die Alte da oben gießt wieder einmal ihr nichtsnutziges Gras, daß die Rinnen überlaufen . . .!« Ach, das nichtsnutzige Gras waren die Tausenden süßen Blumengesichtchen da drüben, und das Wesen, das sie pflegte und behütete, war – die alte Mamsell, die ja auch in diesem Augenblick wieder den Sonntagnachmittag »entheiligte durch unheilige und lustige Weisen«.

Diese Gedanken waren kaum in dem Köpfchen aufgetaucht, als auch schon die kleinen Füße auf der Fensterbrüstung standen. Die ganze Elastizität der Kinderseele, die Leid und Kummer über etwas Neuem für einen Moment völlig vergessen kann, machte sich auch hier geltend . . . Das Kind konnte ja klettern wie ein Eichhörnchen, und über die Dächer hinzulaufen war eine Kleinigkeit. Da unten auf den zwei an den Dächern hängenden Rinnen ließ es sich jedenfalls prächtig marschieren. Sie schlüpfte zum Fenster hinaus, und nach zwei Schritten über das abschüssige Dach stand sie in der Rinne. Es ächzte und knackte widerwillig unter den Füßchen, die tapfer vorwärts trippelten, rechts nicht der mindeste Halt, und links eine gähnende Tiefe von vier Stockwerken – wenn das die Mutteraugen gesehen hätten! – Aber es ging vortrefflich. Noch ein Hinaufklettern auf das bedeutend höhere Dach, dann ein Sprung über das Geländer, und das Kind stand mit glühenden Wangen und leuchtenden Augen mitten unter den Blumen und blickte schüchtern durch die Glasscheiben, die vielleicht noch nie ein Kindergesicht widergespiegelt hatten ... Wuchsen denn die Efeuzweige durch das Dach und rankten sich da drinnen in dem großen Zimmer weiter? Von der Wandverkleidung konnte man nichts sehen, sie war völlig überstrickt von Gezweig, aber in kleinen Zwischenräumen traten Postamente aus der Wand hervor, auf denen große Gipsbüsten standen – eine merkwürdige Versammlung ernster, bewegungsloser Köpfe, die sich leuchtend und geisterhaft abhoben von dem kräftigen Grün der Blätterwand. Unter den Fenstern stand ein Flügel. Die alte Mamsell, genau so gekleidet wie gestern, saß davor, und ihre zarten Hände griffen mit gewaltiger Kraft in die Tasten. Das Gesicht sah etwas verändert aus; sie trug eine Brille, und ihre gestern so schneebleichen Wangen waren gerötet.

Die kleine Felicitas war leise eingetreten und stand in dem Bogen, welchen der Vorbau bildete ... Fühlte die alte Dame die Nähe eines menschlichen Wesens, oder hatte sie ein Geräusch gehört – sie brach plötzlich mitten in einem rauschenden Akkord ab, und ihre großen Augen richteten sich über die Brille hinweg auf das Kind. Wie ein elektrischer Schlag fuhr es durch die schwächliche Gestalt der Einsamen, ein leiser Schrei entfloh ihren Lippen; sie nahm mit der zitternden Rechten die Brille ab und erhob sich, während sie sich auf das Instrument stützte.

»Wie kommst du hierher, mein Kind?« fragte sie endlich mit unsicherer Stimme, die jedoch trotz des Schrecks sanft und mild blieb.

»Über die Dächer«, versetzte das ängstlich gewordene kleine Mädchen beklommen und zeigte mit der Hand zurück nach dem Hof.

»Über die Dächer? – Das ist unmöglich! Komm her, zeig

mir, wie du gegangen bist.« Sie faßte die Hand des Kindes und trat mit ihm auf die Galerie. Felicitas deutete auf das Mansardenfenster und nach den Rinnen. Die alte Dame schlug entsetzt die Hände vor das Gesicht.

»Ach, erschrecken Sie nicht!« sagte Felicitas mit ihrer lieblich unschuldigen Stimme. »Es ging wirklich ganz gut. Ich kann klettern wie ein Junge, und Doktor Böhm sagt immer, ich sei ein Flederwisch und hätte keine Knochen.«

Die alte Mamsell ließ die Hände vom Gesicht fallen und lächelte – es lag noch so viel Anmut in diesem Lächeln, das zwei Reihen sehr schöner, weißer Zähne sehen ließ. Sie führte die Kleine in das Zimmer zurück und setzte sich in einen Lehnstuhl.

»Du bist die kleine Fee, gelt?« sagte sie, indem sie Felicitas an ihre Knie heranzog. »Ich weiß es, wenn du auch nicht auf rosa Wolken zu mir geflogen bist. Dein alter Freund Heinrich hat mir heute mittag von dir erzählt.«

Bei Heinrichs Namen kam die ganze Wucht des Leidens wieder über das Kind. Wie heute morgen stieg eine glühende Röte in die Wangen, und Groll und Weh zogen jene herben Linien um den kleinen Mund, die über Nacht den Ausdruck des Kindergesichts zu einem völlig anderen gemacht hatten ... Den Augen der alten Mamsell entging diese plötzliche Veränderung nicht. Sie nahm schmeichelnd das Gesicht des kleinen Mädchens zwischen ihre Hände und bog es zu sich herab.

»Siehst du, mein Töchterchen«, fuhr sie fort, »seit vielen Jahren kommt der Heinrich allsonntäglich herauf zu mir, um Verschiedenes für mich zu besorgen ... Er weiß, daß er nie gegen mich erwähnen darf, was sich drunten im Vorderhaus ereignet, und bisher hat er auch nie das Gebot überschritten ... Wie lieb muß er die kleine Fee haben, daß er plötzlich gegen meinen so streng ausgesprochenen Wunsch handeln konnte!«

Die trotzigen Augen des Kindes schmolzen.

»Ja, er hat mich lieb – sonst niemand«, sagte sie, und ihre Stimme brach.

»Sonst niemand?« wiederholte die alte Dame, während ihr unaussprechlich sanfter Blick ernst und liebevoll auf dem Gesicht der Kleinen ruhte. »Weißt du denn nicht, daß *einer* da ist, der dich immer liebhaben wird, auch wenn sich alle Menschen von dir abwenden sollten, . . . der liebe Gott –«

»Oh, der will mich ja gar nicht, weil ich ein Spielerskind bin!« unterbrach Felicitas die Sprecherin mit ausbrechender Heftigkeit. »Frau Hellwig hat heute morgen gesagt, meine Seele sei sowieso verloren, und alle drunten im Vorderhaus sagen, er habe meine arme Mama verstoßen, sie sei nicht bei ihm . . . Ich habe ihn aber auch nicht mehr lieb – ganz und gar nicht, und ich will auch nicht zu ihm, wenn ich gestorben bin – was soll ich denn dort, wo meine Mama nicht ist?«

»Gerechter Gott, was haben diese Grausamen mit ihrem sogenannten christlichen Glauben aus dir gemacht, armes Kind!«

Die alte Dame erhob sich hastig und öffnete eine Seitentür. Es war dem Kind, als umflatterten hier weiße Wölkchen des Himmels sein Haupt. Über das in einer Ecke stehende Bett, über Türen und Fenster flossen weiße Mullvorhänge herab. Die blaßgrüne Wand des kleinen Gemachs tauchte nur in einzelnen schmalen Streifen zwischen dem wolkigen Gewebe auf.

Auf dem Nachttisch, neben dem Bett, lag eine große, vielgebrauchte Bibel. Die alte Dame schlug mit sicherer, kundiger Hand auf und las laut und tiefbewegt: »Wenn ich mit Menschen- und Engelszungen redete und hätte der Liebe nicht, so wäre ich ein tönendes Erz oder eine klingende Schelle.« Und sie las weiter und weiter und schloß mit dem Vers: »Die Liebe hört nimmer auf, so doch die Weissagungen aufhören werden und die Erkenntnis aufhören wird.

Und diese Liebe kommt von ihm, ja, Gott ist diese Liebe selbst«, sagte sie und legte ihren Arm um die Schultern des Kindes. »Deine Mama ist sein Kind, wie wir alle, und sie ist eingegangen zu ihm, denn ›die Liebe hört nimmer auf‹ . . . Suche sie getrost da droben, und wenn du nachts aufblickst zum Himmel mit seinen Millionen wundervoller Sterne, so denke du fest und sicher: ›Neben einem solchen Himmel gibt es keine Hölle!‹ . . . Und nun hast du ihn wieder lieb, gelt, recht von Herzen lieb, meine kleine Fee?«

Das Kind antwortete nicht, aber es schlug leidenschaftlich beide Arme um die milde Trösterin, und ein heißer Tränenstrom stürzte aus seinen Augen.

Zwei Tage darauf hielt ein Wagen vor dem Hellwigschen Hause. Die Witwe stieg ein mit ihren zwei Söhnen, um ihnen das Geleit bis zur nächsten Stadt zu geben. Johannes ging nach Bonn, um Medizin zu studieren, zuvor aber sollte er Nathanael demselben Institut übergeben, in welchem er erzogen worden war.

Heinrich stand breitspurig und behaglich in der offenen Haustür neben Friederike und sah dem Wagen nach, der langsam und schwerfällig über das holprige Pflaster des Marktplatzes hinschwankte. Es zog etwas wie ein leiser Pfiff über seine gespitzten Lippen – bei ihm stets das Anzeichen einer wohligen Stimmung –, und beide Daumen steckten fest eingeklemmt in den gewaltigen Fäusten, was der Volksmund ungefähr in die Worte übersetzt: »Herr, behüte uns, daß das Unheil nicht wiederkehre!«

»Da können nun so ein halb Mandel Jährchen vergehen, bis wir den einen oder den anderen wieder ins Haus kriegen«, sagte er vergnügt zu Friederike, die sich pflichtschuldigst mit dem Schürzenzipfel über die Augen fuhr.

»Und das ist dir wohl ganz recht, du Dickkopf?« fuhr sie ihn an. »Ein schöner Dank für das Trinkgeld, das du vom jungen Herrn gekriegt hast!«

»Geh in deine Küche – auf dem Herd liegt das Zeug noch; ich rühr's mit keinem Finger an! Kannst dir meinetwegen einen roten Rock und gelbe Schuhe zum Vogelschießen dafür kaufen.«

»Ach, du heilloser Mensch! . . . Einen roten Rock und gelbe Schuhe, wie eine, die auf dem Seil tanzt!« rief die alte Köchin erbittert. »Na, es ist nur gut, daß man weiß, warum du so wütend bist – der junge Herr hat dir's heute morgen gut gegeigt!«

»I, was du nicht alles weißt!« warf der Hausknecht gleichmütig ein. Er steckte die Hände in die Seitentaschen seines Rockes, zog die Schultern in die Höhe und pflanzte sich noch breiter auf die Schwelle als bisher. Diese Haltung empörte Friederikes Gemüt stets bis zur Weißglut, denn es lag die äußerste Verachtung dessen darin, was sie sagte.

»Hat der Mensch da zwanzig Taler Lohn und höchstens fünfzig Taler in der Sparkasse«, fuhr sie giftig fort, »und stellt sich vor seine reiche Herrschaft hin wie ein Großmogul und spricht: ›Geben Sie mir das fremde Kind, ich bringe es bei meiner Schwester unter, es soll Sie keinen Heller kosten, und –‹«

»Und da hat der junge Herr geantwortet«, ergänzte Heinrich, indem er langsam das Gesicht der Erzürnten zuwendete: »›Das Kind ist in den besten Händen, Heinrich; es bleibt bis zu seinem achtzehnten Lebensjahr unter allen Umständen hier im Haus, und du wirst dich nicht unterstehen, es je zu bestärken, wenn es widerspenstig gegen meine Mutter ist, und – solltest du einmal wieder die alte Küchenhexe draußen beim Horchen ertappen, so nagle sie ohne Gnade am Ohrläppchen an der

Tür fest.‹ Was meinst du denn, Friederike, wenn ich jetzt –« Er hob den Arm, und die alte Köchin floh schimpfend in die Küche.

X

NEUN JAHRE WAREN an dem stattlichen Hause auf dem Marktplatz vorübergestrichen; aber weder auf die eisenfesten Mauern noch in das Frauenprofil am wohlbekannten Fenster des Erdgeschosses hatten sie einen Zug des Verfalles zu zeichnen vermocht . . . Eine auffallende Veränderung zeigte das alte Haus aber doch: Die Rouleaus in der großen Erkerstube des ersten Stocks waren seit einigen Wochen stets aufgerollt, und Blumentöpfe standen auf den Fenstersimsen. Der Blick der Vorübergehenden suchte pflichtschuldigst nach wie vor zuerst das Fenster mit dem Asklepiasstock, und Frau Hellwig konnte der ehrerbietigen Grüße stets sicher sein, aber dann huschten die Augen verstohlen hinauf nach dem Erker. Dort, inmitten der steinernen Fenstereinfassung, erschien häufig ein reizendes Frauengesicht von förmlich blendender Frische, ein Kopf voll aschblonder Locken, mit blauen Taubenaugen, die fast kinderhaft groß und rund in die Welt schauten, und dieser Kopf saß auf einem blühenden Leib von schönstem Ebenmaß, den meist ein weißes Mullkleid umhüllte. Manchmal, freilich nicht oft, erhielt das liebliche Bild im Fensterrahmen aber auch eine entstellende Zugabe – eine Kindergestalt war dann auf einen Stuhl geklettert und sah neugierig über die Schultern der Dame hinunter auf den Marktplatz; es war ein armes, durch die Skrofelkrankheit furchtbar entstelltes Köpfchen; die Hand, welche das spärliche, weißblonde Haar so sorgfältig in zierliche Ringel kräuselte, machte sich vergeblich Mühe – unter dem künstlichen Lockenbau trat die Häßlichkeit des fahlen, aufgedunsenen Gesichtchens nur um so grotesker hervor, und der stets höchst elegante Anzug war auch selten geeignet, die unförmige Taille und die aufgetriebenen Gelenke des Kindes zu verbergen. Allein bei allem Kontrast in der äußeren Erscheinung waren beide doch Mutter und Kind, und um des letzteren willen waren sie nach Thüringen gekommen.

Innerhalb der letztverflossenen neun Jahre nämlich hatte ein Ingenieur seine Wünschelrute ziemlich nahe dem Weichbild der Stadt X. spielen lassen; der moderne Mosesstab hatte dem Boden einen bitteren Quell entlockt, der an der Luft, wenn auch nicht zu Gold und Silber, so doch zu sehr schätzenswerten Salzkristallen erhärtete. Das war ein Fingerzeig für die Bewohner von X. Sie etablierten ein Solbad, das im Verein mit dem ausgezeichneten Renommee der Thüringer Luft sehr bald Hilfesuchende aus aller Herren Länder herbeizog.

Die junge Dame war auch in die Stadt gekommen, um ihr Kind in der Salzflut zu baden, und zwar auf Anraten des Professors Johannes Hellwig in Bonn ... Ja, die Frau da drunten hinter dem Asklepiasstock hatte viel für ihren Sohn getan! Sie hatte es durchgesetzt, daß er frühzeitig unter das Regiment des strenggläubigen Verwandten am Rhein gekommen war; sie hatte es nie geduldet, daß er während seines siebenjährigen Fernseins auch nur ein einziges Mal auf Ferien nach Hause kommen durfte; sie hatte jeden Morgen pünktlich und regelrecht seinen Namen auf dem Betstuhl genannt und war nie müde geworden, die Zahl und Beschaffenheit seiner Hemden von der Ferne aus streng zu kontrollieren – und da war er nun auch ein berühmter Mann geworden.

Es würde übrigens dem jungen Professor bei all seiner Berühmtheit und Wohlerzogenheit schwerlich gelungen sein, einen Patienten in der geschonten Erkerstube seiner Mutter unterzubringen, wären nicht seine beiden Schützlinge Tochter und Enkelin jenes strenggläubigen Verwandten am Rhein gewesen, auf welchen Frau Hellwig große Stücke hielt. Nebenbei hatte auch die schöne junge Frau den Vorzug eines hübschen Titels – sie war die Witwe eines Regierungsrates in Bonn. Es konnte der Welt gegenüber ganz und gar nichts schaden, wenigstens eine kleine Regierungsrätin in der Familie zu haben, da Herr Hellwig sich stets starrköpfig geweigert hatte, seine Gattin zu einer Frau Kommissionsrätin oder dergleichen zu machen.

Frau Hellwig saß am Fenster auf der Estrade. Man hätte meinen können, die Zeit sei auch an dem feinen schwarzen Wollkleid, an Kragen und Manschetten spurlos vorübergegangen; bis auf die kleine Nadel, die den Kragen unter dem Kinn zusammenhielt, war der Anzug genau derselbe, wie wir ihn am ersten Abend an der großen Frau kennengelernt haben. Nur erschien die Büste voller; die engen Ärmel umschlossen drall die starken Oberarme, und der Schneider hatte, vielleicht heimlicherweise, den Rock faltenreicher um die plumpe, sehr ungraziöse Taille gereiht . . . Ihre großen, weißen Hände lagen mit dem Strickzeuge feiernd im Schoße – sie hatte in diesem Augenblick Wichtigeres zu tun.

An der Tür, in sehr ehrerbietiger Entfernung, stand ein Mann; seine schmale Gestalt steckte in einem abgeschabten Rock, und die Hand, die er öfter beim Sprechen hob, war voller Schwielen. Er sprach leise und stockend – war es doch so unheimlich still im Zimmer; nur das Ticken der Wanduhr begleitete seinen Vortrag. Aus dem Mund der gestrengen Frau kam kein ermutigendes Wort, ja es schien, als fehle dieser regungslosen Gestalt sogar der Atemzug, als könne der starre, unbewegliche Blick stets und immer nur das eine Ziel haben – das ängstliche, blasse

Gesicht des Mannes, der endlich erschöpft schwieg und sich mit seinem kattunenen Taschentuch den Schweiß von der Stirn wischte.

»Sie sind an die Unrechte gekommen, Meister Thienemann«, sagte Frau Hellwig nach einer abermaligen Pause kalt. »Ich zersplittere mein Geld nicht in so kleine Kapitalien.«

»Ach, Madame Hellwig, so ist's ja auch gar nicht gemeint; ich werde doch nicht so unbescheiden sein!« entgegnete der Mann lebhaft und trat einen Schritt näher. »Aber Sie sind bekannt als eine wohltätige Dame, denn Sie sammeln jahraus, jahrein für die Armen und stehen so oft im Wochenblatt mit Lotterien und dergleichen, und da wollte ich nur bitten, mir für ein halbes Jahr gegen Zinsen das Kapitälchen von fünfundzwanzig Talern aus dem Gesammelten vorzustrecken.«

Frau Hellwig lächelte – der Mann wußte nicht, daß dies ein Todesurteil für seine Hoffnung war.

»Ich könnte beinahe denken, es sei nicht ganz richtig bei Ihnen, Meister Thienemann – diese Zumutung ist wirklich neu!« sagte sie beißend. »Allein ich weiß ja, daß Sie sich um die Bestrebungen der Gläubigen für die heilige Kirche nicht kümmern, und deshalb will ich Ihnen sagen, daß von den dreihundert Talern, die gegenwärtig disponibel in meinen Händen sind, nicht ein Heller hier in der Stadt bleibt. Ich habe es für die Mission gesammelt – es ist heiliges Geld –, bestimmt zu einem Gott wohlgefälligen Werk, nicht aber, um Leute zu unterstützen, die arbeiten können.«

»Madame Hellwig, an Fleiß lass' ich's nicht fehlen!« rief der Mann mit halberstickter Stimme. »Aber die Krankheit hat mich ins Elend gebracht ... Du lieber Gott, als noch bessere Zeiten für mich waren, da hab' ich über Feierabend Kleinigkeiten gearbeitet und hab' sie in Ihre Lotterien gegeben, weil ich dachte, sie kämen unseren Armen zugute, und nun geht das Geld hinaus in die weite Welt, und bei uns gibt's doch auch viele, die keine Schuhe an den Füßen und im Winter kein Scheit Holz auf dem Boden haben.«

»Ich verbitte mir alle Anzüglichkeiten! ... Wir tun übrigens hier auch Gutes, aber mit Auswahl, Meister Thienemann ... Solche Männer, die im Handwerkerverein Vorträge voller Irrlehren mit anhören, bekommen natürlich nichts. Sie täten auch besser, bei Ihrer Hobelbank zu stehen, als daß Sie in die Sterne und in die Steine gukken und behaupten, es sei da auch vieles anders, als die Heilige Schrift aussage ... Ja, ja, dergleichen gotteslästerliche Reden kommen uns schon zu Ohren, und wir merken sie uns fleißig für vorkommende Fälle ... Sie kennen nun meine Ansicht und haben bei mir gar nichts zu hoffen.«

Frau Hellwig wandte sich ab und sah zum Fenster hinaus.

»Lieber Gott, was muß man sich doch alles sagen lassen, wenn man in Not ist!« seufzte der Mann. »Das verdanke ich meiner Frau; sie hat nicht geruht, bis ich in dies Haus gegangen bin.«

Er sah noch einmal nach dem zweiten Fenster des Zimmers, und als ihm auch von dort her weder Hilfe noch ein tröstendes Wort kam, ging er zur Tür hinaus. Der letzte Blick des armen Handwerkers hatte der Regierungsrätin gegolten, die Frau Hellwig gegenübersaß. War je eine weibliche Erscheinung geeignet, eine frohe Hoffnung in dem Herzen Hilfsbedürftiger zu erwecken, so war es jene rosige Gestalt im duftigen, fleckenlos weißen Kleid. Die weichen Linien des Profils, der Glorienschein der hellen Locken über der Stirne, die blauen Augen – das alles machte den Gesamteindruck eines Engelkopfes, für den aufmerksamen Beobachter jedoch den eines gemeißelten; denn während mehr als einmal das Rot der Entrüstung über Frau Hellwigs Stirne geflogen war, und der Bittende so beweglich in Stimme und Gebärden seine sorgenvolle Angst an den Tag gelegt hatte, war von jenem lieblichen Oval auch nicht einen Augenblick der Ausdruck lächelnder Ruhe gewichen. Der schöne Busen hob und senkte sich in gleichmäßigen Atemzügen; die halbgestickte Rose unter ihren Fingern hatte sich während der kleinen Szene um ein Blatt vermehrt, und das strengste Auge würde an den sorgfältig abgezählten Kreuzstichen auch nicht den geringsten Makel entdeckt haben.

»Du hast dich doch nicht geärgert, Tantchen?« fragte sie aufblickend mit lieblich schmeichelnder Stimme, als der Meister das Zimmer verlassen hatte. »Mein seliger Mann stand auch mit diesen Fortschrittlern stets auf sehr gespanntem Fuße, und das Vereinswesen war ihm ein Greuel ... Ach, sieh da, Karoline!«

Bei diesem Ausruf winkte sie nach der Küchentür. Dort war längst, noch während der Anwesenheit des Tischlermeisters, ein junges Mädchen leise und geräuschlos eingetreten ... Wer vor vierzehn Jahren die schöne junge Frau des Taschenspielers vor den Gewehrläufen der Soldaten hatte stehen sehen, der mußte unwillkürlich erschrecken bei dieser wiedererstandenen Erscheinung. Es waren dieselben Körperformen, wenn auch zarter und mädchenhafter und hier in einen groben, dunklen Stoff gehüllt, während jenes unglückliche Weib der gleißende Schimmer theatralischen Pomps umgeben hatte. Es waren dieselben tadellosen Linien des Kopfes mit der perlmutterweißen, schmalen Stirn und den unmerklich herabgesenkten Mundwinkeln, die dem Gesicht einen hinreißenden Ausdruck leiser Schwermut verliehen. Bei jener Unglücklichen hatte der tränenvolle Blick aus dunkelgrauen Augensternen diesen Ausdruck vollendet; das junge Mädchen dagegen hob in diesem Moment die schwarzbewimperten

Lider, und ein Paar brauner, leuchtender Augen wurde sichtbar. Sie zeugten von einer Seele, die sich nicht überwunden gab, die sich nicht hatte beugen lassen zu widerstandsloser Duldung.

Wir wissen jetzt, daß das an der Tür stehende junge Mädchen Felicitas ist, wenn sie auch notgedrungen auf den simplen Namen Karoline hört – den »Komödiantennamen« hatte Frau Hellwig sofort bei Beginn ihrer Selbstherrschaft zu dem »Theaterplunder« in die Dachkammer geworfen.

Felicitas näherte sich der Herrin des Hauses und legte ein bewunderungswürdig gesticktes Batisttaschentuch auf den Nähtisch derselben. Die Regierungsrätin griff hastig danach.

»Soll das auch verkauft werden zum Besten der Missionskasse, Tante?« fragte sie, während sie das Tuch entfaltete und die Stickerei prüfte.

»Je nun, freilich«, versetzte Frau Hellwig; »Karoline hat es ja zu diesem Zweck arbeiten müssen – sie hat lange genug damit getrödelt. Ich denke, drei Taler wird es doch wohl wert sein.«

»Vielleicht«, meinte die Regierungsrätin achselzuckend. »Woher haben Sie denn die Zeichnung zu den Ecken, liebes Kind?«

Ein leises Rot stieg in Felicitas' Gesicht. »Ich habe sie selbst entworfen«, antwortete sie mit leiser Stimme.

Die junge Witwe sah rasch auf. Ihre blauen Augen veränderten sich für einen Moment – sie schillerten fast ins Grünliche.

»So, selbst entworfen?« wiederholte sie langsam. »Nehmen Sie mir's nicht übel, Kindchen, aber das ist eine Kühnheit, die ich mit dem besten Willen nicht fasse. Wie kann man nur so etwas wagen ohne die erforderlichen Kenntnisse! ... Das ist echter Batist, die Tante kostet dies

Stück mindestens einen Taler – es ist verdorben durch die stümperhafte Zeichnung.«

Frau Hellwig fuhr heftig empor.

»Ach, sei nicht böse auf Karoline, liebe Tante, sie hat es gewiß nur gut gemeint«, bat begütigend mit sanfter Stimme die junge Dame. »Vielleicht läßt es sich doch noch verwerten ... Sehen Sie, liebes Kind, ich habe mich grundsätzlich nie mit Zeichnen abgegeben, der Stift in der weiblichen Hand gefällt mir nicht, aber nichtsdestoweniger habe ich ein sehr, sehr scharfes Auge für eine fehlerhafte Zeichnung ... Gott im Himmel, was ist das für ein monströses Blatt hier!«

Sie zeigte auf ein längliches Blatt, dessen Spitze umgebogen war und das sich in täuschenden Umrissen abhob von dem durchsichtigen Gewebe. Felicitas erwiderte kein Wort, doch sie preßte die zarten Lippen aufeinander und sah fest in das Gesicht der Tadlerin ... Die Regierungsrätin wandte sich hastig ab und legte die rechte Hand über die Augen.

»Ach, liebes Kind, jetzt hatten Sie wieder einmal Ihren stechenden Blick!« klagte sie. »Es schickt sich wirklich nicht für ein junges Mädchen in Ihren Verhältnissen, andere so herausfordernd anzusehen. Denken Sie nur an das, was Ihnen Ihr wahrer Freund, unser guter Sekretär Wellner, immer sagt: ›Hübsch demütig, liebe Karoline!‹ ... Sehen Sie, da haben Sie nun gleich wieder einen verächtlichen Zug um den Mund – das könnte einen beinahe ärgern! ... Wollen Sie sich denn wirklich auf die Romantische spielen und das Anerbieten dieses Ehrenmannes hartnäckig zurückweisen, weil – Sie ihn nicht lieben? ... Lächerlich! Da wird schließlich mein Vetter Johannes noch ein Machtwort sprechen!«

Wie mußte sich das junge Mädchen in der Selbstbeherrschung geübt haben! Bei den letzten Worten der Regierungsrätin fuhr sie empor; man sah, wie ihr das rebellische Blut zu Kopf stürmte; dennoch sagte sie gleich darauf ruhig und kalt: »Ich werde es darauf ankommen lassen.«

»Wie oft soll ich denn noch bitten, Adele, diesen widerwärtigen Handel nicht mehr zu berühren!« sagte Frau Hellwig erbittert. »Bildest du dir denn ein, in wenig Wochen diesen Starrkopf, dieses Stück Holz zu brechen, nachdem ich's neun Jahre umsonst versucht habe? Sobald Johannes kommt, wird die Sache ein Ende nehmen, und ich mache meine drei Kreuze ... Jetzt geh und hole mir Hut und Mantille«, herrschte sie Felicitas an. »Ich hoffe zu Gott, daß diese Stümperei«, sie warf das Taschentuch verächtlich beiseite, »die letzte ist, die du dir in meinem Dienst hast zuschulden kommen lassen!«

Felicitas ging schweigend hinaus. Bald darauf schritten Frau Hellwig und ihr Gast über den Marktplatz. Die schöne Frau führte ihr krankes Kind fürsorglich an der Hand. Verschiedene Köpfe fuhren aus den Fenstern und sahen der reizenden Erscheinung nach, die für alle ein sanftes, kinderfrohes Lächeln hatte. Rosa, ihr Dienstmädchen, und Friederike folgten mit Körben am Arm; das Abendbrot sollte draußen im Garten gegessen werden, zugleich wollte man Kränze und Girlanden binden. Morgen wurde der junge Professor nach neunjähriger Abwesenheit im Elternhaus erwartet, und obgleich Frau Hellwig über die »Alfanzereien« brummte, ließ es sich die Regierungsrätin doch nicht nehmen, das Zimmer des Ankömmlings zum Willkommen zu schmücken.

Fee entdeckt das Tagebuch und den Armreif
Die alte Mamsell zeigt ihre Hilfsbereitschaft

XI

Johannes kommt nach Hause

HEINRICH SCHLOSS DIE Haustür, und Felicitas stieg die Treppe hinauf. Der schmale Gang mit seiner dumpfen, abgestandenen Luft, der da oben seitwärts abzweigte, wie lieb und traut umfing er das junge Mädchen, das eilig hindurchschlüpfte! Felicitas zog einen Schlüssel aus der Tasche und öffnete geräuschlos eine Tür, hinter welcher eine schmale, dunkle Treppe nach der Mansarde führte.

Das junge Mädchen hatte den halsbrechenden Weg über die Dächer nur ein einziges Mal machen müssen, von jenem Moment an war ihr der Eintritt in die abgeschiedene Klause der alten Mamsell unverwehrt. Während der ersten Jahre hatten sich ihre Besuche auf den Sonntag beschränkt, sie war dann in Heinrichs Begleitung hinaufgegangen. Nach ihrer Konfirmation jedoch hatte ihr die alte Mamsell den Schlüssel zu der gemalten Tür übergeben, und seitdem benutzte sie jeden freien Augenblick, um hinaufzuschlüpfen . . . sie führte also ein Doppelleben. Es war nicht nur äußerlich, daß sie dabei Höhe und Tiefe berührte, zwischen trüber Dämmerung und klarem Sonnenlicht wechselte – ihre Seele machte dieselbe Wandlung durch, und allmählich war sie so erstarkt, daß zuletzt alle Schatten, alles Trübe der unteren Region hinter ihr blieben, sobald sie die schmale, dunkle Treppe hinaufstieg . . . Unten handhabte sie Bügeleisen und Kochlöffel; ihre sogenannte Erholungszeit mußte sie ausfüllen mit Stickereien, deren Ertrag zu wohltätigen Zwecken bestimmt war, wie wir bereits gesehen haben, und außer der Bibel und einem Gebetbuch wurde ihr jede Lektüre streng verweigert. In der Mansarde dagegen erschlossen sich ihr die Wunder des menschlichen Geistes. Sie lernte mit wahrer Begierde, und das Wissen der rätselhaften Einsamen da droben war wie ein unerschöpflicher Quell, wie ein geschliffener Diamant, dem nach jeder Richtung hin Funken entsprühen ... Außer Heinrich wußte niemand im Haus um diesen Verkehr, die leiseste Ahnung seitens der Frau Hellwig würde ihm natürlicherweise sofort den Todesstoß versetzt haben. Trotzdem hatte die alte Mamsell dem Kind stets eingeschärft, streng die Wahrheit zu sagen, wenn es jemals darum befragt werden sollte. Dazu kam es indes niemals; Heinrich wachte treulich, er stand auf der Lauer und hatte Augen und Ohren offen.

Die dunkle Treppe war erklommen. Felicitas blieb horchend vor einer Tür stehen, schob einen kleinen Schieber an derselben seitwärts und blickte lächelnd hinein. Da drin ging es toll zu – es war ein seltsames Gemengsel von Singen, Piepsen und Schreien. Inmitten des Raumes erhoben sich zwei Tannen; die Wände entlang liefen Boskette, wie sie ein Garten nicht frischer aufweisen konnte, und auf dem Gezweig hauste ein lustiges Vogelgesindel. Das war das Lebendige, das sich die alte Mamsell in ihre stille Einsiedelei heraufgeholt hatte. Die kleinen melodischen Kehlen sangen zwar immer die nämlichen Weisen, aber dafür hatten sie auch nicht jene unselige Wandlung der Menschenzunge, die heute »hosianna« und morgen »kreuzige« ruft.

Felicitas schloß den Schieber und öffnete eine zweite Tür. Der Leser hat bereits vor Jahren einen Blick in diesen efeuumsponnenen Raum geworfen, er kennt die Versammlung ernster Köpfe, die sich an den Wänden hinreiht, aber er weiß nicht, daß sie in innigem Zusammenhang stehen mit jenen großen, in roten Maroquin gebundenen Büchern, welche dort in einem altväterischen Glasschrank aufgeschichtet liegen ... Es ist eine gewaltige Flut, die von jenen Stirnen ausgegangen – wer sie zu entfesseln versteht, der kennt keine Einsamkeit, kein Verlassensein ... Die großen Tonmeister verschiedener Zeiten waren es, welche in Bild und Werken das Asyl der alten Mamsell teilten, und wie sich die Efeuranken vermittelnd und unparteiisch um alle Büsten schlangen, ebenso vorurteilslos begeisterte sich die einsame Klavierspielerin an der altitalienischen wie an der deutschen Musik. Der Glasschrank barg aber auch noch Schätze, die einen Autographensammler in Ekstase hätten versetzen können. Manuskripte und Handschriften jener gewaltigen Männer, die meisten von seltenem Wert, lagen in Mappen hinter den Scheiben. Diese Sammlung war in früheren Jahren zusammengetragen worden, als, wie die alte Mamsell lächelnd meinte, ihr Blut noch feurig durch die Adern gerollt sei und hinter den Wünschen noch die Energie gestanden habe – manches vergilbte Blatt war mit bedeutenden Opfern errungen worden.

Felicitas fand die alte Mamsell in einem Zimmer hinter der Schlafstube. Sie kauerte auf einem Fußbänkchen vor einem geöffneten Schrank, und um sie her auf Stühlen und Fußboden lagen Rollen weißer Leinwand, Flanell und eine Menge jener kleinen Gegenstände, die das Menschenkind sofort nach seinem ersten Schrei beansprucht. Die alte Dame wandte den Kopf nach der Eintretenden. Ihre feinen Züge hatten sich merkwürdig verändert, und wenn sie auch jetzt eben lebhafte Freude ausdrückten, so konnten doch damit die Spuren des Verfalles nicht verwischt werden.

»Gut, daß du kommst, meine liebe Fee!« rief sie dem jungen Mädchen entgegen. »Bei Meister Thienemann kann alle Augenblicke der Storch ins Haus fliegen, wie mir eben die Aufwartefrau sagte, und die Leute haben auch nicht das kleinste Stückchen Wäsche für das arme Kindchen ... Unser Vorrat ist noch recht anständig, wir werden ein ganz hübsches Bündel zusammenbringen, nur daran fehlt es« – sie setzte ein Mützchen von rosa Kattun auf ihre kleine Faust und hielt eine schmale weiße Spitze daran. »Das könntest du gleich fertigmachen, Fee«, fuhr sie fort; »die Sachen müssen auf jeden Fall heute abend noch hingeschafft werden.«

»Ach, Tante Cordula«, sagte Felicitas, indem sie Nadel und Faden zur Hand nahm, »damit ist den Leuten nicht allein geholfen – ich weiß ganz genau, Meister Thienemann braucht auch Geld, und zwar fünfundzwanzig blanke Taler.«

Die alte Mamsell überlegte.

»Hm, es ist ein wenig viel für meine gegenwärtigen Finanzen«, meinte sie, »aber es wird doch gehen.«

Sie erhob sich mühsam. Felicitas reichte ihr den Arm und führte sie nach dem Musikzimmer.

»Tante«, sagte sie plötzlich stehenbleibend, »die Frau Thienemann hat sich vor kurzem geweigert, deine Wäsche zu besorgen, um es nicht mit Frau Hellwig zu verderben – hast du nicht daran gedacht?«

»Ich glaube gar, du willst deine alte Tante aufs Eis führen!« rief die alte Mamsell bitterböse, aber der Schalk leuchtete aus ihren Augen. Sie fuhr leicht mit den Fingern über die Wange des jungen Mädchens. Beide lachten und schritten nach dem Glasschrank.

Dies schwerfällige, altväterische Möbelstück hatte auch seine Geheimnisse. Tante Cordula drückte auf eine harmlos scheinende Verzierung, und an der äußeren Seitenwand sprang eine schmale Tür auf. Der sichtbar werdende Raum war die Bank der alten Mamsell, und in früheren Zeiten hatte er für Felicitas' Kinderaugen den Nimbus einer Christbescherung gehabt; denn nur selten durfte sie einen scheuen, halbbefriedigten Blick auf all die hier aufgespeicherten Kostbarkeiten und Raritäten werfen. Auf den schmalen Regalen lagen einige Geldrollen, Silberzeug und Schmucksachen.

Während die Tante eine Rolle anbrach und die Taler bedächtig zählte, ergriff Felicitas eine in der dunkelsten Ecke stehende Schachtel und öffnete sie neugierig. Es lag ein goldener Armring, weich auf Watte gebettet, darin; kein edler Stein blitzte an dem Reifen, aber er wog schwer in der Hand und mußte wohl massiv von Gold sein. Was aber ganz besonders an ihm auffiel, das war sein Umfang – einer Dame wäre er sicher über die Hand geglitten, er schien somit weit eher für das derbe Handgelenk eines kräftigen Mannes bestimmt zu sein. Nach der Mitte zu wurde er bedeutend breiter, und hier hatte der Grabstichel in wundervoller Weise Rosen und feines Gezweig zu einem Medaillon ineinandergeschlungen. Der Kranz umfaßte folgenden Vers:

»Swa zwei liep ein ander meinent
herzelichen âne wanc
Und sich beidiu sô vereinent«

Das junge Mädchen drehte den Ring nach allen Seiten und suchte eine Fortsetzung; denn wenn auch des Mittelhochdeutschen nicht mächtig, übersetzte sie doch mit Leichtigkeit den letzten Vers in die Worte: »Und sich beide so vereinen« – das war aber kein Schluß.

»Tante, kennst du das Weitere nicht?« fragte sie, immer noch eifrig suchend.

Die alte Mamsell hielt den Finger auf einen eben hingelegten Taler und sah mitten im Zählen auf.

»O Kind, worüber bist du da geraten!« rief sie heftig – es lagen Unmut, Schrecken und Trauer zugleich in ihrer Stimme. Sie griff rasch nach dem Armband, legte es mit bebender Hand in die Schachtel und drückte den Deckel darauf. Ein feiner, roter Fleck brannte plötzlich auf der einen Wange, und die gerunzelten Augenbrauen gaben ihrem Blick etwas düster Brütendes – ein nie gesehener

Anblick für das junge Mädchen. Ja, es schien fast, als versänke die Gegenwart völlig vor einer gewaltsamen Flut plötzlich heraufbeschworener Erinnerungen, als wisse die alte Dame gar nicht mehr, daß Felicitas neben ihr stehe, denn nachdem sie mit fieberhafter Hast die Schachtel in die Ecke gestoßen hatte, ergriff sie einen danebenstehenden, mit grauem Papier beklebten Kasten und fuhr streichelnd und liebkosend mit der Rechten über die abgestoßenen Ecken desselben; ihre Züge wurden milder, sie seufzte und murmelte vor sich hin, während sie ihn gegen ihre eingesunkene Brust drückte: »Es muß vor mir sterben .... und ich kann es doch nicht sterben sehen!«

Felicitas schlang ängstlich die Arme um die kleine schwächliche Gestalt, die in diesem Augenblick wie hilf- und haltlos vor ihr stand. Es war zum erstenmal seit ihrem neunjährigen Verkehr, daß die Tante die Herrschaft über sich selbst verlor. So zart und hinfällig in der äußeren Erscheinung, hatte sie doch unter allen Umständen einen merkwürdig starken Geist, eine unerschütterliche Seelenruhe gezeigt, die kein äußerer Anlaß aus dem Gleichgewicht zu bringen vermochte. Sie hatte sich mit jeder Faser ihres Herzens liebend an Felicitas angeschlossen und alle ihre Kenntnisse, ihren ganzen Schatz kerngesunder Lebensansichten in die junge Seele niedergelegt, aber vor ihrer Vergangenheit lagen heute noch wie vor neun Jahren Siegel und Riegel. Und nun hatte Felicitas in unvorsichtiger Hast an dies scheu verschlossene Stück Leben gerührt – sie machte sich die bittersten Vorwürfe.

»Ach, Tante, verzeih mir!« bat sie flehentlich – wie kindlich rührend konnte dies junge Mädchen bitten, das Frau Hellwig einen Starrkopf, ein Stück Holz genannt hatte!

Die alte Mamsell fuhr sich mit der Hand über die Augen.

»Sei still, Kind, du hast nichts verbrochen, aber ich, ich schwatze kindisch wie das Alter!« sagte sie mit erloschener Stimme. »Ja, ich bin alt, alt und gebrechlich geworden! Früher, da biß ich die Zähne zusammen, die Zunge lag still dahinter, und ich stand stramm nach außen – das will nicht mehr gehen – es ist Zeit, daß ich mich hinlege.«

Sie hielt den kleinen schmalen Kasten noch immer zögernd in den Händen, als ringe sie nach Mut, das ausgesprochene Todesurteil jetzt gleich zu vollziehen. Allein nach einigen Augenblicken legte sie ihn rasch an seine frühere Stelle und schloß den Schrank. Und damit schien auch die äußere Ruhe zurückzukehren. Sie trat an den runden Tisch, auf welchen sie das Geld hingezählt hatte. Als sei nicht das mindeste Störende vorgefallen, nahm sie die Rolle wieder auf und legte noch zwei Taler zu den blanken Reihen.

»Das Geld wollen wir in ein sauberes Papier wickeln«, sagte sie zu Felicitas, »und das Päckchen in die kleine rote Mütze stecken, da ist doch schon etwas Segen darin gewesen, ehe das junge Köpfchen hineinkommt ... Und Heinrich soll heute abend Punkt neun Uhr auf seinem Posten sein – vergiß das ja nicht!«

Die alte Mamsell hatte nämlich auch ihre großen Eigenheiten – sie war lichtscheu, und zwar in ihren Taten. Sie wurden, wie die Fledermäuse, erst mit der Nacht lebendig und klopften an die Höhlen der Armut, wenn die Straßen leer und die Menschenaugen müde waren ... Heinrich war seit langen Jahren die rechte Hand, von der die linke nicht wissen sollte, was sie tue; er trug die Unterstützungen der alten Mamsell mit einer Schlauheit und Unsichtbarkeit in die armen Wohnungen, als könne er für dergleichen Wege seine schwerfällige Hausknechtshülle völlig abstreifen – so kam es, daß viele in der Stadt unwissentlich das Brot der alten Mamsell aßen, von der sie die ungeheuerlichsten Dinge glaubten und nötigenfalls beschworen . . .

Während Tante Cordula das Geld mit peinlicher Genauigkeit einpackte, öffnete Felicitas die Glastür, die nach der Galerie führte. Es war Ende Mai . . . O du vielbesungener Frühling, wie wenige wissen um dein Walten im Thüringer Land! Du bist nicht jener blondlockige, ausgelassene Knabe des Südens, dem es wie Champagner durch die Adern braust und dessen Fußstapfen mühelos Orangenblüten und Myrten entsprießen. Hoheit liegt auf deiner Stirn, und um deine Lippen blüht das ruhige Lächeln tiefsinnigen Schaffens. Du mischest die Farben bedächtig und untermalst deine Bilder in langsamer Behaglichkeit; wir folgen deinen Pinselzügen mit stiller Freude – sie sind nicht kühn und gewaltig, aber lieblich und voll sinniger Grazie. Den bräunlich-grünen Flaum, der sich um die Brust der waldigen Berge legt, während droben noch unangetastet das Schneekrönchen auf ihrem Scheitel sitzt, das feine, grüne Spitzengewebe junger Halme und Gräser über braunen Erdschollen und auf dem verdorrten vorjährigen Graswuchs der Wiesen und Abhänge – das wandelst du allmählich und leise zu jungen Maienzweigen, zu Schneeglöckchen- und Veilchensträußchen, und nach ruhigem Überlegen und Behüten holst du, wie der sorgsame Gärtner, endlich die tausendfältige Farbenpracht aus den geschützten Gärten und legst sie auf Hecken, Wiesen und Raine . . .

Felicitas rückte den kleinen runden Tisch in den Vorbau und daneben den bequemen Lehnsessel der alten Mamsell. Sie legte eine frische Serviette auf und machte die kleine Kaffeemaschine zurecht; das noch zu vollendende Kinderzeug wurde daneben gelegt, und als es in der kleinen Messingkanne sang und zischte und ein köstlicher Mokkaduft auf die Galerie hinausströmte, da saß die alte Mamsell behaglich in ihrem Lehnstuhl und blickte träumerisch hinaus in die sonnenbeschienene Frühlingswelt.

Felicitas hatte ihre Arbeit wiederaufgenommen.

»Tante«, sagte sie nach einer kleinen Pause, jedes ihrer Worte betonend, »er kommt morgen.«

»Ja, mein Kind, ich weiß es aus der Zeitung; da steht die Notiz aus Bonn: ›Professor Hellwig geht zu seiner Erholung auf zwei Monate nach Thüringen‹ ... Er ist ein berühmter Mann geworden, Fee.«

»Ihm mag sein Ruhm leicht werden. Er kennt nicht die Qual, die das Mitleiden der Pflicht gegenüber verursacht ... Er schneidet in das Fleisch und in die Seelen seiner Mitmenschen mit gleichem Behagen.«

Die alte Mamsell heftete erstaunt ihren Blick auf Felicitas' Gesicht; dieser Ton voll unsäglicher Bitterkeit war ihr neu.

»Hüte dich, ungerecht zu werden, mein Kind!« sagte sie nach kurzem Schweigen langsam und mit unbeschreiblicher Milde.

Felicitas sah rasch auf – ihre braunen Augen erschienen in diesem Augenblick fast schwarz.

»Ich wüßte nicht, wie ich es anfangen sollte, nachsichtiger über ihn zu denken«, entgegnete sie; »er hat sich schwer an mir versündigt, und ich weiß – ich würde es nie beklagen, wenn ihm ein Leid widerführe, und wenn ich ihm zu einem Glück verhelfen könnte, ich würde keinen Finger bewegen –«

»Fee –«

»Ja, Tante, das ist die Wahrheit ... Ich habe stets ein ruhiges Gesicht zu dir heraufgebracht, weil ich dir und mir die kargen Stunden unseres Beisammenseins nicht vergällen wollte; du hast oft an den Frieden meiner Seele geglaubt, während es in ihr stürmte ... Lasse dich in den Staub treten, täglich, stündlich – höre, wie deine Eltern geschmäht werden, wie man sie Gottverfluchte nennt, denen du alle dir angedichteten Fehler verdanken sollst – fühle das Streben nach Höherem in dir und lasse dich unter Hohnlachen hinabstoßen in die ungebildete Sphäre, weil du arm bist und kein Recht hast auf die höhere Bildung – sieh, wie diese deine Peiniger den Nimbus der Frömmigkeit tragen und dich ungestraft im Namen des Herrn geistig vernichten dürfen, und trägst du alles ruhig, empört sich nicht jeder Blutstropfen in dir, kannst du verzeihen, so ist das nicht die Duldsamkeit eines Engels, sondern die feige, sklavische Unterwerfung einer schwachen Seele, die es verdient, daß man ihr den Fuß auf den Nakken setzt!«

Felicitas sprach fest, mit tiefer, klangvoller Stimme. Welche Gewalt hatte dieses merkwürdige, junge Geschöpf über sein Äußeres! – Kaum, daß es die Hand hob bei diesen leidenschaftlichen Worten.

»Der Gedanke, daß ich jenem Steingesicht wieder gegenüberstehen soll, regt mich mehr auf, als ich dir sagen kann, Tante!« fuhr sie nach einem tiefen Atemholen fort. »Er wird mit der Stimme ohne Herz und Seele alles wiederholen, was er seit neun Jahren schriftlich an mir verbrochen hat ... Wie der grausame Knabe, der ein armes, geflügeltes Geschöpf am Faden flattern läßt, so hat er mich an dies schreckliche Haus gebunden und dadurch den letzten Willen des Onkels in einen Fluch für mich verkehrt ... Kann es etwas Grausameres geben als seine Handlungsweise mir gegenüber? Ich durfte keine geistigen Fähigkeiten, kein weiches Herz, kein empfindliches Ehrgefühl haben – das alles war unstatthaft bei einem Spielerskind; seine schmachvolle Abkunft konnte nur dadurch gesühnt werden, daß es eine sogenannte Magd des Herrn werde, eines jener armen Geschöpfe mit möglichst engbegrenztem Gesichtskreis.«

»Nun, darüber sind wir hinausgekommen, mein Kind!« sagte Tante Cordula mit einem feinen Lächeln. »Übrigens wird mit seiner Ankunft ein Wendepunkt für dich eintreten«, fügte sie ernst hinzu.

»Nach verschiedenen Kämpfen sicher – Frau Hellwig gab mir heute den Trost, es werde dann alles ein Ende haben.«

»Nun, und dann werde ich dir nicht mehr zu wiederholen brauchen, daß du drunten ausharren müßtest, um den letzten Willen dessen zu ehren, der dich in sein Haus genommen und wie ein eigenes Kind geliebt hat . . . Dann bist du völlig frei und wirst die Pflegerin deiner alten Tante vor aller Welt, und wir müssen nicht mehr fürchten, auseinandergerissen zu werden, denn die drunten haben sich ihres Rechtes begeben.«

Felicitas sah mit leuchtenden Augen auf, sie ergriff rasch die kleine, welke Hand der alten Mamsell und zog sie an ihre Lippen.

»Und denke nicht schlimmer von mir, Tante, seit du tiefer als bisher in mein Inneres gesehen hast«, bat sie mit weicher Stimme. »Ich liebe die Menschen und habe eine sehr hohe Meinung von ihnen, und wenn ich mich so energisch gegen geistigen Tod gewehrt habe, so hat mich zum Teil auch der Gedanke angetrieben, in ihrem Kreis mehr zu sein als ein gewöhnliches Lasttier . . . Werde ich auch durch einzelne mißhandelt, so bin ich doch weit entfernt, meine Anklage über die gesamte Menschheit auszudehnen – ich habe nicht einmal Mißtrauen gegen sie . . . Dagegen bin ich nicht imstande, meine Feinde zu lieben und die zu segnen, die mir fluchen. Ist das ein dunkler Punkt in meinem Charakter, so kann ich's nicht ändern, und, Tante – ich will auch nicht, denn hier ist die haarscharfe Grenze zwischen Milde und Charakterlosigkeit!«

Tante Cordula schwieg und heftete den trüben Blick auf

den Boden ... Hatte sie auch einen Moment in ihrem Leben, wo sie nicht oder nur mit unsäglicher Überwindung verzeihen konnte? ... Sie ließ das Gespräch absichtlich fallen, nahm selbst Nadel und Faden zur Hand, und nun wurde ununterbrochen gearbeitet, und als der Abend hereindämmerte, war ein stattliches Bündel fertig. Tief in seinem Innern steckte der silberne Kern, jenes kleine Kapital, das der arme Tischlermeister von den »Gottbegnadeten« vergebens erfleht hatte und welches er nun unbewußt empfing aus den Händen der sogenannten Ungläubigen.

Als Felicitas die Wohnung der alten Mamsell verließ, war es schon lebendig im Vorderhaus. Sie hörte das Kind der Regierungsrätin, die kleine Anna, lachen und plaudern, und der Vorsaal im zweiten Stockwerk hallte wider von kräftigen Hammerschlägen. Das junge Mädchen flog durch den Korridor, der in den Vorplatz mündete. Dort stand Heinrich auf einer Leiter und befestigte Girlanden über einer Tür. Bei Felicitas' Anblick schnitt er eine urkomische Grimasse, in welcher Grimm, Spott und Laune um die Oberhand stritten, und schlug noch einigemal heftig auf die unglücklichen Nagelköpfe, als sollten sie zu Brei zermalmt werden, dann stieg er herunter.

Die kleine Anna hatte mit feierlichem Ernst die Leiter gehalten, damit sie nicht umfallen sollte, als sie aber Felicitas erblickte, da vergaß sie ihres wichtigen Amtes, wakkelte schwerfällig auf sie zu und schlang zärtlich die Ärmchen um deren Knie. Das junge Mädchen hob sie vom Boden auf und nahm sie auf den Arm.

»Tun die Leute nicht, als ob morgen eine Kopulation im Hause wäre«, sagte Heinrich halblaut und verärgert, »und derweil kommt einer, der nicht rechts noch links sieht und den ganzen Tag ein Gesicht macht, als ob er Essig verschluckt hätte« ... Er hob das eine Ende der Girlande auf. »Guck da, Blümlein Vergißmeinnicht ist auch drin ... na, die das Dings da gebunden hat, die wird schon wissen, warum ... Aber Feechen«, unterbrach er sich ärgerlich, als er sah, daß das Kind seine Wange an Felicitas' Gesicht legte, »tue mir doch den einzigen Gefallen und nimm das kleine Scheusälchen nicht immer auf den Arm – es hat ja keinen gesunden Tropfen Blut im Leib, und vielleicht steckt's doch an.«

Felicitas legte rasch die Linke um die kleine Gestalt und drückte sie voll tiefen Erbarmens an ihre Brust. Das Kind fürchtete sich vor Heinrichs feindseligem Blick und versteckte sein häßliches Gesichtchen, man sah nur den kleinen Lockenkopf, und so war das junge Mädchen mit dem Kind auf dem Arm in diesem Augenblick das schönste Madonnenbild.

Sie war eben im Begriff, unwillig zu antworten, als die bekränzte Tür aufging; sie mochte nur angelehnt gewesen sein, denn langsam und allmählich fiel sie zurück und ließ die Draußenstehenden ins Zimmer sehen. Es war in der Tat, als sollte eine junge Braut ihren Einzug halten; auf dem Sims des einzigen Fensters da drin standen Vasen voll Blumen, und die Regierungsrätin hatte eben eine lange Girlande in zierlichen Windungen über den Schreibtisch gehängt. Sie trat zurück, um das Werk ihrer Hände von fern zu betrachten, dabei wandte sie den Kopf und erblickte die draußen stehende Gruppe. Vielleicht mißfiel ihr die Madonnenähnlichkeit, sie runzelte mißmutig die feinen Brauen, rief ihr Dienstmädchen herbei, das mit dem Staubtuch über die Möbel fuhr, und zeigte nach der Tür.

»Wirst du denn gleich 'runtergehen, Ännchen«, schalt Rosa herauseilend, »du sollst dich von niemand auf den Arm nehmen lassen, hat Mama gesagt ... Die gnädige Frau sieht es gar nicht gern«, sagte sie schnippisch zu Felicitas, während sie die Kleine nahm und auf den Boden stellte, »wenn Ännchen zu allen Leuten geht und sich küssen und hätscheln läßt – es sei nicht gesund, meint sie.«

Sie führte das bitterlich weinende Kind ins Zimmer und schloß die Tür.

»Ei, du heiliges Kreuz, ist das ein Volk!« knirschte Heinrich, indem er die Treppe hinabstieg. »Siehst du, das hast du nun von deinem guten Willen, Feechen! – Solche Leute denken, ihre Krankheiten seien ebenso vornehm wie sie selber, und man müsse Gott danken, wenn man mit seinen gesunden Händen ihre elenden Leiber anrühren darf.«

Felicitas schritt schweigend neben ihm. Als sie den Hausflur betraten, rollte draußen ein Wagen über den Marktplatz und hielt vor dem Hause. Ehe Heinrich die Tür erreichen konnte, wurde sie mit einem kräftigen Ruck geöffnet. Es dämmerte bereits stark, man konnte nur an den Umrissen erkennen, daß es eine Männergestalt war, welche auf die Schwelle trat. Mit wenigen raschen Schritten stand der Herr vor der Tür des Wohnzimmers, die von innen aufgemacht wurde. Den Ausruf der Überraschung von Frau Hellwigs Lippen und die trockenen Worte: »Ei, du bist unpünktlich geworden, Johannes, wir erwarteten dich erst morgen!« schollen heraus, dann wurde die Tür geschlossen, und nur der draußen harrende Wagen und das zurückgebliebene Aroma einer feinen Zigarre bewiesen, daß die Erscheinung wirklich gewesen war.

»Das war er!« flüsterte Felicitas und legte die Hand auf ihr erschrockenes Herz.

»Nun kann's losgehn!« brummte Heinrich zu gleicher Zeit, aber er schwieg alsbald wieder und horchte lächelnd nach dem Treppenhaus.

Da droben kam es herabgebraust wie die wilde Jagd. Die Regierungsrätin flog förmlich über die Stufen, die blonden Locken flatterten, und das weiße Kleid umwogte die schwebende Gestalt wie eine Wolke. Sie ließ Rosa und das langsam herabpolternde Kind weit hinter sich und stand nach wenigen Augenblicken im Wohnzimmer.

»Gelt, Feechen, nun wissen wir doch auch, warum Blümlein Vergißmeinnicht in der Girlande steckt?« lachte Heinrich und ging hinaus, um das Gepäck des Ankömmlings in Empfang zu nehmen.

Fee lehnt Heiratsantrag ab (von Missionar)
Zusammentreffen von Fee und Johannes

XII

Am anderen Morgen – es war noch ziemlich früh – benutzte Felicitas einen freien Augenblick und schlüpfte hinauf zur Tante Cordula, um ihr mitzuteilen, daß Heinrichs Expedition bei der armen Tischlerfamilie geglückt sei. Auf dem Vorplatz des zweiten Stockes kam ihr Heinrich entgegen, er schmunzelte vergnügt und deutete mit dem Daumen über die Schulter zurück nach der Tür, die er gestern bekränzt hatte. Der Blumenschmuck war verschwunden; ein förmlicher Knäuel von Girlanden lag am Boden, und an der Wand hin reihten sich verschiedene Blumenvasen.

»Hui, das flog 'runter!« flüsterte Heinrich. »Eins, zwei, drei, da lag das Blümlein Vergißmeinnicht auf der Erde – ich kam gerade dazu, wie er auf der Leiter stand.«

»Wer?«

»Nun, der Professor ... Er machte ein schreckliches Gesicht, ich hatte aber auch das Ding für alle Ewigkeit festgenagelt ... er hat fürchterlich reißen und zerren müssen ... Aber denk dir nur, Feechen, er gab mir die Hand, als ich ihm guten Morgen wünschte – das hat mich doch gewundert.«

Felicitas' Lippen kräuselten sich – sie war im Begriffe, etwas Herbes zu sagen, aber plötzlich huschte sie um die Ecke in den dunklen Korridor; drin im Zimmer hatten sich rasche Schritte der Tür genähert.

Als sie später aus der Mansarde zurückkehrte und die Treppe hinabgehen wollte, da klang die Stimme der Regierungsrätin aus dem ersten Stock herauf; sie sprach in sanft klagenden Tönen – es gab wohl nicht leicht etwas Melodischeres als das Organ dieser Frau.

»Die armen Blumen!« klagte sie.

»Wie hast du mir aber auch das antun können, Adele!« antwortete eine männliche Stimme. »Du weißt doch, daß mir dergleichen Verherrlichungen ein Greuel sind.«

Es war dieselbe kalte Stimme, die einst auf die kleine Fee einen so unauslöschlich schlimmen Eindruck gemacht; nur klang sie tiefer und hatte in diesem Augenblick eine Beimischung tadelnden Verdrusses. Felicitas bog sich über das Geländer und sah scheu, mit angehaltenem Atem, hinab. Da schritt er, vorsichtig die kleine Anna an der Hand führend, langsam Stufe um Stufe hinunter! Er bog einen Moment das Gesicht aufwärts, dies unschöne Gesicht, das einst der Vorstellung des Kindes vom fernen Johanneskopf so wenig entsprochen; es war nicht wohlwollender geworden in seinem Ausdruck. Allein diese nichts weniger als einnehmend gebildete Außenseite hatte trotzdem etwas Bedeutendes, und zwar durch den unwiderleglichen Ausdruck männlicher Kraft und eines starken Willens.

Und jetzt bog er sich nieder zu der mühsam hinabkletternden Kleinen und nahm sie auf den Arm.

»Komm her, mein Kind, es will doch nicht so recht gehen mit den armen Beinchen«, sagte er. Das klang überraschend mild und mitleidsvoll.

»Es ist aber auch kein Spielerskind, zu dem er spricht«, dachte Felicitas, und ihr Herz schwoll vor Bitterkeit.

Die Morgenstunden wurden sehr geräuschvoll für das stille Haus; die Glocke an der Haustür hörte fast nicht auf zu klingeln. Es gab auch in dieser kleinen Stadt, so gut wie in jeder anderen, Leute genug, die ihre Alltagsgesichter gar zu gern von der Glorie eines berühmten Mannes mit beglänzen lassen, ohne zu bedenken, daß gerade dieser Strahl ihr armes Ich unerbittlich beleuchtet. Diese Besuche kamen übrigens für Felicitas sehr erwünscht, denn obgleich sie nichts sehnlicher erhoffte als eine rasche Entscheidung, so bebte sie doch vor dem ersten Zusammenstoß, und plötzlich fühlte sie, daß sie noch nicht gesammelt und ruhig genug sei – jede Stunde Zeit schien ihr deshalb ein Gewinn. Allein die Machthaber in der Wohnstube hatten jedenfalls den Wunsch, die Katastrophe möglichst rasch in Szene zu setzen, denn kaum nachdem das Mittagessen beendet war, kam Heinrich in die Küche, er betrachtete Felicitas' Kleid aufmerksam, klopfte ein wenig Mehlstaub von ihrem dunklen Ärmel und sagte mit einem etwas unsicheren Blick: »Da am Ohr ist der Zopf ein wenig aufgegangen, Feechen – das steck erst fest, der da drin darf so etwas nicht sehen, das weißt du ... Du sollst nämlich gleich 'nüber in dem sel'gen Herrn sein Zimmer kommen – dort sind sie ... na, na, wer wird denn gleich so erschrecken! – Du bist ja kreideweiß geworden. Tapfer, Feechen – den Kopf kann er dir nicht abreißen!«

Felicitas öffnete die Tür und trat leise in das ehemalige Zimmer des Onkels. Genau wie vor neun Jahren, an jenem stürmischen Morgen, saß Frau Hellwig im Lehnstuhl, nahe dem Fenster. Neben ihr, den Rücken nach der Tür gewandt und die gefalteten Hände rückwärts gekreuzt, stand er, der dies Geschöpf dort eigenmächtig auf den Weg der Dienstbarkeit gedrängt und nie und nimmer geduldet hatte, daß diese dunkle Linie sich auch nur die kleinste Ausbiegung erlaube, der es stets von weiter Ferne unerbittlich gestraft hatte, ohne je zu fragen: »Bist du auch schuldig?«

Felicitas hatte mit Recht vor dieser ersten Begegnung gezittert, denn jetzt, bei seinem Anblick, fühlte sie, wie Groll und Erbitterung übermächtig in ihr wurden, und doch war ihr Selbstbeherrschung nie nötiger gewesen als in diesem entscheidenden Moment.

»Da ist Karoline«, sagte Frau Hellwig.

Der Professor drehte sich um, zeigte ein sehr erstauntes Gesicht. Wahrscheinlich hatte er nie daran gedacht, daß das Spielerskind, welches einst auf derselben Stelle mit dem kleinen Fuß gestampft und sich wie unsinnig gebärdet hatte, auch wachsen und ruhig aussehen könne. Jetzt stand die Erwachsene da, hoch und stolz aufgerichtet, wenn auch ihr Blick am Boden hing.

Er schritt auf sie zu und machte eine Bewegung mit dem rechten Arm – wollte er ihr auch etwa die Hand reichen, wie er bei Heinrich getan? Ihr Herz drehte sich fast um bei dem Gedanken, die feinen Finger bogen sich krampfhaft nach der inneren Handfläche, und unbeweglich lagen die Arme am Körper, aber die Wimpern hoben sich, und ein Blick voll tödlicher Kälte traf den ihr gegenüberstehenden Mann – so mißt ein erbitterter Gegner den anderen. Das mochte dem Professor auch sofort klarwerden; er wich unwillkürlich zurück und maß scharf die ganze Gestalt vom Kopf bis zu den Füßen.

In diesem Moment wurde an die Tür geklopft, und gleich darauf steckte die Regierungsrätin ihr blondes, lachendes Köpfchen herein.

»Ist's erlaubt?« bat sie mit schmeichelnder Stimme, und ehe geantwortet werden konnte, stand sie mitten im Zimmer.

»Ah, ich komme wohl gerade recht zum peinlichen Verhör?« fragte sie. »Meine liebe Karoline, jetzt werden Sie wohl einsehen lernen, daß es noch einen anderen Willen gibt als den Ihrigen, und für den armen Wellner kommt endlich die Entscheidung.«

»Ich bitte dich, Adele, lasse jetzt Johannes reden!« rief Frau Hellwig ziemlich kurz und ungnädig.

»Nun, bleiben wir vorläufig bei diesem einen Punkt stehen«, sagte der Professor. Er kreuzte die Arme über der Brust und lehnte sich an einen Tisch. »Wollen Sie mir sagen, weshalb Sie den ehrenvollen Antrag des Mannes zurückweisen?«

Sein ruhiges, leidenschaftloses Auge ruhte prüfend auf dem jungen Mädchen.

»Weil ich ihn verachte. Er ist ein elender Heuchler, der die Frömmigkeit als Deckmantel für seine Habgier und seinen Geiz benutzt«, entgegnete sie fest und sicher; es galt jetzt durch ruhige, rücksichtslose Offenheit die Schläge zu parieren.

»Gott, welche Verleumdung!« rief die Regierungsrätin. Sie schlug in schmerzlichem Unwillen die weißen Hände zusammen, und ihre großen, blauen Augen suchten anklagend den Himmel. Frau Hellwig aber stieß ein kurzes, rauhes Lachen aus.

»Da hast du ja gleich ein Pröbchen von der Art und Weise deiner sogenannten Mündel, Johannes!« rief sie. »Dies Mundwerk ist stets fertig mit Verachtung und dergleichen – ich kenne das! ... Mach's kurz! Du kommst nicht um ein Haarbreit weiter mit ihr, und ich habe keine Lust, ehrbare Leute, die in meinem Hause aus und ein gehen, lästern zu hören!«

Der Professor antwortete nicht. Während er mit der Hand langsam über den Bart strich – es war eine merkwürdig schöne schmale Hand, hing sein Blick an der Regierungsrätin, die noch wie ein betender Seraph dastand. Es schien fast, als habe er nur ihren Ausruf gehört, seine Lippen verzogen sich ein wenig – wer vermochte in dieser eigenartigen Physiognomie zu lesen?

»Du hast ja gewaltige Charakterstudien in den wenigen Wochen deines Hierseins gemacht, Adele!« sagte er. »Wenn man in der Weise als Anwalt auftreten kann –«

»Mein Gott, Johannes«, unterbrach ihn die junge Witwe lebhaft, »du wirst doch nicht denken, daß ein besonderes Interesse –« Sie schwieg plötzlich, und ein tiefes Rot schoß in ihre Wangen.

Jetzt blitzte es entschieden wie Spott aus dem Auge des Professors.

»Sämtliche Damen, die bei der Tante aus und ein gehen, stimmen darin überein, daß Wellner ein Ehrenmann ist«, setzte sie nach einer Pause der Sammlung entschuldigend hinzu. »Die Missionsgelder gehen durch seine Hände, und die Gläubigen finden keinen Tadel an ihm ...«

»Und darauf schwörst du nun natürlicherweise«, ergänzte der Professor, sie unterbrechend. »Ich kenne den Mann nicht«, wandte er sich an Felicitas, »und kann deshalb nicht wissen, inwieweit Ihre Anklage gerechtfertigt ist.«

»Johannes!« unterbrach ihn Frau Hellwig gereizt.

»Bitte, Mutter, wir wollen das später allein erörtern«, sagte er ruhig und beschwichtigend. »Zwingen wird Sie natürlich niemand«, fuhr er, zu dem jungen Mädchen gewandt, fort. »Ich habe Ihnen allerdings bis hierher nie das Recht eingeräumt, in irgendeiner Angelegenheit selbst zu entscheiden, einmal, weil ich Sie unter einer Führung wußte, der ich mein unbedingtes Vertrauen schenke, und dann, weil Sie ein Charakter sind, der sich stets gegen das auflehnt, was zu seinem wahren Wohl geschieht ... In dieser Frage jedoch hört meine Macht auf. Ich kann Ihnen sogar in mancher Beziehung nicht unrecht geben, denn Sie sind jung, und er steht, wie ich höre, in vorgerücktem Alter – das taugt nicht. Ein zweiter Stein des Anstoßes ist die Standesverschiedenheit; für den Augenblick wird er wohl über Ihre Herkunft hinwegsehen – später tritt in solchen Dingen gewöhnlich ein Rückschlag ein, Störung des Gleichgewichts rächt sich stets.«

Wie klang das vernünftig und – herzlos! Ein bitteres Lächeln zuckte um die Lippen des jungen Mädchens.

»Sie haben uns schwer zu schaffen gemacht«, sagte er und hob den Zeigefinger. »Sie haben es durchaus nicht verstanden und, wie ich annehmen muß, auch nicht gewollt, die Zuneigung meiner Mutter zu gewinnen ... So wie die Sachen liegen, werden Sie selbst nicht wünschen, länger hier im Hause zu bleiben.«

»Ich ginge am liebsten in dieser Stunde noch.«

»Das glaube ich Ihnen gern, Sie haben ja stets deutlich genug gezeigt, daß Ihnen unsere strenge und gewissenhafte Fürsorge unerträglich ist.« Sein Ton hatte jetzt doch eine Beimischung von Ärger und Gereiztheit. »Es ist eben eine völlig verlorene Mühe unsererseits gewesen, die Zugvogelnatur in Ihnen unterdrücken zu wollen ... Nun, Sie sollen haben, was Sie wünschen, aber ich halte meine Aufgabe noch nicht für beendet – ich will erst noch den Versuch machen, Ihre Angehörigen aufzufinden.«

»Du warst früher anderer Ansicht über diesen Punkt«, warf Frau Hellwig spöttisch ein.

»Die hat sich im Laufe der Dinge geändert, wie du siehst, Mutter«, erwiderte er ruhig.

Felicitas schwieg und sah vor sich nieder. Sie wußte, daß dieser Schritt ohne Erfolg bleiben würde – Tante Cordula hatte ihn längst getan. Vor vier Jahren war durch die Redaktion einer der ersten Zeitungen ein Aufruf an den Taschenspieler d'Orlowsky und die Verwandten von dessen Ehefrau ergangen, er hatte alle namhaften Blätter durchlaufen, aber bis zur Stunde war niemand erschienen. Das konnte das junge Mädchen freilich nicht sagen.

»Ich werde heute noch die nötigen Schritte tun«, fuhr der Professor fort, »und glaube, daß ein Zeitraum von zwei Monaten völlig genügt, um Aufschluß zu gewinnen ... Bis dahin stehen Sie noch unter meiner Vormundschaft und im dienstlichen Verhältnis zu meiner Mutter. Sollte sich jedoch, wie ich fürchte, keiner Ihrer Anverwandten auffinden lassen, dann –«

»Dann bitte ich um meine sofortige Freiheit nach Ablauf der gestellten Frist!« unterbrach ihn Felicitas rasch.

»Nein, das klingt denn doch zu abscheulich!« rief die Regierungsrätin entrüstet. »Sie tun ja wirklich, als hätte man Sie in diesem Hause des Friedens und der christlichen Barmherzigkeit gemartert und gekreuzigt! . . . Undank!«

»Sie meinen also, unseren ferneren Beistand entbehren zu können?« fragte der Professor, ohne den Zorneserguß der jungen Witwe zu beachten.

»Ich muß dafür danken.«

»Nun gut«, sagte er nach einem Moment des Schweigens kurz, »nach Verlauf von zwei Monaten soll Ihnen freistehen, zu tun und zu lassen, was Sie wollen!« Er wandte sich ab und schritt nach dem Fenster.

»Du kannst gehen!« gebot Frau Hellwig rauh.

Felicitas verließ das Zimmer.

»Also noch ein achtwöchiger Kampf!« flüsterte sie, während sie durch den Hausflur schritt. »Es wird ein Kampf auf Leben und Tod werden.«

Fee belauscht das Gespräch zwischen Johannes und seinem Studienfreund

XIII

Drei Tage waren seit des Professors Ankunft vergangen; sie hatten das einförmige Leben in dem alten Kaufmannshaus völlig verwandelt, aber Felicitas waren sie wider alles Erwarten ruhig verflossen. Der Professor hatte sich nicht wieder um sie gekümmert; er schien den Verkehr mit ihr auf die erste und einzige Unterredung beschränken zu wollen. Sie atmete auf, und doch – seltsamerweise – hatte sie sich nie mehr gedemütigt und verletzt gefühlt als jetzt ... Er war einigemal im Hausflur an ihr vorübergegangen, ohne sie zu sehen – freilich war er da ärgerlich gewesen und hatte ein grimmiges Gesicht gemacht, was ihn durchaus nicht verschönte. Frau Hellwig ließ sich nämlich trotz aller seiner Bitten und Vorstellungen nicht nehmen, ihn hinunter in das Wohnzimmer zu bescheiden, wenn Besuchende aus ihrem Bekanntenkreis kamen, die ihn zu sehen wünschten. Er erschien notgedrungen, aber dann stets als sehr unliebenswürdiger, schroffer Gesellschafter ... Es kamen aber viele andere täglich, die von Heinrich hinaufgewiesen wurden in das zweite Stockwerk – Hilfesuchende, oft sehr dürftige, armselige Gestalten, die Friederike zu jeder anderen Zeit ohne weiteres an der Schwelle zurückgewiesen haben würde; sie schritten jetzt zum Ärger der alten Köchin und eigentlich auch gegen den Willen der Frau Hellwig über die schneeweiß gehaltene, förmlich gefeite Treppe des vornehmen Hauses und fanden droben ohne Unterschied Einlaß und Gehör. Der Professor war hauptsächlich als Augenarzt berühmt; es waren ihm Kuren gelungen, die andere anerkannt tüchtige Fachmänner in den Bereich der Unmöglichkeiten verwiesen hatten – der Name des noch sehr jungen Mannes war dadurch plötzlich ein glänzender und gepriesener geworden.

Frau Hellwig hatte Felicitas das Abstauben und Aufräumen im Zimmer ihres Sohnes übertragen. Der kleine Raum erschien völlig verwandelt, seit er bewohnt wurde; vorher mit ziemlichem Komfort ausgestattet, glich er jetzt weit eher einer Kartäuserzelle. Ein gleiches Schicksal wie den Girlandenschmuck hatte die bunten Kattunvorhänge ereilt – sie waren sofort unter den Händen des Professors als lichtraubend gefallen, ebenso hatten einige unkünstlerische, mit großer Farbenverschwendung illuminierte Schlachtenbilder an den Wänden weichen müssen; dagegen hing plötzlich ein sehr alter, in eine dunkle Ecke des

Vorsaales verbannter Kupferstich, trotz seines zerbröckelnden, schwarzen Holzrahmens, über dem Schreibtisch des Bewohners. Es war ein wahres Meisterstück der Kupferstecherkunst, ein junge schöne Mutter vorstellend, die ihr Kind zärtlich in ihren pelzverbrämten Seidenmantel hüllt. Die wollene Decke auf dem Sofatisch und mehrere gestickte Polster waren als Staubfänger entfernt worden, und auf einer Kommode standen statt der Meißner Porzellanfiguren die Bücher des Professors, dicht aneinander gedrängt und symmetrisch geordnet. Da sah man kein umgeknicktes Blatt, keine abgestoßene Ecke, und doch wurden sie ohne Zweifel viel gebraucht; sie steckten in sehr unscheinbarem Gewand und waren, je nach der Sprache, in der sie geschrieben, uniformiert . . . »Genau so versucht er die Menschen zu ordnen«, dachte Felicitas bitter, als sie zum erstenmal die Bücherreihen sah, »und wehe, wenn eine über die ihr angewiesene Farbe hinauswill!«

Den Morgenkaffee trank der Professor in Gesellschaft seiner Mutter und der Regierungsrätin; dann aber ging er auf sein Zimmer und arbeitete bis zum Mittag. Er hatte gleich am ersten Morgen den Wein zurückgewiesen, den Frau Hellwig zu seiner Erquickung hinaufgeschickt; dagegen mußte stets neben ihm eine Karaffe voll Wasser stehen. Es schien, als vermeide er geflissentlich, sich bedienen zu lassen – nie benutzte er die Klingel; war ihm das Trinkwasser nicht mehr frisch genug, so stieg er selbst hinunter in den Hof und füllte die Karaffe aufs neue.

Am Morgen des vierten Tages waren Briefe an den Professor eingelaufen. Heinrich war ausgegangen, und so wurde Felicitas in das zweite Stockwerk geschickt. Sie blieb zögernd vor der Tür stehen, drin wurde gesprochen; es war eine Frauenstimme, die, wie es schien, eben eine längere Ansprache beendete.

»Doktor Böhm hat mit mir über das Augenleiden Ihres

Sohnes gesprochen«, antwortete der Professor in gütigem Ton; »ich will sehen, was sich tun läßt.«

»Ach, gnäd'ger Herr Professor, ein so berühmter Mann wie Sie – «

»Lassen Sie das, Frau!« unterbrach er die Sprechende so rauh, daß sie erschrocken schwieg. »Ich will morgen kommen und die Augen untersuchen«, setzte er milder hinzu.

»Aber wir sind arme Leute; der Verdienst ist gering – «

»Das haben Sie mir bereits zweimal gesagt, liebe Frau!« unterbrach sie der Professor abermals ungeduldig. »Gehen Sie jetzt; ich brauche meine Zeit nötiger ... Wenn ich Ihrem Sohn helfen kann, so geschieht es – adieu!«

Die Frau kam heraus, und Felicitas schritt über die Schwelle. Der Professor saß am Schreibtisch; seine Feder flog bereits wieder über das Papier. Er hatte aber doch das junge Mädchen eintreten sehen, und ohne das Auge von der Arbeit wegzuwenden, streckte er die Linke nach den Briefen aus. Er erbrach einen derselben, während Felicitas nach der Tür schritt.

»Apropos«, rief er, schon halb und halb in den Brief vertieft, »wer staubt denn hier im Zimmer ab?«

»Ich«, antwortete das junge Mädchen stehenbleibend.

»Nun, dann muß ich Sie ersuchen, künftig meinen Schreibtisch mehr zu respektieren. Es ist mir sehr unangenehm, wenn ein Buch auch nur von seiner Stelle gerückt wird, und hier fehlt mir sogar eines.«

Felicitas schritt gelassen nach dem Tisch, auf welchem mehrere Bücherstöße lagen.

»Was hat das Buch für einen Titel?« fragte sie ruhig.

Es zuckte etwas wie ein Lächeln durch das ernste Gesicht des Professors. Diese Frage aus einem Mädchenmund klang aber auch eigentümlich naiv und bedenklich im Studierzimmer des Arztes.

»Sie werden es schwerlich finden – es ist ein französisches Buch«, erwiderte er. »Cruveilhier. Anatomie du système nerveux steht auf der Rückseite«, setzte er hinzu – wieder zuckte es über sein Gesicht

Felicitas zog sofort eines der Bücher hervor; es lag zwischen mehreren anderen französischen Werken.

»Hier ist es«, sagte sie. »Es lag jedenfalls noch auf der Stelle, wo Sie es selbst hingelegt hatten – ich nehme keines der Bücher in die Hand.«

Der Professor stützte seine Linke auf den Tisch, drehte sich mit einem Ruck nach dem jungen Mädchen um und sah ihm voll ins Gesicht

»Sie verstehen Französisch?« fragte er rasch und scharf.

Felicitas erschrak; sie hatte sich verraten. Freilich verstand sie nicht allein Französisch, sie sprach es auch leicht und fließend – die alte Mamsell hatte sie vortrefflich unterrichtet. Jetzt sollte sie antworten, und zwar entschieden antworten. Die stahlgrauen Augen mit dem unabweisbaren Blick wichen nicht von ihrem Gesicht, sie hätten die Lüge jedenfalls sofort abgelesen – sie mußte die Wahrheit sagen.

»Ich habe Unterricht gehabt«, entgegnete sie.

»Ach ja, ich entsinne mich, bis zu Ihrem neunten Lebensjahr – und da ist etwas hängengeblieben«, sagte er, indem er sich mit der Hand die Stirne rieb.

Felicitas schwieg.

»Das ist ja auch der unglückliche Kasus, an welchem wir mit unserem Erziehungsplan gescheitert sind, meine Mutter und ich«, fuhr er fort. »Es ist Ihnen zu viel weisgemacht worden, und weil wir darüber unsere eigene Ansicht hatten, so verabscheuen Sie uns als Ihre Peiniger und Gott weiß was alles, nicht wahr?«

Felicitas rang einen Augenblick mit sich, aber die Erbitterung siegte. Sie öffnete die blaßgewordenen Lippen und sagte kalt: »Ich habe alle Ursache dazu.«

Einen Moment runzelten sich seine Augenbrauen wie in heftigem Unwillen; allein vielleicht erinnerte er sich so mancher trotzigen und unfreundlichen Antwort, die er oft als Arzt von ungeduldigen Patienten ruhig hinnehmen mußte ... Das junge Mädchen da vor ihm krankte ja auch seiner Meinung nach an einem Irrtum; daraus entsprang jedenfalls die Gelassenheit, mit der er sagte: »Nun, von dem Ihnen gemachten Vorwurf der Verstocktheit spreche ich Sie hiermit frei – Sie sind mehr als aufrichtig ... Übrigens werden wir uns über Ihre schlechte Meinung zu trösten wissen.«

Er nahm den Brief wieder auf, und Felicitas entfernte sich. Als sie auf die Schwelle der offenen Tür trat, da flog ein Blick des Lesenden ihr nach. Der Vorsaal war erfüllt von warmem Sonnenglanz; die Mädchengestalt stand plastisch da in dem dunkleren Zimmer wie ein Gemälde auf Goldgrund. Noch fehlte den Formen jene Rundung und Fülle, die bei der vollkommen entwickelten Frauenschönheit unerläßlich ist; trotzdem erschienen die Linien weich und zeigten in der Bewegung eine unbeschreibliche Grazie, man möchte sagen, jene Schmiegsamkeit, wie sie die Märchenpoesie ihren schwebenden und huschenden Gestalten andichtet ... Und was war das für ein merkwürdiges Haar! Gewöhnlich erschien es kastanienbraun; wenn aber, wie in diesem Augenblick, ein Sonnenstrahl darauf fiel, dann blinkte es rötlich-golden. Es erinnerte durchaus nicht an jenes geschmeidige, lang herabfallende Frauenhaar, wie einst unter dem Helm der schönen Spielersfrau hervorgequollen. Ziemlich kurz, aber von mächtiger Fülle, Welle an Welle bildend, sträubte es sich noch sichtbar widerwillig in dem dicken, einfach geschlungenen Knoten am Hinterkopf. Einzelne starke Ringel befreiten sich stets eigenmächtig und lagen, wie eben jetzt, auf dem weißen Hals.

Der Professor widmete sich wieder seiner Arbeit; aber der Gedankenfluß, den vorhin die Bürgersfrau unterbrochen, ließ sich nicht sofort wieder in die rechte Bahn lenken. Er rieb sich verdrießlich die Stirne und trank ein Glas Wasser – vergebens. Endlich warf er, ärgerlich über die Störungen, die Feder auf den Tisch, nahm den Hut vom Nagel und ging die Treppe hinab . . .

Hätte der Mohrenkopf, der als Tintenwischer seinem gelehrten Herrn seit Jahren gegenüberstand, den großen grinsenden Mund noch weiter aufzureißen vermocht, er hätte es sicher getan, und zwar vor Erstaunen – da lag die Feder, dick angefüllt mit frischer Tinte, und der unglückliche Mohr lechzte vergeblich nach dem Naß und dem gewohnten Vergnügen, mit seinem Kleid ihre vielvermögende Spitze blank zu putzen – unerhört! Der peinliche, pünktliche Mann war zerstreut.

»Mutter«, sagte der Professor, im Vorübergehen das Wohnzimmer betretend, »ich wünsche ferner nicht, daß du mir das junge Mädchen mit Aufträgen hinaufschickst – überlasse das Heinrich, und ist er einmal nicht da, so kann ich schon warten.«

»Siehst du«, entgegnete Frau Hellwig triumphierend, »dir ist schon nach drei Tagen diese Physiognomie unerträglich; mich aber hast du verurteilt, sie neun Jahre lang um mich zu dulden!«

Ihr Sohn zuckte schweigend die Achseln und wollte sich entfernen.

»Der frühere Unterricht, den sie bis zu des Vaters Tod erhalten, hat völlig aufgehört mit ihrem Eintritt in die Bürgerschule?« fragte er, sich nochmals umwendend.

»Was das für närrische Fragen sind, Johannes!« rief Frau Hellwig ärgerlich. »Habe ich dir nicht ausführlich genug über diesen Punkt geschrieben, und ich dächte auch gesprochen bei meinem Besuch in Bonn? . . . Die Schulbücher sind verkauft worden, und die Schreibhefte habe ich in derselben Stunde verbrannt.«

»Und was hat sie für Umgang gehabt?«

»Was für Umgang? ... Na, eigentlich nur den mit Friederike und Heinrich; sie hat es ja selbst nicht anders gewollt. Ich habe mich natürlich nicht überwinden können, sie an meinem Tisch essen zu lassen und in meiner Stube zu dulden, einmal war und blieb sie das Wesen, das sich zwischen deinen Vater und mich gedrängt hat, und dann wurde sie ja immer unausstehlicher und hoffärtiger. Ich hatte ihr übrigens ein paar Töchter aus christlichen Handwerkerfamilien ausgesucht, mit denen sie umgehen sollte; aber du weißt ja, daß sie mir erklärt hat, sie wolle nichts mit den Leuten zu schaffen haben, das seien Wölfe in Schafspelzen und dergleichen. Na, du wirst in den acht Wochen, die du dir selbst aufgebürdet hast, schon noch dein blaues Wunder erleben!«

Der Professor verließ das Haus, um einen weiten Spaziergang zu machen.

Am Nachmittag desselben Tages erwartete Frau Hellwig mehrere Damen, meist fremde Badegäste, zum Kaffee. Er sollte im Garten getrunken werden; und weil Friederike plötzlich krank geworden war, so wurde Felicitas allein hinausgeschickt, um alles vorzurichten. Auf dem großen Kiesplatz, im Schutze einer hohen Taxuswand, stand der schöngeordnete Kaffeetisch, und in der Küche des Gartenhauses zischte und brodelte das Wasser im Erwarten seiner Umwandlung zu dem allgeliebten Mokkatrank. Das junge Mädchen lehnte an einem offenen Fenster des Gartenhauses und sah wehmütig sinnend hinaus ... Vor Jahren hatte es ebenso farbig geleuchtet auf Büschen und Beeten für ihn, dessen warmes, weiches Herz nun in Staub zerfiel, für ihn, der seine helfende, stützende Hand überall anlegte, wo es galt – bei seinen emporsprossenden Blumen wie bei

Menschenhilflosigkeit und Elend ... Die jungen Blumenaugen da allerorten lächelten jetzt ebenso fröhlich in andere, kalte Gesichter, und die Menschen sprachen nicht mehr von ihm ...

Hierher hatte er sich und die kleine Waise gerettet vor den vernichtenden Blicken und der schneidenden Zunge da drin in der Stadt – nicht allein zur lustigen Sommerzeit; wenn draußen der Frühling noch mit dem Winter rang, da prasselte hier im weißen Porzellanofen ein tüchtiges Feuer; ein dicker Teppich auf dem Boden wärmte die Füße, die Büsche drückten ihre Knospenansätze gegen die erwärmten Scheiben, auf denen einzelne verwegene Schneeflocken rettungslos zerschmolzen ... traute, liebe Erinnerungen! Und da drüben standen die Nußbäume; die kaum entwickelten Blätterzungen hingen in diesem Augenblick müßig und unbewegt, wie trunken vom goldenen Sonnenlicht, übereinander ... Was hatten sie einst dem Kind alles zugeflüstert! Süße, selige Verheißungen von Welt und Zukunft, Träume, so klar und schattenlos wie der unbewölkte Himmel droben – und dann war es plötzlich dunkel und dräuend über dem schuldlosen Haupt des Spielerkindes geworden, ein greller Blitz der Erkenntnis hatte die Blätterzungen zu Lügnern gemacht.

Näher kommende Männerstimmen und das Knarren der Gartentür schreckten Felicitas aus ihrem trüben Grübeln auf. Durch das nördliche Eckfenster konnte sie sehen, wie der Professor in Begleitung eines anderen Herrn den Garten betrat. Sie schritten langsam dem Hause zu. Jener Herr kam seit einiger Zeit öfter zu Frau Hellwig; er war der Sohn eines sehr angesehenen, der Familie Hellwig befreundeten Hauses. Im Alter mit dem Professor gleichstehend, hatte auch er seine Erziehung in dem Institut des strenggläubigen Hellwigschen Verwandten am Rhein erhalten. Beide waren dann, freilich nur für kurze Zeit, Studiengenossen auf der Universität gewesen, und wenn auch völlig verschieden in Charakter und Anschauungsweise, hatten sie doch stets freundschaftlich zueinander gestanden. Während Johannes Hellwig fast sofort nach Beendigung seiner Studienzeit den Lehrstuhl bestiegen, war der junge Frank auf Reisen gegangen. Erst vor kurzem hatte er sich auf Wunsch seiner Eltern herbeigelassen, sein juristisches Examen zu machen; er war nun Rechtsanwalt in seiner Vaterstadt und harrte der Dinge und Klienten, die da kommen sollten.

Wie er so näher schritt, war er eine fast vollkommen schöngebildete Männererscheinung – ein geistreiches Gesicht über schlank und edel geformten Gliedern. Vielleicht hätte dieser sehr zierliche Kopf mit der feinen, etwas weich verlaufenden Profillinie einen weiblichen Eindruck gemacht; aber so, wie er getragen wurde, fest und sicher auf den Schultern und unterstützt von entschiedenen, wenn auch eleganten Bewegungen, ließ er diesen leisen Tadel nicht aufkommen.

Er nahm eben die Zigarre aus dem Mund, betrachtete sie aufmerksam und schleuderte sie dann verächtlich von sich. Der Professor holte sein Etui hervor und bot es ihm.

»Ei, Gott bewahre!« rief der Rechtsanwalt, indem er mit komischer Gebärde beide Hände abwehrend ausstreckte. »Es könnte mir doch nicht einfallen, die armen Heidenkinder in China und Gott weiß wo noch zu bestehlen!«

Der Professor lächelte.

»Denn so wie ich dich kenne«, fuhr der andere fort, »hältst du jedenfalls mit unbestreitbarem Heroismus dein Kasteiungswerk aus der Jugendzeit fest, das heißt, du bestimmst dir täglich drei Zigarren, rauchst aber konsequent nur eine, während das Geld für die beiden anderen in deine Missionssparbüchse fließt!«

»Ja, die Gewohnheit habe ich noch«, bestätigte mit ruhigem Lächeln der Professor; »aber das Geld hat eine andere Bestimmung – es gehört meinen armen Patienten ohne Unterschied.«

»Nicht möglich! ... Du, der starre Vorkämpfer pietistischen Strebens, der getreueste unter den Jüngern unseres rheinischen Institutsdespoten! Befolgst du so seine Lehren, Abtrünniger?«

Der Professor zuckte die Achseln. Er blieb stehen und streifte nachdenklich die Asche von seiner Zigarre.

»Als Arzt lernt man anders denken über die Menschheit und die Pflichten des einzelnen ihr gegenüber«, sagte er. »Ich habe stets das eine große Ziel im Auge gehabt, mich wahrhaft nützlich zu machen; um das zu erreichen, habe ich vieles vergessen und verwerfen müssen.«

Sie schritten weiter, und ihre Stimmen verhallten. Allein auf dem Kiesweg, den sie wandelten, lag die Sonne träge und brütend, sie kehrten, in ihr Gespräch vertieft, fast instinktmäßig zurück unter die Akaziengruppe, die ihre Zweige über den am Haus hinlaufenden, mit breiten Steinplatten belegten Weg hing und ihn kühl und schattig machte.

»Streite nicht!« hörte Felicitas den Professor ein wenig lebhafter als gewöhnlich sagen. »Daran änderst du nichts ... Genau wie vor so und so vielen Jahren langweile ich mich entweder entsetzlich, oder ich ärgere mich in weiblicher Gesellschaft; und – das kann ich dir sagen – mein Verkehr als Arzt mit dem sogenannten schönen Geschlecht ist auch durchaus nicht geeignet, meine Meinung zu erhöhen ... Welch ein Gemisch von Gedankenlosigkeit und Charakterschwäche!«

»Du langweilst dich in weiblicher Gesellschaft, sehr begreiflich!« eiferte der junge Frank, unter dem Eckfenster stehenbleibend. »Suchst du doch geflissentlich die geistig einfache, um nicht zu sagen, einfältige ... Du verabscheust die moderne weibliche Erziehung – in mancher Hinsicht freilich nicht ohne Grund – ich bin auch kein Freund von geistlosem Klaviergeklimper und gedankenloser französischer Plapperei, aber man muß das Kind nicht mit dem Bade ausschütten ... In unserer Zeit, wo der menschliche Geist fast täglich neue, ungeahnte Bahnen betritt, wo er mitwirkt, schafft und genießt bei dem mächtigen Aufschwung, den das Menschengeschlecht nimmt, da wollt ihr das Weib womöglich hinter die mittelalterliche Kunkel, in den Kreis und zugleich in den engen Ideengang ihrer Mägde zwingen – das ist nicht allein ungerecht, es ist auch töricht. Das Weib hat die Seele eurer Söhne in den Händen, in einem Stadium, wo sie am empfänglichsten ist, wo sie die Eindrücke wie Wachs aufnimmt und gerade so unverwischbar durchs ganze Leben trägt, als wären sie in Eisen gegraben! ... Regt die Frauen an zu ernstem Denken, erweitert den Kreis, den ihr Egoisten eng genug um ihre Seelen zieht und welchen ihr weibliche Bestimmung nennt, und ihr werdet sehen, daß Eitelkeit und Charakterschwäche verschwinden!«

»Lieber Freund, den Weg betrete ich ganz sicher nicht!« sagte der Professor sarkastisch, indem er langsam einige Schritte weiterging.

»Ich weiß wohl, daß du eine andere Überzeugung hast – du meinst, das alles erreiche man müheloser durch eine fromme Frau ... Mein sehr verehrter Professor, auch ich möchte keine unfromme Lebensgefährtin – ein weibliches Gemüt ohne Frömmigkeit ist eine Blume ohne Duft. Aber seht euch wohl vor! Ihr denkt, sie ist fromm, mithin besorgt und wohl aufgehoben, und während ihr sie vollkommen und sorglos gewähren lasset, erwächst euch eine Tyrannei in eurem Hause, wie ihr sie von einer weniger frommen Frau nun nimmer ertragen würdet. Unter dem Deckmantel der Frömmigkeit schießen leicht alle im weiblichen Charakter schlummernden schlimmen Neigungen auf. Man darf grausam, rachsüchtig und auch ganz gehörig hochmütig sein und im blinden Zelotismus Schönes und Herrliches verdammen und zerstören – alles im Namen des Herrn und im sogenannten Interesse des Reiches Gottes.«

»Du gehst sehr weit.«

»Gar nicht . . . Du wirst schon noch einsehen lernen, daß auch der erwägende Verstand gehörig geklärt und ausgebildet und das Gemüt der Humanität zugänglich gemacht sein muß, wenn die Frömmigkeit der Frau wahrhaft beglückend für uns sein soll.«

»Das sind Ziele, auf die ich gar nicht Lust habe loszusteuern«, erwiderte der Professor kalt. »Meine Wissenschaft beansprucht mich und mein Leben so völlig –«

»Ei – und die dort?« unterbrach ihn der Rechtsanwalt leiser, während er nach dem Eingange des Gartens zeigte. Dort hinter der Gittertür erschien die Regierungsrätin in Begleitung ihres Kindes und der Frau Hellwig. »Ist sie nicht vollkommen die Verwirklichung deines Ideals?« fuhr er mit nicht zu verkennender Ironie fort. »Einfach – sie erscheint stets in weißem Mull, der ihr, nebenbei gesagt, vortrefflich steht –, fromm, wer wollte das bezweifeln, der sie in der Kirche mit den schwärmerisch emporgerichteten schönen Augen sieht? Sie verabscheut alles Wissen, Denken und Grübeln, weil es dem Wachstum ihres Strickstrumpfes oder ihrer Stickerei hinderlich sein könnte – ist eine standesgemäße Partie, denn diese Gleichheit gilt dir ja auch als unerläßlich zu einer guten Ehe – enfin, man bezeichnet sie allgemein als diejenige, welche dich –«

»Du bist boshaft und hast Adele nie leiden mögen«, unterbrach ihn der Professor gereizt, »ich fürchte, lediglich aus dem Grunde, weil sie die Tochter des Mannes ist, der dich sehr streng gehalten hat . . . Sie ist gutmütig, harmlos und eine vortreffliche Mutter.«

Er schritt auf die langsam näher kommenden Damen zu und begrüßte sie freundlich.

Fee rettet Ännchen
Angebot des Armreifs
Fee entdeckt bei der alten Mamsell das alte Manuskript

XIV

Es dauerte nicht lange, da war der Kiesplatz belebt von anmutigen Frauengestalten, die, meist in hellen Musselin oder Gaze gehüllt, wie weiße Sommerwolken auf und ab schwebten. Die dunklen, steifen Taxuswände gaben einen vortrefflichen Hintergrund für diese graziösen, leichtbeschwingten Wesen; silberhelles Lachen und lebhaftes Geplauder schollen durch die weiche Luft, dann und wann unterbrochen durch eine der sonoren Männerstimmen. Der geladene Kreis war bald vollzählig, man gruppierte sich um den Kaffeetisch, und die Arbeitskörbchen wurden hervorgeholt.

Auf einen Wink der Frau Hellwig schritt Felicitas mit dem Kaffeebrett über den Kiesplatz.

»Mein Wahlspruch ist: ›Einfach und billig!‹« hörte sie die Regierungsrätin in munterem Ton sagen, als sie näher kam. »Ich trage grundsätzlich im Sommer keinen Stoff, der mich über drei Taler kostet.«

»Sie vergessen aber, meine liebe Regierungsrätin«, widersprach eine andere junge, sehr geschmückte Dame, während ihr boshafter Blick über die gerühmte einfache Toilette glitt, »daß Sie auf diesem billigen Stoff eine Menge gestickter, mit Spitzen garnierter Einsätze tragen, die den Wert der Robe selbst mindestens um das Dreifache übersteigen.«

»Bah, wer wird diesen Duft nach prosaischen Talern berechnen!« rief der junge Frank, belustigt den feindseligen

Blick auffangend, den beide Damen austauschten. »Man sollte meinen, er trüge die Damen himmelwärts, wären nicht – ja, wären nicht zum Beispiel solche dicke, goldene Armbänder, die unzweifelhaft wieder zur Erde niederziehen müssen!«

Sein Auge haftete mit sichtbarem Interesse auf dem Handgelenk der nicht weit von ihm sitzenden Regierungsrätin; es zuckte wie unwillkürlich zurück, und eine hohe Röte bedeckte für einen Moment Stirne und Wangen der jungen Witwe.

»Wissen Sie, meine Gnädige«, sagte er, »daß mich dieses Armband seit einer halben Stunde lebhaft beschäftigt? ... Es ist von prächtiger, uralter Arbeit. Was aber meine Wißbegierde ganz besonders reizt, das ist die mutmaßliche Inschrift, dort inmitten des Kranzes.«

Das Gesicht der Regierungsrätin hatte bereits wieder seine zartrosige Farbe; ihre sanften Augen blickten ruhig auf, während sie unbefangen die Armspange löste und ihm hinreichte.

Felicitas stand in diesem Augenblick hinter dem Rechtsanwalt. Sie konnte bequem den Schmuck in seinen Händen sehen ... Seltsam, es war bis in die kleinsten Einzelheiten derselbe Armring, der im Geheimfach der alten Mamsell lag und ohne Zweifel eine geheimnisvolle Rolle im Leben der Einsamen spielte; nur war er hier von weit geringerem Umfang, er umschloß ziemlich eng das feine Handgelenk der jungen Frau.

»daz ir liebe ist âne kranc
Die hât got zesamme geben
ûf ein wüneclichez leben!«

las der Rechtsanwalt geläufig. »Merkwürdig«, rief er, »die Strophe hat keinen Anfang ... Ah, es ist ja ein Bruchstück aus den Minnesängern, und zwar aus dem Gedicht ›Stete

Liebe‹ von Ulrich von Lichtenstein; die ganze Strophe lautet in der Übersetzung ungefähr:

›Wo zwei Lieb' einander meinen
Herziglich in rechter Treu'
Und sich beide so vereinen,
Daß die Lieb' ist immer neu,
Die hat Gott zusammengegeben,
Auf ein wonnigliches Leben.‹

Dieses Armband hat unzweifelhaft einen treuen Kameraden, der ihm eng angefügt ist durch den Anfang der Strophe«, bemerkte er lebhaft angeregt. »Ist das Seitenstück nicht in Ihrem Besitz?«

»Nein«, entgegnete die Regierungsrätin und bückte sich auf ihre Arbeit, während der Schmuck von Hand zu Hand ging.

»Und wie kommst du zu dem sehr merkwürdigen Stück, Adele?« fragte der Professor herüber.

Wieder stieg eine leichte Röte in das Gesicht der jungen Dame.

»Papa hat es mir vor kurzem geschenkt«, antwortete sie, »Gott weiß, von welchem Altertümler es stammt!«

Sie nahm den Schmuck wieder in Empfang, legte ihn um den Arm und richtete dabei eine Frage an eine der Damen, wodurch das Gespräch sogleich eine andere Wendung erhielt.

Während die Aufmerksamkeit aller auf das interessante Armband gerichtet gewesen war, hatte Felicitas die Runde um den Tisch gemacht; man hatte sich rasch bedient, ohne die Trägerin des Kaffeebretts weiter zu beachten. Sie ging ebenso unbemerkt, wie sie gekommen, nach der Küche zurück. Auf Bitten der kleinen Anna, die sich auf dem schattigen Weg neben dem Hause tummelte, blieb sie einen Moment stehen, griff, Haupt und Oberkörper elastisch zurückbeugend, mit hocherhobenen Armen in die niederhängenden Äste der zunächststehenden Akazie und versuchte, einen Zweig für das Kind zu brechen ... Für eine tadellos gebaute weibliche Gestalt kann es nicht leicht eine vorteilhaftere Stellung geben als die, in welcher das junge Mädchen für einige Augenblicke verharrte – der Rechtsanwalt nahm plötzlich seine Lorgnette, er war ziemlich kurzsichtig; diese zwei dunklen Männeraugen, die mit sichtlichem Erstaunen auf der jugendlichen Gestalt unter der Akazie hafteten, wurden scharf beobachtet, und zwar von der Regierungsrätin. Nachdem Felicitas ins Haus gegangen war, ließ der junge Mann das Glas fallen – er hatte offenbar eine hastige Frage auf den Lippen, mit welcher er sich an Frau Hellwig wenden wollte, aber die junge Witwe schnitt ihm sofort das Wort ab; sie verlangte Aufklärung über einen Unfall, der ihm auf einer seiner Reisen zugestoßen war, und brachte ihn somit geschickt auf ein Thema, das er selbst nicht ungern berührte.

Später erhob sie sich geräuschlos und schritt hinüber nach dem Gartenhaus.

»Liebe Karoline«, sagte sie, in die Küche tretend, »es ist nicht nötig, daß Sie drüben bedienen ... Ah, ich sehe, da ist ja ein Kaffeewärmer, das macht sich vortrefflich ... Füllen Sie die Kanne mit heißem Kaffee; ich werde sie mitnehmen und das Einschenken selbst besorgen – es ist so gemütlicher für die Gäste, und – aufrichtig gesagt – Sie sehen zu erbärmlich aus in dem verwaschenen Kattunkleidchen. Wie mögen Sie sich nur in diesem kurzen, abscheulichen Rock vor Männeraugen sehen lassen! Es ist geradezu unanständig – fühlen Sie das nicht selbst, Kind?«

Der geschmähte Rock war der beste des jungen Mädchens, ihr sogenannter Sonntagsrock. Freilich war er verwaschen und bereits ziemlich mißfarben: aber er war tadellos sauber gewaschen und gebügelt ... Daß ihr nun auch das noch zum Vorwurf gemacht wurde, worein sie sich stets stillschweigend und klaglos gefügt hatte, machte sie bitter lächeln; aber sie schwieg – war doch jedes verteidigende Wort überflüssig und hier geradezu lächerlich.

Als die Regierungsrätin an den Kaffeetisch zurückkehrte, war ein Gespräch, das sie vorhin zu vereiteln versucht hatte, bereits in vollem Gang.

»Auffallend schön?« wiederholte Frau Hellwig rauh auflachend. »Pfui, mein lieber Frank, was soll ich von Ihnen denken! ... Auffallend, ja, das gebe ich Ihnen eher zu; aber auffallend, wie ein Mädchen nicht sein soll ... Sehen Sie sich doch dies blasse Gesicht mit den liederlichen Haaren genauer an! Diese herausfordernden Mienen und leichtfertigen Bewegungen, diese Augen, die respektablen Leuten unverschämt und dreist ins Gesicht starren – das sind Erbstücke einer elenden, zuchtlosen Mutter. Art läßt nicht von Art, und was hinterm Zaun geboren ist, das wird sein Lebtag nicht ehrbar ... Ich hab's erfahren; neun Jahre lang hab ich mir keine Mühe verdrießen lassen, dem Herrn eine Seele zuzuführen – dies verstockte Geschöpf hat alle meine Sorgfalt zuschanden gemacht.«

»Ach Tantchen, das ist ja nun bald überstanden!« begütigte die Regierungsrätin, während sie Kaffee einschenkte und herumreichte. »Noch einige Wochen, und der böse Störenfried verläßt dein Haus für immer ... Ich fürchte leider auch, daß der gute Samen auf steinigen Boden gefallen ist – ein edler Zug steckt ganz gewiß nicht in einer Seele, die, undankbar genug, bisher nur danach gestrebt hat, die Fesseln der Moral und guten Sitten abzuwerfen ... Übrigens wollen wir, die wir das Glück haben, von gesitteten Eltern abzustammen, nicht zu streng mit ihr ins Gericht gehen – der Leichtsinn steckt ihr im Blut ... Wenn Sie in Jahr und Tag wieder auf Reisen gehen, Herr Frank«, wandte sie sich scherzend an den Rechtsanwalt,

»so kann es sich schon ereignen, daß Sie unter einem fremden Himmelsstrich Tantchens ehemalige Hausgenossin als Grazie auf dem Seil oder im Zirkus bewundern dürfen.«

»So sieht sie nicht aus!« sagte plötzlich der Professor in seinem ruhig entschiedenen Ton. Er hatte bis dahin konsequent geschwiegen; sein Widerspruch, der sehr mißbilligend klang, mußte daher doppelt auffallen. Frau Hellwig wandte sich jäh und zornig nach ihrem Sohn, und die Augen der jungen Witwe verloren für einen Moment die stereotype Sanftmut; gleich darauf schüttelte sie jedoch gutmütig lächelnd den Lockenkopf und öffnete die Lippen, ohne Zweifel, um Liebes und Freundliches zu sagen; aber sie wurde verhindert – ein lautes Weinen Ännchens scholl über den Kiesplatz, und in Folge dessen, was die Regierungsrätin im Umdrehen erblickte, stieß sie selbst einen Schrei des Entsetzens aus. Das Kind lief, so schnell es sein schwerfälliger Körper gestattete, auf seine Mutter zu; in der angstvoll vorgestreckten Rechten hielt es krampfhaft ein Päckchen Schwefelhölzer fest, das Röckchen aber stand in hellen Flammen. Wir sagten, die Mutter stieß einen Schrei des Entsetzens aus, zugleich irrte ihr verstörter Blick über die eigene, leicht feuerfangende Toilette – wie geistesabwesend, mit tödlich erblaßtem Gesicht streckte sie abwehrend ihre Hände dem Kind entgegen und war mit einem Sprung hinter der schützenden Taxuswand verschwunden.

Die in »Duft« gekleidete Damengesellschaft zerstob wie eine aufgescheuchte Taubenschar unter lauten Angstrufen nach allen Richtungen hin; nur Frau Hellwig erhob sich tapfer zur Rettung des Kindes, und die beiden Herren sprangen sofort hinüber; allein sie kamen zu spät. Felicitas stand bereits da, sie breitete ihre Kleider aus, schlug sie eng um das brennende Kind und suchte die Flammen zu erstikken – sie waren zu mächtig; der dünne Kattunrock des jungen Mädchens fing selbst Feuer, es züngelte gierig an ihr empor. Rasch entschlossen preßte sie das Kind in ihre Arme, flog durch den Grasgarten den Damm hinauf und warf sich in den vorüberrauschenden Mühlbach.

Todesgefahr und Rettung hatten sich in wenige Augenblicke zusammengedrängt; ehe die beiden Herren nur die Absicht des fortstürzenden Mädchens begriffen, war das Feuer bereits gelöscht. Sie betraten den Damm in dem Augenblick, als Felicitas, wieder aufrechtstehend und das triefende Kind auf dem rechten Arm haltend, mit der Linken in die Zweige eines Haselstrauches griff, um sich gegen das hier mit großer Gewalt vorüberschießende Wasser zu halten. Mit den Herren zugleich erschien die Regierungsrätin auf dem Damm.

»Mein Kind, rettet mein Ännchen!« rief sie in verzweiflungsvollen Tönen, es sah aus, als wolle sie schnurstracks in das Wasser laufen.

»Mach dir die Schuhe nicht naß, Adele, du könntest leicht den Schnupfen bekommen«, sagte der Professor mit beißender Ironie, während er rasch hinabstieg und Felicitas beide Hände bot, um sie zu stützen; aber er ließ sie langsam wieder sinken – das erst völlig ruhige Gesicht des jungen Mädchens hatte sich plötzlich verwandelt, eine tiefe Falte grub sich zwischen ihre Brauen, und jener tödlich kalte, feindselige Blick, den er bereits kannte, traf ihn. Sie reichte ihm, das Gesicht abwendend, die kleine Anna hin und schwang sich dann, die Hand des Rechtsanwaltes mit einem schwachen Lächeln der Dankbarkeit ergreifend, auf den Damm.

Der Professor trug das Kind in das Gartenhaus, entkleidete es mit Hilfe der jammernden Mutter und forschte nach den mutmaßlichen Brandwunden, aber es war, wunderbar genug, fast unverletzt; nur die linke Hand, von welcher, wie es selbst weinend erzählte, das Feuer ausgegangen war, zeigte Brandspuren. Die Kleine hatte, während die Regierungsrätin in der Küche gewesen, unbemerkt die Schwefelhölzchen vom Herd genommen; beim Anzünden draußen im Garten war ein Zeugstreifen, den man infolge einer kleinen Schnittwunde um ihren Daumen gewickelt, in Brand geraten, sie hatte die Flamme am Kleid abzustreifen gesucht und dadurch das Unglück herbeigeführt.

Die geflüchteten Damen kehrten nun auch sämtlich zurück. Ein Gemisch von Wehklagen und Glückwünschen für die Mutter des geretteten Kindes strömte von all den zarten Lippen, und der »arme Engel« wurde mit Liebkosungen überschüttet.

»Aber, beste Karoline«, sagte die Regierungsrätin mit sanftem Vorwurf zu dem jungen Mädchen, das, bang auf das Ergebnis der Untersuchung harrend, in ihrer Nähe stand, »konnten Sie denn Ännchen nicht ein wenig draußen im Garten überwachen?«

Der Vorwurf war zu ungerecht.

»Sie hatten mir wenige Augenblicke zuvor verboten, das Haus zu verlassen«, entgegnete Felicitas finster, mit einem ihrer durchdringenden Blicke auf die Frau, während das Rot der Entrüstung in ihre Wangen stieg.

»So, so, warum denn das, Adele?« fragte Frau Hellwig verwundert.

»Mein Gott, Tantchen«, antwortete die junge Witwe, ohne jedwedes Zeichen der Verlegenheit, »das wirst du leicht begreifen, wenn du dir dies Haar ansiehst ... Ich wollte ihr und uns den üblen Eindruck ersparen, den Nachlässigkeit stets hervorrufen muß.«

Felicitas griff bestürzt nach ihrem Kopf; sie war sich bewußt, ihr Haar mit ängstlicher Sorgfalt geordnet zu haben; aber der Kamm, der nie recht fest sitzen wollte in den dikken widerspenstigen Wellen, war entschlüpft – er lag höchstwahrscheinlich im Mühlbach. Das aufgelöste, wundervolle Gelock wogte wie ein Glorienschein um Wangen und Schultern, noch bestreut mit einzelnen Perlen des aufgepeitschten Wassers.

»Ist das der Gesamtausdruck Ihrer Dankbarkeit für die rettende Hand, die Ihr Kind unversehrt durch Feuer und Wasser getragen hat, meine Gnädige?« fragte der Rechtsanwalt scharf – sein Auge hatte bis dahin fast unverwandt auf Felicitas geruht.

»Wie mögen Sie nur so ungerecht von mir denken, Herr Frank!« verteidigte sich die junge Witwe tief gekränkt. »Ein Mann wird freilich nie recht das Mutterherz begreifen lernen; es zürnt im ersten Augenblick wider Willen denen, die ein Leiden des geliebten Kindes hätten verhüten können, wenn es auch dankbar anerkennt, daß sie ihr Versehen durch die schließliche Rettung gesühnt haben ... Meine teure Karoline«, wandte sie sich an das junge Mädchen, »ich werde Ihnen den heutigen Tag nie vergessen. Könnte ich doch in diesem Augenblick schon beweisen, wie dankbar ich Ihnen bin!« Rasch, als ob sie einer plötzlichen Eingebung folgte, löste sie das Armband und reichte es Felicitas hin. »Da, nehmen Sie vorläufig – es ist mir sehr wert; aber für die Rettung meines Ännchens könnte ich das Liebste freudig opfern!«

Felicitas schob tief verletzt die Hände zurück, die ihr den Schmuck um den Arm legen wollten.

»Ich danke«, sagte sie mit jenem stolzen Zurückwerfen des Kopfes, welches die demutsvollen Gläubigen an dem Spielerskind stets so entsetzlich fanden; »ich werde mich nie für das Genügen der Nächstenliebe bezahlen lassen; noch weniger aber bin ich gesonnen, irgendwelches Opfer anzunehmen ... Sie sagen selbst, daß ich einfach ein Versehen gesühnt habe, und sind mir mithin nicht im mindesten verpflichtet, gnädige Frau.«

Frau Hellwig hatte der Regierungsrätin das Armband bereits weggenommen.

»Du bist nicht bei Trost, Adele!« schalt sie ärgerlich, ohne Felicitas' stolze Antwort weiter zu beachten. »Was soll denn das Mädchen mit dem Ding da anfangen? ... Schenk ihr ein Kleid von derbem, haltbarem Stoff, das kann sie besser brauchen – und damit ist die Sache abgemacht, basta!«

Nach den letzten Worten ging der Rechtsanwalt hinaus. Er holte seinen Hut und trat unter das offene Fenster, an welchem Felicitas stand.

»Ich finde, daß wir samt und sonders sehr grausam gegen Sie sind!« rief er ihr zu. »Zuerst werden Sie mit schnödem Golde verwundet, und dann sehen wir Sie ungerührt in durchnäßten Kleidern dastehen ... Ich werde in die Stadt laufen und das Nötige für Sie und die kleine Brandstifterin herausschicken.«

Er grüßte und entfernte sich.

»Er ist ein Narr«, sagte Frau Hellwig zornig zu den Damen, die ihm verdrießlich und mit schlecht verhehltem Bedauern über sein Gehen nachblickten.

Der Professor hatte, mit dem Kind beschäftigt, kein Wort fallenlassen; wer ihm aber nahe gestanden, der mußte wissen, daß seit dem Moment, in dem die Regierungsrätin dem jungen Mädchen das Armband angeboten hatte, sein Gesicht stark gerötet war ... Zum Frauenarzt, oder wohl gar zu einem jener feinen, geheimen Medizinalräte, die hohe und höchste Krankheit und Launen zu ihrem besonderen Studium machen, war er sicher nicht geschaffen. Er hatte etwas entsetzlich Rücksichtsloses dem zarten Geschlecht gegenüber. Es war doch so natürlich, daß man sich über den Unfall des Kindes zu Tode erschreckt hatte und gar zu gern über die Folgen beruhigt sein mochte; aber auf alle die teilnahmsvollen Fragen der

Damen hatte der Mann der Wissenschaften nur kurze, trockene Antworten.

Er überließ die in einen dicken, wollenen Schal gewikkelte Kleine endlich den zarten Händen und schritt auf die Tür zu. Felicitas hatte sich in die fernste Ecke des Salons zurückgezogen – dort glaubte sie sich völlig unbeobachtet. Mit schmerzhaft emporgezogenen Schultern lehnte sie an der Wand; ihr Gesicht hatte eine fahle Blässe angenommen, das vor sich hin starrende Auge unter den gerunzelten Brauen und die fest aufeinander gepreßten Lippen zeigten unverkennbar, daß sie physisch litt – sie hatte eine bedeutende Brandwunde am Arm, die ihr unsägliche Schmerzen verursachte.

Im Begriff, die Tür zu schließen, sah der Professor noch einmal forschend in das Zimmer zurück, sein Blick fiel auf das junge Mädchen, er fixierte es einen Moment scharf und stand plötzlich mit wenigen Schritten vor ihr.

»Sie haben Schmerzen?« fragte er rasch.

»Es läßt sich ertragen«, antwortete sie mit zitternden Lippen, die sich sofort krampfhaft wieder schlossen.

»Die Flammen haben Sie verletzt?«

»Ja – am Arm.« Trotz ihrer Leiden nahm sie eine zurückweisende Haltung an und wandte das Gesicht nach dem Fenster – sie konnte um alles nicht in diese Augen sehen, die sie seit ihrer Kindheit verabscheute. Er zögerte einen Augenblick; aber die Pflicht des Arztes siegte.

»Wollen Sie nicht meine Hilfe annehmen?« fragte er geflissentlich langsam und in gütigem Ton.

»Ich will Sie nicht bemühen«, entgegnete sie mit finsterem Blick; »ich kann mir selbst helfen, sobald ich in der Stadt sein werde.«

»Nun, wie Sie wollen!« sagte er kalt. »Übrigens gebe ich Ihnen doch zu bedenken, daß meine Mutter vorläufig noch Anspruch auf Ihre Zeit und Kraft hat. Sie dürfen sich schon aus dem Grunde nicht mutwillig krank machen.« Bei den letzten Worten vermied er, Felicitas anzusehen.

»Ich vergesse das nicht«, versetzte sie minder gereizt; sie fühlte recht gut, daß dies Zurückführen auf ihre Pflicht nicht geschah, um sie zu demütigen; er wollte sie offenbar bestimmen, seine ärztliche Hilfe anzunehmen. »Ich kenne unser Übereinkommen genau«, fügte sie hinzu, »und Sie werden mich bis zu der letzten Stunde auf dem mir angewiesenen Platz finden.«

»Nun, ist auch hier deine ärztliche Hilfe nötig, Johannes?« fragte die Regierungsrätin hinzutretend.

»Nein«, sagte er kurz. »Aber was tust du noch hier, Adele?« fuhr er verweisend fort. »Ich habe dir vorhin gesagt, daß Anna sofort an die frische Luft muß, und begreife nicht, weshalb du den Aufenthalt hier in dem schwülen Zimmer für nötig hältst.«

Er ging zur Tür hinaus, und die Regierungsrätin beeilte sich, ihr Kind auf den Arm zu nehmen; sämtliche Damen folgten ihr. Drüben am Kaffeetisch saß Frau Hellwig längst in unerschütterlicher Gemütsruhe. Zwischen der vorletzten Maschentour und dem jetzt unter ihren Fingern wachsenden neuen Streifen des Strickstrumpfes lag die Todesgefahr zweier Menschen; aber das hatte jenes Gleichgewicht, welches auf stählernen Nerven und einer noch härteren Seele beruhte, nicht zu stören vermocht.

Endlich kam Heinrich mit den ersehnten Kleidern. Er war so gelaufen, daß ihm der Schweiß von der Stirn rann.

Mit Heinrich zugleich war Rosa eingetroffen. Felicitas erhielt deshalb von Frau Hellwig die Erlaubnis, in die Stadt zurückzukehren. Sie wußte, daß Tante Cordula eine ausgezeichnete Brandsalbe in ihrem reichhaltigen Medizinkasten hatte, und eilte sofort, indes Heinrich das Haus bewachte, hinauf in die Mansarde.

Während die alte Mamsell bestürzt die kühlende Salbe

hervorholte und mit sanfter Hand den verletzten Arm verband, erzählte Felicitas den Vorfall. Sie sprach hastig, in fliegenden Worten. Physischer Schmerz und Gemütsbewegung hatten sie in eine fieberhafte Aufregung versetzt. Noch siegte indes der starke Wille des Mädchens über die Leidenschaftlichkeit; als aber Tante Cordula ruhig einwarf, sie hätte die ärztliche Hilfe nicht zurückweisen sollen, da brach die letzte mühsam behauptete Schranke.

»Nein, Tante!« rief sie hastig. »Die Hand soll mich nicht berühren, und wenn sie mich auch aus Todesnot erretten könnte! ... Die Menschenklasse, aus der ich stamme, ist ihm ›unsäglich zuwider‹. Dieser Ausspruch aus seinem Mund hat einst mein Kinderherz bis in den Tod betrübt – ich werde ihn nie vergessen! ... Seine Pflicht als Arzt ließ ihn heute für einen Moment den Abscheu überwinden, den er gegen die ›Paria‹ fühlt, ich will sein Opfer nicht!«

Sie schwieg erschöpft, und ihr Gesicht verzog sich im Schmerz, den die Wunde verursachte.

»Er ist nicht mitleidlos«, fuhr sie nach einer Pause fort, »ich weiß es, er versagt sich Genüsse um seiner armen Patienten willen. An jedem anderen würden mich solche fortgesetzten Opfer, solch stille Tugend zu Tränen rühren, hier aber empören sie mich wie an einer anderen Menschenseele das Laster ... Ich bin unedel, Tante, niedrig denkend – ich fühle es wohl, aber ich kann mir nicht helfen, es verursacht mir heftige Pein, Zorn und Groll, an ihm etwas bewundern zu sollen, den ich bis in alle Ewigkeit verabscheue!«

Einmal vom Boden strenger Zurückhaltung und Verschlossenheit gewichen, beklagte sie sich heute zum erstenmal bitter über das herzlose Benehmen der jungen Witwe. Jener eigentümliche rote Fleck erschien, wenn auch flüchtig, unter dem linken Auge der alten Mamsell.

»Kein Wunder – sie ist ja Paul Hellwigs Tochter!« warf

sie hin. In diesen wenigen, mit schwacher, aber schneidender Stimme gesprochenen Worten lag eine strenge Verurteilung. Felicitas horchte überrascht auf. Nie hatte Tante Cordula eine Beziehung zu irgendeinem Hellwigschen Familienglied berührt – die Nachricht von der Ankunft der Regierungsrätin hatte sie damals schweigend und scheinbar völlig teilnahmslos angehört, so daß Felicitas annehmen mußte, die Verwandten am Rhein hätten ihr zeitlebens fern gestanden.

»Frau Hellwig nennt ihn den Auserwählten des Herrn, den unermüdlichen Streiter für den heiligen Glauben«, sagte das junge Mädchen nach einer kurzen Pause zögernd. »Er muß ein glaubensstrenger Mann sein, einer jener finsteren Eiferer, die zwar mit eiserner Konsequenz nach Gottes Geboten leben, aber auch eben deshalb unerbittlich und unnachsichtig die Fehler und Schwächen anderer richten.«

Ein leises, heiseres Gelächter schlug an Felicitas' Ohr. Tante Cordula erschien in diesem Augenblick förmlich unheimlich; es war ein Hohngelächter, wenn auch ein leises, gedämpftes, welches sie ausstieß; ihr sonst so stilles, liebes Gesicht hatte etwas Medusenhaftes durch den plötzlichen Ausdruck unsäglicher Bitterkeit. Jene Äußerung im Verein mit dem seltsamen Gebaren der alten Mamsell warfen abermals einen schwachen Lichtreflex auf ihre geheimnisvolle Vergangenheit, aber nicht ein leitender Faden wurde sichtbar in dem dunklen Gewebe, und auch jetzt tat sie alles, um den Eindruck ihres momentanen Sichgehenlassens bei dem jungen Mädchen zu verwischen.

Auf dem großen, runden Tisch mitten im Zimmer lagen verschiedene Mappen, sie waren geöffnet. Felicitas kannte die zerstreut umherliegenden Blätter und Hefte sehr gut. Da, auf grobem, vergilbtem Papier, mit verblichener Tinte und oft in sehr verzwickten Hieroglyphen hingeworfen, leuchteten Namen wie Händel, Gluck, Haydn, Mozart – es war Tante Cordulas Handschriftensammlung berühmter Komponisten. Sie nahm schweigend die Arbeit wieder auf, indem sie die Papiere mit großer Vorsicht und Behutsamkeit in die Mappe schob. Der Tisch leerte sich allmählich, und dadurch wurde auch ein tiefer unten liegendes, dickes, geschriebenes Notenheft sichtbar. »Musik zu der Operette: ›Die Klugheit der Obrigkeit in Anordnung des Bierbrauens‹ von Johann Sebastian Bach«, stand auf dem Titelblatt.

Die alte Mamsell legte bedeutungsvoll den Finger auf den Namen des Komponisten. »Gelt, das kennst du noch nicht?« fragte sie mit einem wehmütigen Lächeln. »Das hat viele Jahre zusammengerollt im obersten Fach meines Geheimschrankes gelegen. Heute morgen gingen allerlei Gedanken durch meinen alten Kopf – sie meinten alle miteinander, es sei Zeit, Ordnung für die Heimreise zu machen, und nach dieser Ordnung gehört das Heft in die rote Mappe ... Es mag wohl das einzige Exemplar sein, das existiert – es wird dereinst mit Gold aufgewogen werden, meine liebe Fee. Das Textbuch, ganz speziell für unsere kleine Stadt X. und meist im hiesigen Dialekt geschrieben, ist vor beinahe zwei Jahrzehnten hier aufgefunden worden und hat um seiner mutmaßlichen Bachschen Komposition willen in der musikalischen Welt Aufsehen erregt; diese Komposition, die man noch sucht – hier ist sie. Die Melodien, die für die Welt weit über ein Jahrhundert hier auf dem Papier geschlafen haben, sind für die Musiker eine Art Nibelungenhort, um so mehr, als sie die einzigen eigentlichen Opernmelodien sind, die Bach je komponiert hat ... Anno 1705 haben die Schüler der hiesigen Landesschule und verschiedene Bürger drüben im alten Rathaussaal, damals der ›Tuchboden‹ genannt, die Operette aufgeführt.«

Sie schlug das Titelblatt um; da stand auf der Rückseite in zierlicher Schrift: »Johann Sebastian Bachs eigenhändig geschriebene Partitur, von ihm erhalten zum Andenken im Jahre 1707. Gotthelf v. Hirschsprung.« – »Der da soll mitgesungen haben«, fuhr sie mit etwas vibrierender Stimme fort, indem sie auf den letzten Namen zeigte.

»Und wie kam das Heft in deine Hände, Tante?«

»Durch Erbschaft«, klang es kurz abweisend, fast rauh von Tante Cordulas Lippen, während sie die Partitur in die rote Mappe legte.

In solchen Momenten war es geradezu unmöglich, ein Gespräch verlängern zu wollen, welches die alte Mamsell abzubrechen wünschte. Felicitas warf einen sehnsüchtigen Blick auf das verschwindende Manuskript; die Melodien, die kein Lebender, außer Tante Cordula, kannte, erregten ihr höchstes Interesse, aber sie wagte nicht, um einen Einblick zu bitten, wie sie ja auch vorhin bei ihrer Mitteilung die Armbandgeschichte völlig unerwähnt gelassen hatte – nie hätte sie eine schmerzlich klingende Saite im Inneren ihrer Beschützerin zum zweitenmal berühren mögen.

Die alte Mamsell schlug den Flügel auf, und Felicitas zog sich in den Vorbau zurück ... Die Sonne war im Untergehen. Dort drüben lag es noch wie ein aufgewirbelter, funkelnder Goldstaub, der das Auge blendete und Himmel und Erde formlos ineinanderschwimmen ließ. Ergreifend schwebten die Klänge des Beethovenschen Trauermarsches heraus in den Vorbau, aber schon nach wenigen Akkorden hob Felicitas erschreckt den tiefgesenkten Kopf und blickte angstvoll in das Zimmer zurück – das war kein Klavierspiel mehr; ein Tongeflüster, hinsterbend und geisterhaft, schlug es doch mit der ganzen Kraft einer unabweisbaren, urplötzlich begriffenen Mahnung an das Herz des junges Mädchens; die Hände, die über die Tasten hinglitten, waren müde, sterbensmüde, und das, was unter ihnen hervorklang, waren die Flügelschläge einer Seele, die sich losreißen wollte für immer.

Johannes ergreift Partei für Fee (gegen Adele)
Fee lehnt die Hilfe der Hellwigs ab

XV

DIE FEUER- UND Wassertaufe hatte für die zwei Beteiligten doch ihre Folgen. Ein starkes Schnupfenfieber brach während der Nacht bei dem Kind aus, und Felicitas erwachte am anderen Morgen mit heftigem Kopfweh. Sie besorgte trotzdem die ihr übertragenen Geschäfte mit gewohnter Pünktlichkeit, der verletzte Arm hinderte sie wenig, denn die vortreffliche Salbe hatte über Nacht bereits ihre Schuldigkeit getan.

Nachmittags kehrte der Professor nach Hause zurück. Er hatte eben eine Augenoperation, an die sich bis dahin kein Arzt gewagt, glücklich ausgeführt. In Gang und Haltung offenbarte sich wie immer jenes ruhige, rücksichtslose Sichgehenlassen, das scheinbar durch nichts aus dem Gleichgewicht gebracht werden konnte, auch die kräftige Hautfarbe seines Gesichts war nicht um eine Nuance erhöht – wer aber sein Auge kannte, dem mußte der ungewohnte Glanz auffallen, der unter den starken Brauen hervorleuchtete; diese kalten, stahlblauen Augen, die nur gemacht schienen, prüfend und kühl sondierend in das Seelenleben anderer zu dringen, hatten also doch auch Momente, in denen sie eigene innere Befriedigung und Wärme ausstrahlten.

Er blieb an der Hoftür stehen und fragte Friederike, die mit einem Eimer voll Wasser in den Hausflur trat, nach ihrem Befinden.

»Mir geht es wieder gut, Herr Professor«, antwortete sie, ihren Eimer hinstellend, »aber die da drüben«, sie zeigte über den Hof hinweg nach einem Fenster im Erdgeschoß, »die Karoline hat gestern bei der Feuergeschichte eins weggekriegt. Ich hab' fast kein Auge zutun können, so hat sie die ganze Nacht im Schlaf vor sich hin geschwatzt, und heute geht sie mit einem Kopf 'rum, der wie Scharlach, und –«

»Das hätten Sie früher sagen sollen, Friederike«, unterbrach sie der Professor streng.

»Ich hab's auch der Madame gesagt, aber sie meinte, es würde sich schon wieder geben. Für sie ist ihr Lebtag kein Doktor geholt worden, und sie ist auch durchgekommen – Unkraut verdirbt nicht, Herr Professor! . . . Es hilft ja auch gar nichts, wenn man gut mit ihr sein will«, setzte sie entschuldigend hinzu, als sie sah, daß sich sein Gesicht auffallend verfinsterte; »sie war von klein auf ein verstocktes Ding und hat immer so apart getan, wie ein Königskind – daß Gott erbarm', so ein Spielersmädchen! . . . Manchmal, wenn ich für die Madame was Gutes gebacken oder gebraten hatte, da hab' ich ihr auch ein paar Bissen hingestellt – lieber Gott, man hat ja doch ein Herz! Aber glauben Sie denn, sie hätte es angerührt? Ja, Gott bewahre – ich hab's allemal wieder forttragen müssen. Sehen Sie, Herr Professor, so machte sie's schon als Kind! Sie hat sich überhaupt immer nur halb sattgegessen von der Zeit an, wo der sel'ge Herr gestorben ist . . . Das ist aber alles die pure Verstocktheit und der sündhafte Hochmut, sie will nichts geschenkt haben, partout nicht! Ich hab' mit meinen eigenen Ohren gehört, wie sie dem Heinrich gesagt hat, wenn sie erst einmal das schreckliche Haus im Rücken hätte, da wollte sie arbeiten, daß ihr das Blut unter den Nägeln hervorkäme, und jeden verdienten Groschen an die Madame schicken, bis jeder Bissen Brot, den sie hier im Hause gegessen hätte, bezahlt wäre.«

Die alte Köchin bemerkte nicht, daß ihrem Zuhörer während ihres Herzensergusses das Blut immer mehr in das Gesicht stieg. Sie hatte kaum den letzten Satz beendet, als er, ohne ein Wort zu entgegnen, sofort über den Hof nach dem ihm bezeichneten Fenster schritt. Es war ein großes Bogenfenster mit steinerner Einfassung, das sehr tief auf den Boden herabging und zu der Kammer gehörte, in welcher Friederike und Felicitas schliefen. Es war jener enge, abscheuliche Raum, in welchem einst die kleine vierjährige Felicitas die ersten Sehnsuchtsschmerzen hatte durchleiden müssen ... Jetzt saß sie da am Fenster, die Ausgestoßene, die Verstockte, die sich nicht satt aß an fremdem Brot, die arbeiten wollte, bis ihr das Blut unter den Nägeln hervorkam, um jede Verpflichtung trotzig abschütteln zu können – Stolz, der sich mit wahrhaft männlicher Unbeugsamkeit inmitten der tiefsten Demütigungen aufrechterhalten hatte, eine energische Seele voll unerschöpflicher Kraft, und das alles in diesem jungen Geschöpf, das sich da so kindlich lieblich, scheinbar im Schlaf, zusammenschmiegte. Ihr Kopf ruhte, vom untergelegten Arm gestützt, auf dem Fenstersims, die atlasweiße Haut des Gesichts und die schimmernde Pracht der Haare hoben sich scharf ab von dem verwitterten grauen Gestein. Unschuldig still und leidvoll erschien das reine Profil mit den sanftgeschlossenen Lippen und den schwermütig herabgeneigten Mundwinkeln.

Der Professor war geräuschlos herangetreten, er betrachtete sie einen Moment unbeweglich, dann bog er sich zu ihr nieder.

»Felicitas!« klang es weich und mitleidvoll von seinen Lippen.

Sie fuhr empor und starrte wie ungläubig in die Augen, die auf sie niedersahen – ihr Name, von ihm ausgesprochen, hatte sie wie ein elektrischer Schlag berührt. Aber ihre Gestalt, die eben noch wie ein harmloses Kind sich elastisch zusammengeschmiegt hatte, sie stand urplötzlich da, in jedem Muskel gespannt, gleichsam aufhorchend, als gelte es, einen feindlichen Angriff abzuwehren.

Der Professor ignorierte diese Umwandlung völlig.

»Ich hörte von Friederike, daß Sie leidend sind«, sagte er in dem gewohnten ruhig-freundlichen Ton des Arztes.

»Ich fühle mich wieder wohl«, antwortete sie gepreßt.

»Hm – Ihr Aussehen jedoch«, er vollendete den Satz nicht, streckte aber ohne weiteres den Arm herein und wollte ihr Handgelenk ergreifen. Sie wich einige Schritte tiefer ins Zimmer zurück.

»Seien Sie vernünftig, Felicitas!« murmelte er, immer noch freundlich, aber seine Brauen runzelten sich finster, als das Mädchen bewegungslos stehen blieb, während sie die Arme beinahe krampfhaft fest um ihre Taille legte.

»Nun, so werde ich nicht mehr als Arzt, sondern als Vormund zu Ihnen sprechen«, sagte er in hartem Ton, »und als solcher befehle ich Ihnen, sofort hierherzukommen!«

Sie sah nicht auf, ihre Wimpern legten sich vielmehr noch tiefer auf die Wangen, die eine glühende Röte bedeckte, aber sie kam langsam heran und reichte ihm schweigend, mit weggewandtem Gesicht, die Hand hin, die er sanft in die seine nahm ... Diese außerordentlich schmale, kleine, aber hartgearbeitete Hand zitterte so heftig, daß es wie ein tiefes Erbarmen durch die ernsten Züge des Professors ging.

»Törichtes, eigensinniges Kind, da haben Sie mich nun wieder einmal gezwungen, mit aller Strenge gegen Sie aufzutreten!« sagte er mit mildem Ernst. »Und ich hätte gewünscht, daß wir ohne weitere Feindseligkeiten auseinandergehen ... Haben Sie denn gar keinen anderen Blick für mich und meine Mutter als den eines unauslöschlichen Hasses?«

»Man kann nichts anderes ernten wollen, als man gesät

hat!« entgegnete sie mit halberstickter Stimme. Sie strebte fortwährend sich loszuwinden, und ihre Augen hafteten mit einem so entsetzten Ausdruck auf den Fingern, die ihr Handgelenk weich, aber kräftig umschlossen, als seien sie glühendes Eisen.

Jetzt ließ er ihre Hand rasch fallen. Milde und Mitleid verschwanden aus seinen Zügen, er stieß mit der Spitze seines Stockes auf den Boden – Felicitas atmete auf, so sollte es sein, rauh, hart; sein mitleidsvoller Ton war ihr entsetzlich.

»Immer derselbe Vorwurf«, sagte er endlich kalt. »Ihr übermäßiger Stolz mag freilich oft genug verwundet worden sein; war es doch gerade unsere Aufgabe, Sie auf möglichst gemäßigte Ansprüche zurückzuführen ... Ich kann getrost Ihren Haß auf mich nehmen, denn ich habe nur Ihr Bestes gewollt; und meine Mutter? ... nun, ihre Liebe mag schwer zu gewinnen sein, das will ich nicht bestreiten, aber sie ist unbestechlich gerecht, und schon ihre Gottesfurcht wird nicht zugelassen haben, daß Ihnen wirkliches Leid und Unrecht geschehe ... Sie sind im Begriff hinauszutreten in die Welt und sich auf eigene Füße zu stellen, dazu bedarf es in Ihrer Lage vor allem der Fügsamkeit ... Wie soll Ihnen der Verkehr mit den Menschen überhaupt möglich werden, wie glauben Sie je auch nur ein Herz gewinnen zu können mit diesen trotzigen Augen?«

Sie hob die Wimpern und sah ihn ruhig und fest an.

»Wenn man mir beweist, daß meine Ansichten der Moral und der reinen Vernunft gegenüber nicht Stich halten, dann will ich sie gern fallenlassen«, entgegnete sie mit ihrer tiefen, ausdrucksvollen Stimme. »Aber ich weiß, ich stehe nicht allein mit der Überzeugung, daß keinem Menschen das Recht zukommt, andere zu geistigem Tode zu verurteilen; ich weiß, daß tausend andere mit mir fühlen, wie ungerecht und strafbar es ist, einer Menschenseele die

Berechtigung des Aufwärtsstrebens abzusprechen, weil sie in einem niedrig geborenen Leib wohnt ... Ich gehe getrost unter die Menschen, denn ich habe Vertrauen zu ihnen und hoffe zuversichtlich, diejenigen zu finden, denen ich ganz gewiß nicht trotzig gegenüberstehen will ... Ein unglückliches Menschenkind wie ich, das unter gemütlosen Seelen leben muß, hat keine andere Waffe als seinen Stolz, keine andere Stütze als das Bewußtsein, daß es auch Gottes Kind, Geist von seinem Geiste ist. Ich weiß, daß für ihn alle die Stufen und Schranken in der menschlichen Gesellschaft nicht bestehen – sie sind Menschenerfindung, und je kleiner und erbärmlicher die Seele, um so fester hält sie an ihnen.«

Sie wandte sich langsam und verschwand hinter der Tür, die nach der Gesindestube führte, und er stand draußen und starrte ihr nach, dann drückte er den Hut tief in die Stirn und schritt dem Hause zu. Was in diesem gesenkten Kopf vorging, vermochte wohl niemand zu ergründen; soviel aber war gewiß, jener Glanz seiner Augen, den er vorhin mit heimgebracht, war verflogen – es lag wie ein finster brütender Geist auf den stark gefurchten Brauen.

Im Hausflur standen der Rechtsanwalt Frank und Heinrich beisammen. Der Professor sah rasch, wie erwachend auf, als ihre Stimmen sein Ohr berührten.

»Nun, du hast Patienten im Haus, Professor?« fragte der Rechtsanwalt, indem er ihm die Hand reichte. »Die Feuergeschichte hat fatale Folgen, wie ich höre – das Kind –«

»Hat ein tüchtiges Schnupfenfieber«, ergänzte der Professor trocken. Er schien offenbar nicht in Laune, sich auf weitere Erörterungen einzulassen.

»Ach, Herr Professor, das hat ja wohl nicht viel zu bedeuten!« meinte Heinrich. »Das Kind ist einmal eine arme kranke Kreatur und pimpelt den ganzen Tag – wenn aber so ein Mädchen wie die Fee, der das ganze Jahr keine Ader weh tut, den Kopf hängen läßt, da kommt einem die Angst.«

»Nun, von der Kopfhängerei habe ich nicht viel bemerken können«, sagte der Professor mit auffallend scharfer Stimme, »der Kopf sitzt fest wie irgendeiner, darauf kannst du dich verlassen, Heinrich!«

Er schritt mit dem Rechtsanwalt die Treppe hinauf. Auf den obersten Stufen kam ihnen Ännchen entgegen; sie war barfuß und im Nachtkleidchen, auf dem gedunsenen Gesichtchen glühten Fieberflecken, und die Augen waren geschwollen vom Weinen.

»Mama fort, Rosa fort, Ännchen will Wasser trinken!« rief sie dem Professor entgegen. Er nahm sie erschrocken auf den Arm und trug sie in das Schlafzimmer zurück – niemand war zu sehen. Erzürnt rief er nach dem Mädchen. Eine ferne Tür ging auf, und mit erhitztem Gesicht, das Bügeleisen in der Hand, kam Rosa herbeigelaufen; dort in dem Zimmer blähte sich eine ungeheure, blütenweiße Mullwolle auf dem Bügelbrett.

»Wo stecken Sie denn? Wie können Sie das Kind allein lassen?« fuhr er sie an.

»Ach, Herr Professor, ich kann mich doch nicht in Stücke teilen«, verteidigte sich das junge Mädchen, fast weinend vor Ärger. »Die gnädige Frau muß durchaus ein frischgewaschenes Kleid morgen früh haben – das Waschen und Bügeln nimmt ja gar kein Ende mehr – wenn Sie nur wüßten, solch ein Kleid ist eine Heidenarbeit –« Sie hielt inne, der Rechtsanwalt brach in ein lautes Gelächter aus. »Oh, über die Frau im einfachen weißen Mullkleid!« rief er und hielt sich die Seiten, denn das finstere, verlegene Gesicht des Professors erschien ihm urkomisch.

»Die gnädige Frau meinten«, nahm Rosa ihre Verteidigungsrede wieder auf, »es sei ja doch nur ein leichtes Schnupfenfieber bei Ännchen, sie könnte ganz gut einmal auf eine halbe Stunde allein bleiben; sie hat ihr allerhand Spielzeug aufs Bett gegeben –«

»Und wo ist meine Cousine?« unterbrach der Professor sie rauh.

»Die gnädige Frau sind mit Madame Hellwig in den Missionsverein gegangen.«

»So«, schnitt er ihren Bericht kurz ab – er sah grimmig aus. »Jetzt gehen Sie, und machen Sie den Plunder fertig!« befahl er, nach der Tür zeigend, aus der sie gekommen war, dann rief er nach Friederike, aber die alte Köchin steckte mit beiden Händen in einem eben angerührten Teig und schickte Felicitas.

Das junge Mädchen kam die Treppe herauf. Noch lag die feine Röte innerer Bewegung auf ihren Wangen, doch ihr Auge streifte kühl und ernst das aufgeregte Gesicht des Professors. Sie blieb in ruhiger, fester Haltung stehen und erwartete schweigend seine Befehle. Es kostete ihn augenscheinlich große Überwindung, sie anzureden.

»Die kleine Anna ist ohne Aufsicht – wollen Sie bei ihr bleiben, bis ihre Mutter zurückkommt?« fragte er endlich.

»Sehr gern«, antwortete sie unbefangen, »aber ich habe ein Bedenken – die Frau Regierungsrätin liebt es nicht, das Kind mit mir zusammen zu sehen. Wollen Sie die Verantwortung übernehmen, so bin ich bereit.«

»Jawohl, das will ich.«

Sie schritt ohne weiteres in das Schlafzimmer und schloß die Tür. Der Rechtsanwalt sah ihr mit aufleuchtenden Augen nach.

»Fee nennt sie Heinrich seltsamerweise«, sagte er zu dem Professor, während er neben ihm die Treppe nach dem zweiten Stock hinaufstieg, »und so sonderbar auch der Name auf seiner derben Zunge klingt, auf die Erscheinung paßt er prächtig ... Ich muß aufrichtig gestehen, ich begreife nicht, wo ihr, du sowohl wie deine Mutter, den

Mut hernehmt, dies merkwürdige Mädchen eurer alten Köchin und dem naseweisen Kammerkätzchen da unten gleichzustellen.«

»Ah – wir hätten sie in Samt und Seide wickeln sollen, meinst du?« rief der Professor so heftig gereizt, wie ihn sein Freund noch nie gesehen. »Und weil dem Hause Hellwig eine Tochter versagt ist, so hätte, deiner Ansicht nach, der leere Platz nicht vortrefflicher ausgefüllt werden können als mit dieser Fee, oder besser ›Sphinx‹, wie ich sie nenne ... du bist von jeher ein Schwärmer gewesen! ... Übrigens steht es dir frei« – sein Ton vibrierte vor innerer Aufregung –, »die Tochter des Taschenspielers zur Frau Frank zu machen – meinen Segen als Vormund hast du!«

Das feine Gesicht des Rechtsanwaltes errötete bis unter den lockigen Haarstreifen über der Stirn. Er sah einen Moment angelegentlich durch das Fenster hinunter auf den Marktplatz – dann wandte er sich lächelnd um.

»So, wie ich das innerste Wesen des Mädchens auffasse, wird sie sich schwerlich um deinen vormundlichen Segen kümmern; ich würde mithin lediglich auf ihre Entscheidung angewiesen sein«, entgegnete er nicht ohne leisen Spott, »und wenn du meinst, mein Ohr mit der Bezeichnung ›Taschenspielertochter‹ zu erschrecken, so irrst du dich gewaltig, mein sehr verehrter Herr Professor ... Du freilich, bei deinen Grundsätzen, würdest einen solchen Gedanken nicht ohne gewaltige Nervenerschütterung ausdenken – ein Spielerskind mit warmem, raschem Herzschlag und das kühle Blut ehrenfester Kauf- und Handelsherren, das fein gemessen durch deine Adern fließt – das ginge freilich nie und nimmer – die dort müßten sich ja samt und sonders im Grabe umdrehen!«

Er zeigte durch die offene Tür in die anstoßende große Erkerstube. Dort an der langen Wandseite hing eine Reihe vortrefflich gemalter männlicher Ölbilder, stattliche, behäbige Gestalten mit funkelnden Diamanten an den Fingern und auf dem zierlich gefältelten Busenstreifen. Das waren verschiedene Bürgermeister und Kommerzienräte, die einst den Namen Hellwig getragen hatten.

Der Professor ging hinüber in das Zimmer. Er kreuzte die Arme über der Brust und schritt einigemal unter den Bildern auf und ab.

»Sie haben tadellos dagestanden im Leben«, sagte er plötzlich stehen bleibend. »Ob jeder ohne innere Anfechtung und Kämpfe diese makellose äußere Würde und Haltung behauptet hat – ich glaube es nicht. Die menschliche Natur hat viel Sprödes, sie widerstrebt meist da am hartnäckigsten, wo sie gehorchen muß . . . Alle die Opfer sind Steine zu einem soliden Bau gewesen, und dieser Bau heißt ›das Haus Hellwig‹. Sollen sie gefordert und gebracht worden sein, damit ein Enkel kommt und sie mit einem Fußtritt wie ein Kartenhaus umstößt? . . . Gott soll mich bewahren!«

Es sah fast aus, als habe er mit diesen Worten einen inneren Konflikt gelöst, denn die seltene Gereiztheit, die Frank mit Verwunderung an ihm beobachtet hatte, war verschwunden, als er in sein Zimmer zurückkehrte.

❖

Felicitas mochte vielleicht eine halbe Stunde am Bett des Kindes gesessen haben, als die Regierungsrätin nach Hause kam. Ihr Gesicht verfinsterte sich sofort beim Erblicken des jungen Mädchens.

»Wie kommen Sie hierher, Karoline?« fragte sie scharf, indem sie ihren Sonnenschirm auf das Sofa warf und hastig ihre feinen dänischen Handschuhe abstreifte. »Ich habe Sie doch sicher nicht um diese Dienstleistung ersucht!«

»Aber ich!« sagte der Professor mit harter Stimme, der

plötzlich hinter ihr auf der Schwelle der offenen Tür erschien. »Dein Kind brauchte Aufsicht, es kam mir barfuß auf der Treppe entgegen.«

»Nicht möglich! ... Ja, Ännchen, wie konntest du denn so unfolgsam sein?«

»Bist du wirklich im Zweifel, Adele, wer hier den Vorwurf verdient?« fragte der Professor, sich immer noch beherrschend, aber es grollte bereits in seiner Stimme.

»Mein Gott, ich bin ja trostlos über dies pflichtvergessene Geschöpf, die Rosa! ... Sie hat auf der Gotteswelt nichts zu tun, als das Kind zu beaufsichtigen, aber ich weiß schon, man darf nur den Rücken wenden, da gafft sie zum Fenster hinaus, steht vorm Spiegel –«

»Zufällig steht sie in diesem Augenblick am Bügelbrett und richtet im Schweiße ihres Angesichtes ein Kleid her, das du à tout prix morgen anziehen mußt«, unterbrach sie der Professor, in schneidendem Hohn jedes Wort markierend.

Sie erschrak heftig. Die tödlichste Verlegenheit spiegelte sich momentan auf ihrem Gesicht, aber sie faßte sich rasch.

»Gott, wie albern!« rief sie, unmutig die weiße Stirn runzelnd. »Da hat sie mich wieder einmal völlig mißverstanden – ich habe häufig das Unglück!«

»Gut«, unterbrach er sie beharrlich, »wir wollen dies Mißverständnis gelten lassen, aber wie mochtest du ihr, deren Unzuverlässigkeit du eben hervorhobst, dein krankes Kind allein anvertrauen?«

»Johannes, mich rief eine heilige Pflicht!« antwortete die junge Witwe nachdrücklich mit einem schwärmerischen Aufschlag ihrer schönen Augen.

»Deine heiligste ist die Mutterpflicht!« rief er. »Ich habe dich nicht hierhergeschickt, um in Missionsangelegenheiten tätig zu sein, sondern einzig und allein des Kindes wegen!«

»Um Gottes willen, Johannes, wenn die Tante und mein Papa dich hörten! . . . Früher dachtest du anders!«

»Das gebe ich vollkommen zu. Eigenes Denken aber wird uns stets auf den unerschütterlich festen Satz der Moral zurückführen, daß wir zunächst unsere ganzen Kräfte dem Boden zuwenden sollen, auf den uns die Vorsehung gestellt hat – und wenn du dereinst hundert aus dem Heidentum gerettete Kinderseelen dem Ewigen aufzählen kannst, sie werden nicht um ein Jota den Vorwurf rechtfertigen, daß du dein eigenes darüber hast zugrunde gehen lassen!«

Das Gesicht der Regierungsrätin glühte wie eine Päonie. Sie rang nach Fassung und der gewohnten Sanftmut, und es gelang ihr.

»Sei nicht so streng gegen mich, Johannes!« bat sie. »Bedenke, daß ich ein schwaches Weib bin, aber gewiß immer nur das Beste will . . . Habe ich gefehlt, so ist es wohl auch hauptsächlich aus Liebe zu deiner guten Mutter geschehen, die meine Begleitung wünschte.«

Die Regierungsrätin hatte mit dem weichen Ton ihrer flötenartigen Stimme gesprochen und bot dem Professor lieblich lächelnd die Hand. Sonderbar, der ernste Mann errötete wie ein junges Mädchen – es war ihm wohl selbst bewußt, daß ein scheuer Seitenblick rasch nach der hinüberstreifte, die mit gesenkten Lidern am Bett des Kindes saß – er faßte zögernd die Hand mit zwei Fingern und ließ sie sofort wieder fallen . . . Die zwei Taubenaugen, welche bittend und unverwandt auf seinem Gesicht geruht hatten, funkelten auf, und das Gesicht erblaßte, aber die Sanftmut wurde tapfer behauptet. Die junge Frau nahm den Kopf ihres Kindes zwischen ihre Hände und hauchte einen Kuß auf die kleine, fieberglühende Stirn.

»Ich kann nun Ännchens Pflege wieder übernehmen und danke Ihnen herzlich, liebe Karoline, daß Sie mich einstweilen vertreten haben«, sagte sie freundlich zu Felicitas.

Das junge Mädchen erhob sich rasch, aber die Kleine brach in ein bitterliches Weinen aus und umklammerte mit beiden Händchen fest ihren Arm.

Der Professor prüfte den Puls des Kindes.

»Sie hat starkes Fieber; ich darf durchaus nicht zulassen, daß sie sich noch mehr aufregt«, sagte er mit kalter Freundlichkeit zu Felicitas. »Sie bringen wohl das Opfer, dazubleiben, bis sie eingeschlafen sein wird?«

Sie nahm schweigend ihren Platz wieder ein, und er ging hinaus. Zu gleicher Zeit eilte die Regierungsrätin in ihr Wohnzimmer und ließ die Tür hinter sich ziemlich unsanft ins Schloß fallen. Felicitas hörte, wie sie drin mit raschen Schritten auf und ab lief. Plötzlich klang ein scharfes Geräusch, wie das Zerreißen irgendeines Gewebes, durch die Tür. Ännchen richtete sich horchend auf und fing an zu zittern: Das Geräusch wiederholte sich und folgte immer rascher hintereinander.

»Mama, Ännchen will artig sein, will's nicht wieder tun! Ach, Mama, Ännchen nicht patschen!« rief das Kind plötzlich wie außer sich.

In diesem Augenblick trat Rosa in das Zimmer. Das frische Gesicht des Mädchens sah blaß und erschreckt aus.

»Sie zerreißt wieder einmal – ich hörte es auf dem Vorplatz«, murmelte sie zu Felicitas hinüber. »Still, Herzchen«, flüsterte sie dem Kind beschwichtigend zu, »Mama tut dir nichts; sie kommt nicht heraus und wird bald wieder gut!«

Drüben wurde eine Tür zugeschlagen, die Regierungsrätin hatte sich entfernt. Rosa ging in das Wohnzimmer und kam gleich darauf mit einem Bündel weißer Fetzen in der Hand zurück – es waren die Überreste eines ehemaligen Batisttaschentuches.

»Wenn sie in Wut kommt, so kennt sie sich selbst nicht mehr!« grollte das Mädchen flüsternd. »Da zerreißt sie, was sie gerade unter den Händen hat, und schlägt auch ohne Gnade und Barmherzigkeit zu – das weiß der arme, kleine Tropf da recht gut.«

Felicitas drückte das Kind an ihre Brust, als müsse sie es vor den Zornausbrüchen der leidenschaftlichen Mutter schützen; ihre Besorgnis war jedoch ohne Grund. Die Stimme der Regierungsrätin klang plötzlich in ihrer Glokkenreinheit vom Vorsaal her; sie plauderte heiter mit dem die Treppe herabkommenden Rechtsanwalt, und als sie bald darauf das Schlafzimmer wieder betrat, war ihr Aussehen schöner und anmutiger denn je.

XVI

Als Felicitas auf Ersuchen des Professors hin den Platz an Annas Bett wieder einnahm, hätte sie nicht gedacht, daß sie ein vieltägiges Wärteramt antrete – die Kleine wurde gefährlich krank und litt weder ihre Mutter noch Rosa in ihrer Nähe; nur der Professor und Felicitas durften sie berühren und ihr die Medizin reichen. In ihren Fieberphantasien spielte das zerrissene Batisttuch eine große Rolle. Der Professor hörte mit Verwunderung die Angst- und Furchtäußerungen des Kindes und jagte mehr als einmal durch seine eindringlichen, forschenden Fragen die Röte des Schreckens und der Verlegenheit in das Gesicht der Regierungsrätin. Sie blieb aber, von Rosa unterstützt, stets bei dem Ausspruch, daß Ännchen einen schlimmen Traum gehabt haben müsse.

Felicitas fand sich rasch in ihre Aufgabe als Pflegerin, obgleich ihr dieselbe anfänglich durch den stündlichen Verkehr mit dem Professor sehr erschwert wurde, aber die

Sorge um das Leben des Kindes, die sie mit ihm teilte, half schneller über das Peinliche ihrer Situation, als sie meinte. Es kam ihr selbst höchst wunderbar vor, wie gut sie ihn in seinem Wesen als Arzt verstand. Während er den anderen, selbst der Mutter des Kindes, undurchdringlich erschien, wußte sie stets sofort, ob er die Gefahr gesteigert fand oder Hoffnung schöpfte. Deshalb bedurfte es aber auch fast nie eines erklärenden Wortes seinerseits, um sie auf das eingehen zu machen, was der Augenblick erheischte. Er wechselte mit ihr im Nachtwachen ab, aber auch tagsüber war er sehr viel im Krankenzimmer. Stundenlang saß er geduldig neben dem Bettchen und legte seine Hände abwechselnd auf die Stirn des Kindes – dann ruhte es still und unbeweglich, es mußte eine eigentümlich beschwichtigende Kraft in diesen Händen liegen.

Unwillig und tief erregt suchte das junge Mädchen die vergleichenden Gedanken abzuschütteln, die sie beschlichen, wenn sie, unfern von ihm sitzend, ihn schweigend beobachtete. Das waren noch dieselben unregelmäßigen, harten Linien des Gesichts – es waren dieselben Augen, dieselbe Stimme, alles in allem der Schrecken ihrer Kindheit, aber den finster asketischen Zug, der einst den Jünglingskopf so abstoßend hatte erscheinen lassen, suchte sie vergebens ... Von jener nicht schön geformten, jedoch bedeutenden Stirne ging es aus wie ein mildes Licht, und wenn sie hörte, wie er dem aufgeregten Kind mit unaussprechlich sanfter Stimme beschwichtigend zuredete, so konnte sie sich nicht verhehlen, daß er seinen Beruf in seiner ganzen Heiligkeit erfasse. Es standen ihm Klänge und Worte zu Gebote, die das Herz des jungen Mädchens wie elektrische Schläge berührten ... Wer dachte in solchen Augenblicken an seine eckigen Bewegungen, an sein abstoßendes Wesen im geselligen Verkehr? Da war er eine sittlich schöne Erscheinung, ein Mann im Bewußtsein großer moralischer Kraft, der rastlos denkende und kämpfende Vermittler zwischen den zwei erbitterten Gegnern »Leben und Tod« ... Aber mochten auch alle diese Gedanken versöhnend an ihr vorüberziehen, die Schlußbetrachtung war dieselbe: »Er fühlt und denkt menschlich, er hat Erbarmen mit dem hilflosen Zustand des geringsten Nächsten – das verfemte Spielerskind hat mithin doppelten Grund, ihn zu verabscheuen, denn ihm war er ein mitleidsloser Unterdrücker, ein vorurteilsvoller, ungerechter Richter.«

Er hatte bei dem jetzigen täglichen Verkehr nicht ein einziges Mal jenen weichen Ton wieder angeschlagen, der ihr schrecklich war und gegen welchen sie stets mit den Waffen des Trotzes und der Zurückweisung kämpfte. Er hielt die kalt-höfliche Freundschaft fest, die er seit dem letzten Gespräch mit ihr angenommen, und auch diese lag mehr in seinem Gesichtsausdruck als in seinen Worten, denn die unerläßlichen Fragen ausgenommen, sprach er fast nie mit ihr. Einen schweren Stand hatte er der Regierungsrätin gegenüber. Sie gebärdete sich anfänglich wie unsinnig und wollte es durchaus nicht zulassen, daß Felicitas ihre Stelle am Krankenbett einnehme ... Jeden Abend erschien sie pünktlich in elegantem Schlafrock; ein wunderfeines Spitzenhäubchen umschloß das bezaubernde Gesicht, und die feinen Hände hielten ein Andachtsbuch – sie wollte wachen. Ein und dasselbe Wortgefecht erhob sich jedesmal zwischen ihr und dem Professor, sie wiederholte stets ein und dieselbe Phrase der Verwahrung gegen Eingriffe in ihre mütterlichen Rechte und ging dann sanft weinend und klagend, um am anderen Morgen frisch wie eine Mairose aufzustehen.

Es war der neunte Abend seit Ännchens Erkrankung. Das Kind lag in dumpfer Betäubung; nur dann und wann rang sich ein unartikuliertes Lallen von seinen Lippen. Der

Professor hatte lange, die Stirn sorgenvoll in die verschlungenen Hände gedrückt, am Bettchen gesessen; da stand er plötzlich auf und winkte Felicitas in das Nebenzimmer.

»Sie haben die vergangene Nacht gewacht und sich auch gestern und heute nicht einen Moment der Ruhe gönnen dürfen, und doch verlange ich noch weitere Opfer von Ihnen«, sagte er. »Diese Nacht wird entscheidend sein. Ich könnte nun zwar meine Cousine oder Rosa in die Nähe des Kindes lassen, denn es ist bewußtlos; aber ich brauche wahrgemeinte Hingebung und Besonnenheit neben mir – wollen Sie heute noch einmal wachen?«

»Ja!«

»Doch es werden voraussichtlich Stunden der Angst und Aufregung, die Sie durchmachen müssen – fühlen Sie sich noch stark genug?«

»O ja – ich habe das Kind lieb, und schließlich – will ich.«

»Haben Sie ein so festes Vertrauen auf die Kraft Ihres Willens?« Seine Stimme klang milde.

»Er ist mir bis jetzt noch nicht treulos geworden«, entgegnete sie; ihr bis dahin völlig ruhiger Blick wurde sofort eisig und abweisend.

Die Nacht brach herein – eine süße, lautlos schweigende Frühlingsnacht! Das volle, funkelnde Mondlicht schwebte über der schlafenden Stadt ... Drin aber, im dunklen Krankenzimmer, kreiste eine furchtbare Gewalt über dem schmalen Bett – die Kreise wurden enger und senkten sich tiefer und tiefer auf den qualvoll ringenden kleinen Körper, das Kind lag in den heftigsten Krämpfen ... Der Professor saß neben dem Bett; sein Blick ruhte unverwandt auf den zuckenden Gliedern und dem unkenntlich gewordenen, verzerrten Gesichtchen. Er hatte alles getan, was im Bereich ärztlicher Kunst und menschlichen Wissens lag, und nun mußte er macht- und tatenlos verharren und die Naturkräfte ihren erbitterten Streit allein auskämpfen lassen.

Draußen schlug es zwölf mit lang aushaltenden Schlägen. Felicitas, die still am Fußende des Bettes saß, schauerte in sich hinein; es war ihr, als müsse eine dieser mächtigen Schwingungen die Kinderseele mit hinwegnehmen ... und wirklich wurde der heftig arbeitende Körper plötzlich schlaffer, die kleinen, festgeballten Hände lösten sich und fielen matt auf die Decke, und nach wenigen Augenblicken lag auch das Köpfchen bewegungslos in den Kissen ... Der Professor hatte sich über das Bett geneigt – bange zehn Minuten verstrichen, dann hob er den Kopf und flüsterte bewegt: »Ich halte sie für gerettet!«

Das junge Mädchen bog sich forschend über die Kranke; sie hörte tiefe, ruhige Atemzüge und sah, wie sich die kleinen, todmüden Glieder behaglich in den Kissen streckten. Lautlos erhob sie sich und ging hinaus in das Nebenzimmer. Sie trat an eines der weit offenen Fenster. Die würzige Nachtluft, in die sich bereits ein Hauch von herber Morgenröte mischte, strich erquickend an ihr vorüber; sie lehnte das müde Haupt an die steinerne Fenstereinfassung, während ihre gefalteten Hände schlaff niedersanken ... Felicitas' Pulse klopften fieberhaft – da drin in dem dumpfen, schwülen Raum war ja der Tod hart an einem Menschen vorübergeschritten; die Spannung ihrer Nerven während der letzten Stunden war furchtbar gewesen – kein anderer Laut als das vereinzelte schrille Aufkreischen des Kindes hatte ihr Ohr getroffen; sie hatte nichts gesehen als den zuckenden Körper der Kranken und das stumme, bleiche Gesicht des Arztes, der nur durch Winke und Blicke ihre Hilfeleistungen forderte – vier enge Wände umschlossen ihn und sie allein; sie wirkten zusammen in Ausübung der Nächstenpflicht und Barmherzigkeit, während die tiefe Kluft des Hasses und des Vorurteils zwischen ihnen lag.

Die heißen, trockenen Augen des jungen Mädchens starrten durch das gegenüberliegende Eckfenster nach der mondbeleuchteten Front des Rathauses. Die Statuen zu beiden Seiten der Uhr, eine Muttergottes und der heilige Bonifazius, traten geisterhaft lebendig aus ihren Nischen hervor – was half es, daß sie schützend und segnend da droben standen? Dicht unter ihnen war doch das Unglück geschehen. Die drei hohen Fenster dort, die jetzt silbern glitzerten, hatten an jenem unglückseligen Abend die rote Glut einer feenhaften Beleuchtung ausgestrahlt, und da, wo jetzt der Mondschein einsam und harmlos auf dem Boden spielte, war die wundervolle Frauengestalt unerschrocken vor die versammelte Menschenmenge und die dräuenden Feuerwaffen hingetreten; aber unter dem Panzer hatte ein warmes, banges Mutterherz geklopft – einsam, im fremden Haus schlummerte derweil ihr Kind, für das sie erwerben mußte, für das sie immer wieder hinaustrat, bis die letzten sechs Schüsse krachten, unter denen sie sterbend zusammenbrach.

Der Professor trat aus dem Krankenzimmer und schloß die Tür geräuschlos hinter sich. Er ging auf Felicitas zu, die unbeweglich am Fenster stehen blieb.

»Ännchen schläft sanft«, sagte er. »Ich werde den Rest der Nacht bei ihr bleiben; ruhen Sie nun auch.«

Felicitas verließ sofort, ohne das Ende seiner Worte abzuwarten, die Fensternische und ging schweigend an ihm vorüber, um das Zimmer zu verlassen.

»Ich meine, heute sollten wir doch nicht so fremd auseinandergehen!« rief er ihr mit gedämpfter Stimme nach – fast klang es, als streifte er wider Willen den Bann des ernsten Schweigens ab. »Wir haben in den letzten Tagen treulich, wie zwei gute Kameraden, zusammengehalten und gemeinschaftlich ein Menschenleben dem Tode abzuringen versucht – bedenken Sie das!« fügte er warm hinzu. »In wenigen Wochen gehen wir ja ohnehin auseinander, und jedenfalls auf Nimmerwiedersehen ... Ich will Ihnen die Genugtuung nicht versagen, einzugestehen, daß Sie durch eigene Kraft vieles widerlegt haben, was ich an Vorurteil und übler Meinung Ihnen gegenüber neun Jahre hindurch festgehalten; nur in *einem* dunklen Punkt, in Ihrem unseligen Haß und Starrsinn, sind Sie das ungebärdige Kind geblieben, das einst meine ganze Härte und Strenge herausgefordert hat!«

Felicitas war ihm wieder einige Schritte näher getreten. Der Mondschein überstrahlte voll ihre Gestalt. So wie sie dastand, den Kopf stolz über die Schulter nach ihm zurückbiegend, während das Gesicht mit den strenggeschlossenen Lippen noch tiefer erblaßte, lag etwas unerbittlich Feindseliges in der ganzen Erscheinung.

»Bei den Krankheiten des menschlichen Körpers forschen Sie zuerst nach der Ursache, ehe Sie sich ein Urteil bilden –«, entgegnete sie. »Woraus aber die sogenannte Ungebärdigkeit der Menschenseele hervorging, die Sie bessern wollten, das hielten Sie nicht für der Mühe wert zu untersuchen ... Sie urteilen blindlings auf Einflüsterungen hin und haben sich damit einer ebenso großen Sünde schuldig gemacht, als wenn Sie durch ärztliche Nachlässigkeit einen Leidenden zugrunde gehen lassen ... Entreißen Sie einem Menschen sein Ideal, eine ganze erträumte, goldene Zukunft, er wird, und sei er der frömmste und tugendhafteste, im ersten Augenblick sicher nicht die Hände falten und ergeben in den Schoß legen; wieviel weniger aber ein neunjähriges Kind, das sein Auge unablässig auf den Tag gerichtet hielt, an welchem es einst seine vergötterte Mutter wiedersehen sollte, durch dessen Seele kein Traum, keine Hoffnung ging, die nicht mit diesem Wiedersehen verknüpft gewesen wäre!«

Sie hielt inne, aber über die Lippen des Professors kam kein Wort; nicht einmal sein Auge war ihr zugewendet. Er hatte anfänglich bei ihrer Beschuldigung einmal rasch und heftig den Arm ausgestreckt, als wollte er sie unterbrechen; allein je weiter sie sprach, desto unbeweglicher und aufhorchender wurde seine Haltung.

»Der Onkel hat mich in jener glückseligen Unwissenheit gelassen«, fuhr sie nach einer Pause fort, »aber er starb, und mit ihm das Erbarmen in diesem Hause ... An jenem Morgen war ich zum erstenmal am Grabe meiner Mutter gewesen; ich hatte abends zuvor ihr schreckliches Ende erfahren – man hatte mir zugleich gesagt, die Spielersfrau sei ein verlorenes Geschöpf, das selbst der allbarmherzige Gott nicht in seinem Himmel dulde –«

»Warum sagten Sie mir das alles damals nicht?« unterbrach sie der Professor dumpf.

»Warum ich das damals nicht sagte? Weil Sie von vornherein erklärt hatten, die Menschenklasse, aus der ich stamme, sei Ihnen unsäglich zuwider, und der Leichtsinn müsse in meinem Blut stecken.« – Der Professor legte einen Moment die Hand über die Augen. – »So jung ich war und obwohl erst eine einzige große, bittere Erfahrung hinter mir lag, wußte ich doch in jenem Augenblick genau, daß ich kein Erbarmen, kein Mitgefühl finden würde – und haben Sie je Erbarmen, Mitgefühl für das Spielerskind gehabt?« fragte sie, rasch einen Schritt näher tretend und mit unsäglicher Bitterkeit jedes Wort betonend. »Ist Ihnen je eingefallen, daß das Geschöpf, welches Sie lediglich in das Arbeitsjoch einspannen wollten, doch vielleicht auch Gedanken haben könnte? ... Glauben Sie ja nicht, daß ich mit Ihnen rechte, weil Sie mich zur Arbeit erzogen haben – Arbeit, und sei es die strengste und härteste, schändet nie –, ich arbeite gern und freudig; aber daß Sie mich zur willenlosen, dienenden Maschine machen und das geistige Element in mir völlig vernichten wollten, welches doch einzig und allein ein arbeitsvolles Leben zu veredeln vermag – das ist's, was ich Ihnen nie vergessen werde!«

»Nie, Felicitas?«

Das junge Mädchen schüttelte energisch, mit einer fast wilden Gebärde den Kopf.

»Also darein muß ich mich unwiderruflich ergeben«, sagte er mit einem schwachen Lächeln, das sich jedoch, wahrscheinlich sehr gegen seinen Willen, merkwürdig melancholisch gestaltete. »Ich habe Sie tödlich beleidigt, und doch – ich wiederhole es – konnte und durfte ich nicht anders handeln ...« Er ging einigemal im Zimmer auf und ab. »Ich muß noch einmal eine schmerzende Stelle in Ihrer Seele berühren, indem ich meine Motive verteidige«, fuhr er rasch fort; »Sie sind völlig mittellos und von – verfemter Herkunft. Sie sind darauf angewiesen, Ihr Brot selbst zu verdienen. Wenn ich Ihrer Erziehung eine höhere Richtung gab, dann erst wäre es grausam gewesen, Sie in die niedere Dienstbarkeit zurückzustoßen, und doch hätte ich nicht anders gekonnt; oder glauben Sie, daß eine Familie sich dazu verstehen wird, ihren Kindern die Tochter eines Taschenspielers als Erzieherin zu geben? ... Wissen Sie nicht, daß ein Mann« – er hielt einen Augenblick inne, tief Atem schöpfend, während eine fahle Blässe sein Gesicht bedeckte –, »ja, daß ein Mann aus den höheren Kreisen, der sein Leben vielleicht mit dem Ihrigen verknüpfen würde, große innere und äußere Opfer bringen müßte? – Welch unausgesetzte Demütigung für Ihr stolzes Herz! ... Das sind die sozialen Gesetze, die Sie mißachten, welche aber die Mehrzahl der Menschen oft mit unsäglicher innerer Anstrengung und Aufopferung aufrechterhält ... Auch ich muß mich ihnen unterwerfen – es steht ja nicht jedem auf der Stirn geschrieben, was er innerlich durchmacht – auch von mir verlangen jene Gesetze Entsagung und – einen einsamen Lebensweg.«

Er schwieg. Es durchschauerte Felicitas seltsam, hier in stiller Mitternachtsstunde in das Geheimnis eines streng verschlossenen Männerherzens blicken zu können, das in scheuer Hast, fast widerwillig und mit bebenden Lippen ausgesprochen wurde ... Er liebte ohne Zweifel ein weibliches Wesen, das nach sozialen Begriffen hoch über ihm stand. Eben noch in Haß und Entrüstung ihm gegenüberstehend, beschlich sie jetzt ein ihr bis dahin völlig unbekanntes Weh ... War es möglich, daß sie Mitleid fühlen konnte für ihn? Hatte sie in der Tat einen so unverzeihlich schwachen Charakter, sie, die neulich so entschieden ausgesprochen: »Wenn ihm ein Leid widerführe, ich würde es nie beklagen!«

»Nun, Felicitas, haben Sie keine Entgegnung«, fragte er, »oder fühlen Sie sich abermals gekränkt durch meine Erklärung, die ich nicht umgehen konnte?«

»Nein«, entgegnete sie kalt. »Das ist Ihre spezielle Ansicht – es liegt mir nichts ferner als der Wunsch, sie geändert zu sehen ... Sie werden hingegen auch mir den Glauben nicht nehmen können, daß es brave, vorurteilslose Menschen gibt, die das ehrliche Herz und treue Wollen auch in einer Taschenspielerstochter anerkennen ... Was soll ich Ihnen noch antworten. Wir würden doch nie zu einem Ende kommen ... Sie selber sagen, unsere Lebenswege gehen binnen kurzem auseinander auf Nimmerwiedersehen – noch strenger geschieden aber sind wir innen ... Haben Sie noch einen Befehl in bezug auf die Kranke für mich?«

Er schüttelte den Kopf, und noch ehe er ein Wort zu sagen vermochte, hatte sie das Zimmer verlassen.

Streit Fee – Johannes

Johannes wohnt in dem Arbeitszimmer seines Vaters

XVII

Ännchens Genesung schritt rasch vorwärts; gleichwohl wurde Felicitas ihres Wärteramtes noch nicht enthoben. Die Kleine, sonst ein stilles, geduldiges Kind, wurde heftig und aufgeregt, sobald das junge Mädchen das Zimmer verließ; es blieb mithin der Regierungsrätin nichts übrig, als Felicitas zu bitten, so lange bei dem Kind zu bleiben, bis es vollkommen hergestellt sei. Die junge Witwe tat dies ohne Zweifel mit um so leichterem Herzen, als der Professor sich im Krankenzimmer fast gar nicht mehr aufhielt. Er kam jeden Morgen, um nach der Kleinen zu sehen, aber diese Besuche währten kaum drei Minuten. Manchmal nahm er das Kind auf den Arm und trug es einigemal drunten im sonnigen, geschützten Vorderhof auf und ab – sonst wurde er wenig im Haus gesehen. Es war, als habe ihn plötzlich eine wahre Leidenschaft für den Garten erfaßt; er arbeitete morgens nicht mehr in seinem Zimmer – wer ihn sprechen wollte, wurde hinaus in den Garten geschickt. Frau Hellwig fügte sich seltsamerweise der Marotte, wie sie diesen Umschlag nannte, und richtete es zur großen Genugtuung der Regierungsrätin so ein, daß nun auch die Hauptmahlzeiten meist im Gartenhaus gehalten wurden. Das alte Kaufmannshaus war dadurch zuzeiten wieder stiller als je; man kam oft vor zehn Uhr abends nicht nach Hause. Es geschah aber auch manchmal, daß der Professor allein und früher zurückkehrte. Dann hörte ihn Felicitas langsam die Treppe heraufkommen; sonderbarerweise wiederholte sich dabei stets etwas Eigentümliches – er ging nämlich stets einige Schritte wie mechanisch nach dem Krankenzimmer hin, dann blieb er plötzlich mitten im Vorsaal stehen, als besinne er sich, und rascher als vorher stieg er schließlich in den zweiten Stock hinauf. Sein Zimmer lag über der Krankenstube – an solchen Abenden saß er nicht über seinen Büchern – stundenlang ging er ruhelos auf und ab; diese einsame Wanderung hatte stets etwas Aufregendes für Felicitas – sie brachte dieselbe mit jenem nächtlichen Geständnis in Einklang.

Um acht Uhr abends war Ännchen gewöhnlich eingeschlafen; dann nahm Rosa Felicitas' Platz am Bett des Kindes ein, und nun kamen auch Erholungsstunden für das junge Mädchen – sie ging hinauf in die Mansarde. Tante Cordulas neuliche Körperschwäche und Todesahnung schien glücklich überwunden; sie war heiterer als je und konnte froh wie ein Kind von der nahen Zeit plaudern, wo sie Felicitas ganz bei sich haben würde. Sie wartete gewöhnlich mit dem Abendbrot auf das junge Mädchen. Dann stand der sorgfältig arrangierte Teetisch im Vorbau, und ein ganzes Paket neu eingelaufener Zeitungen wartete auf die jugendliche Vorleserin. In diesen knapp bemessenen gemütlichen Stunden versank alles, was in jüngster Zeit Felicitas' Herz – oft zu ihrer eigenen Verwunderung – bedrückte und quälte.

An einem schönen, sonnigen Nachmittag saß Felicitas allein bei Ännchen; im ganzen Haus herrschte förmliche Kirchenstille – Frau Hellwig und die Regierungsrätin waren ausgegangen, um Besuche zu machen, und der Professor hielt sich ohne Zweifel im Garten auf, denn im zweiten Stock wurde nicht ein Lebenszeichen laut ... Die Kleine hatte lange gespielt, nun legte sie sich müde zurück und sagte bittend: »Liedchen singen, Karoline!«

Das Kind hörte Felicitas leidenschaftlich gern singen. Das junge Mädchen hatte eine Altstimme. Ihre Stimme hatte jenen Klang, der wie ein tiefer, voller Glockenschlag ohne hörbare Vorbereitung sich gleichsam aus der Brust löst – jene Färbung, wie sie auch dem Cello eigen ist; der Ton, der ohne irgendwelche faßbare, scharfe Kante in der Luft verschwimmt, trägt einen Hauch leiser Schwermut.

Die alte Mamsell mit ihrem seltenen musikalischen Verständnis und der großartigen Ausbildung, die ihr eigenes Talent einst durch tüchtige Meister erhalten, hatte dieses köstliche Material vortrefflich geschult – Felicitas hatte gefunden, daß sie die Aufregung des Kindes stets beschwichtigte, wenn sie in leisen Tönen irgendeine getragene Melodie anhob; später ließ sie ihre Stimme auch gewaltiger ausströmen – begreiflicherweise jedoch nie, wenn sie feindliche Ohren in der Nähe wußte.

»Du junges Grün, du frisches Gras«, dieses tiefsinnige Schumannsche Lied klang jetzt durch das stille Krankenzimmer mit so keusch beherrschtem Ausdruck, wie er nur aus einer reinen Mädchenseele kommen kann. Felicitas sang die erste Strophe weich, in ergreifender Einfachheit und mit zurückgehaltener Kraft, aber mit Beginn der Worte: »Was treibt mich von den Menschen fort, mein Leid, das hebt kein Menschenwort«, da brauste die mächtige Stimme auf wie Orgelklang – in diesem Augenblick wurde oben im Zimmer des Professors ein Stuhl nicht gerückt, sondern fortgeschleudert – rasche Schritte eilten nach der Tür, und schrill und heftig wie Sturmläuten scholl plötzlich eine Klingel durch das menschenleere Haus. Es war das erste Mal, daß im Studierzimmer des zweiten Stockes der Glockenzug in Bewegung gesetzt wurde. Friederike eilte atemlos die zwei Treppen hinauf, und Felicitas schwieg tödlich erschrocken. Nach wenigen Augenblicken polterte die alte Köchin wieder herab und trat in das Kinderzimmer.

»Der Herr Professor läßt dir sagen, du solltest nicht mehr singen – er könnte nicht arbeiten«, rapportierte sie in ihrer rauhen, rücksichtslosen Weise. »Er war kreideweiß und konnte kaum sprechen vor Ärger ... Was machst du denn aber auch für dumme Sachen? Hab' ich doch mein Lebtag so was nicht gehört – du singst ja akkurat wie ein Mannsbild, und – daß Gott erbarm' – das Lied! – ein reines Nachtwächterlied! . . . Ich weiß nicht, was du für ein Mädchen bist! Ich hab' auch singen können, als ich noch jung war! Und was gab's damals für Lieder – schöne Lieder: ›Freut Euch des Lebens‹ und ›Guter Mond, du gehst so stille‹ . . . Laß das ein andermal gut sein, Karoline – das kannst du nicht . . .! Ja, und du sollst das Kind ein bißchen in den Hof tragen und herumfahren, hat der Professor gesagt.«

Felicitas verbarg ihr glühendes Gesicht in den Händen – es war ihr, als habe sie einen vernichtenden moralischen Schlag erhalten. So mutig sie sein konnte, wenn es galt, ihre Überzeugung zu verteidigen, so scheu und ängstlich war sie in bezug auf ihre Talente und Kenntnisse. Schon der Gedanke, daß ihre Stimme bis zu fremden Ohren dringen könnte, machte sie sofort verstummen, irgend jemand aber gar lästig damit zu werden, das hätte sie nicht einmal auszudenken vermocht. Und nun war es wirklich geschehen; man hielt sie für aufdringlich, der Verdacht lastete auf ihr, sie habe sich bemerkbar machen wollen, und dafür war sie auf die schonungsloseste Weise gestraft und beschämt worden – das war nicht zu ertragen! Die gröbsten Ungerechtigkeiten und Mißhandlungen seitens der Frau Hellwig hatten ihr nie eine Träne zu entlocken vermocht – jetzt aber weinte sie bitterlich.

Eine Viertelstunde später rollte Felicitas den Kinderwagen inmitten des Hofes langsam und vorsichtig auf und ab. Die fieberroten Flecken auf den Wangen des jungen Mädchens erblichen allmählich unter dem erfrischenden Hauch der Luft, aber den finsteren Ausdruck auf der blassen Stirn vermochte er nicht wegzuwischen. Es währte nicht lange, so kam Frau Hellwig in Begleitung der Regierungsrätin zurück; zu gleicher Zeit stieg der Professor die Treppe herab, er war im Begriff auszugehen, denn er hielt

Hut und Stock in der Hand. Alle drei traten in den Hof. Die Regierungsrätin trug ein großes Paket, und nachdem sie ihr Kind begrüßt und liebkost hatte, schob sie die Papierumhüllung des Paketes ein wenig zurück und lächelte in reizend schalkhafter Weise nach ihrem Cousin hinüber.

»Sieh mal her, Johannes, bin ich nicht eine recht leichtsinnige Frau?« scherzte sie. »So sehr mein Herz gegen weiblichen Putz gestählt ist, so wenig widersteht es den Verlockungen einer Leinenhandlung. Da sah ich in einer Auslage dies wundervolle Tischzeug – glaubst du, ich hätte vorübergehen können? Nicht möglich! Ehe ich mich dessen versah, hatte ich das Tischzeug im Arm und dies Schock feine Leinwand da ... Nun adieu, Winterstaat! Wenn ich gewissenhaft sein will, so muß ich diese Lücke in meinem Etat durch Weglassung verschiedener Wintertoiletten wieder ausfüllen – sei's drum –, eine echte deutsche Hausfrau kann nun einmal ihren Leinenschrank nicht voll genug haben!«

Der Professor antwortete nicht. Er sah über die Sprechende hinweg nach der Hoftür. Dort trat eben die Bürgersfrau herein, die Felicitas neulich im Studierzimmer des zweiten Stockes gesehen hatte. Sie schien unter ihrem großen, verhüllenden Mantel sehr bepackt zu sein und schritt in fast ehrfurchtsvoller Haltung auf den Professor zu.

»Herr Professor, mein Wilhelm sieht wieder – er sieht so gut wie ich und alle gesunden Menschen«, sagte sie; ihre Stimme bebte, und ein Tränenstrom stürzte aus ihren Augen. »Wer hätte das gedacht! Ach, was war das für ein unglücklicher Mensch, und wir alle mit! ... Nun kann er wieder sein Brot verdienen, und ich darf mich einmal ruhig hinlegen, denn ich hinterlasse kein blindes, hilfloses Kind ... Ach, Herr Professor, alle Schätze der Welt wären mir nicht zuviel für Sie! Aber wir sind ja so grundarme Leute – es ist ja gar nicht daran zu denken, daß wir Ihnen das je vergelten können, was Sie an uns getan haben ... Seien Sie nicht böse, Herr Professor, ich meinte, wenigstens eine geringe Kleinigkeit.«

»Nun, was soll's werden?« unterbrach sie der Professor barsch und trat einen Schritt zurück. Die Frau hatte während ihrer letzten Worte den Mantel zurückgeschlagen; ein großer Vogelbauer und eine Rolle Leinwand kamen zum Vorschein.

»Sie haben die Nachtigall da so gern gehört, wenn Sie bei uns waren«, hob sie wieder an; »wenn Sie das Tierchen in ein kleines Bauer tun, da können Sie's getrost mit nach Bonn nehmen ... Und das Stück Leinwand – es ist nicht fein, aber fest, ich hab's selbst gesponnen – wenn es Madame Hellwig zu Leintüchern gebrauchen wollte –«

»Sind Sie denn nicht recht gescheit, Frau, daß Sie Ihrem Mann den Vogel da wegnehmen?« fuhr sie der Professor grimmig an – man sah seine Augen fast nicht, so finster runzelten sich die überhängenden Brauen. – »Ich kann Vögel gar nicht leiden – absolut nicht leiden –, und meinen Sie denn, Sie seien berufen, für unsere Leibwäsche zu sorgen? ... Packen Sie auf der Stelle Ihre Sachen zusammen, und gehen Sie nach Hause!«

Die Frau stand bestürzt und wortlos vor ihm.

»Das hätten Sie sich und mir ersparen können, Frau Walther!« sagte er milder. »Ich habe Ihnen wiederholt erklärt, daß Sie mir damit nicht kommen sollen ... Nun, da gehen Sie jetzt und grüßen Sie mir Ihren Wilhelm, morgen werde ich noch einmal nach ihm sehen.«

Er reichte ihr die Hand und schlug den Mantel über die Gegenstände der verunglückten Expedition. Die Abgewiesene knickste mit niedergeschlagenen Augen und entfernte sich ... Frau Hellwig und die Regierungsrätin waren stumme Zeugen gewesen; das Gesicht der ersten drückte jedoch entschiedene Mißbilligung aus, und einmal hatte es sogar geschienen, als wolle sie sich selbst in den Handel mischen.

»Nun, das verstehe ich aber nicht recht, Johannes«, sagte sie in zurechtweisendem Ton, nachdem die Frau das Haus verlassen hatte. »Wenn ich bedenke, was dein Studium gekostet hat, so sollte ich meinen, hättest du gar keine Ursache, irgendeine Entschädigung zurückzuweisen ... Die Idee mit dem Vogel war freilich dumm – das Gezwitscher fehlte mir noch in meinem stillen Haus –, aber die Leinwand hätte die Frau hier lassen müssen, wenn es auf mich angekommen wäre – Leinen wirft man nicht so mir nichts, dir nichts zum Fenster hinaus!«

»Ach, Tantchen, da wäre ich wohl sehr schlecht bei dir angekommen mit meinen barmherzigen Gedanken, die vorhin in mir aufstiegen!« sprach die Regierungsrätin leicht scherzend. »Denke dir nur, Johannes«, fuhr sie mit einem sanften Aufschlag ihrer Augen fort, »da haben wir heute morgen von einer unglücklichen, aber braven Familie gehört – die armen Kinder haben nicht einmal Wäsche unter ihren elenden Kleidern –, das dauert mich unsäglich, Tante und ich haben auch schon an eine Kollekte gedacht ... Hättest du die Leinwand angenommen, da wäre ich als Bettlerin zu dir gekommen – du hättest sie mir wohl oder übel schenken müssen; sie hätte prächtige Hemden für die Kinder gegeben – ich hätte sie selbst genäht.«

»Oh, über diesen Tiefsinn christlicher Barmherzigkeit!« unterbrach sie der Professor mit einem grimmigen Auflachen. »Das letzte Scherflein einer armen Familie muß her, damit die Not anderer Bedürftiger gestillt werde – und über diesem Liebeswerk steht die großmütige Vermittlerin und zeigt der zerknirschten Welt den Glorienschein weiblicher Mildtätigkeit um ihre blonden Locken!«

»Du bist boshaft, Johannes!« rief gekränkt die junge Witwe. »Ich gebe sehr gern –«

»Aber es darf um Himmels willen nichts kosten, nicht wahr, Adele?« ergänzte er in bitterer Ironie. »Warum greift denn die echte, deutsche fromme Hausfrau nicht in ihren vollen Leinenschrank? . . . Hier dies völlig überflüssige Stück zum Beispiel« – er griff nach der Leinwandrolle auf ihrem Arm. Beide Damen wehrten entsetzt seine Hand ab, als beabsichtige sie ein Attentat auf das Leben der jungen Witwe selbst.

»Nein, das geht denn doch über den Spaß, Johannes!« klagte sie, »dieses wunderfeine Linnen!«

»Ich habe vorhin den Vorwurf von dir hören müssen«, wandte sich der Professor an seine Mutter, ohne den Kummer seiner tiefbeleidigten Cousine weiter zu beachten, »daß ich die Früchte meines sehr teuren Studiums nicht so verwerte, wie es nötig sei . . . Ich kann dir versichern, daß auch ich praktisch bin und es für eine Aufgabe des Mannes halte, zu erwerben – aber nebenbei habe ich doch auch noch eine etwas höhere Meinung von meinem Beruf; er führt weit mehr als jeder andere Wirkungskreis auf das Gebiet menschlicher Barmherzigkeit. Ich werde nie zu den Ärzten gehören, die mit der einen Hand einem unbemittelten Kranken von seinem Schmerzenslager aufhelfen, um ihn auf der anderen Seite in die Sorge, wie er wohl diese Hilfe bezahlen solle, zu stürzen.«

Er hatte bis dahin Felicitas' Anwesenheit völlig unbeachtet gelassen. Auch jetzt streifte sein Blick nur wie unbewußt nach ihr hinüber; aber er blieb an diesem in innerer Befriedigung förmlich leuchtenden Gesicht hängen – zum erstenmal begegneten sich diese vier Augen mit dem Ausdruck innigen Verständnisses – freilich nur mit der Schnelligkeit des Blitzes; das junge Mädchen senkte tödlich erschrocken die Lider, und der Professor zog plötzlich seinen Hut mit einer fast zornigen Bewegung so tief in die Stirn, daß das gerötete Gesicht unter der breiten Krempe beinahe verschwand.

»Nun, meinetwegen, das ist deine Sache, Johannes, das magst du halten, wie du willst«, sagte Frau Hellwig eiskalt. »Deinem Großvater hättest du übrigens mit dieser Ansicht nicht kommen dürfen. Die ärztliche Praxis ist dein Geschäft, und ›im Geschäft‹, pflegte er zu sagen, ›darf man keine sentimentalen Anwandlungen dulden.‹«

Sie schob mißgelaunt ihre schwerfällige Gestalt nach der Hoftür. Die Regierungsrätin drückte mit einer lieblich schmollenden Gebärde das Paket an ihr Herz und folgte ihr. Der Professor wandte sich noch einmal nach dem Hof zurück. Felicitas hob eben Ännchen aus dem Wagen, um sie auf ihre Bitten noch einigemal auf und ab zu tragen. Man hätte meinen mögen, die zarte, leichte Gestalt müsse zerbrechen in dem Augenblick, als das Kind, die Arme um den feinen Hals des Mädchens schlingend, in seiner ganzen Schwere emporgehoben wurde. Der Professor kehrte in den Hof zurück.

»Ich habe Ihnen schon einigemal das Tragen des Kindes verboten – es ist zu schwer für Sie!« rief er ihr verweisend und ärgerlich zu. Er nahm ihr das Kind vom Arm und setzte es in den Wagen, wobei er ihm ernst zuredete. Der Ausdruck seines Gesichts war strenger und finsterer als je – zu jeder anderen Zeit würde ihm Felicitas trotzig den Rücken gekehrt haben, aber heute war sie schuld an dieser üblen Laune. Es half nichts, und wenn er auch noch so zornig und gereizt war, sie mußte um jeden Preis die Last loswerden, die ihre Seele bedrückte, er mußte erfahren, daß sie unwissentlich gefehlt hatte. Der Moment war ihr insofern günstig, als sie ihren Gegner nicht anzusehen brauchte; er neigte sich über den Wagen und sprach noch mit Ännchen.

»Ich habe Sie um Verzeihung zu bitten, daß Sie durch mein Lied belästigt worden sind«, sagte sie schüchtern. Dieser ihm völlig neue, lieblich bittende Ton ihrer Stimme übte eine merkwürdige Wirkung auf ihn aus; er fuhr empor und warf einen durchdringenden Blick auf das Gesicht des Mädchens. »Wenn Sie mir doch glauben wollten«, fuhr sie eindringlicher fort, »daß ich nicht die entfernteste Ahnung von Ihrer Anwesenheit im Hause gehabt habe!«

Das Wort »Lied« mochte die Erinnerung an Felicitas' Tränen in Ännchen wecken. »Böser Onkel! Arme Karoline hat geweint!« schalt sie.

»Hat das Kind recht, Felicitas?« fragte er rasch.

Sie vermied es, diese Frage direkt zu beantworten.

»Ich war sehr unglücklich in dem Gedanken –«

»Daß man glauben könnte, Sie wollten sich hören lassen?« unterbrach er sie, während ein flüchtiges Lächeln über sein Gesicht hinhuschte. »Darüber mögen Sie sich beruhigen ... Für wie rachsüchtig und unversöhnlich ich Sie auch halten mag – an Gefallsucht Ihrerseits denkt meine Seele nicht – ich habe Sie bitten lassen zu schweigen – nicht eigentlich, daß Sie mich gestört hätten – sondern, weil ich – unfähig bin, Ihre Stimme zu hören ... Das kränkt Sie wohl nun über die Maßen?«

Felicitas schüttelte lächelnd den Kopf.

»Nun, das ist vernünftig ... Übrigens will ich Ihnen etwas sagen.« – Er bog den Kopf tief herab und sah ihr fest und aufmerksam forschend in die Augen. »Ihr heutiger Gesang hat mir ein Geheimnis verraten!«

Felicitas erschrak tödlich. Er war ihrem Verkehr mit Tante Cordula auf die Spur gekommen. Sie fühlte, wie sie flammendrot wurde, und sah ihn ängstlich verwirrt an.

»Ich weiß nun, weshalb Sie sich jedweden ferneren Beistand unsererseits für die Zukunft verbeten haben. In die Sphäre, in der Sie später leben und wirken wollen, reicht freilich unser Arm nicht – Sie werden zum Theater gehen!«

»Da irren Sie sich!« antwortete sie entschieden und sichtlich erleichtert. »Wenn ich es auch für eine der herrlichsten Aufgaben halte, seinen Mitmenschen die Schöpfungen großer Meister vorführen zu dürfen, so fehlt mir dazu gänzlich der Mut. Ich bin unsäglich feig der Öffentlichkeit gegenüber und würde es jedenfalls schon aus Mangel an Selbstvertrauen in meine Leistungen nicht über die Mittelmäßigkeit hinausbringen ... Weiter gehören zu diesem Beruf gründliche musikalische Kenntnisse, und die werde ich nie besitzen.«

»Das läge doch ganz und gar in Ihrer Macht.«

»Eben deshalb. Ich habe mir als Kind eingebildet, die Musik sei ein Ding, das man durchaus nicht wie Lesen und Schreiben lernen könne – ein Etwas, das, so ungefähr wie die Lehre Jesu, direkt vom Himmel gekommen sein müsse – und diese kindische Vorstellung will ich behalten ... Daß das, was mich zu Tränen rühren und mehr begeistern kann als viele andere Herrlichkeiten der Welt, auf steifen, pedantischen Gesetzen beruhen und auf dem Papier in einer Anzahl dicker, häßlicher Notenköpfe stehen soll, die ängstlich nachgezählt werden müssen – der Gedanke schon raubt mir allen Genuß.«

»Da haben wir ja gleich wieder den Grundton in Ihrer Natur, der sich gegen alles auflehnt, was Gesetz und Regel heißt«, sagte er sarkastisch, obwohl er mit sichtbarem Interesse ihrer eigentümlichen Definition der Musik gefolgt war. »Also mein Schluß war falsch und Ihre sehr auffallende Beklommenheit vorhin überflüssig«, fügte er nach einer Pause hinzu. »Es muß das ein merkwürdiges Geheimnis sein! ... Ich hätte fast Lust, schließlich doch noch kraft meines Amtes als Vormund auf eine Darlegung Ihres Lebensplanes zu dringen.«

»Das würde umsonst sein«, erwiderte sie ruhig und entschieden. »Ich werde nicht sprechen ... Sie haben es mir freigestellt, nach Ablauf von zwei Monaten zu handeln, wie ich wolle.«

»Ja, ja, der Fehler ist leider gemacht«, versetzte er gereizt. »Aber ich finde es denn doch – gelinde gesagt – verwegen, in Ihrem noch sehr jugendlichen Alter Lebensfragen ganz nach eigenem Belieben, ohne jedweden Rat und Beistand eines Verständigen, entscheiden zu wollen ... Ich setze den Fall, es handle sich um den wichtigsten Schritt im Leben des Weibes – um ein Gebundensein für immer –«

»In einem solchen Fall wäre mein Vormund der letzte, den ich um Rat bitten würde!« unterbrach ihn Felicitas, flammendrot im Gesicht. »Ich wäre bereits gebunden, und zwar an einen mir verhaßten, charakterlosen Menschen, besäße ich nicht eben die Verwegenheit, in meinen Lebensfragen selbst entscheiden zu wollen ... Sie hätten getrost ja und amen zu jenem sogenannten ehrenvollen Antrag Wellners gesagt, wenn ich schwach genug gewesen wäre, mich durch vorhergehende schlechte Behandlung und Drohungen einschüchtern zu lassen!«

Dieser Vorwurf traf ihn besonders, denn er war gerecht. Der Professor biß sich auf die Lippen – sein Blick irrte einen Moment unsicher über die Steinplatten zu seinen Füßen.

»Ich habe freilich gemeint, die mir von meinem Vater übertragene Aufgabe so am besten zum Abschluß zu bringen«, sagte er nach einer peinlichen Pause – seine Stimme hatte bei weitem nicht die gewohnte Festigkeit. »Es war ein Irrtum, aber durchaus kein hartnäckig behaupteter, wie Sie wissen. Wenn ich auch auf den Rat und das Zeugnis meiner Mutter hin ohne nähere Prüfung meine Einwilligung gegeben habe, so bin ich doch weit entfernt gewesen, Ihren Entschluß durch Zureden oder wohl gar Strenge beeinflussen zu wollen ... Übrigens sollen meine Worte von vorhin der letzte Versuch gewesen sein, mein Vormundsrecht zu gebrauchen«, fuhr er nicht ohne Bitterkeit fort. »Ich muß Sie Ihrem Schicksal überlassen ... Sie gehen ihm froh und hoffnungsvoll entgegen!«

»Ja!« sagte das junge Mädchen mit leuchtenden Augen.

»Und glauben, in dem neuen Verhältnis glücklich zu werden?«

»So gewiß, wie ich an ein schöneres Jenseits glaube!«

Er hatte bei seiner letzten Frage einen jener durchdringenden, prüfenden Blicke auf ihr ruhen lassen, wie er sie wohl bei seinen verstocktesten Patienten anzuwenden pflegte; als aber ihr Gesichtsausdruck immer strahlender wurde, wandte er wie verletzt oder verärgert den Kopf weg. Er sagte kein Wort mehr. Zerstreut reichte er Ännchen die Hand, griff leicht grüßend an seinen Hut und ging langsam nach dem Hause zurück.

❖

An demselben Abend saß Rosa in der Gesindestube. Ein zartblauer, duftiger Stoff bauschte sich auf ihrem Schoß, und ihre Finger handhabten die Nähnadel mit außergewöhnlicher Geschwindigkeit. Friederike leistete ihr Gesellschaft. Das Kammermädchen sah sich genötigt, bis nach Mitternacht zu arbeiten, und da hatte die alte Köchin den vortrefflichen Einfall gehabt, einen »steifen« Kaffee zu kochen, »nur von wegen des Munterbleibens«.

Es hatte längst zehn geschlagen. Felicitas war in die Schlafkammer gegangen, um sich zur Ruhe zu begeben, aber das unaufhörliche Geplauder der nebenansitzenden Kaffeetrinkerinnen machte ihr den Aufenthalt in dem dumpfen, schwülen Raum unerträglich. Sie öffnete das Fenster weit, setzte sich auf den Sims, die gefalteten Hände um die Knie legend, und sah hinaus in den Hof. Er war nicht ganz dunkel. Auf den Vorsälen des ersten und zweiten Stockes brannten noch die Lampen. Durch die hohen Fenster fielen lange Lichtsäulen auf das Steinpflaster; sie streiften den silbern aufblitzenden Wasserstrahl des rauschenden Röhrenbrunnens, ließen in unheimlichen Ecken trübe Glasscheiben aufglühen und warfen schließlich noch einen fahlen Schein auf die ziemlich weit entfernte Fassade des Hinterhauses. Über das große Viereck der Gebäude aber spannte sich der flimmernde Nachthimmel.

»Ja«, sagte Rosa, plötzlich auflachend, »meine Gnädige fiel aus den Wolken, als der Professor heute gegen Abend zurückkam und erzählte, daß er mit verschiedenen Herren und Damen übermorgen eine Partie auf den Thüringer Wald machen wolle – der und eine Partie! Gott im Himmel! In Bonn hockt er jahraus, jahrein hinter den Büchern, geht zu seinen Patienten und auf die Universität – das ist alles! Kein Ball, keine Soiree ... Greulich! An den Männern kann ich nun einmal das Frommtun nicht ausstehen!«

»Pfui, schämen Sie sich, Rosa!« schalt Friederike entrüstet. »Wenn das Ihre Gnädige hörte!«

»Na ja, alles hat seine Grenzen ... im Institut ist er so gewesen, daß er am liebsten nicht gegessen und getrunken hätte, um heilig zu werden – damals hat ihn kein Mitschüler ausstehen können!«

»Die Menschen sind zu schlecht! – Da können sie ihn wohl jetzt auch noch nicht leiden?«

»Ach nein – jetzt wird er vergöttert ... Wie er's angefangen hat, weiß ich nicht, aber seine Studenten hätscheln ihn wie ein Wickelkind, und die Damen – na, das ist geradezu schauderhaft –, die küssen ihm womöglich die Hände, wenn er ihnen ein Rezept verschreibt. Meine Gnädige macht's ja nicht besser – ich möchte mich manchmal grün ärgern! Ja, wenn er noch hübsch wäre! Aber so ein häßlicher Mann mit dem roten Bart und den schlechten Manieren! Mir sollte er kommen, der ungeschliffene Bär! ... Der kuriert alles mit Grobheit. Meine Gnädige liegt zum Beispiel in Krämpfen; da tritt er an das Bett, sieht sie an, als ob er sie mit den Augen aufspießen wollte, und spricht: ›Nimm dich zusammen, Adele! Auf der Stelle stehst du auf! Ich werde einen Augenblick hinausgehen, und wenn ich zurückkomme, wirst du angekleidet dort auf dem Stuhl sitzen – hast du mich verstanden?‹ Und er kam wieder herein, und sie saß richtig da – die Krämpfe sind auch weggeblieben; aber sagen Sie selbst, ob das nicht scheußlich ist, eine Dame von Stand so zu behandeln?«

»Er hätte es höflicher machen können, freilich!« meinte die alte Köchin.

»Er tyrannisiert sie überhaupt fürchterlich ... Ihre ganze Freude ist, sich gut anzuziehen. Ich sage Ihnen, Friederike, wir haben in Bonn Schränke voll Kleider, daß man sich nicht satt sehen kann, und was die Mode bringt, das wird mitgemacht. Weil aber der Brummbär immer salbungsvoll von der Einfachheit predigt, da läßt sich meine Gnädige nie in einem eleganten Kleid vor ihm sehen – Mull, nichts als Mull! ... Wenn er nur wüßte, wie teuer die weißen Fähnchen kommen! ... Er wollte ja durchaus, die arme Frau sollte übermorgen zu Hause bleiben, Ännchens wegen; aber da kam die andere Reisegesellschaft und hat gebeten – was konnte er da machen? ... In diesem blauen Kleid wird sie besonders hübsch aussehen, meinen Sie nicht, Friederike?«

Die alte Mamsell stirbt
Fee soll Gericht holen

XVIII

SEIT DER ABREISE des Professors und der Regierungsrätin waren bereits zwei Tage verstrichen. Der erstere war mit einem Gesichtsausdruck und einer Bewegung in den Reisewagen gestiegen, als schüttle er eine schwere Last ab, die er gern und freudig der guten kleinen Stadt hinterlasse. Im Hausflur hatte er Rosa, Heinrich und der alten Köchin abschiednehmend die Hand gereicht, an Felicitas aber war er, die Hutkrempe leicht berührend, vorübergeschritten, fremd und so ruhig, als habe dieser Mädchenmund nie ein herbes Wort zu ihm gesprochen, als kenne er die Augen nicht, die ihn so oft durch ihren trotzigen Ausdruck geärgert hatten. Nun, das war ja recht und vernünftig, meinte Felicitas mit zusammengepreßten Lippen, nun war er doch, wie er sein sollte ... Ihm gegenüber hatte die junge Witwe Platz genommen. Sie war wie eine Fee inmitten bläulicher Wolken an den Abschiednehmenden vorübergeschwebt, und unter dem italienischen Strohhütchen hatte das Gesicht so hoffnungsvoll gestrahlt, als sei sie gewillt, von dieser Reise ein lang ersehntes Glück mit heimzubringen.

Es war der zweite Nachmittag, den Felicitas mit Ännchen allein im Garten verbringen durfte – das waren nicht bloß friedliche Stunden, sie hatten ihr auch Angenehmes – Wunderbares, wie sie es nannte – von außen her gebracht. Der Nachbargarten, den nur ein lebendiger Zaun von dem Hellwigschen Grundstück trennte, war vor einigen Tagen in den Besitz der Frankschen Familie gekommen. Gestern hatte der Rechtsanwalt über den Zaun hinweg in seiner liebenswürdigen, vertrauenerweckenden Weise freundliche Worte mit ihr gewechselt, und heute hatte plötzlich eine alte Dame in schwarzem Seidenkleid, das liebe, gütevolle Gesicht von einem weißen Häubchen umrahmt, dort gestanden und sie angeredet. Es war die Mutter des jungen Frank gewesen. Sie lebte äußerst zurückgezogen, nur für ihren Mann und den einzigen Sohn, und war eine in der Stadt hochgeachtete Persönlichkeit. Sie hatte im Hinblick auf Felicitas' baldiges Scheiden aus dem Hellwigschen Haus dem jungen Mädchen Rat und Beistand angeboten – ein ungeahnter Sonnenstrahl im Leben des mißachteten Spielerskindes! ... Und dennoch lehnte Felicitas, jetzt in ernstes Sinnen verloren, da am alten Nußbaum. Über ihr zog es leise durch den dunklen Wipfel – sie lächelte leicht, in dem Geflüster klang ihr das leise Rauschen der finsteren Prophezeiung: sie sei berufen zu kämpfen, zu leiden bis zum letzten Atemzug ... Daß aber das Verhängnis in diesem Augenblick bereits über ihre schwachen Lebenshoffnungen zermalmend hinschritt – das hörte sie doch nicht.

Heinrich war vor wenigen Augenblicken zur Gartentür hereingekommen; es hatte ausgesehen, als wolle er auf Felicitas in stürmischer Eile zulaufen, dann aber war er hinter einer Taxuswand verschwunden. Jetzt kam er langsam hervor. Mit dem ersten Blick auf dies breite, ehrliche, aber furchtbar verstörte Gesicht wußte das junge Mädchen, daß er Unheil brachte – von welcher Seite kam es? Sie sprang ihm entgegen und faßte angstvoll seine Hand.

»Ja, Feechen, ich kann dir nicht helfen – erfahren mußt du's doch einmal«, sagte er tonlos, während er sich mit der verkehrten schwieligen Hand über die erhitzte Stirn strich und die Augen abwandte. »Siehst du, armes Ding, das ist ja nun einmal so der Lauf der Welt –«

»Weiter!« unterbrach sie ihn rauh, fast aufschreiend; dann biß sie krampfhaft die Zähne zusammen.

»Ja doch – daß Gott erbarm, wenn du so bist, wie soll ich dir's denn da beibringen? ... Die alte Mamsell –«

»Ist tot!« vollendete sie in gellenden Tönen.

»Noch nicht, Feechen, noch nicht; aber freilich – so gut, als wär's schon vorbei, sie kennt schon niemand mehr – der Schlag hat sie gerührt ... Ach du lieber Gott, und so mutterseelenallein ist sie gewesen! Die Aufwartefrau hat sie gefunden, in der Vogelstube, auf dem Boden hat sie gelegen – hat erst noch für die armen Kreaturen gesorgt –« Die Stimme versagte ihm, er weinte wie ein Kind.

Felicitas stand im ersten Augenblick erstarrt, der letzte Blutstropfen war aus ihrem weißen Gesicht gewichen; mechanisch preßte sie die schmalen Hände gegen die klopfenden Schläfen, aber keine Träne kam aus ihrem Auge. Dann griff sie mit unheimlicher Ruhe nach ihrem Hut, der auf einem Heuhaufen lag, rief Rosa herbei, die arbeitend unter den Akazien saß, und übergab ihr das Kind.

»Sind Sie krank?« fragte das Kammermädchen. Das bildsäulenartige Aussehen, die unheimliche Starrheit in dem aschbleichen Gesicht des jungen Mädchens erschreckte sie.

»Ja, sie ist krank«, antwortete Heinrich an Felicitas' Stelle, die rasch auf die Gartentür zuschritt.

»Feechen, nimm dich zusammen«, mahnte er, ein Stück Weges neben ihr herschreitend, »die Madame ist bei ihr – gut, daß das die arme Mamsell nicht weiß! ... Doktor Böhm ist schon wieder fort – er kann nichts mehr tun ... Ach, und gerade heute, gerade heute! Du bist nun einmal ein Unglückskind!«

Felicitas hörte nicht, was er sagte; die Worte schwirrten unverstanden an ihren Ohren vorüber, wie sie auch die Menschen auf den Straßen nicht sah, die ihr begegneten. Von Friederike ungesehen, betrat sie das Haus und stieg die Treppe hinauf. Auf dem Vorplatz der Mansarde warf sie ihren Hut in eine Ecke. Die Tür der Vogelstube klaffte, ein wildes Geschrei scholl heraus. Wie war diese Tür sonst gehütet worden, damit kein Flüchtling entschlüpfte! Jetzt ging das junge Mädchen vorüber, ohne die Hand zu bewegen – mochten diese verlassenen Geschöpfe ihre Nahrung unter Gottes freiem Himmel suchen, sie hatten ja keine Pflegerin mehr.

Sie trat in die große Wohnstube; aus dem anstoßenden Schlafkabinett scholl das unbiegsame, eintönige Organ der Frau Hellwig herein in den Raum, der seit vielen Jahren nur die Sprache der Musik oder den seltenen Wohllaut einer milden, seelenvollen Frauenstimme gehört hatte. Die große Frau las eines jener sogenannten alten Kernlieder, welche, für die Anschauungen eines noch auf niederer Bildungsstufe verharrenden Volksgeistes gedichtet, in ihrem leitenden Gedanken, ihrer Ausdrucksweise den Zweck als Vermittler zwischen dem Himmel und der Menschenseele für unsere Zeit völlig verloren haben.

Geräuschlos wie ein Schatten glitt Felicitas in das Sterbezimmer. Frau Hellwig las weiter, ohne sie zu bemerken ... Dort, unter den weißen Gardinen des Bettes, die sich leise wie Flügel in dem Luftzug des geöffneten Fensters hoben und senkten, als seien sie bereit, die scheidende Seele zu empfangen und hinaufzutragen, lag ein aschgraues Gesicht ... Festgeschlossen waren die tief herabgesunkenen Lider dort noch nicht. Die Augäpfel irrten rastlos hin und her, ein leises Röcheln begleitete die schweren Atemzüge; in kurzen Unterbrechungen hob sich wie zum Schlag ausholend der rechte Arm und ließ dann die wachsbleichen gekrümmten Finger kraftlos auf die Decke niedersinken ... Welch ein furchtbarer Anblick für das junge Mädchen, dem dort der letzte Liebesstrahl in seinem jungen Leben erlosch! – Felicitas trat an das Bett. Mit maßlosem Erstaunen hob Frau Hellwig die Augen von ihrem Gesangbuch und starrte in das totenbleiche, tränenlose Gesicht, das sich über das Bett neigte.

»Was willst denn du hier, unverschämtes Geschöpf?«

fragte sie laut und rücksichtlos; ihre große Hand hob sich und deutete gebieterisch nach der Tür.

Felicitas antwortete nicht, aber die Unterbrechung der eintönigen Vorlesung schien Eindruck auf die Sterbende zu machen. Sie suchte ihren Blick zu fixieren – er fiel auf Felicitas. In diesem Strahl lag ein freudiges Erkennen; ihre Lippen bewegten sich, anfänglich freilich ohne Erfolg – es lag eine namenlose Angst in diesem Streben, sich verständlich zu machen; und siehe, die willenskräftige Seele siegte in der Tat und zwang den halberstorbenen Mechanismus des Körpers noch einmal zum Dienst. »Gericht holen!« klang es eigentümlich gurgelnd, aber deutlich von ihren Lippen.

Das junge Mädchen verließ sofort das Zimmer – hier war keine Minute zu verlieren. Sie flog durch den Vorsaal, allein in diesem Augenblick, als sie an der Vogelstube vorüberkam, wurde die Tür derselben weiter aufgerissen – Felicitas fühlte sich rückwärts von gewaltigen Fäusten gepackt, ein furchtbarer Stoß schleuderte sie mitten in die Stube, während hinter ihr die Tür zugeschlagen und von außen verschlossen wurde. Ein wahrhaft höllischer Lärm umtobte sie drinnen; die Vögel flatterten erschreckt mit sinnverwirrendem Gekreisch durcheinander. Felicitas war zu Boden gestürzt; im Vorwärtstaumeln hatte sie eine der inmitten des Raumes stehenden Tannen ergriffen und mit niedergerissen ... Was war geschehen? ... Sie richtete sich empor und warf das in vollen Strähnen über ihr Gesicht fallende Haar zurück. Sie hatte niemand gesehen, keinen Schritt gehört, und doch hatte ein Mensch hinter ihr gestanden und sich mit dämonischer Gewalt ihrer bemächtigt in einem Moment, als es galt, den Letzten Willen einer Sterbenden auszuführen, als sie mit jeder Minute Verzug die schrecklichste Verantwortung auf ihre Seele nahm.

Sie stürzte nach der Tür, aber die war fest verschlossen; ihr Pochen und Rütteln ging unter in dem entsetzlichen Lärm, der sich abermals erhob. Die aufgeregten Tiere kreisten über ihrem Haupt, fuhren wie sinnlos gegen die Wände und beruhigten sich auch dann noch nicht, als das Mädchen in stiller Verzweiflung die Arme sinken ließ ... Wer sollte ihr denn auch öffnen? Die Hände, die sie hier hineingestoßen hatten, sicher nicht! – Sie kannte diesen eisernen Griff nur zu gut – es waren dieselben Hände, die eben noch das Gesangbuch gehalten; sie hatten es fortgeworfen, um einen Gewaltstreich auszuführen, und nun saß das schreckliche Weib wieder am Sterbebett und las mit eintöniger, unbewegter Stimme weiter; sie ließ es erbarmungslos geschehen, daß die Sterbende mit übermenschlicher Willenskraft den Todeskampf verlängerte, in dem Wahn, noch einmal, und sei es auch nur für Sekunden, hienieden nötig zu sein ... Arme Tante Cordula! Sie schied aus der Welt, die sie einsam durchwandelt hatte, mit einer bitteren Täuschung – die letzten Eindrücke, die ihre Seele mit hinwegnahm, waren der religiöse Fanatismus in Gestalt jener verabscheuten Frau und die sprichwörtlich gewordene menschliche Undankbarkeit, deren sich Felicitas scheinbar schuldig machte. Dieser Gedanke trieb dem jungen Mädchen das Blut siedend in den Kopf. Sie lief außer sich auf und ab und pochte mit erneuerter Kraft abermals an die Tür – vergebens ... Warum war sie eingesperrt? Sie sollte das Gericht holen, hatte Tante Cordula geboten – galt es ein letztes Bekenntnis? Nein, nein, die alte Mamsell hatte nichts zu bekennen! Wenn sie die Last einer Schuld durchs Leben hatte tragen müssen, so war es eine fremde gewesen, die sie erst da droben abwerfen durfte; denn das war Felicitas allmählich klargeworden: Sie war unschuldig Mitwisserin, niemals aber Mitschuldige irgendeines verbrecherischen Geheimnisses gewesen ... Sie hatte vielleicht über ihr Eigentum verfügen wollen, und das war nun durch die Gewalttätigkeit der großen Frau vereitelt. Wenn Tante Cordula ohne Testament starb, so fiel ihr ganzes Vermögen an das Haus Hellwig ... wer weiß, wie viele Arme und Unglückliche in diesem Augenblick einer Unterstützung beraubt wurden, die sie vielleicht glücklich gemacht hätte für ihr ganzes Leben, während die Kaufmannsfamilie, deren Reichtum für sehr groß galt, aufs neue ihre Kisten und Kästen füllte.

Felicitas trat ans Fenster und sah hinab auf die Nachbarhäuser. Sie spähte angstvoll nach einem Menschengesicht, das sie um Hilfe anrufen konnte, aber die Wohnungen lagen so tief drunten, sie wurde weder gehört noch gesehen ... Wie klopften ihre Pulse in Seelenqual und fiebernder Aufregung! Sie warf sich auf den einzigen Stuhl, der im Zimmer stand, und brach in Tränen der Verzweiflung aus ... Jetzt war es auf alle Fälle zu spät, auch wenn sie in diesem Augenblick noch frei wurde. Vielleicht waren die lieben Augen da drinnen bereits gebrochen, und das Herz stand still, das in seinen letzten Augenblicken mit gesteigerter Angst vergebens auf Felicitas' Wiedererscheinen gehofft hatte.

Sie mochte weit über zwei Stunden abwechselnd in dumpfem Hinbrüten und verzweiflungsvollen Anstrengungen, sich zu befreien, in ihrer Haft zugebracht haben. Es wurde dämmrig in dem Raum, der erste, wilde Schmerz um die Verlorene brannte in ihrer Brust – es war eine Situation zum Wahnsinnigwerden! Noch einmal lief sie nach der Tür – wie betäubt vor Überraschung blieb sie stehen, das Schloß wich ohne den geringsten Widerstand unter ihren Händen ... Draußen im Vorsaal war es totenstill; Felicitas hätte meinen können, ein schrecklicher Traum habe sie gequält, wäre nicht das Wohnzimmer fest verschlossen gewesen. Sie sah durch das Schlüsselloch; ein heftiger Zugwind brauste ihr entgegen, die losen Efeuranken drin an den Wänden bewegten sich schaukelnd hin und her; man hatte die Fenster geöffnet – ja, es war alles vorüber, vorüber! ...

Drunten im Vorderhaus saß die Köchin strickend an der offenen Haustür, wie sie es an schönen Sommerabenden zu tun pflegte. Aus der Küche quoll der Duft frischen Gebäcks, sie hatte kaum erst ein Kuchenblech voll kleiner Brezeln, wie sie Frau Hellwig stets zum Kaffee genoß, aus der Röhre gezogen – es war also hier unten alles in seinem Geleise fortgegangen, während droben ein Glied der Familie aus der Welt geschieden war.

Felicitas ging in die Gesindestube. Gleich darauf trat auch Heinrich herein. Er hing still seine Mütze an den Nagel, dann schritt er auf Felicitas zu und reichte ihr wortlos die Hand. Der wehmütige Blick der rotgeweinten Augen in diesem alten wetterharten Gesicht drang wie erlösend in das schmerzerstarrte Innere des jungen Mädchens – sie sprang auf, schlang ihren Arm um seinen Hals und brach in ein leidenschaftliches Weinen aus.

»Du hast sie noch einmal gesehen, Feechen?« fragte er nach einer Pause leise. »Friederike sagt, die Madame habe ihr die Augen zugedrückt – ach, gerade *die* Hände! ... Von dir ist nicht die Rede gewesen, und das kann man sich doch an allen zehn Fingern abzählen, die Madame wäre wütend geworden, wenn sie dich da oben gesehen hätte ... Wo hast du denn gesteckt?«

Felicitas' Tränen hörten sofort auf zu fließen. Mit sprühenden Augen erzählte sie ihm, was geschehen war. Er rannte wie besessen in der Stube auf und ab.

»Ist denn das menschenmöglich!« rief er ein um das andere Mal und fuhr sich mit beiden Händen in seinen dichten grauen Haarwust. »Und das hat der liebe Gott so mit ansehen können? ... Ei, du heiliges Kreuz! ... Ei, du heiliges Kreuz! ... Und nun gehe du hin und klage und erzähl's! Bei Gericht schicken sie dich heim, weil du keine Zeugen hast, und in der ganzen Stadt glaubt dir's kein Mensch, denn das ist die gerechte, fromme Frau Hellwig, und du ... Und wie hinterhältig sie's gemacht hat!« unterbrach er sich grimmig auflachend. »Just in einem Moment, wo die Vögel recht geschrien haben, hat sie die Türe sachte wieder aufgeschlossen ... Ja, ja, ich sag's ja immer – 's ist eine von den Schlimmsten! ... Feechen, du armes Unglückskind, dich hat sie bestohlen! Ich hab' heute morgen die Herren vom Gericht zur alten Mamsell bestellen müssen – morgen nachmittag um zwei Uhr wollte sie ihr Testament machen – deinetwegen ... Ja, ja, ›wer weiß, wie nahe mir mein Ende‹! Sie war so erstaunlich weltpolitisch, unsereiner hat sich ordentlich gegraut vor so viel Gescheitheit in einem Weiberkopf, aber den schönen Vers hat sie doch nicht ordentlich gekonnt, sonst hätte sie nicht so lange gewartet!«

Frau Hellwig vandaliert und versiegelt die Wohnung der alten Mamsell

XIX

Es war noch sehr früh am Morgen, als Frau Hellwig im Vorderhof erschien. Statt der wohlbekannten weißen Haube legten sich schwarze Spitzen um die blassen, fleischigen Wangen. Das unselige Geschöpf, das so oft den Sabbat des Herrn entheiligt hatte durch »unheilige Lieder und lustige Weisen«, war ja nun tot; auch die letzte Spur seines geächteten Daseins war aus dem alten Kaufmannshaus bereits verwischt – man hatte den Leichnam gestern abend noch in das Leichenhaus geschafft ... Trotz alledem hatte die Verstorbene den Namen Hellwig getragen – ihm galten die schwarzen Spitzen und der Kreppstreifen, der heute den wohlgestärkten Leinwandkragen am Hals der großen Frau verdrängt hatte.

Sie schloß die Tür auf, in welcher einst Felicitas die alte Mamsell hatte verschwinden sehen. Außer der bekannten Treppe, welche hinter der gemalten Tür lag, führte noch ein zweiter Aufgang, eine enge, gewundene Stiege, in die Mansarde, und zwar direkt von der schmalen, steilen Straße aus; das war der Weg, den Heinrich und die Aufwartefrau benutzt hatten, und zu welchem auch die Hoftür führte.

Wohl sahen die Gipsbüsten noch unangetastet von ihren hohen Postamenten herab, allein der Genius war entflohen aus dem Raum, den die große Frau jetzt mit der sicheren, unanfechtbaren Haltung der Besitzergreifenden betrat . . . Ein kaltes, verächtliches Lächeln umspielte ihre Lippen, während sie die Reihe der Zimmer durchschritt, deren jedes einzelne in seiner Einrichtung das poesievolle Gemüt, den feinempfindenden Geist seiner ehemaligen Herrin ausdrückte, aber sie runzelte auch mit einem haßerfüllten Ausdruck die Brauen, als ihr Auge über die Bücherreihen hinter den Scheiben eines Glasschrankes streifte, die auf ihren zierlich gepreßten Saffianeinbänden gefeierte Dichter- und Schriftstellernamen trugen.

Sie ergriff einen starken Schlüsselbund, der auf dem Nachttisch lag, und öffnete einen Sekretär – das offenbar interessanteste Möbel für sie. Eine musterhafte Ordnung herrschte in all den Kästen; einer nach dem andern wurde aufgezogen – vergilbte, mit verblaßten Bändern zusammengebundene Briefpakete, Schreibhefte kamen zum Vorschein. Die plumpen weißen Hände stopften sie ungeduldig wieder hinein – was interessierte sie das Geschreibsel, die große Frau war nicht neugierig! . . . Um so wohlwollender wurde ein Kästchen behandelt, das sich bis an den Rand mit Dokumenten gefüllt erwies. Mit großer Aufmerksamkeit und dem Ausdruck innerer Befriedigung entfaltete Frau Hellwig Blatt um Blatt; sie verstand ausgezeichnet zu rechnen, im Nu hatte sie die sehr bedeutende Totalsumme dieser einzelnen, sicher und vorteilhaft angelegten Kapitalien überschlagen – sie übertraf ihre Erwartungen.

Damit hatte jedoch die Forschung keineswegs ein Ende; es kamen die verschiedenen Kommoden und Schränke an die Reihe, und je länger Frau Hellwig suchte, desto ungeduldiger und hastiger wurde sie. Allmählich rötete sich ihr Gesicht, mit ungewöhnlicher Lebhaftigkeit schritt ihre schwerfällige Gestalt von Zimmer zu Zimmer, rücksichtslos durchwühlten ihre Hände die Wäschekästen, warfen die zierlich gefältelten Krausen und Hauben der Verstorbenen durcheinander, stießen Glas und Porzellan in den Schränken zusammen, daß es klang und klirrte – das, was sie suchte, war nicht zu finden. Sie trat endlich aufgeregt hinaus auf die Galerie. Daß sie verschiedene Blumentöpfe umstieß und mittels ihrer schwerfälligen Bewegungen nach allen Seiten hin Blüten und Zweige abknickte, war ihr gleichgültig – sie hatte in diesem Augenblick nicht einmal ihr stereotypes, verächtliches Lächeln für diesen »Quark«, diese »Alfanzereien«.

Friederike fütterte gerade das Geflügel drunten im Hof; Frau Hellwig befahl ihr, sofort den Hausknecht heraufzuschicken, und trat wieder zurück, um ihr Suchen von neuem zu beginnen.

»Weißt du nicht, wo die verstorbene Tante ihr Silberzeug aufbewahrt hat?« rief sie dem bald darauf eintretenden Heinrich entgegen. »Es muß viel da sein, ich weiß es von meiner Schwiegermutter. Sie hat mindestens zwei Dutzend schwere silberne Eßlöffel, eine gleiche Anzahl schöner vergoldeter Kaffeelöffel, des gleichen silberne Leuchter, Kaffee- und Milchkanne gehabt« – dieses mit bewunderungswürdiger Gedächtnistreue festgehaltene Verzeichnis rollte von den Lippen, als werde es abgelesen –, »ich kann nichts von alldem finden – wo steckt es?«

»Das weiß ich nicht, Madame«, versetzte Heinrich ruhig. Er schritt auf einen Tisch zu, zog dessen Kasten auf und nahm zwei silberne Eßbestecke heraus. »Das ist alles, was ich je von Silber bei der seligen Mamsell gesehen habe«, sagte er, »ich mußte es öfter putzen, weil es die Aufwartefrau nicht rechtmachte.«

Frau Hellwig schritt hin und her und biß sich zornig auf die Lippen. Die strenge Zurückhaltung, die sie dem Gesinde gegenüber stets beobachtete, verließ sie für einen Augenblick.

»Es wäre eine schöne Geschichte, ein wahrer Skandal, wenn die Alte diese wertvollen alten Familienstücke verkauft oder wohl gar – verschenkt hätte; ähnlich sähe es ihr schon!« sagte sie, freilich mehr für sich. »Es muß wieder her, ich ruhe nicht eher! ... Sie hat auch Brillanten gehabt, sehr schönen Schmuck; es ist alles, was von solchen Sachen der Familie Hellwig je gehört hat, zwischen ihr und meiner Schwiegermutter geteilt worden«, sie unterbrach sich, ihr Blick fiel in dem Moment auf den Glasschrank, der die Noten enthielt.

Der Schrank selbst stand auf einem schwerfälligen Kasten, den sehr schön geschnitzte Holztüren umschlossen; sie riß dieselben auf – hohe Stöße sorgfältig geordneter Zeitschriften füllten die zwei Regale aus. Jener grausam boshafte Zug erschien verstärkt in dem ungewöhnlich aufgeregten Gesicht, die Oberlippe krümmte sich nach innen und ließ fast die ganze obere Reihe ihrer schöngepflegten Zähne sehen ... Sie zog ein Paket um das andere hervor und schleuderte es auf den Boden, daß die einzelnen Hefte weit umherflogen.

In dem alten Mann kochte der Ingrimm. Er ballte die Fäuste und sah mit einem fast wilden Blick auf die Vandalin. Diese Blätter, er hatte sie alle selbst von der Post geholt, sie waren eine wahre Erquickung und Freude für die Einsame gewesen; noch sah er ihre freundlichen Augen aufstrahlen, wenn er ein neuangekommenes Heft auf den Tisch legte.

»Da haben wir ja gleich die Erbfeinde der heiligen Kirche beisammen!« murmelte sie. »Diese Schandblätter, diese höllischen Sudeleien! Ja, ja, sie hat's arg getrieben, die gottverlassene alte Jungfer, und ich bin gezwungen gewesen, so viele Jahre lang den unsauberen Geist unter meinem Dach zu dulden.«

Sie richtete sich empor und sah hinter die Glasscheiben. Bei dem Anblick der Noten klang eine Art kurzen, rauhen Gelächters von ihren Lippen. Sie schloß den Schrank auf und befahl Heinrich, einen Waschkorb zu holen. Was von Büchern und Notenheften auf den Regalen lag, mußte er in den Korb räumen. Er zerbrach sich den Kopf, was wohl das Schicksal dieser schönen Bücher sein würde, die so oft dort auf dem Flügel gelegen und von denen die alte Mamsell so köstliche Musik abgelesen hatte. Die große Frau stand neben ihm und sah streng darauf, daß kein Blättchen zurückblieb; sie selbst rührte nichts an, es sah fast aus, als fürchte sie, ihre Finger daran zu verbrennen.

Schließlich befahl sie dem Hausknecht, den Korb in das Vorderhaus zu tragen. Sie verschloß alle Türen der Mansardenwohnung sorgfältig und folgte ihm. Zu Friederikes Ärger, der solche Besuche ein Greuel waren, trat sie in die Küche; Heinrich mußte seine Last niedersetzen und eine Papierschere aus dem Wohnzimmer bringen. Die alte Köchin hatte gerade starkes Bratfeuer.

»Heute kannst du das Holz sparen, Friederike!« sagte Frau Hellwig, ergriff ein loses Heft und warf es in die Flammen. Die zierlichen Mappen mit der kostbaren Handschriftensammlung der alten Mamsell lagen obenauf in dem Korb. Die seidenen Bandschleifen, mit denen sie zusammengebunden waren, lösten sich, eine nach der anderen, unter den ruhig und beharrlich manipulierenden Fingern der großen Frau ... Hei, wie das loderte und fraß! Hier strahlte noch einmal der Name »Gluck« im roten Glanz, dort glühten die Notenköpfe einer brillanten Schlußkadenz Cimarosas wie feurige Perlen, um dann in ein und demselben Flammenmantel unterzugehen, der Italiener, Deutsche und Franzosen parteilos umfaßte.

Heinrich hatte im ersten Augenblick fassungslos dabeigestanden – der Grimm schnürte ihm die Kehle zu. Noch lag die Leiche der armen Einsamen über der Erde, und dieses gefühllose Weib da hauste bereits in der Hinterlassenschaft und plünderte und zerstörte, wie kaum der roheste Kriegsknecht in Feindesland.

»Aber Madame«, sagte er endlich, »es könnte doch ein Testament da sein!«

Frau Hellwig erhob ihr vom Feuer rot angestrahltes Gesicht, es zeigte ein Gemisch von Hohn und Unwillen.

»Seit wann habe ich dir denn erlaubt, mir gegenüber deine weisen Bemerkungen zu machen?« fragte sie beißend. Sie hatte eben das Bachsche Opernmanuskript in den Händen, von welchem die alte Mamsell neulich gesagt, daß es, als nur in diesem einzigen Exemplar vorhanden, dereinst mit Gold aufgewogen werden würde. Energischer als vorher und mit einem ganz besonderen Nachdruck zerriß und zerschnitt sie die Blätter und stopfte sie ins Herdloch.

In diesem Augenblick wurde draußen die Hausglocke stark angezogen. Heinrich ging, zu öffnen. Ein Justizbeamter in Begleitung eines Gerichtsdieners trat ein. Er verbeugte sich vor der verwundert aus der Küche kommenden Frau des Hauses und stellte sich in seiner Eigenschaft als Amtskommissär vor, der beauftragt sei, den Nachlaß des verstorbenen Fräuleins Cordula Hellwig zu versiegeln.

Vielleicht zum erstenmal in ihrem Leben verlor Frau Hellwig ihre eiserne Ruhe und Kaltblütigkeit.

»Versiegeln?« stotterte sie.

»Es liegt ein Testament bei der Justizbehörde.«

»Das ist ein Irrtum«, entfuhr es ihr. »Ich weiß ganz genau, daß sie nach dem Willen ihres Vaters kein Testament machen durfte – es fällt alles an das Haus Hellwig zurück.«

»Tut mir leid«, sagte der Beamte achselzuckend. »Das Testament existiert, und so sehr ich auch bedaure, inkommodieren zu müssen, meine Pflicht zwingt mich, die Versiegelung sofort vorzunehmen.«

Frau Hellwig biß sich auf die Lippen, ergriff den Schlüssel zur Mansardenwohnung und schritt dem Herrn voran. Heinrich aber lief triumphierend hinauf zu Felicitas, die bereits ihr Amt als Kindergärtnerin wieder verwaltete, heute jedoch zu Ännchens Verwunderung starr und stumm wie eine Statue neben der plaudernden Kleinen saß. Heinrich teilte ihr das Vorgefallene mit. Bei der Beschreibung des Autodafé fuhr sie empor.

»Einzelne Blätter waren es, die sie verbrannte?« fragte sie mit erstickter Stimme.

»Ja, einzelne Blätter, sie lagen in roten Mappen, schöne Bänder hingen dran –«

Sie hörte nicht mehr auf ihn und eilte hinab in die Küche. Da stand der Korb, er enthielt noch verschiedene Klavierauszüge und Notenhefte, aber die Mappen lagen geöffnet und zerstreut auf dem Ziegelfußboden, auch nicht ein einziges Blättchen lag mehr darin. Der Zugwind hatte einen kleinen zerrissenen Papierfetzen in die Herdecke geweht. Felicitas hob ihn auf. »Johann Sebastian Bachs eigenhändig geschriebene Partitur, von ihm erhalten zum Andenken im Jahre 1707. Gotthelf von Hirschsprung« las sie mit überströmenden Augen . . . Das war das letzte Überbleibsel des geheimnisvollen Manuskriptes – die Melodien waren verstummt für ewig.

Allem Anschein nach hatte Frau Hellwig anfänglich nicht die Absicht gehabt, um des Todesfalles willen die Vergnügungsreise ihres Sohnes zu unterbrechen, aber nach der Versiegelung, von der sie mit einem unglaublich grimmigen Gesicht zurückgekehrt war, warf sie hastig einige zurückrufende Zeilen auf das Papier. Bereits am Tag nach der Beerdigung sollte, dem Letzten Willen der Verstorbenen gemäß, das Testament eröffnet werden. Zu diesem Akt brauchte Frau Hellwig eine Stütze, sie war überhaupt fassungslos wie noch nie in ihrem Leben. Der mögliche Verlust eines bedeutenden Vermögens, das sie stets für unverlierbar gehalten, wirkte in seiner Schreckgestalt selbst deprimierend auf ihre eisernen Nerven.

Ein eigentliches Ziel hatte sich die Reisegesellschaft nicht gesteckt. »Eine Reise ins Blaue hinein, und wo es uns gefällt, wollen wir Hütten bauen«, hatte das Programm gelautet; Frau Hellwig mußte demnach ihren Brief auch ziemlich ins Blaue hineinschicken ... Das Suchen, mit welchem sie in der Mansardenwohnung begonnen hatte, wurde nun im Zimmer ihres verstorbenen Mannes fortgesetzt. Unter den Familienpapieren mußten sich Beweise finden, daß der alten Mamsell nicht das Recht zugestanden habe, eigenmächtig über ihren Nachlaß zu verfügen. Wie die große Frau auch sann und grübelte, sie wußte sich selbst nicht mehr zu sagen, woher ihr jene Überzeugung, die sie viele Jahre hindurch unumstößlich festgehalten, gekommen war. Hatte sie die Verfügung von Cordula Hellwigs Vater einst selbst gelesen, oder war es die mündliche Überlieferung irgendeiner glaubwürdigen Person – genug, überzeugt war sie doch, und die Papiere mußten sich finden ... Sie suchte und las, bis ihr leichte Schweißperlen auf die blasse Stirn traten – es war heute ein wahrer Unglückstag – ihre Forschungen waren ebenso erfolglos wie die von heute morgen ...

Zwei Tage waren vergangen, der abgesandte Brief irrte wahrscheinlich noch wohlverpackt in der Postkutsche durch die grünen Täler des Thüringer Waldes, und die alte Mamsell wurde zur Erde bestattet, ohne daß ein Träger des Hellwigschen Namens hinter ihrem Sarg geschritten wäre.

Felicitas trug ihren tiefen Schmerz schweigend, mit jener Selbstbeherrschung, die groß angelegten Charakteren eigen. Die Schwäche, welche Trost im Zureden anderer sucht, kannte sie nicht – seit ihrer Kindheit war sie gewöhnt, alles Schwere mit sich allein auszukämpfen. Sie hatte es vermieden, die Tote noch einmal zu sehen. Der letzte bewußte Blick der Sterbenden, der noch einmal auf ihr geruht, war für sie der Abschied gewesen – sie wollte das liebe Gesicht unbeseelt nicht in ihre Erinnerung aufnehmen ... Aber am Nachmittag des Begräbnistages, als Frau Hellwig ausgegangen war, nahm sie einen der Schlüssel, die in der Gesindestube hingen.

Tante Cordula sollte und mußte heute noch frische Blumen auf ihrem Grabhügel haben, aber nur solche, die sie selbst gepflanzt hatte. Die Mansardenwohnung war, mit Ausnahme der Vogelstube, versiegelt – auf diesem Wege konnte man mithin nicht zu dem hängenden Garten gelangen, den die Nachlässigkeit des Justizbeamten von aller menschlichen Pflege abgeschnitten hatte ... Nach neun Jahren zum ersten Male wieder stand Felicitas am Fenster der Dachkammer und sah hinüber nach dem blumenbedeckten Dach ... Was alles lag zwischen jenem unglückseligen Tag, wo ihre mißhandelte Kinderseele sich gegen Gott und die Menschen empörte, und heute! Dort drüben war ihr Heim – dort hatte die Einsame das geächtete Spielerskind beruhigt an ihr großes, edles Frauenherz genommen, dort hatte das Kind unermüdlich gelernt und infolge dieses Lernens erst wahrhaft gelebt . . .

Felicitas stieg aus dem Fenster und schritt über die Dächer; sie kam rasch und leicht hinüber und hatte bald den ebenen Boden der Galerie unter ihren Füßen . . . Die armen Dinger da, die so harmlos mit den Köpfchen im leisen Zugwind nickten, waren weit schlimmer dran als die Lilie auf dem Feld. Noch fühlten indes die Herausgesperrten ihre Verwaisung nicht, es hatte mehrere Male zur Nachtzeit stark geregnet – in diesem Augenblick blühten und dufteten sie um die Wette.

Felicitas drückte ihr Gesicht gegen die Scheiben der Glastür und sah hinein in den Vorbau. Da stand der kleine und runde Tisch; das Strickzeug mit einer halb abgestrickten Nadel lag neben dem Knäuelbecher, als sei es nur aus der Hand gelegt worden, um im nächsten Augenblick wieder aufgenommen zu werden . . . Quer über einem aufgeschlagenen Buch lag die Brille . . . Da drüben im Wohnzimmer stand der geliebte Flügel, und seitwärts blinkten die Scheiben des großen Glasschrankes – sie zeigten die leere Fläche der Regale, das alte Möbel hatte sich seine musikalischen Kostbarkeiten entreißen lassen, sie waren zu Asche zerstoben, andere dagegen hielt es um so fester – Frau Hellwig hatte vergebens nach den Silberschätzen der alten Mamsell gesucht . . . in diesem Augenblick erschrak Felicitas heftig: Das Geheimfach des Schrankes enthielt nicht allein Schmuck und Silber, in einer Ecke stand auch ein kleiner grauer Pappkasten. »Er muß vor mir sterben!« hatte Tante Cordula gesagt . . . und doch war die alte Mamsell stets zu feig gewesen, Hand an ihn zu legen. Es war mehr als wahrscheinlich, daß er noch existierte. Wenn das Testament den Ort bezeichnete, wo das Silber lag, dann wurde möglicherweise auch ein Geheimnis offenbar, das die Einsame mit allen Kräften der Welt zu entziehen gesucht hatte – das durfte nie und nimmer geschehen.

Die Glastür des Vorbaues war von innen verriegelt. Rasch entschlossen drückte Felicitas eine Scheibe ein und griff nach dem Riegel – er lag nicht vor, wohl aber hatte man zugeschlossen und den Schlüssel abgenommen – eine trostlose Entdeckung! ... Ein leidenschaftlicher Grimm bemächtigte sich des jungen Mädchens gegen das Verhängnis, das ihr immer in den Weg trat, wenn sie hoffte, für Tante Cordula wirken zu können. In den Schmerz um die Verstorbene mischte sich nun auch die schwere Frage um das, was wohl nun kommen werde. War der Inhalt des kleinen grauen Kastens geeignet, das Gerücht bezüglich einer Schuld der alten Mamsell zu widerlegen? Oder warf er vielleicht einen noch tieferen Schatten auf die Heimgegangene?

Sie schnitt rasch ein schönes Bukett ab, steckte zwei Töpfe mit Aurikeln – Tante Cordulas Lieblinge – in ihren Korb und legte den Weg über die Dächer mit weit schwererem Herzen zurück, als sie gekommen war.

Nun hatte dies junge Mädchen bereits drei Gräber da draußen auf dem weiten, stillen Totenfeld! Die liebsten Menschen, die ihr warmes Herz mit Inbrunst umfaßte, deckte die Erde. Sie warf einen unsäglich bitteren Blick gen Himmel, als sie die Blumen auf Tante Cordulas frisches Grab streute – er konnte ihr nun nichts mehr nehmen! Ihr Vater war seit vielen Jahren verschollen – er moderte wohl längst in fremder Erde; dort drüben auf einem kostbaren Marmorblock leuchtete in Goldschrift der Name Friedrich Hellwig, und hier – sie schritt auf das Grab ihrer Mutter zu, es war, dank der Fürsorge der alten Mamsell, seit neun Jahren zur schönsten Jahreszeit stets mit köstlichen Blumen bedeckt. Aber heute lag der Grabstein herausgerissen neben dem Hügel; Heinrich hatte erst vor einigen Tagen erklärt, die Inschrift müsse endlich erneuert werden, sie sei am Erlöschen – wahrscheinlich war auf sein Betreiben der Stein herausgenommen worden. Er war bis dicht an den Namen der Verstorbenen eingesunken gewesen; heute nun zeigte er sich in seiner ganzen Länge. »Meta d'Orlowska« las Felicitas mit verdunkeltem Blick; aber da stand ja weiter drunten noch ein Name, den die Erde bis jetzt vollkommen verdeckt hatte. Von der schwarzen Farbe zeigte sich freilich nur noch hier und da ein schwacher Rest an den Schriftzügen; allein sie waren in den Sandstein vertieft – »Geborene von Hirschsprung aus Kiel« ließ sich ohne Mühe entziffern.

Felicitas versank in tiefes Sinnen ... Dieser Name hatte auf dem Bachschen Opernmanuskript gestanden! Er hatte ferner dem uralten thüringschen Rittergeschlecht gehört, dessen Wappen noch auf allen Wänden des alten Kaufmannshauses prunkte – das kleine silberne Petschaft in Felicitas' Kindertäschchen zeigte aber auch denselben springenden Hirsch ... wunderbares Rätsel! Das stolze Geschlecht, das in seinen letzten Generationen zu Hobel und Pfriem hatte greifen müssen, war ja längst erloschen. Heinrich hatte als Kind den letzten Träger das alten Namens noch gekannt – er war jung und unverheiratet als Student in Leipzig verstorben ... und doch war vor vierzehn Jahren aus dem fernen Norden eine junge Frau gekommen, die im Elternhause den Namen getragen und das Wappen geführt hatte ... War einst ein Zweig vom alten Thüringer Stamm losgerissen und in die Ferne geschleudert worden? ...

Ob noch Verwandte von Felicitas' Mutter existierten? Das junge Mädchen beantwortete sich diese Frage selbst mit einem bitteren Lächeln; auf alle Fälle existierten sie nicht für die Tochter der Meta von Hirschsprung. Sie waren zweimal öffentlich aufgerufen worden und hatten konsequent geschwiegen. Vielleicht hatte diese Linie des alten Geschlechts seine ursprüngliche Reinheit behalten bis zu dem Augenblick, als eine Tochter desselben dem Taschenspieler Herz und Hand schenkte – sie wurde verstoßen aus dem Paradies adeligen Glanzes, aus dem Kreis der Ihrigen auf Nimmerwiederkehr ... So viel war ihr gewiß, ihr Kind beschritt die Schwelle derer niemals, die ihre Familienbeziehung zu der Ehefrau des Taschenspielers öffentlich verleugneten.

Fee sieht sich nach einem neuen Arbeitgeber um
Johannes wird aufdringlicher

XX

Felicitas kehrte, nachdem sie den Gottesacker verlassen, nicht in das Haus am Markt zurück. Rosa und Ännchen erwarteten sie im Garten, gegen Abend wollte auch Frau Hellwig kommen, um mit dem Kind unter den Akazien zu essen ... Die große Frau hatte ihre äußere Ruhe scheinbar wiedergewonnen, nur war es auffallend, daß sie viel mehr als sonst ausging; es hatte fast den Anschein, als sei es ihr ein Bedürfnis, sich bis zur Ankunft ihres Sohnes zu zerstreuen und vielleicht auch ein wenig auszusprechen.

Die Begegnung mit Felicitas in der Mansarde schien sie völlig ignorieren zu wollen. Auf die Vermutung, daß das Mädchen Verkehr mit der alten Mamsell gehabt habe, war sie augenscheinlich nicht gekommen; sie hatte Felicitas' Eindringen einfach für Neugierde gehalten, die sie unter anderen Umständen freilich nicht straflos hätte hingehen lassen; aber im Hinblick auf die weiteren Vorgänge jenes Abends war es ihr ohne Zweifel wünschenswert, daß das Vorgefallene möglichst rasch vergessen werde.

Felicitas hatte beinahe die ganze kleine Stadt umschritten und blieb nun vor einer Gartentür stehen. Sie holte tief Atem, dann legte sie rasch entschlossen die Hand auf den

Drücker und öffnete die Tür; sie führte in den Nachbargarten, in das Besitztum der Frankschen Familie . . .

Die zarte, sehr distinguiert aussehende Dame im weißen Häubchen, die Felicitas vor wenigen Tagen angeredet hatte, saß zeichnend in einem schattigen Laubengang. Sie erkannte die Eintretende sofort und winkte ihr eifrig, näher zu kommen.

»Ah, da kommt meine kleine, junge Nachbarin und will einen guten Rat, nicht wahr?« fragte sie mit herzgewinnender Freundlichkeit und ließ das junge Mädchen neben sich niedersitzen. Felicitas sagte ihr, daß sie nach Verlauf von drei Wochen das Hellwigsche Haus verlassen müsse und eine Stelle suche.

»Wollen Sie mir nicht ungefähr sagen, was Sie leisten können, mein Kind?« fragte die Frau und ließ ihre großen, klugen Augen, welche lebhaft an die ihres Sohnes erinnerten, auf Felicitas' Gesicht ruhen; es wurde flammend rot . . . Sie sollte von ihren scheu verschwiegenen Kenntnissen sprechen und sie plötzlich auskramen wie ein Kaufmann seine Waren – es war ihr ein unsäglich peinliches Gefühl, und doch mußte es sein.

»Ich glaube, ganz leidlich im Französischen und Deutschen, in Geographie und Weltgeschichte unterrichten zu können«, antwortete sie zögernd, »auch im Zeichnen habe ich mich geübt; musikalisch ausgebildet bin ich nicht, allein ich weiß, was zu einem tüchtigen, schulgerechten Gesangsvortrag gehört«; – die Augen der Hofrätin vergrößerten sich merklich im Erstaunen – »dann kann ich auch kochen, waschen, bügeln und auf Verlangen auch scheuern.« Die letzten Artikel des Berichtes kamen ungleich rascher von den Lippen des jungen Mädchens als die anfänglichen.

»Hier in unserem guten, kleinen X. möchten Sie wohl nicht bleiben?« fragte die Dame lebhaft.

»Wünschenswert wäre mir allerdings ein längerer Aufenthalt nicht, aber ich habe alle Gräber hier, allzu rasch möchte ich mich auch nicht von ihnen trennen –«

»Nun, dann will ich Ihnen etwas sagen. Die Gesellschafterin meiner Schwester in Dresden verheiratet sich; diese Stelle wird in sechs Monaten frei, ich werde Sie dort empfehlen, und bis dahin bleiben Sie bei mir. Sind Sie damit einverstanden?«

Felicitas küßte ihr überrascht und dankbar die Hand, aber dann richtete sie sich empor und sah die alte Dame mit einem sonderbaren Blick an, es war nicht zu verkennen, daß ihr noch ein Wunsch auf den Lippen schwebte. Die Hofrätin bemerkte es sofort.

»Sie haben noch etwas auf dem Herzen, nicht wahr? Wenn wir eine Zeitlang miteinander leben wollen, dann müssen wir vor allem offen sein, also heraus mit der Sprache!« sagte sie munter.

»Ich möchte Sie bitten, meiner Stellung in Ihrem Hause, sei sie auch die untergeordnetste und von kürzester Dauer, eine bestimmte Gestalt zu geben«, antwortete Felicitas rasch und fest.

»Ah, ich verstehe! Sie sind es müde, ein Brot zu essen, das Sie sauer genug verdienen mußten und welches – sprechen wir es aus – trotzdem ein Gnadenbrot genannt worden ist!«

Felicitas bejahte eifrig.

»Nun, in diese drückende Lage sollen Sie bei mir nicht kommen, mein liebes, stolzes Kind. Ich engagiere Sie hiermit als meine Gesellschafterin. Waschen, scheuern, bügeln sollen Sie natürlich nicht, wohl aber manchmal in der Küche nachsehen, denn meine alte Dora und ich werden nachgerade morsch und müde – wollen Sie?«

»Ach, und wie gern!« Zum erstenmal nach Tante Cordulas Tod überflog ein Schimmer der Freude das sonst so ernste Gesicht des jungen Mädchens.

Ein feiner Sonnenstrahl, der durch das wilde Weinlaub des schattigen Ganges spielend auf und ab geglitten war, erlosch plötzlich – es wurde Abend. Felicitas erinnerte sich, daß sie auf ihrem Posten sein müsse, bevor Frau Hellwig in den Garten käme, und bat deshalb um die Erlaubnis, sich entfernen zu dürfen. Die Hofrätin entließ sie mit einem warmen Händedruck, und nach wenigen Augenblicken stand sie drüben im Garten und hatte die kleine Anna auf dem Arm. Bald darauf kam auch Friederike; sie trug einen schweren Korb voll Geschirr und sah sehr erhitzt aus.

»Vor einer Stunde sind sie angekommen!« rief sie beinahe atemlos und sichtbar ärgerlich, indem sie ihre Last niedersetzte. »'s ist wahr, so kunterbunt wie jetzt ist's noch nie bei uns zugegangen! ... Die Madame sagt mir, während der Wagen über den Markt rüberkommt, es solle nun in der Stadt gegessen werden; ich richte auch im guten Glauben alles vor – da heißt's auf einmal wieder, der Professor wolle partout in den Garten, und da bin ich nun so gut, packe die ganze Wirtschaft zusammen und schleppe sie da heraus.«

Damit rannte sie nach einem Beet und schnitt einige Salatköpfe ab.

»Es hat Spektakel drin gegeben, ein heilloses Spektakel!« sagte sie leise, während Felicitas in der Küche neben ihr stand und den Salat putzte. »Die Madame hatte noch nicht einmal recht ›guten Tag‹ gesagt, da war auch ihr erstes Wort die Testamentgeschichte. Karoline, so fuchsteufelswild wie heut hab' ich unsere Madame in meinem ganzen Leben noch nicht gesehen! Der junge Herr brachte aber auch närrisches Zeug aufs Tapet; meinte er doch, die alte Tante sei eine Ausgestoßene gewesen, niemand in der Familie hätte sich um ihr Leben und Sterben gekümmert, und da sähe er gar nicht ein, warum sie den Leuten, die sie verachtet hätten, ihr Geld in die Tasche stecken solle – er hätte in seinem ganzen Leben nicht an die Erbschaft gedacht ... Und mitten hinein, wenn die Madame einen Augenblick verschnaufte, da fragte er allemal, ob auch alles im Hause wohl gewesen sei ... Er kam mir gar kurios vor, und die arme gnädige Frau, die sah aus, als wenn ihr die Hühner das Brot genommen hätten!«

Felicitas erwiderte, wie sie es gewohnt war, kein Wort auf die Ausplaudereien der alten Köchin. Sie zog sich später mit einer Handarbeit unter den Nußbaum zurück, während Ännchen auf der Wiese neben ihr spielte. Von ihrem Platz aus konnte sie durch einen schmalen Spalt der kulissenartig sich vorschiebenden Taxuswände gerade auf die Gartentür sehen. Dieses feine gußeiserne Gitter, das auf beiden Seiten wildblühende Rosensträucher einfaßten, während es hinter ihm in der vorüberlaufenden prächtigen Lindenallee dunkelgrün dämmerte, hatte stets für das junge Mädchen einen geheimnisvollen Reiz gehabt ... Sie hatte viele Menschen durch diese Tür kommen sehen; freundliche, traute Gesichter, denen sie einst jubelnd entgegengelaufen war; aber auch Gestalten, die ihr Herz beklommen und hinter denen sie gern und aufatmend das eigentümlich schnurrende Geräusch der zufallenden Tür gehört hatte ... Noch nie aber war ihr ein so jäher Schreck, fast ein stechender Schmerz, durch die Glieder gefahren wie in diesem Augenblick, als sich das Gitter knarrend vorwärtsschob, während Frau Hellwig, am Arm ihres Sohnes und gefolgt von der Regierungsrätin, in den Garten trat ...

Friederike hatte gesagt, er sei ihr »gar kurios« vorgekommen, und Felicitas mußte ihr zumindest rechtgeben, daß etwas Auffallendes in seinem Wesen liege. Der Begriff »Hast« ließ sich mit seinen nachlässigen Bewegungen und der außerordentlich indifferenten Haltung im gewöhnlichen Leben eigentlich gar nicht in Verbindung bringen, und doch hätte das junge Mädchen in diesem Moment sein Gebaren beim besten Willen nicht anders zu bezeichnen gewußt ... Er strebte sichtbar ungeduldig vorwärts zu kommen – bei Frau Hellwigs schwerfällig gemessenem Gang ein Ding der Unmöglichkeit – und ließ mit hocherhobenem Kopf seine Augen suchend über den Garten gleiten – das galt jedenfalls seiner kleinen Patientin.

Rosa kam über den Kiesplatz gesprungen, um Ännchen zu holen, und Felicitas folgte den beiden bis hinter die erste Taxuswand, um das Wiedersehen zwischen Mutter und Kind zu beobachten. Die Regierungsrätin schlang freilich ihre Arme um das kleine Mädchen und tätschelte seine Wangen, aber währenddessen schalt sie Rosa heftig aus, daß sie die Schlüssel zur Wohnung mitgenommen und sie gezwungen habe, in dem »entsetzlichen Kleid« durch die Stadt zu gehen. Die duftige Reisetoilette hatte in der Tat zum Teil ihre zarte Bläue eingebüßt und hing schlaff, welk und mit einem sehr mißfarbenen Saum über der Krinoline.

»Nun, ich werde mir diese ganze Landpartie bis zum Ende zu den unerquicklichsten Ereignissen meines Lebens notieren!« sagte die junge Dame verdrießlich und schmollend, während sie sich einen Riß in dem verdorbenen Kleid mit einer Nadel zusammensteckte. »Wäre ich bei dir geblieben, Tantchen, in deinem stillen Zimmer! Tausend Unbequemlichkeiten, sag' ich dir – wohin wir uns auch wenden mochten, stets einen Gewitterregen auf den Fersen und dazu die unglaublich schlechte Laune meines Herrn Cousins Isegrim! ... Du machst dir keinen Begriff, Tantchen, wie rücksichtslos und unaufmerksam er gewesen ist! Er hätte am liebsten gesehen, wir wären schon am ersten Tag wieder umgekehrt. Und was für Mühe haben wir uns gegeben, sein bösartig finsteres Gesicht freundlicher zu machen! Fräulein von Sternthal –. Nun, sag selber,

Johannes, war sie nicht die Bereitwilligkeit und Zuvorkommenheit selbst?«

Was der Professor antwortete, konnte Felicitas nicht verstehen. Sie war bereits unter den Nußbaum zurückgekehrt und arbeitete wieder, in der Hoffnung, daß man sich nicht um sie kümmern werde ... Eine Zeitlang schien es auch, als sollte die einsame Näherin unter dem Nußbaum in ihrer Zurückgezogenheit unangefochten bleiben; aber einmal schlüpfte ihr Blick durch die Lücke der Taxushecke und fiel zugleich auf die Gestalt des Professors. Er kam ruhig schlendernd, die Hände auf dem Rücken zusammengelegt, über den Kiesplatz; seine Züge hatten jedoch, ganz im Gegensatz zu seiner nachlässigen Haltung, etwas Erregtes, Gespanntes, und sein Blick drang unruhig in die verschiedenen Gänge zwischen den gestutzten grünen Wänden.

Felicitas saß bewegungslos und beobachtete ihn; unwillkürlich hatte sie die Rechte auf ihr klopfendes Herz gelegt – ihr war fast unheimlich zumute –, sie fürchtete sich vor dem Moment, wo sein Blick auf sie fallen mußte ... Noch langsamer als zuvor schritt er auf dem schmalen Kiesweg weiter, der den großen Wiesenfleck umfaßte. Sein Haupt war unbedeckt. – Er griff in die Zweige eines Apfelbaumes, zog sie zu sich nieder und betrachtete die sich ansetzenden Früchte scheinbar mit ungeteiltem Interesse – er sah jedenfalls das Mädchen unter dem Nußbaum nicht. Die Zweige schnellten wieder empor, und er setzte seinen Weg fort. Jetzt stand er in gleicher Richtung mit Felicitas; er bückte sich rasch und pflückte irgendein am Wiesenrand befindliches Etwas.

»Ach, sehen Sie doch, Felicitas, ein vierblättriges Kleeblatt!« rief er hinüber, ohne aufzublicken. Das klang so ruhig und zuversichtlich, als sei sein Verkehr mit ihr noch nie unterbrochen oder getrübt gewesen, als sei es selbstverständlich, daß sie da drüben unter dem Nußbaum sitze;

aber es lag auch zugleich eine gebieterische Notwendigkeit in dieser Anrede, er fesselte das Mädchen gewissermaßen an die Stelle, an der es sich jetzt erhob.

»Die Leute sagen, diese vier Blättchen bringen dem Finder Glück«, fuhr er fort, indem er rasch über die Wiese herkam. »Nun, ich werde ja sehen, inwieweit es leidiger Aberglaube ist!«

Er stand vor ihr. Jetzt lag auch etwas Straffes, die ganze Energie des willensstarken Mannes, in seiner Haltung. Das Kleeblatt entfiel seinen Händen, er streckte sie beide Felicitas entgegen.

»Guten Abend!« sagte er – es waren bebende Laute, in denen diese zwei einfachen Worte gesprochen wurden. Hätte er einst vor Jahren diesen Ton angeschlagen, dann wäre er dem neunjährigen Kind gegenüber, das mit aller Heftigkeit eines leidenschaftlichen Herzens Liebe und Teilnahme verlangte, gerechtfertigt gewesen – für diese verfinsterte, von ihm so lange mißhandelte Mädchenseele jedoch blieb der süßvertrauliche Gruß, in welchem sich unverkennbar die Wonne des Wiedersehens spiegelte, geradezu unverstanden. Gleichwohl hob sie die Hand – sie, die seine Hand in der höchsten Todesnot zurückstoßen wollte, sie legte, von einer unerklärlichen Macht getrieben, für einen Moment leicht ihre Rechte in die seine. Es war das eine Art von Wunder, und er faßte es wohl selbst so auf – eine einzige unachtsame Bewegung konnte es verscheuchen auf Nimmerwiederkehr . . . Mit der ganzen Selbstbeherrschung, die der Arzt sich errungen, ging er sofort in einen anderen Ton über.

»Hat Ännchen Ihnen viel Arbeit gemacht?« fragte er freundlich und teilnehmend.

»Im Gegenteil – die Anhänglichkeit des Kindes rührt mich – ich pflege es gern.«

»Aber Sie sind bleicher als sonst – und da, der bitter

schwermütige Zug um Ihren Mund ist schärfer ausgeprägt denn je. Sie sagten vorhin, die Anhänglichkeit des Kindes rühre Sie – andere Leute sind auch anhänglich, Felicitas! Ich werde Ihnen das sogleich beweisen. Sie haben gewiß nicht ein einziges Mal an die Menschen gedacht, die der kleinen Stadt X. entflohen waren, um sich Seele und Willen in der kräftigen Waldluft zu stählen?«

»Ich hatte weder Zeit noch Anknüpfungspunkte dazu«, entgegnete sie errötend, aber mit finsterem Ausdruck.

»Das setze ich voraus. Ich aber bin menschenfreundlicher gewesen, ich habe an Sie gedacht – Sie sollen auch erfahren, wann und wo ... Ich sah eine Edeltanne ganz allein auf einer Felsenzacke stehen – es sah aus, als sei sie in dem Nadelwald zu ihren Füßen verwundet und gekränkt worden und sie habe sich auf die einsame Höhe geflüchtet. Dort stand sie fest und sicher, und meine Phantasie lieh ihr ein Menschengesicht mit wohlbekanntem, stolzverächtlichem Ausdruck. Da kam ein Gewitter, der Regen peitschte ihre Zweige, und der Sturm schüttelte sie unbarmherzig, aber nach jedem Stoß richtete sie sich auf und stand fester als zuvor.«

Felicitas hatte die Augen halb scheu, halb trotzig zu ihm aufgeschlagen ... Wie seltsam verändert war er zurückgekehrt! Der Mann mit den kalten, stahlgrauen Augen, der eingefleischte Konservative, dem Gesetz und Regel jeden Funken poetischer Freiheit erstickt haben mußten, er, der Pedant, den der Gesang der menschlichen Stimme belästigte, er erzählte ihr mit seiner tiefen Stimme, die der ernsten Wissenschaft mit so mächtigem Erfolg diente, eine Art Märchen, ein selbsterfundenes, dessen Sinn sie nicht mißverstehen konnte.

»Und denken Sie«, fuhr er fort, »da stand ich nun drunten im Tal, und meine Begleiter schalten den unpraktischen Professor, weil er sich vollregnen lasse, während er doch unter Dach und Fach flüchten konnte. Sie wußten ja nicht, daß ihn, den trockenen, nüchternen Doktor, plötzlich eine Vision gepackt hatte, die sich weder durch kalte Regenschauer noch durch den Sturm verscheuchen ließ ... Er sah nämlich, wie ein Mutiger den Wald verließ, den Felsen hinaufkletterte, droben die Arme um die Tanne legte und sagte: ›Du bist mein‹ ... Und was geschah weiter?« –

»Ich weiß es«, unterbrach ihn das Mädchen mit tiefer, melodischer Stimme, »die Einsame blieb sich selbst getreu und brauchte ihre Waffen.«

»Auch als sie einsah, daß er sie fest und sicher an sein Herz nehmen werde, Felicitas? Als sie erkannte, daß sie an diesem Herzen getrost ausruhen könne von allen Stürmen, daß er sie zärtlich behüten werde wie seinen Augapfel, sein ganzes Leben lang?«

Der Erzähler hatte sich offenbar mit einer Art von Leidenschaft in das Geschick seiner zwei Visionsgestalten versenkt, denn er sprach mit zuckenden Lippen, und in seiner Stimme wurden alle jene Klänge wach, die Felicitas' Herz am Krankenbett des Kindes erschüttert hatten – jetzt verhallten sie machtlos.

»Die Einsame wird erfahrungsreich genug gewesen sein, zu wissen, daß er ihr ein Märchen erzählte«, versetzte sie hart. »Sie sagen selbst, sie habe den Sturmstößen getrotzt – nun wohl, sie hatte sich selbst gestählt und brauchte keine andere Stütze!«

Es war ihr nicht entgangen, wie ihm allmählich die Farbe aus dem Gesicht wich – er sah für wenige Sekunden aschfahl aus. Es schien fast, als wolle er sich abwenden und gehen, aber näher kommende Schritte wurden laut. Er blieb dicht neben Felicitas stehen und erwartete ruhig seine Mutter, die am Arm der Regierungsrätin zwischen den Taxuswänden hervortrat.

»Nun, das nimm mir aber nicht übel, Johannes«, schalt sie, »da stehst du, hältst die Karoline von der Arbeit ab und läßt uns unverantwortlich mit dem Abendbrot warten! Glaubst du denn, ich liebe es, wenn die Eierkuchen zu Leder werden?«

Die Regierungsrätin ließ den Arm der Tante los und schritt über die Wiese. Sie sah bei weitem nicht so hübsch aus wie gewöhnlich; die blonden Locken hingen wild und aufgelöst an den Wangen herab, welche in einem unschönen Rot glühten, aus den Taubenaugen aber sprühte es unheimlich.

»Ich habe Ihnen noch nicht einmal danken können, Karoline, daß Sie Ännchen während meiner Abwesenheit beaufsichtigt haben«, sagte sie. Das sollte freundlich klingen, aber die sanfte Stimme verschärfte sich, sie klang höher als gewöhnlich und war dadurch schneidend. »Sie stehen ja aber auch hier wie eine Einsiedlerin unter dem abgelegenen Nußbaum – wie soll man Sie da finden?« fuhr sie fort. »Haben Sie diese interessante, zurückgezogene Rolle öfter gespielt? . . . Ich würde es dann freilich um so leichter begreifen, daß ich Ännchen so unverantwortlich vernachlässigt wiederfinden muß. Ich habe Rosa bereits sehr gescholten; das Haar hat nicht die mindeste Pflege gehabt, ihre Haut ist so sonnenverbrannt, daß man sie für ein Kaffernkind halten möchte, und ich fürchte, sie ist überfüttert worden.«

»Hast du nicht noch einen Vorwurf für die Pflegerin, Adele? Besinn dich!« mahnte der Professor in vernichtendem Hohn. »Vielleicht ist sie auch schuld, daß dein Kind an den Skrofeln leidet, möglicherweise hat sie die vielen Gewitterregen über den Thüringer Wald geschickt, die dir die Laune verdorben haben, wer weiß« – er hielt inne und wandte sich ab.

»Es ist besser, du redest nicht weiter, Johannes«, klagte

die junge Witwe, mit einem krampfhaften Weinen kämpfend. »Ich muß fast annehmen, du weißt nicht mehr, was du mir gegenüber sprichst. Ich habe Sie nicht beleidigen wollen, Karoline«, wandte sie sich an das Mädchen, »und damit Sie sehen, daß ich nicht den mindesten Groll gegen Sie hege oder Ihnen gar mein Vertrauen entzogen habe, will ich Sie bitten, heute abend Ännchen noch einmal zu überwachen – ich fühle mich sehr angegriffen und reisemüde.«

»Daraus wird nichts!« entschied der Professor hart. »Die Zeit der grenzenlosen Aufopferung ist vorüber. Du verstehst es vortrefflich, Adele, die Kräfte anderer auszunützen; von nun an wirst du dein Kind selbst wieder unter deine Obhut nehmen.«

»Gut – ist mir auch recht!« rief Frau Hellwig herüber. »Dann mag das Mädchen heute abend tüchtig jäten; von Heinrich und Friederike kann ich's ohnehin nicht mehr verlangen – sie werden leider alt.«

Ein tiefes Rot lief wie eine Flamme über das Gesicht des Professors. So schwer auch seine eigenartigen Züge sich entziffern ließen, in diesem Moment zeigten sich unverkennbar Scham und Verlegenheit. Vielleicht noch nie war ihm das Empörende der Stellung, in die er selbst dies junge, reichlich begabte Wesen gedrängt hatte, so zu Bewußtsein gekommen wie jetzt. Felicitas verließ sofort ihren Platz unter dem Nußbaum; sie wußte, die wenigen Worte der Frau Hellwig waren ein Befehl für sie, dem sie ohne weiteres Folge leisten mußte, wenn sie nicht eine Flut spitziger Bemerkungen hören wollte. Aber der Professor trat ihr in den Weg.

»Ich glaube, ich habe hier auch noch ein Wort als Vormund mitzusprechen«, sagte er scheinbar ruhig, »und als solcher wünsche ich nicht, daß Sie dergleichen Arbeiten verrichten.«

»So – willst du sie etwa in den Glasschrank setzen?« fragte Frau Hellwig, indem sie nun auch ihren großen Fuß auf die Wiese setzte und rascher als gewöhnlich sich vorwärts bewegte. »Sie ist genau nach deiner Vorschrift erzogen, ganz genau! ... Soll ich dir vielleicht deine Briefe vorzeigen, in denen du immer und immer wieder, ja wirklich bis zum Überdruß, wiederholst, daß sie dienen solle und müsse, daß sie nicht streng und scharf genug in der Zucht gehalten werden könne?«

»Es fällt mir nicht ein, auch nur ein Jota von dem verleugnen zu wollen, was auf mein ausdrückliches Verlangen geschehen ist«, entgegnete der Professor mit dumpfer, aber fester Stimme, »ebensowenig kann ich mein Verfahren bereuen – es ist damals aus reiner, voller Überzeugung, aus dem aufrichtigen Wunsch, das allein Zweckmäßige und Vernünftige zu tun, hervorgegangen, aber ich werde mich auch nie der Schwäche schuldig machen, einen erkannten Irrtum eigensinnig festzuhalten, lediglich der Konsequenz halber, und deshalb erkläre ich hiermit, daß ich jetzt anders denke und folglich auch anders handeln werde.«

Die Regierungsrätin bückte sich bei den letzten Worten. Sie pflückte eine einsame Kleeblume, welche die Sichel verschont hatte, und zerrupfte sie. Frau Hellwig aber lachte spöttisch auf.

»Mach dich nicht lächerlich, Johannes!« sagte sie in eisigem Hohn. »In deinen Jahren fängt man nicht noch einmal von vorn an mit seinen Grundsätzen, da müssen sie fest und hart sein, sonst wird's eine Stümperei fürs ganze Leben ... Du hast übrigens nicht *allein* in der Sache gehandelt – ich war auch dabei, und ich sollte meinen, mein ganzes Leben beweise es, daß ich mit Gottes Gnade stets das Richtige getan habe ... Es sollte mir leid tun, wenn *jetzt* die Hellwigsche Schwäche auch in deinem Charakter zum

Durchbruch käme, dann – das sage ich dir rundheraus – wären wir geschiedene Leute . . . Solange das Mädchen noch in meinem Hause ist, bleibt sie mein Dienstbote, der nicht einen Augenblick auf der faulen Bärenhaut liegen darf, und damit basta! . . . Nachher mag sie meinetwegen nichtsnutzig werden, die große Dame spielen und ihre Hände in den Schoß legen!«

»Das wird sie nie, Madame Hellwig!« sagte Felicitas, in dem sie mit einem flüchtigen Lächeln ihre schöngeformten, aber braunen und hartgearbeiteten Hände betrachtete. »Arbeit gehört mit zu ihren Lebensbedingungen. Wollen Sie die Güte haben, mir die Beete zu bezeichnen, damit ich anfangen kann?«

Der Professor, welcher der herben Standpauke seiner Mutter gegenüber seine gelassene Haltung angenommen hatte, wandte sich jäh um nach Felicitas, und ein tief erbitterter Blick traf ihr Auge.

»Ich verbiete es Ihnen hiermit nochmals!« befahl er mit finster gerunzelten Brauen rauh und entschieden. »Und wenn meine Einsprache als Vormund Ihren unbezähmbaren Trotz nicht zu beugen vermag, so appelliere ich jetzt als Arzt an Ihre Vernunft . . . Sie haben sich bei Ännchens Pflege überanstrengt, Ihr ganzes Aussehen beweist es. Binnen kurzem wollen Sie das Haus meiner Mutter verlassen – es ist unsere Pflicht, dafür zu sorgen, daß Sie wenigstens einen gesunden Körper in Ihren künftigen Wirkungsbereich mitbringen.«

»Nun, das ist doch noch ein Grund, der sich hören läßt«, meinte Frau Hellwig. Für ihr Ohr, das bisher vergebens auf einen Tadel ihres Sohnes gewartet hatte, klangen die Worte »unbezähmbarer Trotz« offenbar wie Musik. »Sie mag meinetwegen für heute nach Hause gehen«, setzte sie hinzu, »obgleich ich eigentlich nicht begreife, wie das bißchen Pflege sie elend gemacht haben soll. Sie ist jung und hat ihr gutes Essen dabei gehabt ... Da sieh dir andere Mädchen in ihren Verhältnissen an, Johannes, die müssen Tag und Nacht arbeiten und haben doch rote Backen!«

Sie nahm den Arm der jungen Witwe und ging über die Wiese zurück, in der Meinung, daß ihr Sohn folge; auch die Regierungsrätin vermied es, offenbar aus Trotz und Groll, sich nach ihm umzusehen. Anfänglich hatte es auch den Anschein, als wolle er mitgehen, allein schon nach wenigen Schritten wandte er sich um, und während der letzte Schimmer des verunglückten blaßblauen Reisekleides hinter der nächsten Taxushecke verschwand, schritt er langsam wieder auf den Nußbaum zu. Er blieb einige Sekunden lang schweigend neben Felicitas stehen, die eben die Bänder ihres runden Strohhutes unter dem Kinn zusammenband ... Plötzlich bog er sich nieder und sah unter die breite Hutkrempe, welche Stirn und Augen des Mädchens vollkommen bedeckte. Noch war die Erbitterung in seinen Zügen vorherrschend; als jedoch ihr Auge dem seinen begegnete, da schmolz sein Blick.

»Sie fühlen wohl gar nicht, daß Sie mir heute sehr weh getan haben?« fragte er kopfschüttelnd und so weich, als ob er zu einem Kind spräche.

Sie schwieg.

»Felicitas, es ist mir nicht möglich, zu denken, daß Sie zu jenen Frauen gehören, denen die Bitte um Verzeihung aus einem Männermund ein ersehnter Genuß ist«, sagte er jetzt sehr ernst und nicht ohne Beimischung von Schärfe.

Sie fuhr empor. Ihr weißes Gesicht mit dem wahrhaft keuschen, mädchenhaft reinen Ausdruck errötete bis über die Stirn.

»Eine solche Bitte hat in meinen Augen stets etwas Peinliches für den Gekränkten«, antwortete sie nach einer Pause in sanfterem Ton, als sie gewohnt war, ihm gegenüber zu sprechen; »von solchen aber, denen in der Welteinrichtung eine besondere Würde zugestanden ist, möchte ich sie um keinen Preis hören . . . Kinder sollen die Eltern um Verzeihung bitten, aber ich kann mir den Fall nicht umgekehrt denken. Ebensowenig –« Sie schwieg, während abermals die zarte Röte über ihr Gesicht flog.

»Ebensowenig wollen Sie den Mann gedemütigt vor sich sehen, nicht wahr, Felicitas?« ergänzte er rasch den unterbrochenen Satz, in seiner Stimme klang es wie Frohlocken. »Aber eine so hochherzige Anschauungsweise hat auch ihre Konsequenzen«, fuhr er nach einem momentanen Schweigen fort. »Und nun seien Sie einmal ganz ruhig und überlegen Sie, ob es nicht die Pflicht des Weibes ist, dem Mann hilfreich die Hand zu bieten, wenn er einen Irrtum ausgleichen möchte! . . . Halt, jetzt will ich keine Antwort hören! Ich sehe schon an Ihrem Auge, daß sie ganz anders ausfallen würde, als ich wünsche . . . Ich will geduldig warten – einmal kommt doch vielleicht eine Zeit, wo die böse Tanne auf dem Felsen ihre Waffen *nicht* braucht!«

Er ging. Ihr Auge haftete auf dem Boden, an dem Kleeblatt, das seinen Händen entglitten war und das er als Symbol des Glückes gepflückt hatte. Es lag, die vier Blättchen sauber ausbreitend, wie hingemalt auf den Stoppeln des Wiesengrases – aufnehmen durfte sie es nicht – sie hatte ja nichts mit seinem Glück zu schaffen –, aber – sie umschritt in einem weiten Bogen den kleinen grünen Propheten – *zertreten* wollte sie es auch nicht.

Das Testament wird verlesen
Heinrich bekommt 2000 M.
Fee geht leer aus

XXI

NACH EINER REIHE blauer Tage voll Sonnenglanz und Frühlingslust hing heute ein bleifarbener Regenhimmel über der kleinen Stadt X. Das alte Kaufmannshaus am

Markt nahm in solch trüber Beleuchtung stets den vornehm-düsteren, verschlossenen Charakter jener Zeiten an, wo noch die Bilder raubritterlicher Ahnen in seinen Sälen hingen und der vor einer neuen Zeit geflüchtete Geist des Mittelalters finster und grollend in ihm hauste.

Heute hingen sämtliche Rouleaus herabgelassen hinter den Fenstern der großen Vorderfront. Die Regierungsrätin litt an einer heftigen Migräne und war überhaupt in einer unbeschreiblichen Aufregung; man hatte ihr Zimmer verdunkelt und vermied jedes laute Geräusch. Auch das Frauengesicht, das jahraus, jahrein jeden Morgen pünktlich neben dem Asklepiasstock am Fenster des Erdgeschosses erschien, ließ sich heute nicht sehen. Der graue Himmel droben war eine schlimme Vorbedeutung für den Tag, der in der Tat einer der grauesten, mißfarbigsten im Leben der großen Frau werden sollte – es war der Tag der Testamentseröffnung. Mit völliger Übergehung ihrer Person waren nur ihre beiden Söhne und der Hausknecht Heinrich auf das Justizamt beschieden worden, aber sie vertrat ihren abwesenden Sohn Nathanael und mußte deshalb der Eröffnung beiwohnen.

Gegen Mittag kehrte sie in Begleitung des Professors über den Markt zurück, Heinrich folgte in bescheidener Entfernung ... Sterbefälle und gefährliche Krankheiten im Kreis ihrer Angehörigen waren einflußlos auf die marmorharten Züge der großen Frau geblieben; ihr starker Geist, der sich nicht beugen ließ, ihre tiefe Frömmigkeit, die sich stets tränenlos dergleichen Heimsuchungen gefügt hatte, waren gar oft mancher schwachen, verzagenden Frauen- und Mutterseele als erhebendes Vorbild hingestellt worden ... Heute nun hatte die kleine Stadt das ungewohnte Schauspiel, dies Muster unerschütterlicher Charakterstärke aus dem Geleise weichen zu sehen. Auf den Wangen der stattlichen Frau lag eine verräterische

Glut innerer Aufregung, ihr feierlich gemessener, stets im Kirchenstil gehaltener Gang zeigte Hast und Eile, und wenn sie auch nur leise in ihren schweigend neben ihr herschreitenden Sohn hineinsprach, so ließ sich doch nicht verkennen, daß es heftige Worte waren, die sie flüsterte.

Die Regierungsrätin hatte trotz ihrer Kopfschmerzen hinter einem der Rouleaus auf der Lauer gestanden und die Zurückkehrenden erwartet, denn als sie den Hausflur betraten, kam die junge Witwe zwar mit aschfahlen Wangen und eingesunkenen Augen, aber trotzdem in äußerst geschmackvoller Morgentoilette die Treppe herab, um nach dem Ergebnis zu fragen. Sie traten zusammen in das Wohnzimmer.

»Nun, gratuliere uns doch, Adele!« rief die große Frau tief erbittert und maliziös auflachend. »Zweiundvierzigtausend Taler Vermögen ist da, und die Firma Hellwig, der das Geld von Gott und Rechts wegen gehört, kriegt keinen Groschen! ... Dies Testament ist das verrückteste Machwerk, das sich denken läßt, aber man darf um Gottes willen mit keinem Finger daran rühren und muß sich dies himmelschreiende Unrecht ruhig gefallen lassen! ... Da sieht man, wohin es führt, wenn die Männer Schlafmützen sind; wäre ich Chef des Hauses gewesen, mir hätte das nie und nimmer passieren dürfen! ... Ich begreife nicht, wie mein seliger Mann, ohne die mindeste Sicherheit in der Tasche, die alte Person unter dem Dach so ohne alle Aufsicht hat schalten und walten lassen!«

Der Professor war, die Hände auf den Rücken gelegt, schweigend hin und her gegangen. Auf seiner Stirne lag eine düstere Wolke, und unter den gefurchten Brauen hervor zuckten Blitze der Entrüstung nach seiner Mutter hinüber. Jetzt blieb er vor ihr stehen.

»Wer hat es denn durchgesetzt, daß die alte Tante hinauf unter das Dach verwiesen worden ist?« fragte er ernst und nachdenklich. »Wer hat den damaligen Chef des Hauses, meinen Vater, in seiner Abneigung gegen sie bestärkt, und wer ist unerbittlich streng gegen eine Annäherung der alten Verwandten an uns Kinder gewesen? ... Das warst du, Mutter! ... Wenn du erben wolltest, dann mußtest du ganz anders handeln!«

»Nun, du meinst doch nicht etwa, ich hätte mich mit ihr auf guten Fuß stellen sollen? Ich, die ich im Herrn gewandelt bin mein Leben lang, und diese schuldbeladene Person, die den Sonntag entheiligte, die nie im wahren Glauben gelebt hat! – Sie wird jetzt wissen, daß sie vor dem Angesicht des Herrn auf ewig verstoßen ist ... Nein, dazu hätte mich keine Macht der Erde gebracht ... Aber sie mußte für unzurechnungsfähig erklärt und unter Kuratel gestellt werden, und dazu hätten deinem Vater tausend Mittel und Wege zu Gebote gestanden.«

Das Gesicht des Professors wurde ganz blaß; er warf einen tief erschrockenen Blick auf seine Mutter, dann nahm er stillschweigend seinen Hut und ging hinaus ... Er hatte eben in einen Abgrund geblickt ... Und dieser starre Buchstabenglaube, dieser entsetzliche christliche Hochmut, unter welchem ein bodenloser Egoismus mit dem Anschein vollster Berechtigung wuchern durfte, sie waren ihm viele Jahre lang ein Glorienschein gewesen, der das Haupt seiner Mutter umstrahlt hatte! ... Das war der Frauencharakter, den er so lange als das Urbild der Weiblichkeit festgehalten! Er mußte sich eingestehen, daß er einst auf demselben Boden gestanden wie seine Mutter und der Führer seiner Jugend, ja, sie hatten ihm kaum genug getan in Unduldsamkeit und Glaubensstrenge ... Und jene arme, schuldlose Waise mit dem Köpfchen voll klarer, idealer Gedanken, mit dem stolzen, rechtschaffenen, tiefsinnigen Gemüt – er hatte sie mit harter Hand gepackt und in jene lichtlose, tödlich kalte Region gestoßen ... Wie mußte sie gelitten haben, die süße Nachtigall unter – den Raben! ... Er legte die Hand über die Augen, als ob ihm schwindle, stieg langsam die Treppe hinauf und verschloß sich in sein einsames Studierzimmer.

Während dieser Verhandlungen im Wohnzimmer spielte in der Gesindestube des Hellwigschen Hauses eine ähnliche Szene der Aufregung und Entrüstung. Die alte Köchin lief mit fliegenden Haubenbändern auf und ab, als werde sie gejagt; Heinrich aber stand vor dieser weiblichen Gemütsbewegung unerschütterlich wie ein Fels im Meer. Er war im Sonntagsstaat, und sein Gesicht zeigte ein seltsames Gemisch von Freude, Wehmut und Laune.

»Du mußt nicht etwa denken, daß ich neidisch bin, Heinrich, das wär' ja unchristlich!« rief Friederike. »Ich gönn dir's wirklich! ... Zweitausend Taler!« Sie schlug die Hände zusammen, rang sie und ließ sie zusammengefaltet wieder sinken ... Du hast mehr Glück als Verstand, Heinrich! ... »Du lieber Gott, was hab' ich mich geplagt mein Leben lang, wie bin ich fleißig in die Kirche gegangen, im Winter, in der strengsten Kälte, wie hab' ich zum lieben Gott gebetet, er soll mich doch auch einmal glücklich machen – nichts, gar nichts hat mir's geholfen, und dem Menschen da fällt so ein unmenschliches Glück zu! ... Zweitausend Taler, das ist ja ein Heidengeld, Heinrich! ... Aber eines will mir dabei noch nicht recht in den Kopf – kannst du denn das Geld auch mit gutem Gewissen annehmen? Eigentlich durfte dir die alte Mamsell keinen Pfennig vermachen, denn was da ist, gehört von Gott und Rechts wegen unserer Herrschaft ... Wenn man's recht bei Licht besieht, stiehlst du ja förmlich das Geld, Heinrich; ich weiß doch nicht, was ich an deiner Stelle täte –«

»Ich nehm's, ich nehm's, Friederike«, sagte Heinrich in völliger Gemütsruhe.

Die alte Köchin lief in die Küche und schlug krachend die Tür hinter sich zu.

Das Testament der alten Mamsell, das so heftige Stürme im alten Kaufmannshaus hervorrief, war bereits vor zehn Jahren auf dem Justizamt niedergelegt worden. Es lautete, von der Testatorin selbst aufgesetzt, nach dem üblichen Eingang, im wesentlichen folgendermaßen:

»1. Im Jahre 1633 hat Lutz von Hirschsprung, ein Sohn des von schwedischen Soldaten ermordeten Adrian von Hirschsprung, die Stadt X. verlassen, um sich anderweitig anzusiedeln. Dieser Seitenlinie des hier erloschenen alten thüringischen Rittergeschlechts vermache ich:

a) dreißigtausend Taler aus meinem Barvermögen,
b) das goldene Armband, in dessen Mitte einige altdeutsche Verse, umgeben von einem Blumenkranz, eingraviert sind,
c) das Bachsche Opernmanuskript; es ist meiner Handschriftensammlung berühmter Komponisten einverleibt, liegt in der Mappe Nr. 1 und trägt den Namen: Gotthelf von Hirschsprung.

Ich ersuche hiermit die wohllöbliche Justizbehörde, sofort einen nötigenfalls wiederholten öffentlichen Aufruf an etwaig existierende Abkömmlinge besagter Seitenlinie ergehen zu lassen.

2. Mein sämtliches Silberzeug und alles, was ich an Schmuck besitze, mit Ausnahme obigen Armbandes, fällt an den derzeitigen Chef des Hauses Hellwig zurück, als alter Familienbesitz, der nicht in fremde Hände kommen soll, desgleichen alles, was ich an Betten, Wäsche und Möbel hinterlasse.

3. Meine Handschriftensammlung berühmter Komponisten, mit Ausnahme des berühmten Bachschen Opernmanuskriptes, soll von Gerichts wegen verkauft werden. Den Betrag der Verkaufssumme bestimme ich meinen bei-

den Großneffen, Johannes und Nathanael Hellwig, in Anbetracht dessen, daß ich stets beklagt habe, ihnen nie zu Weihnachten etwas bescheren zu dürfen.«

Es folgten noch Legate an viele arme Handwerker und dergleichen mehr im Betrag von zwölftausend Talern, worunter Heinrich mit zweitausend Talern bedacht war.

Heinrich hatte Felicitas den Inhalt des Testamentes mitgeteilt, so gut er es eben vermochte. Der Ort, wo die alte Mamsell das Silber aufbewahrt hatte, war also nicht näher bezeichnet, das ging aus seiner Mitteilung hervor. Das junge Mädchen frohlockte. Wenn das Geheimfach nicht durch irgendeinen Zufall entdeckt wurde, dann war es in ihre Hände gegeben, den grauen Kasten zu vernichten, ohne daß ihn das Auge irgendeines anderen Sterblichen erblickte.

»Siehst du, Feechen, das verwinde ich in meinem ganzen Leben nicht!« sagte Heinrich traurig – sie saßen zusammen in der Gesindestube. »Du sollst nun einmal zu nichts kommen in der Welt! Hätte die alte Mamsell nur noch vierundzwanzig Stunden gelebt, da wäre das alte Testament jetzt umgestoßen, und du hättest das unmenschlich viele Geld gekriegt – sie hatte dich gar lieb.«

Felicitas lächelte. Der ganze Jugendmut, der sich seiner Kraft bewußt ist, dem nichts ferner liegt als das Ringen um schnöden Gelderwerb, die Sorge um hilflose, alte Tage – lag in diesem Lächeln.

»Es ist ganz gut so, Heinrich«, entgegnete sie. »Alle die Armen, die bedacht worden sind, brauchen das Geld viel nötiger als ich, und bei der Verfügung über das Hauptkapital hat die Tante jedenfalls ihre sehr gewichtigen Gründe gehabt, die sie ohne Zweifel auch bei der Abfassung eines späteren Testaments festgehalten haben würde.«

»Ja, ja, mit den Hirschsprungs muß es doch sein eigenes Bewenden gehabt haben!« meinte Heinrich nachdenklich.

»Der alte Hirschsprung, auf den kann ich mich noch ganz gut besinnen; er war ein Schuhmacher und hat mir meine allerersten Stiefel gemacht – so was vergißt man nicht. Er wohnte oben in der Gasse, gleich neben unserem Haus, und da hat's denn die Nachbarschaft gemacht, daß sein Junge und die alte Mamsell als Kinder miteinander gespielt haben. Der Junge ist später ein Student geworden und soll der alten Mamsell ihr Liebster gewesen sein – so sagen die Leute. Sie erzählen auch noch immer – und das wurmt mich am allermeisten –, die Liebschaft eben wär' dem alten Hellwig, ihrem Vater, sein Grab gewesen. Er hätte sie nicht leiden wollen, und einmal wär' er mit der alten Mamsell so hart zusammengekommen, und sie hätte ihn dermaßen geärgert, daß er auf der Stelle tot umgefallen sei – wenn's wahr ist, ich glaub's nicht! ... Gleich nachher soll die alte Mamsell nach Leipzig gereist sein; der Student hat das Nervenfieber gehabt, und sie ist bei ihm geblieben und hat ihn gepflegt bis zum letzten Augenblick. Darüber sind die Verwandten vollends wütend geworden; sie haben sie ein liederliches Weibsbild geschimpft, sie ist verstoßen worden, und das haben die Leute in X. gleich nachgemacht, und kein Mensch hat sie auch nur gesehen, wie sie endlich wiedergekommen ist. – Mag das nun alles sein, wie's will – es kommt mir doch kurios vor, daß da Leute erben sollen, die vor vielen, vielen Jahren ausgewandert sind – die waren ja mit dem Studenten schon längst gar nicht mehr verwandt – das mache mir einer klar!«

Am darauffolgenden Tag wurden in der Mansardenwohnung die Gerichtssiegel abgenommen.

Es waren unheimliche Tage, die auf den Akt der Entsiegelung folgten. Die einförmig graue, unbewegliche Wolkenschicht am Himmel schien unerschöpflich. Tag und Nacht plätscherte es auf Dächer und Straßenpflaster, und aus den Drachenköpfen am alten Kaufmannshaus schossen die Wasserstrahlen in mächtigen Bogen hinunter auf den Marktplatz.

Felicitas hatte sich während der Regentage in die Kammer neben der Gesindestube zurückgezogen. Sie war, ohne Zweifel auf den ausdrücklichen Befehl des Professors, noch immer von den schweren Hausarbeiten dispensiert. Dagegen saß sie in hohe Stöße alten Leinenzeugs förmlich vergraben; sie mußte ausbessern, denn ganz umsonst sollte sie ihr Brot doch nicht essen.

Draußen im Hof rauschte eintönig der ferne Brunnen, der Regen fiel unermüdlich in regelmäßigen Taktschlägen klatschend auf die breiten Blätter des Huflattichs, der in einer feuchten Ecke wucherte. Licht, Geräusch und Bewegung, alles erschien gedämpft und gedrückt, und diese Apathie erstreckte sich scheinbar auch über das bleiche Mädchen im Bogenfenster. Zwar hob und senkte sich die Hand mit dem Fingerhut unablässig und taktmäßig, aber unter dem groben, dunklen Stoff, der die zarte Büste umschloß, klopfte ein tief beunruhigtes Herz, und während die Hand mechanisch allerlei Schäden zudeckte und ausglich, zermarterte sich der Geist über die mögliche Lösung schwerer Aufgaben und der damit verbundenen Konflikte ... Auch die Behörde hatte vergebens nach dem Silberzeug und dem Schmuck der alten Mamsell gesucht. Anfänglich war dies Ergebnis von beschwichtigender Wirkung auf das angstvoll erregte Gemüt des jungen Mädchens gewesen; seit jenem Augenblick jedoch ging Heinrich verstört und in unbeschreiblicher Aufregung umher! Frau Hellwig hatte der Kommission gegenüber mit sehr zweideutigen Blicken nach dem Hausknecht betont, daß er und die Aufwartefrau seit vielen Jahren allein bei der alten Mamsell aus und ein gingen, und auf diese einer Anklage sehr ähnlichen Aussage der gestrengen Frau hatte man den ehrlichen Burschen ohne weiteres und in durchaus nicht schonungsvoller Weise ins Verhör genommen. Er war außer sich ... Welche Qual für Felicitas, den bitteren Jammer dieses alten, treuen Freundes mit ansehen zu müssen, ohne daß auch nur eine Andeutung des Geheimnisses über ihre Lippen schlüpfen durfte!

Es war jetzt doppelt schwierig, in die Mansardenwohnung zu gelangen. Der Professor hatte am Tage der Entsiegelung aufs höchste überrascht die Zimmer der geheimnisvollen alten Tante durchschritten und dieselben als Chef des Hauses förmlich mit Beschlag belegt. Möglich, daß ihm angesichts der originellen und sinnigen Ausstattung der Räume plötzlich ein Licht aufgegangen war über den Geist und das Wesen der einsamen Verbannten. Nicht ein Möbel durfte von seiner Stelle gerückt werden, und er war zornig geworden, als die Regierungsrätin vor seinen Augen eine Nadel aus einem Stecknadelkissen gezogen hatte.

Es schien, als wolle er den Rest seines Aufenthaltes im mütterlichen Hause da oben unter dem Dach zubringen. Er kam nur zur Essenszeit in das Wohnzimmer des Erdgeschosses, und dann stets mit einem »brummigen Gesicht«, wie Friederike sagte. Aber auch die Regierungsrätin hatte eine Art Leidenschaft für das »reizend stille Asyl« erfaßt; sie erbat es sich als eine besondere Gunst von ihrem Vetter, sich öfter in der Mansardenwohnung aufhalten zu dürfen. Rosa mußte die Fußböden reinigen, und die junge Witwe wischte mit höchsteigenen zarten Händen den Staub von den Möbeln. Tante Cordulas Zimmer standen somit nicht einen Augenblick unbewacht; zudem hatte der Professor das altväterische, unbequeme Schloß an der gemalten Tür entfernen und durch ein neues ersetzen lassen – Felicitas' Schlüssel war somit unbrauchbar geworden – sie war jetzt wiederum auf den Weg über die Dächer angewiesen.

Bei dem Gedanken, daß sie gezwungen sei, wie ein lichtscheuer Verbrecher in festverschlossene Räume zu dringen, schüttelte sie sich stets vor Abscheu und Aufregung; dies Lauern auf den ersten unbewachten Moment, wenn der ahnungslose Bewohner sich entfernt haben würde, war ihr entsetzlich. Nichtsdestoweniger behielt sie ihr Ziel fest im Auge, und es konnte sie plötzlich ein heißer Angstschauer überlaufen, wenn ihr einfiel, daß die Zeit, welche ihr noch zur Erfüllung ihrer Aufgabe verblieb, bereits auf zwei Wochen zusammengeschmolzen war.

Endlich waren die Regentage vorüber. Ein Stück klaren, blauen Himmels hing über dem Viereck des Hofes, der Lattich trocknete seine gründlich gewaschenen Blätter in einem herb-kräftigen, frischen Lufthauch, emsig flogen die Schwalben, deren zahllose Nester an den Dächern und Fenstersimsen der Gebäude hingen, aus und ein. Das war ein Tag, der ins Freie lockte. Vielleicht wurde heute draußen im Garten gegessen, und dann – war der Weg über die Dächer frei. Diese Hoffnung Felicitas' erfüllte sich jedoch nicht. Gleich nach Tisch kam Rosa an das Bogenfenster und brachte ihr die Weisung, mit Ännchen in den Garten zu gehen, der Herr Professor habe es dem Kind versprochen. Später würde die Herrschaft nachfolgen und das Abendbrot draußen einnehmen.

Da schritt nun Felicitas, die kleine Anna an der Hand, »auf Befehl« durch den einsamen Garten. Statt der Dachziegel oder des Bretterfußbodens der luftigen Galerie hatte sie den Kies der sonnenbeschienenen Gartenwege unter den Füßen ... Während der Regenzeit hatten Tausende von Rosen ihre Kelche geöffnet.

Felicitas strich mit gesenktem Haupt an der Blütenpracht vorüber, und das gutmütige Kind schwankte schwerfällig nebenher; der kleine Mund schwieg, kein Geplauder störte das Nachsinnen des jungen Mädchens. Sie dachte mit einer Art von wildem, brennendem Schmerz an die Rosenzeit vergangener Jahre – da hatten die Rosen doch anders geblüht und geduftet, als Tante Cordulas klare, liebestrahlende Augen noch nicht erloschen waren, als sie noch in stillen Sonntagnachmittagsstunden, neben der bewegungslos aufhorchenden Schülerin im Vorbau sitzend, mit ihrer ausdrucksvollen Stimme begeistert aus den Klassikern vorlas, während von der Galerie die betäubenden Duftwogen hereinquollen und sich weit draußen das grüne Thüringer Land erstreckte ... Da war auch allmählich das süße Heimatgefühl in der Seele des jungen Mädchens gewachsen, sie hatte sich zu Hause gewußt in den friedlichen, trauten Räumen, beschützt und geleitet von einer treumütterlichen Liebe; sie war, wenn auch nur auf einige Stunden, frei gewesen, ungefesselt in ihren Bewegungen, in den Anschauungen und Betrachtungen, die sich auf ihre Lippen drängten – darum wohl hatten die Rosen anders geblüht und geduftet, und die Welt war sonniger gewesen ...

Sie hob den Kopf und sah über den Zaun in den Nachbargarten. Dort schimmerte das weiße Häubchen der Hofrätin Frank. Die alte Dame saß mit ihrem Sohn am Kaffeetisch, er las ihr vor, während sie, behaglich in einen Fauteuil zurückgelehnt, die blitzenden Stricknadeln durch die Finger gleiten ließ. Das sah auch heimisch und friedlich aus. Felicitas sagte sich selbst, daß sie auch unter jenen Menschen in einem gewissen Grad frei sein werde, daß sie im Verkehr mit ihnen, die so human und hochgebildet, geistig fortschreiten müsse. Trotz dieser Gedanken wurde es nicht heller in ihr. Es hatte schon vor Tante Cordulas Tod ein Etwas in ihrer Seele gelegen, über das sie sich selbst nicht klarwerden konnte – eine dunkle Qual, die bei näherer Besichtigung zurückwich wie ein Phantom – nur eines stand fest: Diese Stimmung hing mit der Anwesenheit ihres ständigen Peinigers zusammen.

Dann und wann drang die erhobene Stimme des Vorlesers über den Zaun herüber – es lag viel Wohllaut in den Klängen, aber sie besaßen doch nicht das Markige, die Modulation, welche das einst so eintönige Organ des Professors mit den Jahren in so auffallender Weise angenommen hatte ... Felicitas schüttelte unwillig den Kopf und warf ihn zurück – woher kam ihr nur der Vergleich? ... Sie zwang ihre Gedanken sofort in eine andere Bahn, auf ein Thema, das allerdings nahelag und welches seit der Testamentseröffnung sehr oft Gegenstand ihres Nachdenkens war. Das Gericht hatte den Rechtsanwalt Frank zum Kurator für die mutmaßlich existierenden Hirschsprungschen Erben ernannt. Seit zwei Tagen bereits durchlief ein Aufruf die Zeitungen; Felicitas harrte mit einer fast leidenschaftlichen Spannung des Erfolges – ihr brachte er möglicherweise bittere Schmerzen. Meldete sich die Familie Hirschsprung in Kiel auf diesen Aufruf, der eine reiche Erbschaft verhieß, so bestätigte sich die Vermutung, daß die Spielersfrau eine Ausgestoßene gewesen war ... Was aber mußten das für Menschen sein, in deren Augen ein Familienmitglied selbst durch ein so tragisches, erschütterndes Ende nicht hatte entsühnt werden können! Felicitas knüpfte deshalb nicht einen einzigen hoffenden Gedanken an das mögliche Auftreten naher Anverwandter; sie wollte ihnen gegenüber auch nie das Dunkel der Verborgenheit verlassen, dennoch schlug ihr Herz heftig bei der Vorstellung, daß ein Tag kommen könne, wo die grausamen Großeltern ahnungslos dem schweigenden Enkelkind begegnen würden.

Die Hofrätin Frank hatte Felicitas am Zaun bemerkt. Sie stand auf und kam in Begleitung ihres Sohnes herüber. Beide begrüßten das junge Mädchen sehr herzlich, und der Rechtsanwalt sprach seine Freude darüber aus, demnächst als Hausgenosse mit ihr verkehren zu dürfen. Damit leitete er leicht und ungezwungen ein längeres Gespräch ein. Den formgewandten Weltmann überkam es fast wie eine ungewöhnliche Verlegenheit dem tiefernsten Mädchen gegenüber, das so ruhig und unbefangen in sein Auge sah und in merkwürdig klarer und bestimmter Weise ungewöhnliche Gedanken zum Ausdruck brachte. Schließlich erkundigte sich die Hofrätin nach Ännchen. Felicitas nahm das Kind auf den Arm und deutete mit frohem Lächeln auf den Anhauch einer frischen, gesunden Röte, welche die früher so fahlen Wangen der Kleinen bedeckte.

Beim Auseinandergehen reichte die alte Dame Felicitas die Hand; auch ihr Sohn streckte die Rechte über den Zaun herüber, und das junge Mädchen legte unbedenklich und freundlich die ihre hinein ... In dem Augenblick knarrte die Gartentür, und der Professor trat auf die Schwelle. Er blieb einige Sekunden wie angewurzelt stehen, dann griff er langsam nach dem Hut und grüßte herüber – Felicitas sah, wie ihm eine jähe, tiefe Röte über das Gesicht flog ... Der Rechtsanwalt versuchte, ihm einen Gruß zuzurufen, aber er wandte rasch den Kopf nach der entgegengesetzten Seite und ging in das Gartenhaus.

»Nun, das war wieder einmal ein echter, zerstreuter Professorengruß!« sagte der junge Frank lachend zu seiner Mutter. »Der gute Johannes hat offenbar irgendeinen unglücklichen Patienten in effigie unter dem Messer, und in solchen Augenblicken kennt er seine besten Freunde nicht.«

Mutter und Sohn kehrten an den Kaffeetisch zurück, und Felicitas suchte Schutz und Schatten zwischen den Taxuswänden.

Johannes will Felicitas mit nach Bonn nehmen
Fee will nicht

XXII

Die riesigen grünen Schirme des Taxus waren eine vortreffliche Schutzmauer gegen die Sonne, den Wind, welcher seit kurzem ziemlich heftig über den weiten Kiesplatz fegte – und gegen mißtrauische Blicke, die möglicherweise aus dem Gartenhaus herüberfliegen konnten ... Felicitas kannte das Gesicht des Professors viel zu gut, um nicht zu wissen, daß er vorhin ärgerlich und gereizt, nicht aber zerstreut gewesen war; sie meinte sogar auch den Grund seines Unmuts zu kennen. Er verlangte bezüglich seiner ärztlichen Maßregeln stets unbedingten Gehorsam, und nach allem, was Rosa über seine Bonner Praxis erzählt hatte, war er gewohnt, seinen Wunsch und Willen stets streng respektiert zu sehen – er hatte Felicitas mehrmals, zuletzt sogar mit großer Ungeduld, das Tragen Ännchens untersagt, und heute mußte er abermals sehen, daß sie sein Verbot mißachtete ... So nur konnte sie sich seinen Blick voll ärgerlicher Überraschung erklären, den er ihr beim Eintreten in den Garten zugeworfen hatte.

Felicitas setzte sich auf eine Bank des weitabgelegenen Dammes. Eine einsame Hängebirke erhob hier ihren feinen weißen Stamm und ließ die elastischen Zweige laubenartig über die Bank fallen. Der Mühlbach aber, durch die Regenfluten stark angeschwollen, schoß brausend vorüber – ein gurgelndes, mißfarbenes Gewässer, das heimtückisch an den Haselbüschen des Ufers riß und wühlte.

Das Kind pflückte mit unbeholfenen Fingerchen Wiesenblumen, und Felicitas mußte die armen, meist nahe am Kelch abgerissenen Dinger zu einem kurzstieligen Sträußchen für »den Onkel Professor« zusammenbinden. Dies mühsame Geschäft erforderte Ausdauer und Aufmerksamkeit; Felicitas sah nicht, wie der Professor zwischen den Taxuswänden hervortrat und über den großen Rasenplatz rasch auf sie zuschritt. Ein Ausruf Ännchens schreckte sie endlich auf; allein da stand er auch schon neben ihr. Sie wollte sich erheben, er faßte jedoch sanft ihren Arm und drückte sie auf die Bank nieder – dann setzte er sich ohne weiteres neben sie.

Es geschah zum erstenmal, daß sie ihm gegenüber einen Moment völlig fassungslos war. Noch vor vier Wochen hätte sie entschieden, voll Abscheu seine Hand zurückgestoßen und sich sofort entfernt ... jetzt saß sie wie gelähmt da, willenlos, als stehe sie unter dem Bann eines Zaubers. Es verdroß sie, daß er seit kurzem einen so vertraulich unbefangenen Ton gegen sie annahm – sie wünschte nichts sehnlicher, als ihn zu überzeugen, daß sie, genau wie ehedem, ihn hasse, verabscheue bis zum Tod; allein plötzlich fand sie weder Mut noch Worte, dies auszusprechen. Ihr scheuer Blick streifte seine Züge – sie sahen nichts weniger als zornig oder verdrießlich aus, die anfallende Röte war verflogen. Felicitas grollte mit sich selbst, weil sie sich eingestehen mußte, daß ihr dies unschöne Gesicht in seiner Kraft und Entschlossenheit wider Willen imponiere.

Er saß einige Sekunden, ohne zu sprechen, neben ihr; sie fühlte, daß sein Blick unverwandt auf ihr ruhte.

»Tun Sie mir den Gefallen, Felicitas, und nehmen Sie das abscheuliche Ding da vom Kopf«, unterbrach er endlich das Schweigen; auch seine Stimme klang ruhig, fast heiter, und ohne die Zustimmung des jungen Mädchens abzuwarten, faßte er leicht die Krempe ihres Hutes und schleuderte dies allerdings sehr häßliche, abgetragene Exemplar verächtlich auf den Rasen. Ein Sonnenstrahl, der, durch das leichtbewegliche Birkenlaub schlüpfend, bisher über das schwarze Strohgeflecht gegaukelt war, lag jetzt auf dem kastanienfarbenen Haar des Mädchens – ein Streifen flimmerte auf wie gesponnenes Gold.

»So – nun kann ich doch sehen, wie Ihnen die bösen Gedanken hinter der Stirne arbeiten!« sagte er mit dem schwachen Anflug eines Lächelns. »Ein Kampf im Dunkeln hat für mich etwas Unheimliches – ich muß meinen Gegner sehen können, und daß ich's hier« – er deutete auf ihre Stirne – »mit einem sehr gefährlichen zu tun haben werde, weiß ich.«

Worauf wollte er hinaus mit dieser seltsamen Einleitung? Vielleicht erwartete er irgendeine Antwort von ihr, allein sie schwieg beharrlich. Ihre Finger packten ohne jede Symmetrie alle die Butterblumen, Maßliebchen und Grashalme, die das Kind unverdrossen immer wieder herbeitrug . . . Diese kleinen Hände da, die sich nicht stören ließen in der einmal begonnenen Aufgabe, hatten während der mehrtägigen Zurückgezogenheit im Zimmer viel von ihrer braunen Farbe verloren, sie sahen fast rosig aus. Der Professor griff plötzlich nach der Rechten des jungen Mädchens, wandte sie um und betrachtete die innere Fläche – da waren freilich Spuren, die sich nicht so rasch verwischen ließen, harte Schwielen bedeckten die Haut. Das Mädchen, das auf den ausdrücklichen Befehl seines unerbittlichen Vormunds zur Dienstbarkeit erzogen worden war, hatte sich wacker auf diese Lebensstellung vorbereitet, das ließ sich nicht leugnen.

Obgleich bei dieser Prüfung eine tiefe Röte über Felicitas' Gesicht flog, fand sie doch gerade in diesem Augenblick ihre ganze frühere entschlossene Haltung wieder. Sie sah mit einer ruhigen Wendung des Kopfes empor, und er ließ langsam ihre Hand sinken – dann rieb er sich mehrmals die Stirne, als gälte es für einen schwierigen Gedanken den Ausdruck zu finden.

»Sie sind gern in die Schule gegangen, nicht wahr?« fragte er plötzlich. »Geistige Beschäftigung macht Ihnen Vergnügen?«

»Ja«, entgegnete sie überrascht. Die Frage klang eigentümlich, sie war förmlich vom Zaun gebrochen. Diplomatische Wendungen lagen aber durchaus nicht in der Natur dieses Mannes, so sehr er auch sonst die Sprache in seiner Gewalt hatte.

»Nun gut«, fuhr er fort, »Sie werden ohne Zweifel noch wissen, was ich Ihnen neulich zu bedenken gegeben habe?«

»Ich weiß es noch.«

»Und sind natürlich zu der Ansicht gekommen, daß es die Pflicht des Weibes ist, den Mann treulich zu unterstützen, wenn er einen Irrtum gutmachen möchte?« Er stützte die Hand auf das Knie, bog sich vor und sah gespannt in ihr Gesicht.

»So unbedingt nicht«, versetzte sie fest, während sie die Hände in den Schoß sinken ließ und den Fragenden voll ansah. »Ich muß erst wissen, worin die Sühne besteht.«

»Ausflüchte«, murmelte er, und sein Gesicht verfinsterte sich auffallend. Er schien zu vergessen, daß er bisher im allgemeinen gesprochen hatte, und fügte ziemlich gereizt hinzu: »Sie brauchen sich nicht so entsetzlich zu verwahren. Es handelt sich einfach darum, daß Sie – mag nun Ihr geheimnisvoller Lebensplan beschaffen sein, wie er will – noch ein Jahr unter meiner Vormundschaft bleiben und diese Zeit lediglich auf Ihre geistige Ausbildung verwenden ... Lassen Sie mich ausreden!« fuhr er mit erhobener Stimme und gerunzelten Brauen fort, als sie versuchte, ihn zu unterbrechen. »Sehen Sie einmal ganz davon ab, daß ich es bin, der Ihnen diesen Vorschlag macht, und denken Sie, daß ich einzig im Sinne und nach den ausdrücklichen Worten meines Vaters handle, indem ich für Ihre höhere Ausbildung sorge!«

»Dazu ist es viel zu spät.«

»Zu spät? Bei Ihrer Jugend?«

»Sie mißverstehen mich. Ich will damit sagen, daß ich einst, als unzurechnungsfähiges, hilfloses Kind, gezwungen war, Almosen anzunehmen – ich mußte das, wohl oder übel, über mich ergehen lassen. Jetzt stehe ich auf eigenen Füßen, ich kann arbeiten und werde nie auch nur einen Groschen annehmen, den ich nicht verdient habe.«

Der Professor biß sich auf die Lippen, und seine Brauen senkten sich so tief, daß die Augen fast verschwanden.

»Ich habe diesen Einwurf vorausgesetzt«, entgegnete er kalt, »denn ich kenne ja Ihren unbezähmbaren Stolz bis auf den Grund ... Mein Plan ist der: Sie besuchen ein Institut – ich *leihe* Ihnen die nötigen Mittel, und Sie zahlen mir später, wenn Sie selbständig sind, das Geld bei Heller und Pfennig zurück ... Ich kenne in Bonn eine ausgezeichnete Erziehungsanstalt und bin Hausarzt bei deren sehr würdiger Vorsteherin. Sie würden dort gut aufgehoben sein und –« fügte er mit leicht vibrierender Stimme hinzu – »das Scheiden auf Nimmerwiedersehen wäre dann auch noch ein wenig hinausgeschoben ... In vierzehn Tagen gehen meine Ferien zu Ende, ich reise in Begleitung meiner Cousine nach Bonn zurück, und Sie würden dann natürlicherweise gleich mit uns gehen ... Felicitas, ich habe Sie neulich ersucht, gerecht und ruhig zu sein – ich wiederhole jetzt diese Bitte. Folgen Sie einmal nicht den Einflüsterungen Ihres verletzten Gefühls; vergessen Sie – wenn auch nur für Augenblicke – die Vergangenheit und lassen Sie mich gutmachen, was versäumt worden ist.«

Sie hatte beklommen zugehört. Wie neulich bei der Erzählung seiner sogenannten Vision hatte seine Stimme etwas Bestrickendes. Er war nicht so unerklärlich erregt wie damals, aber die wahr und aufrichtig gemeinte Reue, die er, ohne seiner männlichen Würde irgend etwas zu vergeben, mit einem so milden Ernst an den Tag legte, ergriff sie wider Willen.

»Dürfte ich noch über meine nächste Zukunft verfügen, so würde ich unbedingt und getrost Ihr Anerbieten annehmen«, sagte sie weicher, als sie je zu ihm gesprochen; »aber ich bin gebunden – an dem Tag, wo ich Frau Hellwigs Haus verlasse, trete ich in einen neuen Wirkungskreis.«

»Unabänderlich?«

»Ja – mein einmal gegebenes Wort ist mir heilig, ich ändere oder deutle niemals daran, sollte es mir in seiner Konsequenz auch die größten Unannehmlichkeiten bringen.«

Er stand rasch auf und trat aus dem Bereich der Birke.

»Und darf man auch jetzt noch nicht erfahren, was Sie vorhaben?« fragte er.

»O ja«, entgegnete sie gelassen, »Frau Hellwig würde bereits darum wissen, wenn ich Gelegenheit hätte, in ihre Nähe zu kommen – die Frau Hofrätin Frank hat mich als Gesellschafterin engagiert.«

Diese wenigen Worte hatten die Wirkung eines plötzlichen Donnerschlags. Der Professor wandte sich jäh um, und über sein Gesicht schoß eine dunkle Flamme.

»Die Frau da drüben?« fragte er, als traue er seinen Ohren nicht, und deutete mit der Hand nach dem Frankschen Garten. Er kehrte rasch unter den Baum zurück. »Das schlagen Sie sich nur gleich aus dem Sinn«, sagte er entschieden und gebieterisch; »dazu werde ich nie meine Einwilligung geben.«

Jetzt erhob sich das junge Mädchen mit einer unwilligen Bewegung – die mühsam gepflückten Blumen fielen auf den Rasen. »Ihre Einwilligung?« fragte sie stolz. »Die brauche ich nicht! In vierzehn Tagen bin ich völlig frei und kann gehen, wohin es mir beliebt.«

»Die Sache liegt anders, Felicitas«, entgegnete er sehr beherrscht. »Ich habe mehr Rechte über Sie, als Sie denken. Es können Jahre vergehen, ehe diese Rechte erlöschen, und auch dann – ja, auch dann fragt es sich noch, ob ich Sie freigebe.«

»Das werden wir sehen!« sagte sie kalt, mit entschlossener Haltung.

»Ja, das sollen Sie sehen! ... Ich habe gestern mit Doktor Böhm, dem vertrautesten Freund meines verstorbenen Vaters, ausführlich und eingehend über Ihre damalige Aufnahme in meinem elterlichen Hause gesprochen, und es stellte sich folgendes heraus: Sie sind meinem Vater mit der ausdrücklichen Bedingung übergeben worden, daß er Sie unter seinem Schutz behalten müsse, bis Ihr eigener Vater Sie zurückfordere oder ein anderer braver Beschützer sich finde, der – Ihnen seinen Namen gebe. Mein Vater hat mich für den Fall seines Todes schriftlich als Stellvertreter in dieser Angelegenheit ernannt, und ich bin fest entschlossen, die Bedingung aufrechtzuerhalten.«

Jetzt war es um die Fassung des jungen Mädchens geschehen.

»Gott im Himmel!« rief sie außer sich und schlug die Hände zusammen. »Soll denn dies Elend nie aufhören? ... Ich soll gezwungen werden, in dieser entsetzlichen Abhängigkeit weiterzuleben? Jahrelang hat mich der Gedanke aufrechterhalten, daß ich mit meinem achtzehnten Lebensjahr erlöst sein würde! Nur in diesem Gedanken habe ich vermocht, äußerlich ruhig und unverwundbar zu scheinen, während ich innerlich namenlos litt ... Nein, nein, ich bin nicht mehr das geduldige Geschöpf, das sich aus Achtung vor dem Willen der Toten knechten und treten läßt ... Ich will nicht! ... Ich will nichts mehr mit den Hellwigs zu schaffen haben – ich werde diese verhaßten Fesseln abschütteln, um jeden Preis!«

Der Professor ergriff ihre beiden Hände, seine Züge waren bei den letzten Worten totenbleich geworden.

»Besinnen Sie sich, Felicitas!« sagte der Professor mit beschwichtigender, aber beinahe tonloser Stimme. »Wüten Sie nicht gegen sich selbst, wie ein kleiner ohnmächtiger Vogel, der sich lieber den Kopf einstößt, ehe er sich in das Unabänderliche fügt ... Verhaßte Fesseln! ... Kommt es Ihnen denn gar nie zu Bewußtsein, daß Sie mir unsäglich weh tun mit Ihren harten, rücksichtslosen Worten? ... Sie sollen frei sein, völlig frei in Ihrem Denken und Handeln, nur beschützt und behütet, wie ein zärtlich geliebtes Kind ... Felicitas, Sie sollen jetzt erkennen lernen, wie es ist, wenn die Liebe für uns denkt und sorgt ... Nur noch das eine Mal werde ich als gebietender Vormund auftreten, erschweren Sie mir die nötigen Schritte nicht durch Ihren Widerstand, der Ihnen ganz und gar nichts helfen wird – das erkläre ich Ihnen entschieden. Ich werde die Angelegenheit in meine Hände nehmen und Ihr Übereinkommen mit der Hofrätin Frank rückgängig machen.«

»Tun Sie das!« stieß Felicitas mit bebenden Lippen fast heiser hervor – aus ihrem Gesicht schien der letzte Blutstropfen entwichen. »Aber auch *ich* werde handeln, und Sie können sicher sein, daß ich mich bis zum letzten Atemzug wehren werde!«

Nie in ihrem jungen, schwergeprüften Leben hatte ein solcher Sturm ihr Inneres durchtobt wie in diesem Augenblick. Es tauchten plötzlich neue, unbekannte Stimmen in ihr auf, die mächtig mitsprachen in diesem Aufruhr – es war, als seien sie nur der Widerhall seiner innigen, beschwörenden Worte. Wie eine dunkle Gewitterwolke hing eine furchtbare Gefahr über ihrem Haupt, und – das fühlte sie instinktmäßig – sie mußte sich um jeden Preis von ihm losreißen, wenn sie nicht dieser Gefahr rettungslos verfallen wollte ... War es doch jetzt schon, als habe er eine unbegreifliche Gewalt über ihr ganzes Wesen, als schlüge jedes harte Wort, das sie ihm sagte, schmerzend auf ihr eigenes Herz zurück.

Er hatte bis dahin ihre Hände festgehalten, und während sie sprach, ruhte sein Blick durchdringend auf ihren Zügen, die für einen Augenblick rückhaltlos das leidenschaftlich erregte Innere des Mädchens widerspiegelten – den Augen dieses Arztes und Menschenkenners hatten sich wohl schon ganz andere Geheimnisse und Vorgänge der Menschenbrust offenbaren müssen als die einer, wenn auch noch so stolzen, doch gerade vermögens ihrer Reinheit und Schuldlosigkeit unbewachten Mädchenseele ... »Sie werden nichts ausrichten!« sagte er plötzlich gelassen, mit einer fast heiteren Ruhe. »Ich habe die Augen offen, und mein Arm reicht ziemlich weit ... Sie entgehen mir nicht, Felicitas! ... Hier in X. lasse ich Sie auf keinen Fall, und – ebensowenig werde ich *ohne* Sie nach Bonn zurückreisen.«

Die Gartentür hatte längst geknarrt, aber das Geräusch war den Sprechenden entgangen. Jetzt kam Rosa und meldete dem Professor, daß Frau Hellwig im Salon warte, auch die Frau Regierungsrätin lasse ihn herzlich bitten zu kommen.

»Ist sie krank?« fragte der Professor rauh, ohne sich nach der Kammerjungfer umzuwenden.

»Nein«, entgegnete sie verwundert, »aber die gnädige Frau wird bald fertig sein mit dem Kaffee, den sie selbst kocht – sie wünscht, der Herr Professor möchte ihn recht frisch trinken ... der Herr Rechtsanwalt Frank ist auch im Salon.«

»Nun gut, ich werde kommen«, sagte der Professor, aber er machte keine Anstalten zu gehen. Vielleicht hoffte er, Rosa würde sich wieder entfernen, darin irrte er sich jedoch. Das Mädchen machte sich mit Ännchen zu schaffen, die jammernd und wehklagend die Händchen zusammenschlug über alle die »totgetretenen Blümchen« auf dem Rasen. Endlich schritt er mißmutig den Damm hinab.

»Halten Sie sich nicht so lange hier auf«, rief er nach Felicitas zurück. »Der Wind wird stärker, er bringt uns möglicherweise ein Gewitter. Kommen Sie mit Ännchen in das Gartenhaus.«

Er verschwand hinter den Taxuswänden. Felicitas aber durchschritt hastig die ganze Länge des Dammes. In ihrem sonst so klaren Kopf wirbelte es chaotisch durcheinander. Sie rang vergebens nach der nötigen Fassung und Ruhe, um ihre augenblickliche Lage übersehen und Herr derselben werden zu können ... Also sie sollte ihr Joch weiterschleppen, und nicht genug, daß man ihr jedwede Selbständigkeit auf lange Zeit hinaus verweigerte, sie sollte sogar in seiner unmittelbaren Nähe leben, jahrelang täglich mit ihm verkehren – als ob dies nicht die furchtbarste Aufgabe wäre, die ihr je gestellt werden konnte! ... Hatte sie nicht alles getan, ihm zu beweisen, daß er ihr in tiefster Seele verhaßt sei, daß sie unversöhnlich bleiben werde ihr Leben lang? War es nicht gerade die raffinierteste Grausamkeit, sie in der Weise fesseln zu wollen? ... Nein, tausendmal lieber wollte sie sich noch auf Jahre hinaus von Frau Hellwig mißhandeln lassen, als auch nur einen einzigen Monat länger mit ihm zusammen sein, der eine wahrhaft dämonische Macht ihr gegenüber entfaltete. Schon allein seine Stimme vermochte ihren sonst so geordneten Gedankengang zu verwirren – der unbeschreiblich milde und warme Ton, den er jetzt immer annahm, berührte jede Fiber ihres Herzens und machte es heftiger klopfen – das war natürlicherweise der alte Haß, der sich aufbäumte, aber mußte sie nicht schließlich an diesem einen so furchtbar erregten und fortwährend genährten Gefühl physisch und moralisch zu Grunde gehen? ... Die neulich erzählte Vision hatte ihr viel zu denken gegeben, jetzt wurde ihr die einzige mögliche Lösung durch die Worte bestätigt: »Felicitas, Sie sollen jetzt erkennen lernen, wie es ist, wenn die Liebe für uns denkt und sorgt!«

Er beabsichtigte jedenfalls, trotz ihrer entschiedenen Erklärung, in ihren Lebensfragen entscheiden zu wollen, später eigenmächtig über ihre Hand zu verfügen, sie sollte an irgendeinen Mann, den er wählte, gebunden werden – damit war sie versorgt und das ihr widerfahrene Unrecht, welches er allerdings eingesehen hatte, gutgemacht – das Herz drehte sich ihr um bei dieser Vorstellung ... Wie vermessen und unmoralisch war eine solche Absicht! Konnte er irgendeinen Menschen zwingen zu lieben? Er selbst hatte eine unglückliche Neigung und ging deshalb einsam durch das Leben; mit diesem Entschluß gestand er seinem Herzen große Rechte zu – es durfte entscheiden über seine ganze Zukunft ... Er sollte sehen, daß auch sie für sich selbst genau dasselbe Vorrecht beanspruchte, daß sie sich nicht feilbieten ließe wie eine Ware ... Was hielt sie ab, sofort zu der Hofrätin Frank zu gehen und sich unter deren Schutz zu flüchten? ... Ach, da war ja der kleine graue Kasten, der kettete sie fester an das unselige Haus, als es irgendein menschlicher Wille vermocht hätte – um seinetwillen mußte sie ausharren bis zum letzten Augenblick.

Die Offenbarung des wahren Verhältnisses zwischen Felicitas und der alten Mamsell bei der Verlesung des Testaments

XXIII

ÄNNCHEN UNTERBRACH DAS qualvolle Sinnen und Grübeln des jungen Mädchens. Sie nahm schmeichelnd Felicitas' Hand und zog sie den Damm hinab. Der Wind sauste bereits mit großer Gewalt durch die Baumwipfel, er fuhr auch stoßweise und bissig in die geschützteren Regionen – erschrocken beugten sich die kleinen, schüchternen Blumen vor dem Störenfried. Über die Sonne hin jagten einzelne Wolkengebilde, deren Schatten sich für Momente wie dunkle Riesenflügel über die Kies- und Rasenplätze hinstreckten, Rosenblätter wirbelten hoch in den Lüften, und selbst die starren Taxuspyramiden neigten sich steif und gravitätisch wie alte Hofdamen.

Da war es gemütlich im schützenden Haus. Felicitas setzte sich auf einen Gartenstuhl im Hausflur und zog eine Handarbeit hervor. Die Tür der kleinen Küche und auch die des Salons standen weit offen. Es ließ sich wohl nicht leicht etwas Anmutigeres denken als die Regierungsrätin, indem sie »das Hausmütterchen« repräsentierte. Sie hatte eine reichbestickte, schwarzseidene Latzschürze vorgebunden, in dem blonden Lockengeringel, nahe am Ohr, wiegte sich eine Rose mit dunkelpurpurnem Kelch – sie war offenbar im Vorübergehen vom Strauch genommen und wie in absichtsloser Selbstvergessenheit plaziert worden, das war von allerliebster Wirkung. Unter dem aufgeschürzten Kleid bewegten sich die kleinen, in zimtfarbenen Stiefelchen steckenden Füße mit kindhafter Leichtigkeit und Grazie, auch der augenblickliche Ausdruck des rosigen Gesichts war der eines glückseligen, harmlosen Kindes, das mit wichtigem Eifer ein ihm anvertrautes Amt versieht – wer hätte bei diesem vollendeten Gepräge unschuldvoller Naivität an die Bezeichnung »Witwe und Mutter« denken mögen?

Während sie am Küchenherd wirtschaftete, war im Salon zwischen Frau Hellwig und dem Rechtsanwalt ein lebhaftes Gespräch im Gange – es drehte sich um das Testament der alten Mamsell. Heinrich und Friederike hatten dem jungen Mädchen bereits versichert, daß die »Madame« nichts mehr spreche und denke, was nicht mit der unglücklichen Testamentsgeschichte zusammenhinge. Felicitas sah für einen Augenblick das Gesicht der großen

Frau, es erschien ihr merkwürdig grau und gealtert, auch in ihrer Art und Weise zu sprechen, lag ungewohnte Hast – Grimm und Groll hatten offenbar die Oberhand in dieser Frauenseele.

Der Professor beteiligte sich nicht an der Unterhaltung, ja es schien, als gleite sie völlig unverstanden an ihm ab. Er durchschritt, die Hände auf den Rücken gelegt und wie in tiefen Gedanken verloren, unausgesetzt die ganze Länge des Salons, nur wenn er an der offenen Tür vorüberkam, hob er den Kopf, und ein prüfender Blick fiel auf das arbeitende Mädchen im Hausflur.

»Ich beruhige mich mein Leben lang nicht, mein lieber Frank!« wiederholte Frau Hellwig. »Ja, wenn nicht jeder Groschen von den Hellwigs sauer erworben gewesen wäre! Aber nun kommt da vielleicht irgendein verkommenes Subjekt und verjubelt in kurzem die Ersparnisse eines ehrbaren Hauses – zu welcher Segensquelle hätte dies Geld in unseren Händen werden müssen!«

»Aber, Tantchen«, begütigte die junge Witwe, die eben mit der dampfenden Kaffeekanne eintrat und die Tassen füllte, »da vertiefst du dich nun wieder in die leidige Geschichte, die dich so sichtbar angreift – du wirst dich noch krank machen ... Denke an deine Kinder und auch an mich, Tantchen, um unsertwillen suche zu vergessen!«

»Vergessen?« fuhr Frau Hellwig auf. »Niemals! Dafür hat man Charakter, welcher leider der jüngeren Welt immer mehr abhanden kommt!« – Ein vernichtender Blick streifte ihren auf und ab wandelnden Sohn. – »Die Schmach eines erlittenen Unrechts geht mir in Blut und Nerven über – ich kann's nicht verwinden ... Wie magst du mir nur mit solchen abgedroschenen Phrasen kommen! Du bist doch manchmal entsetzlich oberflächlich, Adele!«

Das Gesicht der Regierungsrätin verfärbte sich, ein trotzig-herber Zug erschien um ihren Mund, und die Tasse, die sie Frau Hellwig hinreichte, klirrte in ihrer Hand, aber sie besaß doch Selbstbeherrschung genug, um die maliziöse Antwort, die sich unverkennbar auf ihre Lippen drängte, zu unterdrücken.

»Den Vorwurf verdiene ich ganz gewiß nicht«, sagte sie nach einem augenblicklichen Schweigen sehr sanft. »Niemand kann sich die Abscheulichkeit mehr zu Herzen nehmen als ich. Nicht allein, daß ich für dich, liebe Tante, und die beiden Vettern den pekuniären Verlust beklage – es ist für das weibliche Gemüt auch stets ein bitterer Schmerz, wenn es der moralischen Versunkenheit begegnen muß ... Da hat diese alte, tückische Person unter dem Dach ihr halbes Leben darüber nachgedacht, wie sie wohl ihre nächsten Verwandten am empfindlichsten kränkt. Sie ist aus der Welt gegangen, unversöhnt mit Gott und den Menschen, und ein Sündenregister auf der Seele, das ihr den Himmel verschließen muß auf ewig – schrecklich! ... Lieber Johannes, darf ich dir eine Tasse Kaffee einschenken?«

»Ich danke«, antwortete der Professor kurz und setzte seinen Weg fort.

Felicitas' Händen war die Arbeit entfallen. Sie lauschte atemlos den Worten des verleumderischen Mundes da drinnen. Wohl wußte sie durch Heinrich, daß die Welt hart und verdammend über die alte Mamsell urteilte; aber es geschah zum erstenmal, daß sie selbst Zeugin eines solchen Ausspruches war ... Wie schoß ihr das Blut siedend in die Schläfen! Jedes Wort traf ihr Herz wie ein Messerstich – das waren Schmerzen, die sie um die Tote litt, schneidender noch als das Trennungsweh selbst!

»Inwiefern die alte Dame gesündigt hat, weiß ich nicht«, meinte der Rechtsanwalt. »Übrigens, nach allem, was ich höre, kann ihr niemand etwas Positives nachweisen – die Klatschchronik unserer guten Stadt begnügt sich mit dunklen Überlieferungen ... Ihr Nachlaß dagegen beweist unzweifelhaft, daß sie eine originelle Frau von ungewöhnlichem Geist gewesen sein muß.«

Frau Hellwig lachte höhnisch auf und wandte dem kühnen Verteidiger verachtungsvoll den Rücken.

»Mein bester Herr Rechtsanwalt, es ist die Aufgabe Ihres Berufs, die schwärzesten Vergehen weißzuwaschen, und da, wo bereits die gesamte Welt mit Recht verdammt hat, noch Engelsunschuld zu finden – von dem Standpunkt aus läßt sich Ihr Urteil begreifen«, sagte die Regierungsrätin unbeschreiblich maliziös. »Ich kenne dagegen ein anderes, das mir – verzeihen Sie – ungleich maßgebender ist – Papa hat sie gekannt. Ein Starrkopf ohnegleichen, hat sie ihren Vater buchstäblich zu Tode geärgert. Wie gleichgültig sie ferner gegen ihren guten Ruf gewesen ist, beweist ihr skandalöser Aufenthalt in Leipzig, und mit dem ungewöhnlichen Geist, wie Sie ihn nennen, ist sie auf die entsetzlichsten Abwege geraten – sie war ein Freigeist, eine Gottesleugnerin.«

In diesem Augenblick sprang Felicitas empor und trat auf die Schwelle der Salontür. Das sonst so bleiche Gesicht mit einer glühenden Röte übergossen, stand sie dort, schön und zürnend wie ein Racheengel. Die rosigen Lippen, die unbedenklich, mit unglaublicher Sicherheit so furchtbare Anklagen aussprachen, verstummten unwillkürlich vor dieser Erscheinung.

»Eine Gottesleugnerin ist sie nie gewesen!« sagte das junge Mädchen entschieden, und ihre Augen hafteten flammend auf dem Gesicht der Verleumderin. »Ja, sie war ein freier Geist! Sie forschte ohne Angst um ihr Seelenheil oder einen zerbrechlichen Glauben in Gottes Werken; denn sie wußte, daß jeder Weg auf ihn zurückführe. Der Konflikt zwischen der Bibel und den Naturwissenschaften beirrte sie niemals. Ihre Überzeugung wurzelte nicht in

Buchstaben, sondern in Gottes Schöpfung selbst, in ihrem eigenen Dasein und der himmlischen Gabe zu denken, in dem selbständigen Wirken und Schaffen des unsterblichen Menschengeistes ... Sie ging nicht wie tausend andere in die Kirche, um Gott im eleganten Hut und Seidenkleid anzubeten; aber wenn die Glocken läuteten, da stand auch sie in der Stille demütig vor dem Höchsten, und ich zweifle, daß ihm das Gebet derer lieber ist, die stündlich seinen Namen anrufen und mit denselben Lippen den Namen des Nächsten ans Kreuz schlagen!«

Der junge Frank hatte sich unwillkürlich erhoben; er stützte seine Hand auf die Stuhllehne und blickte mit einem fast ungläubigen Ausdruck nach dem mutigen Mädchen hinüber.

»Sie haben die rätselhafte Frau gekannt?« fragte er mit zurückgehaltenem Atem, als Felicitas schwieg.

»Ich habe täglich mit ihr verkehrt.«

»Das sind ja allerliebste Neuigkeiten!« sagte die Regierungsrätin. Diese Bemerkung sollte ironisch klingen, aber die Stimme der jungen Frau hatte bedeutend an Sicherheit verloren, und eine auffallende Blässe bedeckte für einen Augenblick das schöne Gesicht. »Dann wissen Sie ohne Zweifel auch manches pikante Geschichtchen aus der Vergangenheit Ihrer verehrungswürdigen Bekanntschaft zu erzählen?« fragte sie in forciert nachlässigem Ton, während ihre Hand mit dem Kaffeelöffel spielte.

»Die Dame hat nie über ihr vergangenes Leben mit mir gesprochen«, entgegnete Felicitas ruhig. Sie wußte, daß sie einen furchtbaren Sturm heraufbeschworen hatte.

»Wie schade!« bedauerte die junge Witwe, ironisch den Lockenkopf hin und her wiegend – die blühende Farbe war bereits in ihre Wangen zurückgekehrt. »Ich bewundere übrigens Ihr vortreffliches Schauspieltalent, Karoline! Sie haben ja diese geheimen Zusammenkünfte reizend zu maskieren gewußt ... Lieber Johannes, bereust du auch jetzt noch deine vermeintlich falsche Beurteilung dieses Charakters?«

Der Professor war überrascht stehengeblieben, als das junge Mädchen auf der Schwelle erschien. Ihre verteidigenden Worte, herb, geißelnd und doch schwungvoll, sprangen ihr förmlich von den Lippen. – Die letzte beißende Frage der Regierungsrätin blieb unbeantwortet. Der Blick des Professors hing unverwandt an Felicitas – er lächelte, als er sie, bei aller Selbstbeherrschung, doch unter jenen Nadelstichen aufzucken sah.

»War das Ihr eigentliches Geheimnis?« fragte er hinüber.

»Ja«, antwortete das junge Mädchen, und ihr ernstes Auge leuchtete auf – kam ihr doch, wunderbar genug, bei dem Klang dieser Stimme urplötzlich die Überzeugung, daß sie nicht allein stehen werde in dem unausbleiblichen Kampf.

»Sie wollten später mit der alten Tante zusammenleben, und das war das Glück, das Sie erhofften?« fragte er weiter.

»Ja.«

Wäre die Regierungsrätin nicht zu lebhaft mit der »entlarvten Heuchlerin« auf der Türschwelle beschäftigt gewesen, sie hätte erschrecken müssen über den vollen Glücksstrahl, der aus den Augen des Professors brach und sein tiefernstes Gesicht in nie gesehener Weise verklärte.

Fragen und Antworten waren bisher mit Blitzesschnelle erfolgt und hatten Frau Hellwig keine Zeit gelassen, sich von ihrer Überraschung zu erholen. Starr wie eine Statue saß sie in ihrem Stuhl; der Strickstrumpf war ihren Händen entglitten und der schneeweiße Knäuel rollte unbeachtet bis in die Mitte des Salons.

»Das ist eine höchst interessante Entdeckung für mich!«

rief der Rechtsanwalt, indem er sich Felicitas rasch näherte. »Fürchten Sie ja nicht, daß auch ich in die mutmaßlichen Geheimnisse der Verstorbenen dringen will, das sei mir fern! Aber vielleicht sind Sie imstande, mir Anhaltspunkte zu geben bezüglich der unbegreiflichen Lücken im Nachlaß –.«

Gott im Himmel, sie sollte über das fehlende Silber verhört werden! Sie fühlte, wie ein Beben ihren ganzen Körper durchlief, ihr Gesicht wurde weißer als Schnee – bestürzt schlug sie die Augen nieder; in diesem Moment war sie allerdings das vollendete Bild einer Schuldbewußten.

»Als leidenschaftlicher Musikfreund und Autographensammler bin ich eigentlich seit der Testamentseröffnung in einer gelinden Aufregung«, fuhr der Rechtsanwalt fort, nachdem er, betroffen durch die auffallende Veränderung im Äußeren des Mädchens, momentan gezögert hatte. »Das Testament erwähnt ausdrücklich eine Handschriftensammlung berühmter Komponisten – wir suchen sie jedoch vergebens. Es wird von vielen Seiten behauptet, die Verstorbene habe an Geistesstörung gelitten, dieser Teil der Hinterlassenschaft sei ein Hirngespinst, eine Chimäre. Haben Sie je eine solche Sammlung im Besitz der alten Dame gesehen?«

»Ja«, sagte Felicitas aufatmend, aber auch zugleich tief erbittert über diese Behauptung. »Ich habe jedes Blatt gekannt.«

»War sie reichhaltig?«

»Sie umfaßte hauptsächlich alle Namen des vorigen Jahrhunderts.«

»Eine Bachsche Oper – ich halte diese Bezeichnung für einen Irrtum – wird mehrfach in dem Testament erwähnt; können Sie sich nicht ungefähr auf den Titel dieses Werkes besinnen?« examinierte der Rechtsanwalt in höchster Spannung weiter.

»O ja«, versetzte das junge Mädchen rasch. »Auch darin hat sich die Verstorbene nicht geirrt. Es war eine Operette. Johann Sebastian Bach hat sie für die Stadt X. komponiert, und sie ist im alten Rathaussaal aufgeführt worden. Der Titel lautete: ›Die Klugheit der Obrigkeit in Anordnung des Biebrauens‹.«

»Nicht möglich!« rief der junge Mann, er prallte förmlich zurück im Übermaß des Erstaunens. »Diese Komposition, die für die musikalische Welt eine Art Mythe ist, sollte in der Tat existieren?«

»Es war sogar die von Bach eigenhändig geschriebene Partitur«, fuhr Felicitas fort. »Er hatte sie einem gewissen Gotthelf von Hirschsprung geschenkt, und durch Erbschaft war sie später in die Hände der Verstorbenen gekommen.«

»Das sind ja unschätzbare Enthüllungen! – Und nun beschwöre ich Sie auch, mir zu sagen, wo diese Sammlung sich befindet.«

Da stand sie plötzlich vor einer Klippe. Empört darüber, daß nun auch noch Tante Cordulas klarer Geist angezweifelt wurde, hatte sie alles aufgeboten, die abscheuliche Verleumdung zu widerlegen. Im Verteidigungseifer war ihr nicht eingefallen, zu welchem Ausgangspunkt ihre Beweisführungen notwendig kommen mußten . . . Jetzt mußte sie auf diese peinliche Frage direkt antworten . . . sollte sie lügen? Das war unmöglich!

»Soviel ich weiß, existiert sie nicht mehr«, sagte sie leiser, als sie bisher gesprochen hatte.

»Sie existiert nicht mehr? Damit wollen Sie doch wohl nur sagen, daß sie nicht mehr im Zusammenhang vorhanden ist?«

Felicitas schwieg. Sie wünschte sich meilenweit fort.

»Oder wie!« fuhr er bestürzt fort, »wäre sie in Wirklichkeit vernichtet? Dann müssen Sie mir auch erklären, wie das geschehen konnte.«

Das war eine qualvolle Lage. Dort saß die Frau, die durch ihre Aussage kompromittiert wurde ... Wie oft war in Augenblicken leidenschaftlicher Aufregung ein häßliches Rachegefühl gegen ihre herzlose Peinigerin in ihr aufgeflammt! Sie hatte dann gemeint, es müsse süß sein, dies abscheuliche Weib auch einmal leiden zu sehen ... Jetzt stand sie vor einem solchen Moment – sie konnte die große Frau beschämen, sie einer ungesetzlichen Tat überführen ... Wie wenig hatte sie sich selbst, den Adel ihrer Natur gekannt – sie war vollständig unfähig, sich zu rächen! ... Verstohlen sah sie hinüber nach ihrer Feindin, ein wahrhaft tigerartiger Blick begegnete dem ihren – das beirrte sie nicht.

»Ich war nicht zugegen, als die Sammlung vernichtet worden ist, und kann deshalb auch nicht das geringste aussagen«, erklärte sie so fest und entschieden, daß man sofort erkennen mußte, sie werde sich nie zu irgendeiner Mitteilung herablassen ... Diese Handlungsweise sollte sie teuer zu stehen kommen, denn jetzt brach das Gewitter los, das bis dahin dumpf grollend über ihrem Haupt geschwebt hatte. Frau Hellwig war aufgestanden, sie stützte beide Hände auf den Tisch, und ihre Augen funkelten wahrhaftig dämonisch aus dem farblosen Gesicht.

»Elendes Geschöpf, glaubst du, mich schonen zu müssen?« rief sie mit zornbebender Stimme. »Du unterstehst dich zu denken, ich hätte Ursache, irgendeine meiner Handlungen vor der Welt zu verbergen, und du müßtest die Hehlerin machen, du?« – Sie wandte verachtungsvoll den Kopf weg und richtete ihre grauen Augen mit der wiedergewonnenen Kälte und stolzen Überlegenheit auf den Rechtsanwalt. »Eigentlich bin ich gewohnt, nur Gott, meinem Herrn, Rechenschaft abzulegen von meinen Taten«, sagte sie. »Was ich tue, geschieht in seinem Namen, zu seiner Ehre und zur Aufrechterhaltung seiner heiligen Kirche. Aber Sie sollen trotzdem erfahren, mein lieber Frank, was aus jenen ›unschätzbaren‹ Papieren geworden ist, lediglich aus dem Grund, damit die Person dort nicht einen Augenblick in dem Wahn bleibt, ich hätte irgendwie Gemeinschaft mit ihr ... Die verstorbene Cordula Hellwig war eine Gottesleugnerin, eine verlorene Seele – wer sie verteidigt, der beweist nur, daß er denselben Weg wandelt. Statt zu beten um den verlorenen Frieden, betäubte sie die Stimme ihres Gewissens mit dem Gift weltlicher Musik voll sträflicher Sinneslust. Selbst am Sonntag entweihte sie mein stilles Haus mit ihrem sündhaften Treiben; tagelang saß sie vor den unseligen Büchern, und je mehr sie sich hineinvertiefte, desto halsstarriger und unzugänglicher wurde sie für mein Bestreben, sie zu retten ... Seit jener Zeit kenne ich keinen sehnlicheren Wunsch, als diese nichtswürdige Menschenerfindung, an der Gott keinen Teil hat, und welche die Seelen vom Wege des wahren Heils verlockt, von der Erde vertilgen zu können – ich habe die Papiere verbrannt, mein lieber Frank!«

Diese letzten Worte sprach sie mit erhobener Stimme und dem Ausdruck eines unsäglichen Triumphes.

»Mutter!« rief der Professor entsetzt und eilte auf sie zu.

»Nun, mein Sohn?« fragte sie zurück mit einer Gebärde der Unnahbarkeit. Ihre ganze Gestalt streckte sich – sie stand dort wie in Erz gepanzert. »Du willst mir offenbar den Vorwurf machen, daß ich dich und Nathanael um dies kostbare Erbteil gebracht habe«, fuhr sie mit unbeschreiblichem Hohn fort. »Beruhige dich, ich habe längst beschlossen, die paar Taler aus meiner eigenen Kasse zu ersetzen – ihr seid ja da jedenfalls im Vorteil.«

»Die paar Taler?« wiederholte der Rechtsanwalt; er bebte vor Zorn und Entrüstung. »Madame Hellwig, Sie werden das Vergnügen haben, Ihren Söhnen bare fünftausend Taler ausbezahlen zu müssen!«

»Fünftausend Taler?« lachte Frau Hellwig auf. »Das ist lustig! Diese elenden, beschmutzten Papiere! ... Machen Sie sich nicht lächerlich, lieber Frank!«

»Diese elenden, beschmutzten Papiere werden Sie teuer zu stehen kommen, wiederhole ich!« versetzte der junge Mann, indem er sich zu beherrschen suchte. »Ich werde Ihnen morgen die eigenhändige Notiz der Verstorbenen vorlegen, die den Wert der Handschriftensammlung auf volle fünftausend Taler angibt – das Bachsche Manuskript nicht mitgerechnet; verstehen Sie mich recht, Madame Hellwig – in welch bösen Handel Sie sich durch die Vernichtung dieses in der Tat unschätzbaren Werkes, den Hirschsprungschen Erben gegenüber, verwickelt haben, das läßt sich noch gar nicht absehen!« Er schlug sich im Übermaß der Empörung mit der Hand gegen die Stirn. »Unglaublich!« rief er. »Johannes, in diesem Augenblick erinnere ich dich an meine Behauptung, die ich vor wenigen Wochen aufgestellt habe – schlagender konntest du nicht überführt werden!«

Der Professor antwortete nicht. Er war an ein Fenster getreten und wandte das Gesicht nach dem Garten. Wie sehr ihn die Beweisführung seines tieferregten Freundes traf, das ließ sich nicht ermitteln.

Einen Moment schien es, als ob Frau Hellwig begriffe, daß sie mutwillig ein unabsehbares Gefolge von Unannehmlichkeiten sich selbst heraufbeschworen habe; ihre Haltung verlor plötzlich das starre Gepräge der Unfehlbarkeit und unerschütterlichen Zuversicht, und das spöttische Lächeln, das sie zu behaupten suchte, war nur noch eine Verzerrung der Lippen. Aber wie hätte je der unerhörte Fall eintreten können, daß die große Frau in die Lage gekommen wäre, irgendeinen Schritt zu bereuen? Sie handelte ja stets im Namen des Herrn, da war kein Irrtum, kein Fehlgehen möglich. Sie faßte sich rasch.

»Ich erinnere Sie an Ihren eigenen Ausspruch von vorhin, Herr Rechtsanwalt«, sagte sie kalt und förmlich. »Man bezichtigt die Verstorbene mit vollem Recht der Geistesstörung – es dürfte mir nicht schwer werden, genügend Beweise dafür zu bringen ... Wer will mich denn überführen, daß jene geradezu lächerliche Wertangabe nicht im Wahnsinn niedergeschrieben worden ist?«

»Ich!« rief Felicitas rasch und entschieden, wenn auch ihre Stimme im Widerstreit der Empfindungen bebte. »Diese Angriffe werde ich von der Toten abzuwehren suchen, solange ich kann, Madame Hellwig! Nie mag es wohl ein gesünderes, lichtvolleres Denkvermögen gegeben haben, als sie es besessen hat – meine Aussage wird freilich nicht in Betracht kommen; aber wenn es Ihnen auch gelingt, jeden Beweis für die ungetrübte Geistesklarheit der Verstorbenen umzustoßen, so sind doch noch die Mappen da, in denen die Sammlung gewesen ist – ich habe sie gerettet! Jede derselben enthält auf der inneren Seite das vollständige Inhaltsverzeichnis; bei jedem einzelnen Autographen ist mit strenger Genauigkeit angegeben, wann, von wem und zu welchem Preis dasselbe angekauft worden ist.«

»Ei, da habe ich mir ja einen vortrefflichen Gegenzeugen großgefüttert!« stieß Frau Hellwig hervor. »Aber jetzt werde ich mit dir ins Gericht gehen! ... Also du hast es gewagt, mich jahrelang mit beispielloser Frechheit zu hintergehen? Du hast mein Brot gegessen, während du mich hinter meinem Rücken verhöhntest? Von Tür zu Tür hättest du betteln gehen müssen, wenn ich nicht gewesen wäre! Fort aus meinen Augen, du ehrlose Betrügerin!«

Felicitas wich nicht von der Schwelle. Es sah aus, als wachse die zarte Gestalt unter den Vorwürfen, die zu ihr hinübergeschleudert wurden; ihr Gesicht war totenbleich; nie aber hatte es so entschieden den unbeugsamen, furchtlosen Geist des Mädchens ausgedrückt als in diesem Augenblick.

»Den Vorwurf, daß ich Sie hintergangen habe, verdiene ich!« sagte sie mit bewundernswürdiger Fassung. »Ich habe vorsätzlich geschwiegen und hätte mich lieber zu Tode mißhandeln lassen, ehe auch nur eine Andeutung über meine Lippen gekommen wäre – das ist wahr! Trotzdem stand dieser Vorsatz auf sehr schwachen Füßen – ein gutes, herzliches Wort aus Ihrem Mund, ein wohlwollender Blick allein hätten ihn umzustoßen vermocht, denn nichts widerstrebt mir mehr, als ein scheues Verbergen meiner Handlungen ... Ein sündhafter Betrug aber war es nicht! Wer würde wohl die ersten Christengemeinden Betrüger nennen, weil sie in Zeiten der Verfolgung heimlich und gegen das Verbot zusammenkamen? – Auch ich mußte meine Seele retten!« Sie schöpfte tief Atem, und ihre braunen Augen richteten sich mit einem energischen Ausdruck auf das Gesicht der großen Frau. »Ich wäre in bodenlose Nacht versunken ohne das Asyl und den Schutz, den ich in der Dachstube gefunden habe ... An den ewig zürnenden und strafenden Gott, zu welchem Sie beten, Madame Hellwig, der eine Hölle neben sich duldet, und welcher seine Kinder zum Bösen verführt, um sie zu prüfen und dann strafen zu können, an dieses unversöhnliche höchste Wesen konnte ich nicht glauben ... Die Verstorbene hat mich zu dem Einzigen hingeleitet, der ganz Liebe und Erbarmen, Weisheit und Allmacht ist, und der allein herrscht im Himmel und auf der Erde ... Der Trieb zum Lernen, die Wißbegierde lag unbesiegbar in meiner Kinderseele – hätten Sie mich verhungern lassen, Madame Hellwig, es wäre nicht so grausam gewesen wie Ihr unermüdliches Bestreben, meinen Geist zu knebeln, ja, ihn systematisch zu töten ... Verhöhnt habe ich Sie nicht hinter Ihrem Rükken, aber Ihre Absichten habe ich vereitelt – ich bin die Schülerin der alten Mamsell gewesen!«

»Hinaus!« rief Frau Hellwig, ihrer selbst nicht mehr mächtig, und zeigte nach der Tür.

»Noch nicht, Tantchen!« bat die Regierungsrätin dringend und erfaßte den ausgestreckten Arm der großen Frau. »Du wirst doch einen so kostbaren Augenblick nicht ungenutzt vorübergehen lassen! ... Herr Rechtsanwalt, Sie haben vorhin Ihrer Pflicht als ›leidenschaftlicher Musikfreund‹ vortrefflich genügt; hiermit ersuche ich Sie, mit demselben Eifer zu inquirieren, wo die fehlenden Schmuck- und Silbergegenstände stecken – hat eine die Hand dabei im Spiel gehabt, so ist es jene dort!«

Der Rechtsanwalt näherte sich dem jungen Mädchen, das sich krampfhaft mit der Linken an der Türverkleidung festhielt, er bot ihr mit einer Verbeugung den Arm und sagte freundlich ernst: »Wollen Sie mir erlauben, Sie in das Haus meiner Mutter zu führen?«

»Hier ist Ihr Platz!« klang es plötzlich laut und entschieden von den Lippen des bis dahin schweigenden Professors. Er stand hochaufgerichtet neben Felicitas und hielt ihre Rechte fest in seiner Hand.

Der junge Frank wich unwillkürlich zurück – beide Männer maßen sich einen Augenblick schweigend; in dem seltsamen Blick, den sie austauschten, lag nichts mehr von dem Gefühl ruhiger Freundschaft.

»Ah, bravo, zwei Ritter auf einmal, das ist ja ein reizendes Bild!« rief die Regierungsrätin auflachend – eine Tasse flog zerschmetternd auf den Boden; in jedem anderen Augenblick würde Frau Hellwig diese »Unachtsamkeit« der jungen Witwe bitter gerügt haben, aber jetzt stand sie bewegungslos vor Grimm und Überraschung.

»Es scheint, ich komme heute oft in die Lage, an die Vergangenheit appellieren zu müssen«, unterbrach der

Rechtsanwalt, bitter gereizt, die momentane Stille. »Du wirst dich erinnern, Johannes, daß du dich deiner Autorität mir gegenüber vollständig entäußert und mich zu dem jetzigen Schritt ermächtigt hast?«

»Ich leugne nicht ein Jota davon«, antwortete der Professor kalt. »Wünschest du eine bündige Erklärung für diese meine Inkonsequenz, so stehe ich dir jederzeit zu Diensten – nur hier nicht.«

Er zog Felicitas von der Schwelle fort und trat mit ihr in den Garten.

»Gehen Sie jetzt in die Stadt zurück, Felicitas«, sagte er, und seine einst so eisigkalten, stahlgrauen Augen ruhten mit unbeschreiblicher Innigkeit auf dem Gesicht des jungen Mädchens. »Das soll Ihr letzter Kampf gewesen sein, arme kleine Fee! ... Nur noch eine einzige Nacht sollen Sie unter dem Dach meiner Mutter zubringen – von morgen an beginnt ein neues Leben für Sie.«

Er zog ihre Hand, die er noch festhielt, wie unbewußt näher an sich heran, dann ließ er sie fallen und trat in das Haus zurück.

Felicitas ließt das Buch der alten Mamsell und erfährt die wahre Vergangenheit der Familie Hellwig

XXIV

Felicitas verliess mit geflügelten Schritten den Garten – der Professor irrte sich, nicht einmal der Abend, geschweige denn die Nacht sollte sie noch im alten Kaufmannshause finden ... Jetzt war der Moment gekommen, wo sie in Tante Cordulas Zimmer dringen konnte. In der Allee begegnete ihr die alte Köchin, die das Abendbrot in den Garten trug – es war also niemand zu Hause als Heinrich ... Wie das sauste und brauste durch die alten, knorrigen Linden! Der Wind trieb das junge Mädchen unwiderstehlich vorwärts – das war auf dem ebenen, festen

Boden unter dem Schutz dichter Baumkronen; was aber stand ihr für ein Gang bevor hoch droben in den brausenden Lüften, über abschüssige Dächer hinweg!

Heinrich öffnete ihr die Haustür. Felicitas glitt atemlos an ihm vorüber, trat in die Gesindestube und nahm den Dachkammerschlüssel von der Wand.

»Nun, was soll's denn werden, Feechen?« fragte der Alte verwundert.

»Ich will dir deine Ehre und mir die Freiheit wiederholen! Sei hübsch wachsam unterdes, Heinrich!« rief sie zurück und sprang die Treppe hinauf.

»Du wirst doch keinen dummen Streich machen? Heda, Feechen, 's ist doch nichts Gefährliches?« rief er ihr nach, aber sie hörte nicht. Er mußte unten auf seinem Posten bleiben und schritt aufgeregt im Hausflur auf und ab.

Über Felicitas' Haupt zog es bald seufzend, bald in langgezogenen, leise pfeifenden Tönen hin, als sie den Korridor unter dem Dach betrat. Das Sparrwerk knarrte, und durch die Öffnungen der sonnenerhitzten Hohlziegel fuhr stoßweise der schwüle, heiße Atem des Gewitterwindes. In diesem Augenblick hing eine grau und weiß gemischte Hagelwolke über dem Dächerquadrat, ein fahlgelbes Licht zuckte schräg auf den blumenbedeckten First, es glitzerte wie ein falscher Blick in den Glasscheiben der Vorbautür, über welche sich losgerissene Ranken vom Efeu und Kapuzinerkresse haltlos bäumten, und beleuchtete grell das aufgepeitschte Blättergewirr des wilden Weines.

Als das junge Mädchen den Kopf aus dem Dachfenster steckte, fuhr ihr ein heftiger Windstoß über das Gesicht; er raubte ihr den Atem und zwang sie, augenblicklich zurückzuweichen – sie ließ den Unhold vorüberbrausen, dann aber schwang sie sich hinaus ... Wem es vergönnt gewesen wäre, dies schöne, bleiche Gesicht mit den fest aufeinandergepreßten Lippen und dem düster entschlossenen Ausdruck aus dem dunklen Dachfenster auftauchen zu sehen, der hätte erkennen müssen, daß das Mädchen seiner entsetzlichen Gefahr sich vollkommen bewußt und daß es bereit sei, selbst den Tod zu erleiden um seiner Mission willen!

Sie lief leichten Fußes über die knirschenden Ziegel, und nicht einen Moment dunkelte es vor diesen klaren Augen; ihr brausender Feind aber gönnte sich nicht viel Zeit zum Ausschnaufen – ein greller Pfiff, und er kam wieder daher mit niederstürzender Wucht. Die Vorbautür flog klirrend auf, Blumentöpfe stürzten auf den Fußboden der Galerie, und die uralten Sparren ächzten und zitterten unter Felicitas' Füßen. Sie stand noch auf dem Nachbardach, aber ihre Hände umklammerten das Galeriegeländer, das sie in demselben Augenblick erreicht hatte.

Wohl riß ihr der Sturm das Haar auseinander und peitschte die losen Strähnen, als sollten sie in alle Lüfte zerstreut werden, allein sie selbst stand fest. Nach einem Moment geduldigen Ausharrens konnte sie sich über das Geländer schwingen, und gleich darauf trat sie in den Vorbau ... Hinter ihr brauste und tobte es weiter – sie hörte es nicht mehr, sie dachte auch nicht an den todbringenden Rückweg – die gefalteten Hände schlaff niederhängend, stand sie in dem kühlen, efeuumsponnenen Raum – sie sah ihn zum letztenmal ... Die stillen, schneeweißen Gesichter an den Wänden schauten wohlbekannt und doch auch wieder so verwundert fremdartig hernieder – einst hatten sie diesen Raum beseelt, denn ihre lebenden Gedanken wurden heraufbeschworen und umflatterten die kalten Stirnen, jetzt waren sie nur noch Schmuck, eine Dekoration der Wände, sie starrten ebenso gleichgültig auf die jugendlich strahlende Gestalt der koketten Regierungsrätin wie auf das blasse Mädchengesicht, das sich tränenüberströmt zu ihnen emporhob.

Im übrigen erschien das Zimmer so traut wohnlich wie zu Tante Cordulas Lebzeiten. Kein Stäubchen lag auf dem spiegelglatten Mahagonideckel des Flügels, der Efeu streckte, als Zeichen, daß es ihm wohlgehe, zahllose junge hellgrüne Triebe aus der dunklen Blätterwand, und in der einen Fensternische standen sorgsam gepflegt der prachtvolle Gummibaum und die Palme, zwei Lieblinge der alten Mamsell. Aber die andere Fensterecke war verändert, das zierliche Nähtischchen stand nicht mehr dort – der Professor hatte sich die Nische als Studierwinkel eingerichtet.

Über Felicitas' Gesicht ergoß sich eine brennende Schamröte . . . Also stand sie doch wie ein Dieb in seinem Zimmer! Wer weiß, was dort auf dem Schreibtisch für Briefe und Papiere lagen, auf die kein fremder Blick fallen durfte! Er hatte sie sorglos, ohne Arg offen liegen lassen, denn er trug ja den Zimmerschlüssel in der Tasche – das junge Mädchen flog wie gejagt nach dem Glasschrank.

Auf der Seitenwand des alten Möbels, inmitten einer geschnitzten, seltsam verschnörkelten Arabeske befand sich ein feiner, für ein uneingeweihtes Auge kaum erkennbarer Metallstift. Felicitas berührte ihn mit festem Druck, und die Tür des Geheimfaches sprang auf. Da standen und lagen die vermißten Kostbarkeiten in wohlbekannter Ordnung! Die weitgebauchten silbernen Kaffee- und Milchkannen, die mit seidenen Bändern zusammengebundenen schweren Löffelpakete, die altmodischen Etuis mit dem Brillantschmuck, alle diese Dinge befanden sich genau auf demselben Platze, den sie seit vielen Jahren im tiefen Dunkel der Verborgenheit eingenommen hatten . . . und dort in der Ecke stand die Schachtel mit dem Armring, daneben aber – der kleine graue Kasten in schräger Stellung, wie ihn die alte Mamsell vor wenigen Wochen hastig hingeschoben – sie hatte ihn offenbar nicht wieder berührt.

Felicitas nahm ihn mit bebenden Händen heraus – er

war nicht leicht – sterben sollte sein Inhalt, aber auf welche Weise? Wie war er beschaffen?

Sie hob vorsichtig den Deckel – ein plump gearbeitetes, in Leder gebundenes Buch lag darin, die starren Blätter klafften auseinander, und der Einbanddeckel hatte sich im Laufe der Zeit aufwärts gekrümmt. Ein scheuer Blick belehrte das Mädchen, daß dies grobe Papier da drinnen nicht bedruckt, sondern vollgeschrieben sei.

Tante Cordula, da ruhen zwei Augen auf deinem Geheimnis – zwei Augen, in denen du unzähligemal treue, kindliche Liebe und Hingebung gelesen hast, und ein junges Herz, das nie an dir zweifelte, steht heftig klopfend vor dem Rätsel deines Lebens! Es ist von deiner Schuldlosigkeit so unerschütterlich fest überzeugt wie von dem Dasein der leuchtenden Sonne, aber es will wissen, wofür du littest; es will die Größe deines lebenslänglichen Opfers in seinem ganzen Umfang ermessen können ... Dein Geheimnis soll sterben; diese Blätter werden zu Asche zerstieben, und der Mund, der schon in zarter Kindheit unverbrüchlich zu schweigen verstand, wird es so fest verschließen wie der deine!

Die zitternden Finger des jungen Mädchens schlugen den Deckel zurück. »Joseph von Hirschsprung, Studiosus philosophiae« stand in kräftigen Zügen auf dem ersten Blatt ... Es war das Tagebuch des Studenten, des adligen Schustersohnes, um dessentwillen Tante Cordula ihren Vater buchstäblich zu Tode geärgert haben sollte. Der Schreiber hatte stets nur die erste Seite eines jeden Blattes beschrieben und die Rückseite desselben, ohne Zweifel zu Anmerkungen, freigelassen. Diese Blattseiten aber zeigten in dichtgedrängten Reihen die feinen, zierlichen Schriftzüge der alten Mamsell.

Felicitas las den Anfang. Tiefe, originelle Gedanken mit einer seltenen Kraft und Knappheit zum Ausdruck gebracht, fesselten sofort das flüchtige Auge und zwangen zum Nachdenken. Er mußte ein wunderbarer Mensch gewesen sein, dieser junge Schustersohn, mit der Phantasie voll grandioser Bilder, mit dem tiefeinschneidenden Urteil und dem feurigen Herzen voll leidenschaftlicher Liebe! . . . Und darum hatte ihn auch Cordula, die Tochter des gestrengen Kauf- und Handelsherrn, geliebt bis in den Tod. Sie schrieb:

»Du schlossest die Augen für ewig, Joseph, und hast nicht gesehen, wie ich vor Deinem Lager kniete und mir die Hände wund rang im Gebet zu Gott, daß er Dich mir erhalten solle. Du riefst meinen Namen in der Wut des Fiebers unaufhörlich mit dem süßen Schmeichellaut der Liebe, aber auch in zürnenden Tönen eines tiefverwundeten Herzens, mit dem Aufschrei einer wilden Rache, und wenn ich zu Dir sprach, da starrtest Du mich fremd an und stießest meine Hand zurück.

Du bist von hinnen gegangen in dem Wahn, daß ich meinen Schwur gebrochen habe – und als alles vorüber war und sie Dich hinweggenommen hatten von Deinem Schmerzenslager, da fand ich dies Buch unter Deinem Kopfkissen. Es sagt mir, wie ich geliebt worden bin; aber Du hast auch an mir gezweifelt, Joseph! . . . Nur noch auf einen einzigen bewußten Blick wartete ich in Todesangst – er hätte Dich überzeugen müssen, daß ich schuldlos war, und mein trostloses Geschick hätte seinen schärfsten Stachel verloren – vergebens! . . . Ein Auseinandergehen für immer, ohne Versöhnung zwischen den scheidenden Seelen – es gibt keine größere Seelenmarter! Und wenn ich die schwersten Verbrechen begangen hätte, ich könnte nicht grausamer gestraft werden als mit diesem Herzen, das Tag und Nacht aufschreit und mich ruhelos umherjagt, wie den flüchtigen Kain!

Dein großer Geist stürmt jetzt weiter auf ungemessenen

Bahnen, ich aber wandere noch über die arme, kleine Erde und weiß nicht, ob Dir ein Zurückblicken möglich ... Ich darf mit niemand über meine inneren Stürme sprechen, und ich will auch nicht; denn wo wäre ein Mensch, der meinen Verlust begriffe? Es hat Dich keiner gekannt als ich! ... Aber einmal muß es noch ausgesprochen werden, wie alles kam. In diesem Buch hast Du Deine Gedanken niedergelegt; allein so kühn und gewaltig sie sind, nebenher geht ein süß erquickender Hauch tiefer, unsterblicher Liebe zu mir, Joseph. Das alles spricht zu mir wie mit lebendigem Atem und Deiner sympathischen Stimme ... ich will Dir antworten, hier auf denselben Blättern, wo Deine Hand geruht hat, und will denken, Du stehest neben mir, und Deine tiefen Augen verfolgen die Feder, wie sie Zug um Zug hinzeichnet, bis das Rätsel gelöst vor Dir liegt!

Weißt Du noch, wie die kleine Cordula Hellwig ihr weißes Lieblingshuhn, das der Jagdhund verscheucht hatte, auf dem Hausboden suchte? Es war dunkel da droben, aber durch eine Bretterritze floß es golden, und die Sonnenstäubchen spielten zu Milliarden in der Lichtsäule. Das kleine Mädchen lugte durch die Ritze. Da drüben hatte Nachbar Hirschsprung eben die Frucht seines einzigen Akkers eingeheimst, und hoch auf den gelben Garben saß der wilde, schwarze Joseph und schaute durch die Dachluke.

›Such mich doch!‹ rief das Kind durch die Spalte. Der Knabe sprang herab und sah sich trotzig um. ›Such mich doch!‹ klang es wieder. Da geschah ein Krach, und eins der Bretter, hinter welchen die kleine Cordula steckte, fiel polternd herein auf den Dachboden des vornehmen Nachbarhauses ... Ja, so warst Du, Joseph, und ich weiß, Du würdest späterhin genug der unwürdigen Schranken in der Menschenwelt und manches mühsam erbaute falsche System genau so zertreten haben wie das Brett, hinter welchem Du geneckt wurdest.

Ich weinte bitterlich vor Schreck, und da warst Du plötzlich ganz sanft und unsäglich gut und führtest mich hinunter in das enge, räucherige Schusterstübchen ... Die Bretterwand wurde wieder zugemacht; seit der Zeit aber wanderte ich täglich über die Straße und besuchte Dich ... Ach, was waren das für Winternachmittage! Draußen schneite und stürmte es um die Wette; der Rosmarinstock auf dem Fenstersims zitterte bei jedem Windstoß, der an den runden, bleigefaßten Scheiben vorüberbrauste, und der sonst so beherzte Stieglitz klammerte sich an die innere Wand seines Bauers. Auf dem riesigen Kachelofen brodelte der Kaffeetopf; Deine ehrbare Mutter saß am schnurrenden Spinnrad und spann Hanf, und der Vater hämmerte tapfer auf seinem Schemel und verdiente das tägliche Brot.

Ich sehe noch sein edles, melancholisches Gesicht vor mir, wenn er erzählte von vergangenen Zeiten. Da waren die Hirschsprungs ein gewaltiges, berühmtes Geschlecht gewesen, ein tapferes Hünengeschlecht von riesiger Körperkraft! Aber mir graute vor den Strömen edlen Menschenblutes, das sie vergossen – ich hörte viel lieber die Geschichte von dem Ritter, der sein junges Weib so herzlich und treu geliebt hatte. Er ließ zwei Armringe machen, und auf jedem stand die Hälfte eines Liebesverses eingegraben; den einen Ring trug er, den anderen sein trautes Gemahl ... Und als er in der Schlacht todeswund zu Boden stürzte, da kam ein räuberischer Kriegsknecht und wollte ihm das kostbare Liebeszeichen entreißen; aber der Sterbende preßte krampfhaft seine Linke auf das Kleinod – er ließ sich die Hand verstümmeln und zerhauen, bis sein Knappe zu Hilfe eilte und den Räuber niederschlug ... Die Armringe wurden in der Familie als Reliquien aufbewahrt, bis – ja bis die Schweden kamen ... Wie haßtest Du damals diese Schweden, Joseph! Sie sollten ja schuld sein an dem Untergang derer von Hirschsprung . . . Das war eine tieftraurige Geschichte, und ich mochte sie schon deshalb nicht hören, weil Dein Vater jedesmal sagte: ›Siehst Du, Joseph, wenn das Unglück nicht geschehen wäre, da könntest Du studieren und ein großer Mann werden – so aber bleibt Dir nichts als der Schusterschemel.‹ Ach, diese Geschichte hat noch eine ganz andere Kehrseite, als der ehrliche Schuster meinte! . . .

Die Hirschsprungs waren gut papistisch geblieben, als auch das ganze Land ringsum abfiel und sich zu der neuen lutherischen Lehre bekehrte. Sie lebten von da an streng zurückgezogen um ihres Glaubens willen, aber dem alten Adrian von Hirschsprung genügte das nicht, denn er war ein wilder Fanatiker, der lieber Haus und Hof und die alte Thüringer Heimat verlassen, als unter Ketzern leben wollte. Er hatte sein Besitztum, bis auf das Haus am Markt, um bare sechzigtausend Taler in Gold verkauft, und seine zwei Söhne ritten eines Tages davon, um in gutkatholischen Landen eine neue Heimat zu suchen . . . Da geschah es, daß der Schwedenkönig Gustav Adolf mit einundachtzigtausend Mann Kriegsvolk durch das Thüringer Land zog. Er rastete auch einen Tag in dem kleinen Städtchen X. – das war am 22. Oktober 1632 – und seine Leute besetzten die Häuser. Auch das Ritterhaus am Marktplatz steckte voll schwedischer Reiter, und das mußte den alten Adrian mit Wut und Ingrimm erfüllt haben. Es kam zu einem heftigen Wortwechsel zwischen ihm und den Soldaten, die halbtrunken im Hofe zechten, und da geschah das Schreckliche – ein Kriegsknecht stieß dem alten, finsteren Eiferer das Schwert mitten durch die Brust; er stürzte mit ausgebreiteten Armen rücklings auf das Steinpflaster und verschied, ohne einen Laut, auf der Stelle. Die wütenden Schweden aber zerschlugen und zertrümmerten alles im Haus, was nicht niet- und nagelfest war, und als die Söhne zurückkamen, da lag der alte Adrian längst unter den Steinfliesen der Liebfrauenkirche, und sie suchten vergebens nach ihrem Erbe. Die sechzigtausend baren Taler hatten die Schweden fortgeschleppt, Kisten und Kästen standen leer, ihr Inhalt lag zerfetzt und zerstampft am Boden, und die Familienpapiere waren in alle Winde zerstreut, nicht ein Blättchen ließ sich mehr auffinden ... So erzählte Dein Vater, Joseph! Darauf kam das Haus um einen armseligen Preis in die Hände des Bürgers Hellwig. Die zwei Söhne des Adrian teilten den Erlös; Lutz, der ältere, zog von dannen, und es hat nie wieder etwas von ihm verlautet, die andere Linie aber hing das Ritterschwert an den Nagel, und die Nachkommen derer, die gegen die Sarazenen gekämpft, die einst wohlgelitten waren an Kaiserhöfen um ihrer Tapferkeit und adligen Sitten willen, sie griffen zum Hobel und Pfriem.

Du aber nicht, Joseph! Wie die prächtigen Locken über Deiner Stirn sich eigenwillig ringelten und aufbäumten, so schweifte Dein Geist weit ab von der engen Lebensbahn Deiner Vorfahren; Du gingst Deinen eigenen Weg, ob Du auch wußtest, daß er dornenvoll und steinig war, daß Mangel und Entbehrung an Deiner Seite schreiten mußten; Du sahst nur das Ziel, das hohe, leuchtende Ziel, und so viel Heldenmut endete schmählich in einer Dachkammer! Der Geist entfloh, weil der Körper hungerte ... Allmächtiger, eine Deiner herrlichsten Schöpfungen ging unter aus Mangel an Brot!

Wer hätte an dies spurlose Verlöschen Deines Daseins gedacht, wenn Du mit überzeugender Gewalt Deine neuen, kühnen, ursprünglichen Ideen entwickeltest? Oder wenn Du am Klavier saßest und die wundervollen Harmonien unter Deinen Fingern emporquollen? ... Es war ein armes, kleines Spinett, das in einer dunklen Ecke Deiner elterlichen Stube stand; seine Töne klangen stumpf und rauh, aber Dein Genius beseelte sie, sie erbrausten in Sturm und Gewitter und malten den lachenden Himmel über einer strahlenden Welt ... Weißt Du noch, wie Dein guter Vater Dich belohnte, wenn er zufrieden mit Dir war? Da schloß er mit feierlicher Gebärde ein kleines, uraltes Spind auf und legte Dir ein Notenheft auf das Pult – es war die Operette von Johann Sebastian Bach; sein Großvater hatte sie von dem Komponisten selbst erhalten, und sie wurde wie ein Heiligtum in der Familie aufbewahrt ... Sie fanden nicht einen Pfennig Geld, nicht einen Bissen Brot bei Dir, als Du heimgegangen warst, aber das Bachsche Opernmanuskript, dessen materiellen Wert du wohl kanntest, lag unberührt unter meiner Adresse auf dem Tisch.

Da drüben auf der Seite, genau auf der Stelle, wo ich jetzt schreibe, da steht: ›Meine süße, goldlockige Cordula kam herüber im weißen Kleid.‹ Das war an meinem Konfirmationstag, Joseph! Meine strenge Mutter hatte mir gesagt, es geschehe zum letztenmal, von nun an sei ich die erwachsene Tochter des Kauf- und Handelsherrn und mein Verkehr mit der Schusterfamilie schicke sich nicht mehr ... Deine Eltern waren nicht in der Stube, und ich teilte Dir das Verbot mit ... Wie wurde Dein Gesicht bleich unter den kohlschwarzen Locken! ›Nun, so gehe doch!‹ sagtest Du trotzig und stampftest mit dem Fuß auf, aber Deine Stimme brach, und in den zornigen Augen funkelten Tränen. Ich ging nicht; unsere zitternden Hände schlangen sich plötzlich wie unbewußt und unauflöslich ineinander, das war der Uranfang unserer seligen Liebe!

Ich sollte das je vergessen haben und, nachdem ich jahrelang meinen zürnenden und bittenden Eltern widerstanden, plötzlich aus eigenem Antrieb meineidig geworden sein? Sie schalten Dich einen Hungerleider, einen mißachteten Schustersohn, der brotlose Künste treibe; sie drohten mit Fluch und Enterbung – ich blieb standhaft, wie leicht war das damals, Du standest ja neben mir! Aber als Deine Eltern starben und Du fortgingst nach Leipzig, da kam eine furchtbare Zeit! ... Da erschien eines Tages eine hohe, schlanke Männergestalt im Haus meines Vaters, und auf dieser Gestalt saß ein Kopf mit fahlen Wangen, an denen dürftiges dunkles Haar lag und glatt niederhing, und den Mund umzogen unheimliche, schlaffe Linien ... Es gibt einen Seherblick, Joseph, und das ist der Instinkt in einer reinen Menschenbrust ... ich wußte sofort, daß mit jenem Menschen das Unheil über unsere Schwelle geschritten war. Mein Vater dachte anders über diesen Paul Hellwig. Er war ja ein naher Anverwandter, der Sohn eines Mannes, der sein Glück draußen in der Welt gemacht hatte und einen ansehnlichen Posten bekleidete. Da war der Besuch des jungen Vetters eine Ehre für das Haus. Und wie diese hohe Gestalt sich demutsvoll bücken konnte, wie das süß und salbungsvoll von den Lippen floß!

Du weißt, daß der Elende es wagte, mir von Liebe zu sprechen, Du weißt auch, daß ich ihn heftig und empört zurückwies; er war erbärmlich und ehrlos genug, die Hilfe meines Vaters anzurufen; der wünschte lebhaft diese Verbindung, und nun begannen entsetzliche Tage für mich! ... Deine Briefe blieben aus, mein Vater hatte sie unterschlagen. Ich wurde wie eine Gefangene behandelt, aber es konnte mich doch niemand zwingen, im Zimmer zu bleiben, sobald der Verhaßte eintrat ... Dann floh ich wie gehetzt durch das Haus, und die Geister Deiner Ahnen beschützten mich, Joseph. Ich fand Schlupfwinkel genug, wo ich vor meinem Verfolger sicher war.

Ob es wohl auch der geheimnisvolle Finger einer unsichtbaren Ahnfrau gewesen ist, der eines Tages meinen Blick auf das Goldstück zu meinen Füßen lenkte? ...

Eine Mauer im Geflügelhof hatte sich gesenkt, und

nachmittags waren Arbeiter dagewesen und hatten den schadhaften Teil niedergerissen. Ich saß still auf dem Trümmerwerk und dachte an die Zeit, wo man diese Steine aufeinandergetürmt hatte – und da lag plötzlich das Goldstück vor mir im Gras; es war nicht das einzige; auch zwischen den Mörtelbrocken schimmerte es golden. Ohne Zweifel war ein beträchtliches Mauerstück nachgestürzt, als die Arbeiter den Hof bereits verlassen hatten, denn es lag alles wild und zerklüftet durcheinander, und zwischen den Bruchstücken hervor guckte die scharfe Ecke einer hölzernen Truhe – sie war zum Teil geborsten, dieser Spalt erschien förmlich gespickt mit dem geränderten Gold.

Joseph, ich hatte den Fingerzeig Deiner Ahnfrau nicht begriffen – ich holte meinen Vater, und der Verhaßte kam auch mit. Sie hoben mühelos den Kasten aus den Trümmern und schlossen ihn auf mit dem gewaltigen Schlüssel, der noch im Schloß steckte . . .

Die Schweden waren es nicht gewesen, Joseph! . . . Da lagen wohlbehalten die zwei Armringe, da lagen die sechzigtausend Taler in Gold und die vergilbten Pergamente und Papiere derer von Hirschsprung! Der alte Adrian hatte alles hieher gerettet vor den heranziehenden Schweden! . . . Ich war wie trunken vor Glück. ›Vater‹, jubelte ich auf, ›nun ist der Joseph kein Hungerleider mehr!‹

Ich sehe ihn noch, wie er dastand! Du weißt, er hatte ein ernstes, strenges Gesicht, das heitere Wort erstarb einem auf den Lippen, wenn man in diese steinernen Züge sah, aber seine ganze Erscheinung trug das Gepräge einer unerschütterlichen Rechtschaffenheit – er war der geachtetste Mann in der Stadt. Jetzt stand er nach vorn gebeugt da, und seine Hände wühlten in dem Gold. Was war das für ein eigentümlicher Blick, der aus dem kalten Auge auf mich fiel! ›Der Schusterjunge?‹ wiederholte er, ›was hat er damit zu schaffen?‹

›Nun, das ist sein Erbe, Vater!‹ Ich hatte das Testament des alten Adrian in der Hand und deutete auf den Namen ›Hirschsprung‹.

Oh, wie entsetzlich veränderte sich plötzlich dies sonst so unbewegliche Gesicht!

›Bist du wahnsinnig?‹ schrie er auf und schüttelte mich heftig am Arm. ›Dies Haus gehört mir mit allem, was es enthält, und ich will den sehen, der mir auch nur einen Pfennig Wert von meinem Grund und Boden wegholt!‹

›Sie sind vollkommen im Recht, lieber Vetter‹, bestätigte Paul Hellwig mit seiner sanften Stimme, aber vor dem hat das Haus mit allem, was es enthalten, meinem Großvater gehört.‹

›Schon gut, Paul, ich leugne Deinen Anspruch nicht!‹ sagte mein Vater . . . Sie trugen den Kasten in das Haus. Niemand wußte um den Raub als ich und der letzte Sonnenstrahl, der neugierig über das funkelnde Gold hingeglitten war. Er erlosch, um drüben neu aufzugehen und vielleicht auf ein glückseliges Menschenangesicht zu fallen; ich aber irrte umher und sah Nacht und Fluch und Verbrechen, wohin ich blickte!

Noch am selben Tag hörte ich, wie Paul Hellwig zwanzigtausend Taler und einen der Armringe beanspruchte und erhielt . . .

Weißt Du nun, was ich litt, während Du mich für treulos, falsch und leichtsinnig hieltest? Ich stand allein meinen zwei Peinigern gegenüber – meine strenge, aber rechtschaffene Mutter war tot und mein einziger Bruder in fernen Landen . . . Es handelte sich nicht allein mehr um meine Liebe zu Dir – ich sollte auch schweigen, unverbrüchlich schweigen vor Dir und der Welt, und dazu verstand ich mich nun und nimmer! . . . Hat nie Dein Herz bang und ahnungsvoll geklopft in jenen unseligen Momenten, wo ich meinem zürnenden Vater unerschütterlich fest gegenüberstand, wo er die Hand hob, um die starrsinnige, entartete Tochter zu Boden zu schleudern?

Ich hatte das Testament des alten Adrian zurückbehalten – das wußten sie nicht, und als eines Abends Paul Hellwig höhnisch fragte, womit ich denn eigentlich den Fund beweisen wolle, da wies ich auf das Papier hin – und da kam das furchtbare Ende! Mein Vater hatte nachmittags einer großen Gasterei beigewohnt, sein Gesicht war stark gerötet, er hatte offenbar viel Wein getrunken. Bei meiner Erklärung stürzte er auf mich zu, schüttelte mich mit seinen gewaltigen Händen, daß ich aufschrie vor Schmerz, und fragte knirschend, ob mir denn seine Ehre und sein Ansehen nicht einen Pfifferling wert seien. Noch hatte er das letzte Wort nicht ausgesprochen, als er mich zurückstieß – sein Gesicht wurde dunkelbraun, er fuhr sich mit beiden Händen nach dem Hals und brach plötzlich wie niedergeschmettert vor mir zusammen – der große, stattliche Mann! ... Er atmete noch, als wir ihn aufhoben, er war sogar bei Bewußtsein, denn sein Blick ruhte unverwandt mit einem furchtbaren Ausdruck auf meinem Gesicht, und – da brach mein Widerstand, Joseph! Als der Arzt für einen Augenblick das Zimmer verlassen hatte, da zog ich das Papier hervor und hielt es an die Flamme des Lichtes. Ich konnte meinen Vater nicht ansehen, aber ich gelobte ihm mit abgewandtem Gesicht, daß ich schweigen wolle für immer, daß mit meinem Willen kein Fleckchen auf seine Ehre fallen solle ... Wie lächelte Paul Hellwig teuflisch bei diesem Schwur! ... O Joseph, das tat ich! Ich sicherte meiner Familie das Dir gestohlene Erbe, in dem Augenblick, als Dich der Mangel auf das Sterbebett warf!«

Johannes' Heiratsantrag

Das gegenseitige Eingeständnis ihrer Liebe zueinander

XXV

FELICITAS SCHLUG ERSCHÖPFT das Buch zu – sie konnte nicht weiterlesen. Draußen pfiff und tobte es an den Fenstern vorüber, daß sie klangen und klirrten – was war dies Brausen gegen die Stürme in der Menschenbrust, von denen das Buch erzählte!

Tante Cordula, du bist gemartert und gekreuzigt worden! Die in dem gestohlenen Gut schwelgten, sie stellten sich auf den hohen Standpunkt angestammter Familientugend und Rechtschaffenheit; sie verstießen dich als Entartete, und die blinde Welt bestätigte diesen Urteilsspruch. Hoch droben in den Lüften standest du, verfemt und gelästert, und hinter den festgeschlossenen Lippen ruhte dein Geheimnis! Du riefst nicht Wehe über die Blinden da drunten – sie aßen gar oft dein Brot und erfaßten unbewußt deine rettende Hand in Not und Elend. Dein starker Geist erbaute sich seine eigene Welt, und das stille, versöhnende Lächeln, das im Alter deine Züge verschönte, war der Sieg einer erhabenen Seele!

Welch ein Unding ist die öffentliche Meinung! Die Welt hat nichts Haltloseres, und doch darf sie tief und bestimmt eingreifen in das Schicksal der einzelnen! Leiden nicht Familien noch nach Jahren für ein einziges Glied, das die öffentliche Stimme gerichtet und verfemt hat, und gibt es nicht Geschlechter, die den Nimbus angestammter Tugend und Ehrbarkeit mühelos tragen, bloß weil ihr Name dem Volksmund als »untadelig« geläufig ist?

Die Familie Hellwig gehörte auch zu jenen Unantastbaren. Wenn einer gewagt hätte, den Finger aufzuheben gegen die stattlichste und stolzeste Erscheinung unter den Ölbildern der Erkerstube und zu sagen: »Das ist ein Dieb!« – er wäre gesteinigt worden vom großen Haufen. Und doch hatte er den armen Schustersohn um sein Erbe betrogen; er war gestorben, der Ehrenmann, mit dem Diebstahl auf dem Gewissen, und seine Nachkommen waren stolz auf den »sauer und redlich erworbenen« Reichtum des alten Handlungshauses ... Wenn er das wüßte, wenn er einen Blick in dies Buch werfen könnte!

Felicitas streckte unwillkürlich die Rechte mit dem Buch wie triumphierend in die Höhe, und ihre Augen funkelten ... Was hinderte sie, diesen kleinen, grauen Kasten mit seinem furchtbaren Inhalt dort auf dem Schreibtisch liegen zu lassen? ... Dann kommt er herein und setzt sich arglos in die traute, efeuumhangene Nische. Die wuchtige Stirn voll tiefer Gedanken, nimmt er die Feder auf, um an dem dort liegenden Manuskript weiterzuarbeiten ... Da steht das kleine, unbekannte Etwas vor ihm – er hebt den Deckel auf, nimmt das Buch heraus und liest, bis er totenbleich zurücksinkt, bis die stahlgrauen Augen erlöschen unter der Wucht einer schreckensvollen Entdeckung ... Dann ist sein stolzes Bewußtsein lebenslänglich geknickt. Er trägt im Verborgenen die Last der Schande ... Will er die Annehmlichkeiten seines reichen Erbes genießen – es sind gestohlene Freuden; liest er seinen so gepriesenen Namen – es ruht ein häßlicher Flecken darauf ... er ist innerlich gebrochen, gemordet für alle Zeiten, der stolze Mann! ...

Buch und Kasten fielen polternd zur Erde, und ein heißer Tränenstrom stürzte aus Felicitas' Augen ... »Nein, tausendmal lieber sterben, als ihm dieses Leid anzutun!« ... War der Mund, der diese Worte bebend hervorstieß, derselbe, welcher einst hier, zwischen diesen vier Wänden gesagt hatte: »Ich würde es nicht beklagen, wenn ihm ein Leid widerführe, und wenn ich ihm zu einem Glück verhelfen könnte, ich würde keinen Finger bewegen!« War das wirklich noch der alte, wilde Haß, der sie weinen machte, der ihr Herz mit unsäglichem Weh erfüllte bei dem Gedanken, er könne leiden? War es Abscheu, das süße Gefühl, mit welchem sie plötzlich seine kraftvolle, männliche Gestalt vor sich heraufbeschwor, und hatte die glückselige Genugtuung, daß sie berufen sei, die Hände schützend über seinem Haupt zu halten, ihn vor einer niederschmetternden Erfahrung zu bewahren, noch etwas gemein mit dem häßlichen Gefühl der Rache? ... Haß, Abscheu und Rachedurst – sie waren spurlos verlöscht in ihrer Seele! ... Wehe, sie hatte ihr Steuer verloren! ... Sie taumelte zurück und schlug die Hände vors Gesicht – der geheimnisvolle Zwiespalt ihres Herzens lag gelöst vor ihr, aber nicht unter jenem Licht einer himmlischen Erkenntnis, das plötzlich ungeahnte, lachende Gefilde bestrahlt – es war ein grelles Wetterleuchten, in welchem ein Abgrund zu ihren Füßen sichtbar wurde ...

Fort, fort – es hielt sie nichts mehr! Noch einmal den Weg über die Dächer zurück, dann den letzten eilenden Schritt über die Schwelle des Hellwigschen Hauses, und sie war frei, sie war entflohen auf Nimmerwiedersehen!

Sie raffte das Buch auf und schob es in ihre Tasche – aber da stand sie mit zur Flucht gehobenem Fuß und zurückgehaltenem Atem einen Moment wie versteinert – draußen im Vorsaal war die Tür zugeschlagen worden, und jetzt schritt es rasch auf das Wohnzimmer zu. Sie floh in den Vorbau und riß die Glastür auf – der Sturm fuhr herein und schleuderte ihr einzelne große Regentropfen ins Gesicht ... Ihre Augen irrten über das Dächerquadrat, da hinüber kam sie nicht mehr, dort mußte sie gesehen werden – ihre einzige Rettung war ein augenblickliches Versteck.

Zwischen der Vorbauwand und den Blumentöpfen lief ein schmaler, unbesetzter Raum empor. Felicitas flüchtete hinauf und erfaßte droben taumelnd und mit versagenden Blicken die Eisenstange des Blitzableiters, der sich über den First hinzog. Sie stand hoch über dem Vorbau ... Hei, wie der Sturm die zarte Gestalt packte und schüttelte, wie er in erneutem Ingrimm versuchte, sie hinabzustoßen auf die Straße, die wie ein dunkler Spalt jenseits herauf klaffte ... Über den Himmel hin brausten die schwarzen Gewitterwolken – war kein Engel droben über der kochenden, gärenden Wetterwand, der seine Hände schirmend herniederstreckte auf die mit der furchtbaren Gefahr Ringende?

Wer es auch sein mochte, der in diesem Augenblick heraustrat auf die Galerie, das Mädchen da droben stand als Diebin gebrandmarkt vor ihm ... Sie war in verschlossene Räume eingedrungen – die ganze Welt nannte das Einbruch; schon hatte man die Anklage, daß sie um den Silberdiebstahl wisse, auf ihr Haupt geschleudert – jetzt schien ihre Schuld sonnenklar! Sie wanderte nicht mehr freiwillig über die Schwelle des alten Kaufmannshauses, sie wurde hinausgestoßen als Entehrte, und wie Tante Cordula mußte sie fortan mit festverschlossenen Lippen Schimpf und Schmach unverschuldet durchs Leben tragen ... War es da so schrecklich, wenn sie sich dem Arm des Sturmes willig überließ und nach wenigen qualvollen Augenblicken ihr junges Leben drunten auf dem Straßenpflaster aushauchte? ...

Mit wirren Blicken starrte sie hinab auf das vorspringende Dach des Vorbaues – die Person unten blieb nicht vor der Glastür stehen – Felicitas' letzte verzweifelte Hoffnung – sie schritt, trotz Sturm und Wetter, weiter und weiter auf der Galerie, und jetzt wurde die Gestalt sichtbar – es war der Professor ... Hatte er die fliehenden Schritte des Mädchens gehört? – Noch kehrte er ihr den Rücken, noch war es möglich, daß er zurückging, ohne sie gesehen zu haben – aber da kam der Sturm, der Verräter; er zwang den Professor, sich umzudrehen, und ließ in dem Augenblick Haar und Gewand der Flüchtigen wild aufflattern – und er erblickte die Gestalt mit den krampfhaft um das Eisen geschlungenen Armen und dem geisterhaften Gesicht, das aus den wogenden Haarmassen verzweiflungsvoll auf ihn niedersah.

Einen Augenblick war es, als gerinne ihr unter dem entsetzten Blick, der sie traf, das Blut in den Adern; dann aber schoß es siedend nach dem Kopf und raubte ihr den letzten Rest von Besonnenheit.

»Ja, da steht die Diebin! Holen Sie das Gericht, holen Sie Frau Hellwig! Ich bin überführt!« rief sie unter bitterem Auflachen hinab. Sie ließ mit der Linken die Eisenstange los und warf das Haar zurück.

»Um Gottes willen«, schrie der Professor auf, »fassen Sie die Stange – Sie sind verloren!«

»Wohl mir, wenn's vorüber wäre!« klang es schneidend durch das Brausen und Pfeifen.

Er sah den schmalen Raum nicht, auf welchem Felicitas emporgeklettert war. In wenigen Augenblicken hatte er die Blumentöpfe herabgeschleudert und sich einen Weg gebahnt, und da stand er plötzlich neben ihr. Er umschlang mit unwiderstehlicher Kraft die widerstrebende Gestalt und zog sie herab in den Vorbau.

Der starke, mutige Geist des Mädchens war gebrochen – völlig betäubt, wußte sie nicht, daß ihr vermeintlicher Widersacher sie noch stützte; sie hatte die Augen geschlossen und sah nicht, wie sein Blick innig auf ihrem bleichen Gesicht ruhte. »Felicitas«, flüsterte er mit tiefer, bittender Stimme.

Sie fuhr empor und begriff sofort ihre Lage. Aller Groll, alle Bitterkeit, an denen sie ihre Seele jahrelang genährt, kamen nochmals über sie – sie riß sich heftig los, und da war er wieder, der dämonische Ausdruck, der eine tiefe Falte zwischen ihre Augenbrauen grub und die Mundwinkel in herben Linien umzog!

»Wie mögen Sie die Paria anrühren!« rief sie schneidend. Aber ihre hochaufgerichtete Gestalt sank sofort wieder in sich zusammen; sie vergrub ihr Gesicht in den Händen und murmelte grollend: »Nun, so verhören Sie mich doch – Sie werden zufrieden sein mit meinen Aussagen!«

Er nahm ihre Hände sanft zwischen die seinen.

»Vor allem werden Sie ruhiger, Felicitas!« sagte er in jenen weichen, beschwichtigenden Tönen, die sie schon am Bett des kranken Kindes wider Willen bewegt hatten. »Nicht den wilden Trotz, mit dem Sie mich geflissentlich zu verletzen suchen! . . . Sehen Sie sich um, wo wir sind! Hier haben Sie als Kind gespielt, nicht wahr? . . . Hier hat Ihnen die Einsiedlerin, für die Sie heute so heiß gekämpft haben, Schutz, Belehrung und Liebe gewährt? . . . Was Sie auch hier getan oder gesucht haben mögen – es ist kein Unrecht gewesen, ich weiß es, Felicitas! Sie sind trotzig, verbittert und über die Maßen stolz, und diese Eigenschaften verleiten Sie oft zur Ungerechtigkeit und Härte – aber einer gemeinen Handlung sind Sie nicht fähig . . . Ich weiß nicht, wie es kam, aber es war mir, als müsse ich Sie hier oben finden – Heinrichs scheues, verlegenes Gesicht, sein unwillkürlicher Blick nach der Treppe, als ich nach Ihnen fragte, bestärkten mich in meiner Ahnung . . . Sagen Sie kein Wort!« fuhr er mit erhobener Stimme fort, als sie ihre Augen rasch zu ihm aufschlug und die Lippen öffnete. »Verhören will ich Sie freilich, aber in einem ganz anderen Sinn, als Sie denken – und ich glaube, ich habe ein Recht dazu, nachdem ich durch Sturm und Wetter geschritten bin, um mir meine Tanne herabzuholen.«

Er zog sie tiefer in das Zimmer hinein – schien es doch, als sei es ihm zu hell im Vorbau, als bedürfe er der halben Dämmerung des Wohnzimmers, um weitersprechen zu können. Felicitas spürte, wie ein leises Beben durch seine Hände ging. Sie standen genau auf der Stelle, wo sie vorhin einen furchtbaren Kampf mit sich selbst geführt hatte, wo sie versucht gewesen war, ihm einen Dolch in das Herz zu stoßen, ihn moralisch zu lähmen für seine ganze Lebenszeit . . . Sie senkte den Kopf tief auf die Brust, als eine Schuldbewußte, unter den Augen, die, sonst so tiefernst, jetzt eine wunderbare Glut ausstrahlten.

»Felicitas, wenn Sie herabgestürzt wären!« hob er wieder an, und es war, als liefe noch bei dieser Vorstellung ein Schauder durch seine kräftige Gestalt. »Soll ich Ihnen sagen, was Sie mir angetan haben durch diesen verzweifelten Trotz, der lieber zugrunde geht, als daß er an das vernünftige Urteil anderer appelliert?«

Er hielt erwartungsvoll inne, aber die erblaßten Lippen des jungen Mädchens blieben geschlossen, und ihre dunklen Wimpern lagen tief auf den Wangen.

»Sie haben sich in Ihre bittere Anschauungsweise förmlich verrannt«, sagte er nach vergeblichem Warten herb und mit sinkender Stimme, der man die Entmutigung anhörte; »es ist Ihnen geradezu unmöglich, eine Wandlung der Dinge zu begreifen.« Er hatte die Hände sinken lassen, aber jetzt nahm er nochmals ihre Rechte und zog sie kräftig gegen seine Brust. »Felicitas, Sie sagten neulich, daß Sie Ihre Mutter vergöttert haben – diese Mutter hat Sie ›Fee‹ genannt; ich weiß, alle, die Sie lieben, geben Ihnen diesen Namen, und so will ich sagen: ›Fee, ich suche Versöhnung!‹«

»Ich habe keinen Groll mehr!« stieß sie mit erstickter Stimme hervor.

»Das ist eine vielsagende Versicherung aus Ihrem Mund, sie übertrifft meine Erwartungen, allein – sie genügt mir noch lange nicht . . . Was hilft es, wenn zwei sich versöhnen und dann auf Nimmerwiedersehen scheiden? Was hilft es mir, daß ich weiß, Sie grollen mir nicht mehr, und ich kann mich nicht stündlich davon überzeugen? . . .

Wenn zwei sich versöhnt haben, die so getrennt gewesen sind wie wir, dann gehören sie zusammen – auch nicht eine Meile Raum dulde ich ferner zwischen uns – gehen Sie mit mir, Fee!«

»Ich habe Abscheu vor dem Aufenthalt in einem Institut – ich könnte mich nie in die schablonenmäßige Behandlung fügen«, antwortete sie hastig und gepreßt.

Der Anflug eines Lächelns glitt über sein Gesicht.

»Ach, das möchte ich Ihnen auch nicht antun! . . . Die Idee mit dem Institut war nur ein Notbehelf, Fee. Ich selbst wäre dann ziemlich ebenso übel dran . . . Es könnte sich ereignen, daß ich Sie einen, auch zwei Tage nicht sehen dürfte, und dann stände ein Dutzend naseweiser Mitschülerinnen um uns her und finge jedes Wort auf, das zwischen uns fiele; oder Frau von Berg, die strenge Vorsteherin, säße daneben und duldete nicht, daß ich auch nur einmal Ihre kleine Hand in der meinigen behielte . . . Nein, ich muß zu jeder Stunde in dies liebe, trotzige Gesicht da sehen dürfen – ich muß wissen, daß da, wohin ich nach den Anstrengungen meines Berufes zurückkehre, meine Fee auf mich wartet und an mich denkt – ich muß am stillen, trauten Abend inmitten meiner vier Wände bitten dürfen: Fee, ein Lied! Das alles kann nur geschehen, wenn – Sie mein Weib sind!«

Felicitas stieß einen Schrei aus und versuchte sich loszureißen; aber er hielt sie fest und zog sie näher an sich.

»Der Gedanke erschreckt Sie, Felicitas!« sagte er tief erregt. »Ich will hoffen, daß es nur der Schreck des Unerwarteten ist und nichts Schlimmeres . . . Ich sage ja mir selbst, daß es vielleicht langer Zeit bedürfen wird, ehe Sie mir das sein können, was ich ersehne – gerade bei Ihrem Charakter läßt sich eine so rasche Wandlung schwer annehmen, nach welcher der ›verabscheute Todfeind‹ ein Gegenstand inniger Neigung werden soll. Aber ich will um Sie werben mit der Ausdauer einer unvergänglichen Liebe; ich will warten – so schwer dies auch sein mag –, bis Sie mir einst aus eigenem Antrieb sagen: ›Ich will, Johannes!‹ ... Ich weiß ja, welche Wunder im Menschenherzen vorgehen können. Ich floh aus der kleinen Stadt, um mir selbst und meinen furchtbaren inneren Kämpfen zu entrinnen, und da vollzog sich das Wunder erst recht! Der qualvollsten Sehnsucht gegenüber zerfielen diese Kämpfe in nichts; ich wußte nun, daß das, was ich vermessen und trotzig abschütteln wollte, meines Lebens Seligkeit werden würde ... Fee, inmitten nichtssagenden Geschwätzes und koketter Gesichter schritt das einsame Mädchen mit der energischen Haltung und der weißen Stirne voll kraftvoller Gedanken unablässig neben mir her, über Berg und Tal – sie gehörte zu mir, sie war die andere Hälfte meines Lebens, ich sah ein, daß ich mich nicht mehr von ihr losreißen könne, ohne innerlich zu verbluten! ... Und nun ein einziges Wort der Beruhigung, Felicitas!«

Das junge Mädchen hatte allmählich ihre Hand aus der seinigen gezogen. Wie war es möglich, daß ihm, während er sprach, die Veränderung in ihrem Äußeren entgehen konnte! Die Brauen wie in heftigem, physischem Schmerz zusammengezogen, haftete ihr erloschener Blick längst am Boden, und die eiskalten Finger verschlangen sich krampfhaft ineinander.

»Beruhigung wollen Sie von mir?« versetzte sie mit schwacher Stimme. »Vor einer Stunde haben Sie mir gesagt: ›Das soll Ihr letzter Kampf gewesen sein‹, und jetzt schleudern Sie mich mit eigener Hand in den entsetzlichsten, den die Menschenseele durchzumachen hat! ... Was ist ein Kampf wider äußere Feinde gegen das Ringen mit sich selbst und den eigenen Wünschen?«

Sie hob die festverschlungenen Hände empor und warf wie in Verzweiflung den Kopf zurück. »Ich weiß nicht, was ich verbrochen habe, daß Gott mir diese unselige Liebe ins Herz gelegt hat!«

»Fee!«

Der Professor breitete seine Arme aus, um sie an seine Brust zu ziehen, aber sie streckte ihm abwehrend die Hände entgegen, wenngleich ein Schimmer der Verklärung über ihr Gesicht flog. »Ja, ich liebe Sie – das sollen Sie wissen!« wiederholte sie in Tönen, die zwischen Jauchzen und Tränen schwankten. »Ich würde schon in diesem Augenblick sagen können: Ich will, Johannes! Aber diese Worte werden nie ausgesprochen werden!«

Er wich zurück, und Leichenblässe bedeckte sein Gesicht.

»Sie sind geflohen aus X., und warum?« hob sie fester an; sie richtete sich empor, und einer ihrer durchdringendsten Blicke traf die Augen, aus denen plötzlich alles Leben entwichen schien. »Ich will es Ihnen sagen. Ihre Liebe zu mir war ein Verbrechen gegen Ihre Familie, sie stieß alle Ihre wohlgepflegten Grundsätze um und mußte deshalb wie ein Unkraut aus Ihrem Herzen gerissen werden. Daß Sie von Ihrer Flucht nicht geheilt zurückgekehrt sind, ist nicht Ihre Schuld – Sie unterlagen derselben Macht, die auch mich zwingt, Sie gegen meine Grundsätze zu lieben ... Wohl mag es ein erbitterter Kampf gewesen sein, bis alle die stolzen Kauf- und Handelsherren dem verachteten Spielerskind Platz gemacht haben – nichts in der Welt wird mich glauben machen, daß ich diesen Platz für meine ganze Lebenszeit behaupten werde! ... Sie haben mir vor wenigen Wochen die unerschütterliche Überzeugung ausgesprochen, daß die Standesverschiedenheit in der Ehe sich unausbleiblich räche – dieses Prinzip haben Sie wer weiß wie viele Jahre hindurch festgehalten, es kann unmöglich in sechs Wochen sich spurlos verflüchtigt haben, es wird nur verleugnet – und selbst wenn es einer anderen Überzeugung gewichen wäre, was müßte alles geschehen, um die Erinnerung an diesen Ausspruch in meiner Seele zu tilgen!«

Sie schwieg einen Augenblick erschöpft. Der Professor hatte die Rechte auf die Augen gepreßt, und um seine Lippen zuckte es wie ein leichter Krampf. Jetzt ließ er die Hand sinken und sagte tonlos: »Ich habe die Vergangenheit gegen mich – aber Sie sind doch im Irrtum, Felicitas ... O Gott, wie soll ich Ihnen das beweisen!«

»In den äußeren Verhältnissen hat sich nicht das mindeste geändert«, fuhr sie unerbittlich fort. »Es ist weder ein Flecken auf Ihre Familie gefallen, noch bin ich irgendwie meinem verachteten Standpunkt entrückt – meine Persönlichkeit ist es mithin allein, welche diese Umkehr bewirkt hat – es wäre vermessen und gewissenlos von mir, wollte ich den Moment benutzen, indem Sie die mit Ihnen festverwachsenen Prinzipien mühsam niederhalten und nur Ihrer Liebe Gehör geben ... Ich frage Sie aufs Gewissen: Nicht wahr, Sie haben eine sehr hohe Meinung von der Vergangenheit Ihrer Familie? ... Und haben Sie sich auch nur einen einzigen Augenblick einzureden vermocht, daß diese Vorfahren, die sämtlich standesgemäß gewählt hatten, eine solche Mißheirat ihres Enkels billigen würden?«

»Felicitas, Sie sagen, Sie lieben mich, und sind fähig, mich so systematisch zu martern?« rief er heftig.

Ihr Blick, der unverwandt auf seinem Gesicht geruht hatte, schmolz – wer hätte in diesen stolzen Augen den Ausdruck unbeschreiblicher Zärtlichkeit gesucht, der sie jetzt beseelte!

»Als Sie mir vorhin das Leben an Ihrer Seite schilderten, da habe ich mehr gelitten, als sich aussprechen läßt«, sagte sie in tiefster Bewegung, »es würden vielleicht hundert andere an meiner Stelle die Augen vor der Zukunft verschließen und nach diesem augenblicklichen Glück greifen, aber so wie ich einmal bin, kann ich das nicht ... Das was lebenslänglich zwischen uns stehen wird, ist meine Furcht vor Ihrer Reue. Bei jedem finsteren Blick, bei jeder Falte auf Ihrer Stirn würde ich denken: ›Jetzt ist der Augenblick da, wo er bedauert, wo er umkehrt zu seinen ursprünglichen Ansichten, wo er dich innerlich verstößt als die Ursache seines Abfalls!‹ Ich würde Sie unglücklich machen mit diesem Mißtrauen, das ich nicht besiegen könnte.«

»Das ist eine furchtbare Wiedervergeltung!« sagte er dumpf und schmerzlich. »Übrigens will ich dies Unglück getrost auf mich nehmen ... Ich will Ihr Mißtrauen ohne Murren ertragen, so tief verwundend es auch ist – es muß jedoch einmal die Zeit kommen, wo es hell zwischen uns wird ... Felicitas, ich werde Ihnen eine Häuslichkeit schaffen, in der Ihnen so böse Gedanken gar nicht kommen können. Freilich wird es sich ereignen, daß ich manche Falte auf der Stirne, manch finsteren Blick mit nach Hause bringe – die sind unausbleiblich in meinem Wirkungskreis – aber dann ist ja eben meine Fee da, die sofort die Falten verwischt und den Blick aufhellt ... Könnten Sie es wirklich übers Herz bringen, Ihre eigene Liebe zu zertreten und einen Mann, dem Sie das höchste Erdenglück zu geben vermögen, elend zu machen?«

Felicitas war allmählich nach der Tür zugeschritten, sie fühlte ihre moralische Kraft treulos werden dieser angstvollen Beredsamkeit gegenüber, und doch mußte sie fest bleiben, gerade um seinetwillen.

»Wenn Sie mit mir in Abgeschiedenheit und Einsamkeit leben könnten, dann würde ich Ihnen willig folgen«, entgegnete sie, während sie hastig die Türklinke ergriff, als sei es ihr letzter Halt. »Glauben Sie nicht, daß ich die Welt selbst und ihr Urteil scheue – sie urteilt meist blind und einsichtslos – aber im Verkehr mit ihr fürchte ich eben den Feind in Ihnen selbst. Dort gilt die ›respektable‹ Herkunft sehr viel, und ich weiß, daß Sie darin mit der Welt harmonieren ... Sie haben einen bedeutenden Familienstolz – wenn Sie ihm auch in diesem Augenblick kein Recht einräumen – im Umgang mit solchen Bevorzugten wird und muß Ihnen früher oder später der bedauernde Gedanke kommen, daß Sie viel, sehr viel für mich aufgegeben haben.«

»Das heißt also mit anderen Worten, wenn ich Sie besitzen will, dann muß ich entweder meinen Wirkungskreis aufgeben und in einer Einöde leben, oder irgendeinen Flekken, einen unwürdigen Moment aus der Vergangenheit meiner Familie aufzufinden suchen!« rief er gereizt und bitter.

Eine jähe Röte stieg bei seinen letzten Worten in das Gesicht des jungen Mädchens. Unwillkürlich glitt ihre Hand über die Falten ihres Kleides und befühlte die scharfen Ecken des grauen Kastens, ob er auch sicher sei in seinem Versteck.

Der Professor durchmaß in unbeschreiblicher Aufregung das Zimmer.

»Das trotzige, unbequeme Element in Ihrem Charakter hat mir bereits viel zu schaffen gemacht«, fuhr er in demselben Ton fort, indem er vor Felicitas stehenblieb, »es zieht mich an und erbittert mich zugleich; in diesem Augenblick jedoch, da Sie mit rauher Konsequenz mir meine Liebe vor die Füße werfen und sich selbst zu einem so unnützen Opfer verurteilen, fühle ich geradezu eine Art Haß, einen wilden Ingrimm – ich könnte es zertreten! ... Ich sehe ein, daß ich jetzt nicht um einen Schritt weiter mit Ihnen komme – aber Sie aufgeben, daran denkt meine Seele nicht! ... Ihre Versicherung, daß Sie mich lieben, ist für mich ein unverbrüchlicher Schwur – Sie werden mir niemals treulos werden, Felicitas?«

»Nein«, versetzte sie rasch, und wohl gegen ihren Willen brach abermals ein voller Strahl der Liebe aus ihren Augen.

Der Professor legte seine Hand auf den Scheitel des jungen Mädchens, bog ihren Kopf leicht zurück und sah ihr mit einem Gemisch von Schmerz, Groll und Leidenschaft ins Gesicht . . . Er schüttelte leise den Kopf, als unter diesem beschwörenden Blick ihre Wimpern sich tief auf die Wangen legten und die Lippen fest geschlossen blieben – ein tiefer Seufzer hob seine Brust.

»Nun, da gehen Sie!« sagte er gepreßt und tonlos. »Ich willige in eine vorläufige Trennung, aber nur unter der Bedingung, daß ich Sie öfter sehen darf, wo Sie auch sein mögen.«

Sie schalt sich innerlich unsäglich schwach, daß sie ihm zusagend die Hand hinreichte, doch ihm diesen Trost zu nehmen, vermochte sie nicht . . . Er wandte sich rasch ab, und sie trat hinaus in den Vorsaal.

Johannes gelangt in den Besitz des Buches der alten Mamsell

XXVI

DRAUSSEN STRECKTE SIE in namenloser Qual unwillkürlich die Arme gen Himmel. Wie hatte sie gelitten in den letzten Augenblicken, die an Bitterkeit und Schmerzen alles hinter sich ließen, was dies junge, schwergeprüfte Herz bereits hatte durchkämpfen müssen!

Sie zog unbewußt den kleinen Kasten hervor – das Geheimnis da drinnen zertrümmerte die Schranke, die sich zwischen ihr und dem geliebten Mann auftürmte, es fiel schwer in die Waagschale ihrer verachteten Herkunft gegenüber – kam der Versucher nochmals über sie? Nein, Tante Cordula, dein Wille soll geschehen, so glänzend dies Buch dich rechtfertigt! Und er? . . . Ihn wird die Zeit heilen; der Schmerz der Entsagung heiligt die Seele – die Mitwisserschaft eines Verbrechens aber erniedrigt und lähmt sie für immer ... Noch in dieser Stunde sollte dies kleine, unheilvolle Buch zu Asche werden! Felicitas sah noch einmal nach der Tür zurück, hinter welcher sie den Professor rastlos auf und ab gehen hörte, dann glitt sie die Mansardentreppe hinab und öffnete geräuschlos die bemalte Tür.

Den Wanderer, der ahnungslos auf den grauenvollen Leib einer Schlange tritt und plötzlich das furchtbare Haupt der Gereizten vor sich aufbäumen sieht, ihn kann kein größeres Entsetzen packen, als Felicitas in dem Augenblick empfand, als sie in den Korridor heraustrat. Fünf Finger legten sich mit raschem Griff um ihre Linke, die noch den Kasten hielt, und dicht neben ihrem Gesicht funkelten zwei Augen in einem grünlichen Licht – es waren die süßen, sanften Madonnenaugen der Regierungsrätin.

Das schöne Weib hatte in diesem Moment den bestrikkenden Zauber weiblicher Anmut und Zartheit völlig abgestreift – wie konnten diese rosigen, im Gebet so weich und graziös sich verschlingenden Hände derb und energisch zugreifen und festhalten! Welcher Ausdruck satanischer Bosheit lag in diesem Engelsangesicht und verzerrte die kindisch weichen Linien bis zur Unkenntlichkeit!

»Das trifft sich ja charmant, schöne, stolze Karoline, daß ich Ihnen gerade begegnen muß in dem Augenblick, als Sie dies allerliebste Schmuckkästchen in Sicherheit bringen wollen!« rief sie hohnlachend und legte rasch auch noch ihre Linke wie einen Schraubstock auf die Hand des Mädchens, das sich loszureißen suchte. »Haben Sie die Freundlichkeit, diesen unglücklichen kleinen Verräter da noch ein wenig in der Hand zu behalten – es liegt mir durchaus nichts daran, daß Sie ihn fallen lassen ... Nur noch einen Moment Geduld: Ich brauche Zeugen, um vor Gericht beweisen zu können, daß ich die Diebin auf frischer Tat ertappt habe – Johannes, Johannes!«

Wie klang es schrill und kreischend durch den Korridor, das sonst so silberreine, in Erbarmen und christlicher Milde hinschmelzende Organ der jungen Witwe.

»Ich bitte Sie um Gottes willen, lassen Sie mich los, gnädige Frau!« bat Felicitas in Todesangst, während sie mit ihr rang.

»Nicht um die Welt! Er soll sehen, wen er heute an seine Seite gestellt hat ... Es war wohl recht süß zu hören: ›Hier ist Ihr Platz‹? Sie glaubten sich am Ziel, Sie ehrlose Kokette, aber ich bin auch noch da!«

Sie wiederholte ihren Hilferuf – es war unnötig; der Professor kam bereits die Treppe herab und trat in die Tür; zu gleicher Zeit erschien Heinrich am anderen Ende des Korridors.

»Ach, da oben warst du, Johannes?« rief die Regierungsrätin. »Ich glaubte dich hier unten im zweiten Stock. In diesem Fall ist ja die Kunst dieser jungen Taschenspielerstochter um so mehr zu bewundern, als sie dir das Erbteil der seligen Tante sozusagen unter der Hand wegeskamotiert hat!«

»Bist du von Sinnen, Adele?« rief er rasch, die letzte Stufe verlassend, von wo aus er erstaunt die unbegreifliche Szene überblickt hatte.

»Ganz und gar nicht!« klang es ironisch zurück. »Halte mich nicht für gewalttätig, lieber Vetter, weil ich notgedrungen das Amt eines Häschers übernehmen mußte. Aber der Herr Rechtsanwalt Frank verweigerte mir indigniert seine Hilfe bei der Entdeckung des Silberdiebes, du selber nahmst diese Unschuld hier unter deine Fittiche – was blieb mir da anders übrig, als eigenmächtig zu handeln? Du siehst diese fünf Finger hier, sie umklammern den Kasten, den sie von oben herabgetragen haben – diese Tatsache wäre konstatiert, und nun wollen wir sehen, was die Elster in ihr Nest tragen wollte!«

Sie riß mit Blitzesschnelle den Kasten aus Felicitas' Hand. Das junge Mädchen stieß einen Schrei aus und haschte angstvoll nach dem entrissenen Geheimnis, allein die Regierungsrätin flog auflachend mit dem Raub einige Schritte tiefer in den Korridor und hob fieberhaft den Dekkel ab.

»Ein Buch!« murmelte sie bestürzt – Kasten und Deckel fielen zur Erde. Sie nahm den Einband mit beiden Händen, schüttelte das Buch heftig hin und her und ließ die Blätter voneinander klaffen: Es sollten und mußten doch wenigstens Banknoten oder Dokumente oder irgend etwas Wertvolles herausfallen – nichts von alledem!

Unterdes hatte sich Felicitas von ihrem tödlichen Schrecken erholt. Sie ging der Dame nach und verlangte mit ernsten Worten das Buch zurück; aber bei aller scheinbarer Ruhe hörte man doch die innere Angst deutlich an ihrer Stimme.

»Ha – meinen Sie wirklich?« rief die junge Witwe hämisch und drehte ihr, das Buch fest an ihre Brust drükkend, gewandt den Rücken zu. »Sie sehen mir viel zu ängstlich aus, als daß ich meinen Verdacht sofort aufgeben sollte«, fuhr sie fort, indem sie den Kopf verächtlich über die Schulter nach dem jungen Mädchen zurückbog. »Irgendeine Bewandtnis muß es mit dieser Geheimnistuerei haben – lassen Sie uns einmal sehen, meine Kleine!«

Sie schlug das Buch auf: Es waren keine Banknoten, keine Kostbarkeiten, die auf dem gelb gewordenen Blatt dalagen – nur Worte, zart und anmutig geschriebene Worte; aber wenn plötzlich aus diesem häßlichen Büchlein ein Dolch nach der Brust der jungen Witwe gezückt worden wäre, sie hätte nicht entsetzter und fassungsloser zurückschrecken können als bei dem augenblicklichen Überfliegen dieser so harmlos aussehenden, über die aufgeschlagene Seite hingestreuten kleinen Worte! Das rosige

Gesicht wurde weiß bis in die Lippen, sie legte instinktmäßig die Hand bedeckend über die stieren Augen, und die üppige Gestalt sah für einen Moment aus, als bedürfe sie einer Stütze.

Aber diese junge Frau hatte sich ja zeitlebens in der Selbstbeherrschung vor Zeugen geübt, um des Nimbus der Gottseligkeit willen. Sie hatte gelernt, die Augen fromm und madonnenhaft zum Himmel aufzuschlagen, ob auch ihr Herz in Groll und Rache schwoll; sie konnte mit tiefer Inbrunst einer Predigt zuhören, während ihre Seele bei einer neuen Toilette verweilte; sie sprach, wo sie konnte, empört und mit dem Rot der Entrüstung auf den Wangen über das sündhafte Treiben der Welt, über den nicht zu verzeihenden Mangel an Bibellesen und las heimlich die schlüpfrigsten französischen Romane.

Diese unglaubliche Biegsamkeit und Elastizität ihres äußeren Menschen hatte sich in entscheidenden Momenten stets bewährt, und auch jetzt bedurfte es kaum einiger Sekunden, um ihr die vollständige Fassung zurückzugeben. Sie schlug das Buch zu, und ein vortrefflich gelungener Zug der Enttäuschung spielte um ihre blassen Lippen.

»Es ist wirklich eine elende, alte Scharteke!« rief sie nach dem Professor hinüber, während sie wie in halber Zerstreutheit das Buch in ihre Tasche schob. »Ich finde es sehr albern von Ihnen, Karoline, daß Sie um dieser Lappalie willen einen solchen Lärm veranlassen!«

»Sie hat diesen Lärm veranlaßt?« fragte der Professor rasch hinzutretend – er bebte vor innerer Aufregung. »Ich glaubte, du habest mich zu Hilfe gerufen, um dieses junge Mädchen vor Zeugen des Silberdiebstahls zu überführen! ... Willst du wohl die Gewogenheit haben, deine nichtswürdige Anschuldigung hier auf der Stelle zurückzunehmen?«

»Du siehst, daß ich augenblicklich außerstande bin –«

»Augenblicklich?« unterbrach er sie heftig. »Du wirst dieses kränkende Wort zurücknehmen und der Beleidigten in meiner und Heinrichs Gegenwart sofort volle Satisfaktion geben!«

»Mit tausend Freuden, lieber Johannes! Es ist ja Christenpflicht, einen Irrtum zu bekennen und gutzumachen . . . Meine beste Karoline, verzeihen Sie mir, ich habe Ihnen Unrecht getan!«

»Und nun gib das Buch zurück!« befahl der Professor kurz und unerbittlich weiter.

»Das Buch?« fragte sie mit ihrer völlig wiedergewonnenen, kindlich unschuldigen Miene. »Aber liebster Johannes, es gehört ja gar nicht Karoline.«

»Wer sagt dir denn das?«

»Nun, ich habe flüchtig den Namen der alten Tante Cordula darin gelesen! . . . Wenn jemand darüber zu verfügen hat, so bist du es, als Erbe ihrer Mobilien und Bücher . . . Es hat an sich nicht den geringsten materiellen Wert – wie es scheint, ist es eine Abschrift alter Dichtungen . . . Was wolltest du mit dem sentimentalen Zeug da anfangen? Aber ich bin eine Freundin solcher alten vergilbten Bücher – für mich ist es trotz seiner Unsauberkeit und Plumpheit eine Art Kabinettstück . . . Bitte, schenk es mir!«

»Vielleicht, nachdem ich's gesehen haben werde«, versetzte er kalt und achselzuckend und streckte die Hand aus, um das Buch in Empfang zu nehmen.

»Aber es würde ja dadurch gerade einen überhöhten Wert für mich erhalten, wenn du es mir unbesehen überlassen wolltest«, bat sie mit lieblich schmeichelnder Stimme weiter. »Müßte ich nicht denken, du hättest materielle Interessen bei diesem ersten und einzigen Geschenk, um das ich dich bitte?«

Eine dicke Zornader schwoll auf der Stirn des Professors. »Ich erkläre dir hiermit, daß es mir gleichgültig ist, wie du über mein Verhalten denkst«, sagte er schneidend. »Ich verlange unter allen Umständen das Buch zurück ... Du bist mir sehr verdächtig! Die Abschrift irgendeiner alten, sentimentalen Dichtung kann unmöglich die ›vollendete Weltdame‹ plötzlich so schreckensbleich gemacht haben.«

Mit diesen Worten vertrat er der Regierungsrätin den Weg; ihr ungewisser Blick, der mit Blitzesschnelle die Länge des Korridors durchmaß, und eine rasche Bewegung verrieten unwiderleglich, daß sie das Weite suchen wollte. Der Professor ergriff ihre Hand und hielt sie fest.

Felicitas geriet außer sich bei dem Gedanken, daß er seine Absicht erreichen werde. Es war ihr schrecklich, das Buch im Besitz der abscheulichen Heuchlerin zu wissen, aber sie mußte sich selbst sagen, daß es dort so sicher sei wie in ihren Händen, und jedenfalls heute noch für immer spurlos verschwinden werde. Sie stellte sich deshalb an die Seite der Regierungsrätin, um ihr die Flucht zu erleichtern.

»Ich bitte, Herr Professor, lassen Sie der gnädigen Frau das Buch!« bat sie so ernst und ruhig, wie es ihr in diesem kritischen Moment möglich war. »Sie wird sich beim Lesen desselben völlig überzeugen, daß es voreilig war, irgendeine Kostbarkeit in dem kleinen Kasten zu vermuten.«

Der erste mißtrauische Blick fiel aus den stahlgrauen Augen auf ihr Gesicht – es war, als träfe sie ein Messerstich; sie wurde flammendrot und schlug die Augen nieder.

»Also auch Sie lassen sich zu einer Bitte herbei?« fragte er scharf und sarkastisch. »Da handelt es sich ganz gewiß um mehr als um ›sentimentales Zeug‹! ... Zudem erinnere ich mich, daß meine Cousine vorhin behauptete, Sie sähen sehr ängstlich aus, und ich gestehe, daß ich dieselbe Beobachtung gemacht habe ... Ich frage Sie jetzt aufs Gewissen: Was enthält das Buch?«

Das war ein entsetzlicher Moment. Felicitas rang mit sich selbst, sie öffnete die Lippen, aber kein Laut wurde hörbar.

»Bemühen Sie sich nicht!« sagte er ironisch lächelnd zu dem jungen Mädchen, während er die Hand der Regierungsrätin fester zusammenpreßte, da sie verschiedene Manipulationen machte, um sich allmählich loszuwinden. »Sie können mitleidlos, rauh und entsetzlich aufrichtig sein, aber lügen können Sie nicht ... Das Buch enthält also keine Dichtung, sondern irgendeine Wahrheit, eine Tatsache, die ich um keinen Preis wissen soll ... Willst du endlich die Freundlichkeit haben, Adele, mir mein Eigentum, wie du es selbst genannt hast, herauszugeben?«

»Mach mit mir, was du willst, aber bekommen wirst du es nie!« rief mit verzweiflungsvoller Entschiedenheit die Regierungsrätin, die in ihrer Angst gänzlich aus der Rolle des harmlos bittenden Kindes fiel. Sie machte abermals verzweifelte Anstrengungen, sich loszureißen, und es gelang – sie floh wie gejagt; aber da stand Heinrich mit ausgespreizten Armen und Beinen wie eine Mauer und füllte den schmalen Korridor völlig aus. Sie prallte zurück. »Unverschämter Mensch, gehen Sie mir aus dem Weg!« schrie sie auf und stampfte außer sich mit dem Fuß.

»Jawohl, gleich, gnädige Regierungsrätin«, entgegnete er ruhig und höflich, ohne jedoch im geringsten seine Stellung zu verändern, »geben Sie nur erst das Büchlein her, nachher will ich schon gern auf die Seite treten.«

»Heinrich!« rief Felicitas herbeispringend; sie rüttelte verzweiflungsvoll an seinem Arm. »Ach, das hilft dir nichts, Feechen!« schmunzelte er, als seine alten Knochen unter den ohnmächtigen Anstrengungen des jungen Mädchens eisenfest verharrten. »Ich bin nicht so auf den Kopf gefallen, wie du denkst – du möchtest aus purer Gutmütigkeit gern einen dummen Streich machen, und das leide ich nicht!«

»Laß die Dame vorüber, Heinrich!« gebot der Professor ernst. »Aber hiemit sollst du wissen, Adele, daß ich ohne weiteres den einzigen Weg einschlagen werde, der mir zu meinem Eigentum verhilft! Es kann mir niemand verwehren anzunehmen, daß das Buch wichtige Enthüllungen über den Nachlaß der Tante enthält – möglicherweise gibt es Aufschluß über verborgene Gelder –«

»Nein, nein!« beteuerte Felicitas, ihn unterbrechend.

»Es ist meine Sache, zu denken, was ich will!« versetzte er streng und unerbittlich. »Und Sie als auch Heinrich werden mir vor Gericht bezeugen, daß diese Dame hier ein vielleicht sehr bedeutendes Erbteil meiner Familie unterschlagen hat.«

Die Regierungsrätin fuhr empor, als habe sie eine Natter gebissen. Sie warf einen wilden Blick auf ihren unbeugsamen Peiniger, und jetzt kam die rasende Leidenschaftlichkeit über sie, mit der sie Taschentücher zerriß und Tassen zerschmetterte. Sie riß das Buch aus der Tasche und warf es ihm unter gellendem Hohngelächter vor die Füße.

»Da nimm es, du eigensinniger Tor!« rief sie, und ihr ganzer Körper bebte, als schüttle sie ein Krampf. »Ich gratuliere dir zu dem interessanten Schriftstück! ... Trage die Schande, von der es dir erzählen wird, mit Würde!«

Sie flog durch den Korridor die Treppe hinab und warf unten die Zimmertür schmetternd in das Schloß.

Der Professor sah der Regierungsrätin mit einem entschiedenen Ausdruck von lächelndem Hohn und tiefer Verachtung nach. Dann betrachtete er einen Moment das plumpe Äußere des Buches, während Felicitas' Blick in namenloser Angst an den Fingern hing, die sich zwischen die Blätter legten und sie jeden Augenblick aufschlagen konnten. Ein Gemisch von sorgenvollem Sinnen und peinlicher Spannung lag in seinen Zügen – die letzten verhängnisvollen Worte der Regierungsrätin hatten ihn nicht eigentlich frappiert, er hatte offenbar diese Entwicklung des widerwärtigen Vorganges vermutet; es handelte sich für ihn jedenfalls nur noch darum, welcher Art die geweissagte Schande sei . . . Plötzlich sah er auf und in die flehenden braunen Augen des jungen Mädchens – welche Gewalt hatten doch diese Augen über den strengen Mann! Es war, als streiche sofort eine sanfte Hand glättend über die finster gerunzelte Stirn, und um die Lippen zuckte es wie ein halbes Lächeln.

»Und nun werde ich über Sie Gericht halten!« hob er an. »Sie haben mich schmählich hintergangen. Während Sie mir da droben mit einer Aufrichtigkeit gegenüberstehen, auf die ich hätte schwören wollen, tragen Sie ein Hellwigsches Familiengeheimnis in der Tasche! . . . Was soll ich von Ihnen denken, Fee? . . . Sie können diese abscheuliche Falschheit nur wiedergutmachen, wenn Sie ohne Rückhalt meine Fragen beantworten.«

»Ich will alles sagen, was ich darf, aber dann bitte ich Sie, ich bitte Sie inständigst, geben Sie mir das Buch zurück!«

»Ist das wirklich meine stolze, trotzige, unbeugsame Fee, die so süß bitten kann?«

Bei diesen Worten des Professors entfernte sich Heinrich unbemerkt und wohlweislich, aber er setzte sich wie zu Tode erschrocken auf die erste Treppenstufe nieder und griff an seinen grauen Kopf, ob er nach dem Gehörten wirklich noch an der alten Stelle sitze.

»Sie sind also heute lediglich in die Mansardenwohnung eingedrungen, um dies Buch zu holen?« inquirierte der Professor.

»Ja.«

»Auf welchem Weg? – Ich fand alle Türen fest verschlossen.«

»Ich bin über die Dächer gegangen«, versetzte sie zögernd.

»Das heißt, durch die Bodenräume?«

Sie wurde dunkelrot. War sie auch befreit von dem Verdacht einer gemeinen Handlung, so trug dieselbe immerhin das tadelnswerte Gepräge des Einbruchs.

»Nein«, sagte sie bedrückt, »durch die Bodenräume führt kein Weg, ich bin aus einem der gegenüberliegenden Mansardenfenster gestiegen und über die Dächer gegangen.«

»Bei diesem furchtbaren Sturm?« fuhr er erbleichend auf. »Felicitas, Sie sind entsetzlich in Ihren Konsequenzen!«

»Es blieb mir keine andere Wahl!« erwiderte sie bitter.

»Und warum suchten Sie um jeden Preis in den Besitz des Buches zu gelangen?«

»Ich betrachtete es als heiliges Vermächtnis meiner Tante Cordula. Sie hatte mir gesagt, der kleine graue Kasten – seinen Inhalt kannte ich nicht – müsse vor ihr sterben. Der Tod überraschte sie, und ich hatte die feste Überzeugung, daß der Kasten nicht vernichtet sei; zudem stand er in dem Geheimfach, welcher das sämtliche Silberzeug enthält, ich konnte dieses Versteck nicht angeben, ohne das Buch unbefugten Händen mit zu überliefern.«

»Armes, armes Kind, wie mögen Sie sich geängstigt haben! . . . Und nun ist all diese heroische Selbstverleugnung umsonst gewesen, das Buch ist doch in ›unbefugten Händen‹!«

»O nein, Sie werden es mir zurückgeben!« bat sie in Todesangst.

»Felicitas«, sagte er ernst und gebieterisch, »Sie werden

mir jetzt der Wahrheit gemäß zwei Fragen beantworten: Kennen Sie den Inhalt genau?«

»Zum Teil, seit heute.«

»Und kompromittiert er Ihre alte Freundin?«

Sie schwieg unschlüssig. Vielleicht gab er ihr bei Bejahung dieser Frage das Buch zur Vernichtung zurück, aber dann beschimpfte sie Tante Cordulas Andenken und bestätigte die abscheulichen Gerüchte von ihrer vermeintlichen Schuld.

»Es ist Ihrer unwürdig, auf Ausflüchte zu sinnen, mag Ihre Absicht noch so gut und rein sein!« unterbrach er das bedrückende Schweigen streng. »Sagen Sie einfach ja oder nein!«

»Nein!«

»Ich wußte es«, murmelte er. »Und nun seien Sie verständig«, mahnte er, »fügen Sie sich in das Unabänderliche, ich werde das Buch lesen!«

Sie wurde blaß wie der Tod, aber aufs Bitten verlegte sie sich nicht mehr. »Tun Sie das, wenn es sich mit Ihrer Ehre verträgt!« stieß sie hervor. »Sie legen Hand an ein Geheimnis, das Sie nicht wissen sollen ... In dem Augenblick, indem Sie das Buch aufschlagen, nehmen Sie den furchtbarsten, fortgesetzten Opfern eines ganzen Frauenlebens allen Wert!«

»Sie kämpfen tapfer, Felicitas«, entgegnete er ruhig, »und wären die letzten Worte nicht, die jene Frau« – er deutete nach der Richtung, wo die Regierungsrätin verschwunden war – »in ihrer Raserei mir hingeworfen hat, so gäbe ich Ihnen das schlimme Geheimnis unbesehen zurück. So aber muß ich die Schande kennen, die auf meinem Namen liegt, und ist die arme Einsame in der Mansarde stark genug gewesen, sie vor fremden Augen zu hüten, so werde ich auch wohl die Kraft finden, sie zu ertragen ... Ich bin doppelt gezwungen, der Sache auf den Grund zu gehen. Die Linie Hellwig am Rhein ist offenbar im Mitbesitz des Geheimnisses und möglicherweise an irgendeiner Büberei beteiligt – wenn Sie auch schweigen und die Augen niederschlagen, ich sehe doch deutlich an Ihrem Gesicht, daß ich richtig vermute –, meine Cousine wußte ohne Zweifel um die Familienschande und war nur entsetzt, sie plötzlich niedergeschrieben zu finden ... ich werde mit diesen Hehlern abrechnen! ... Trösten Sie sich, Fee!« fuhr er weich und zärtlich fort und strich sanft mit der Hand über den Scheitel des jungen Mädchens, das in stummer Verzweiflung vor ihm stand. »Ich kann nicht anders handeln, und wenn mir als Preis die Versicherung geboten würde, daß Sie sofort die Meine werden wollten – ich müßte nein sagen!«

»Ich kann mich nie wieder beruhigen«, rief sie in ausbrechender Klage, »denn ich habe Sie unglücklich gemacht durch meine Unvorsichtigkeit!«

»Sie werden ruhig werden«, sagte er ernst und nachdrücklich, »wenn Sie einsehen lernen, daß Ihre Liebe mir alles überwinden hilft, was das Leben Schweres auf meinen Weg wirft!«

Er drückte ihre kleine, eiskalte Hand und ging in sein Zimmer. Felicitas aber preßte die heiße Stirn an das Fensterkreuz und starrte hinab in den Vorderhof, wo ein furchtbarer Gewitterregen mit solchem Ungestüm niederprasselte, als gelte es, das Blut des gemordeten Adrian Hirschsprung von den Steinplatten wegzuwaschen, und mit ihm den Schandfleck, der auf dem Namen Hellwig lastete.

Die Offenbarung der Wahrheit der Familie Hellwig und der Heiratspläne durch Johannes

XXVII

EINE STUNDE SPÄTER trat der Professor in das Wohnzimmer seiner Mutter. Seine Stirn war um einen Hauch bleicher als gewöhnlich; aber Gesichtsausdruck und Haltung ließen mehr als je die männliche Entschiedenheit und moralische Kraft hervortreten, die seine äußere Erscheinung zu einer bedeutenden machte.

Frau Hellwig saß hinter ihrem Asklepiasstock und strickte. Masche um Masche wurden unter diesen fleischigen weißen Händen zu Sprossen einer Leiter, die schnurstracks zum Himmel emporstieg – denn es war ein Missionsstrumpf, an welchem die große Frau strickte.

Der Professor legte ein aufgeschlagenes kleines Buch auf das Tischchen, hinter welchem sie saß.

»Ich habe in einer sehr ernsten Angelegenheit mit dir zu reden, Mutter«, sagte er, »zuvor aber muß ich dich bitten, einen Blick in diese Blätter zu werfen.«

Sie legte erstaunt den Strickstrumpf hin, setzte die Brille auf und nahm das Buch. »Ei, das sind ja der alten Cordula ihre Kritzeleien!« meinte sie unwirsch, aber sie fing an zu lesen.

Der Professor legte die linke Hand auf den Rücken, ließ die rechte unablässig über den Bart gleiten und ging schweigend im Zimmer auf und ab.

»Ich sehe nicht ein, inwiefern mich die kindische Liebesgeschichte mit dem Schusterjungen interessieren soll!« rief die große Frau unwillig, nachdem sie zwei Seiten überlesen hatte. »Wie kommst du denn auf die Idee, mir die alte Scharteke zu bringen, die mir die ganze Stube verpestet mit ihrem Modergeruch?«

»Ich bitte dich, lies weiter, Mutter!« rief der Professor ungeduldig. »Du wirst sehr bald den Modergeruch vergessen über anderen schlimmen Seiten, die das Buch hat.«

Sie nahm es mit sichtbarem Widerwillen auf und überschlug einige Blätter. Aber allmählich kam Spannung in dies Steingesicht; die knisternden Blätter flogen immer rascher durch ihre Finger. Ein feines Rot trat in die weißen Wangen, es lief über die Stirne und wurde plötzlich zu Purpur ... Merkwürdigerweise jedoch war es weder ein eigentlicher Schrecken noch gar Entsetzen, was die Frau erfaßte – mit einem maßlosen Erstaunen, in das sich sehr bald ein unsäglicher Hohn mischte, ließ sie das Buch in den Schoß sinken.

»Das sind ja merkwürdige Dinge! Ei, sieh da, wer hätte das gedacht! Die ehrenhafte, hochangesehene Familie Hellwig!« rief sie, die Hände zusammenschlagend – in ihrer Stimme stritten Haß, Triumph und gesättigte Bosheit. »Also die Geldsäcke, auf denen die stolze Frau Kommerzienrätin, meine Frau Schwiegermutter, saß, waren zum Teil gestohlen! ... Ei, ei, da rauschte man in Samt und Seide daher – da gab man Feste, bei denen der Champagner in Strömen floß und wo man sich von den Schmarotzern eine schöne und geistreiche Frau nennen ließ! ... Und ich, ich mußte diese jubilierenden Gäste bedienen – niemand beachtete neben der leichtfertigen, üppigen Frau die arme, junge Verwandte, die in ihrer Tugend und Gottesfurcht hoch stand über den sündhaften, elenden Schwelgern ... Da hab' ich oft die Zähne zusammengebissen und im Herzen zu meinem Gott gebetet, er möge dieses verruchte Treiben strafen nach seiner Gerechtigkeit! ... Er hatte bereits gerichtet ... Oh, wie wunderbar sind seine Wege! – Es war gestohlenes Geld, das sie verpraßten – ihre Seelen sind zweifach verloren!«

Der Professor war regungslos mitten im Zimmer stehengeblieben. Er hatte diese Art Auffassung so wenig vorausgesehen, daß er einen Augenblick fassungslos schwieg.

»Wie du die Großmutter dafür verantwortlich machen

kannst, das begreife ich nicht, Mutter«, sagte er nach einer kurzen Pause entrüstet. »Dann sind auch unsere Seelen verloren, denn wir sind bis auf den heutigen Tag im Genuß der Zinsen verblieben ... Übrigens wirst du bei dieser Ansicht um so mehr mit mir einverstanden sein, daß wir uns das sündhafte, unehrliche Geld so bald wie möglich vom Hals schaffen und es auf Heller und Pfennig zurückgeben.«

Vorhin, bei ihrem grenzenlosen Erstaunen, war Frau Hellwig sitzen geblieben und hatte einfach ihre Hände zusammengeschlagen, jetzt stützte sie dieselben auf die Armlehnen des Stuhles und fuhr mit einem Ruck empor.

»Zurückgeben?« wiederholte sie, als zweifle sie, recht gehört zu haben. »Wem denn?«

»Nun, selbstverständlich den möglicherweise existierenden Hirschsprungschen Erben.«

»Wie, an die ersten besten Strolche und Tagediebe, die vielleicht daherkommen und sich melden, sollten wir eine so enorme Summe auszahlen? ... Vierzigtausend Taler blieben ja wohl der Familie Hellwig, nachdem –«

»Ja, nachdem Paul Hellwig, der Ehrenmann, der echte und gerechte Streiter Gottes, der unleugbare Erbe des Himmelreiches, zwanzigtausend Taler an sich gerissen hatte!« unterbrach sie der Professor, bebend vor Entrüstung. »Mutter, du läßt die Seele meiner Großmutter zur Hölle fahren, weil sie unwissentlich geraubtes Geld verwendet hat – was verdient der, welcher mit teuflischer Überlegung und Berechnung ein Vermögen stiehlt?«

»Ja, er ist einen Moment der Versuchung erlegen«, versetzte sie, ohne auch nur im mindesten ihre Fassung zu verlieren. »Er war damals ein unbesonnener, junger Mensch, der den rechten Weg noch nicht gefunden hatte – der Teufel wählt ja gerade die besten und edelsten Seelen, um sie dem Reich Gottes abspenstig zu machen –, aber er hat sich emporgerafft aus dem Pfuhl der Sünde, und es steht geschrieben: ›Es wird Freude sein vor den Engeln Gottes über einen Sünder, der Buße tut.‹ Er kämpft unermüdlich für den heiligen Glauben – das Geld ist entsühnt, geheiligt in seinen Händen; denn er benutzt es zu Gott wohlgefälligen Zwecken!«

»Wir Protestanten haben auch unseren Jesuitenorden, wie ich sehe!« lachte der Professor in unsäglicher Bitterkeit auf.

»Genau so verhält es sich mit dem, was an unser Haus gekommen ist«, fuhr die große Frau unerschütterlich fort. »Sieh dich um, ob nicht auf allem, was wir tun und wirken, Gottes Hand sichtbar ruht! . . . Klebte die Sünde noch an dem Geld, es könnte nicht so herrliche Früchte bringen . . . Wir, du, mein Sohn, und ich, haben in Segen verwandelt, was einst Verbrechen gewesen ist, durch unseren Eifer im Dienst des Herrn, durch unseren gottseligen Wandel.«

»Ich bitte dich, Mutter, mich laß unerwähnt!« unterbrach er aufs tiefste empört diese haarsträubende Beweisführung. Er griff mit der Hand nach der Stirn und preßte sie, als ob sie unsäglich schmerze.

Ein giftiger Blick flog hinüber nach dem protestierenden Sohn, aber nichtsdestoweniger fuhr die große Frau mit erhöhter Stimme fort: »Wir sind nicht ermächtigt, Mittel, mit denen wir einer heiligen Sache dienen, mir nichts, dir nichts fortzuwerfen, damit sie vielleicht in weltlichen Genüssen vergeudet werden . . . Das ist der Hauptgrund, aus welchem ich mich mit allen Kräften gegen ein Aufrühren dieser verschollenen Geschichte sträuben werde – der zweite ist, daß du einen deiner Vorfahren beschimpfst.«

»Beschimpft hat er sich selbst und uns alle mit!« sagte der Professor rauh und finster. »Aber wir können wenigstens unsere Ehre retten, indem wir es verschmähen, die Hehler zu machen.«

Frau Hellwig verließ die Estrade und trat in ihrer ganzen Überlegenheit und stattlichen Würde vor ihren Sohn.

»Gut – setzen wir den Fall, ich gäbe dir nach in dem widerwärtigen Handel«, sagte sie kalt. »Wir nähmen also die vierzigtausend Taler – deren Verlust uns, nebenbei gesagt, zu einer nur mäßig bemittelten Familie machen müßte, aber sehen wir einmal auch davon gänzlich ab, also wir nähmen dies Geld und gäben es auf Heller und Pfennig zurück – wie nun, wenn die lachenden Erben auch noch die angelaufenen Zinsen und Zinseszinsen forderten – was dann?«

»Ich glaube nicht, daß sie dazu berechtigt sind – wenn es aber der Fall wäre, dann müßtest du dich eben an das Wort halten: ›Ich will die Sünden der Väter heimsuchen an den Kindern.‹«

»Ich bin keine geborene Hellwig – vergiß das nicht, mein Sohn!« unterbrach sie ihn schneidend. »Einen völlig unbefleckten, hochangesehenen Namen habe ich mit in dies Haus gebracht – mein Vater war ein fürstlicher Rat –, auf mich fällt die Schande mithin nicht; ebensowenig bin ich gesonnen, irgendein pekuniäres Opfer zu bringen, um den Flecken abzuwaschen – meinst du, ich sollte in meinen alten Tagen darben um dieser fremden Sünde willen?«

»Darben, wo du einen Sohn hast, der imstande ist, für dich zu sorgen? . . . Mutter, glaubst du nicht, daß ich dir mit dem, was ich gelernt habe, ein schönes, völlig sorgenfreies Alter verschaffen kann?«

»Ich danke dir, mein Sohn!« sagte sie eisig. »Aber ich ziehe es doch vor, von meinen Renten zu leben und mein eigener Herr zu bleiben. Ich hasse die Abhängigkeit – seit dem Tode deines Vaters habe ich keinen Willen gekannt als den des Herrn, meines Gottes, und meinen eigenen – und so soll es bleiben . . . Übrigens streiten wir nicht um des Kaisers Bart! Ich erkläre dir hiermit, daß ich diese ganze Geschichte für eine Erfindung der hirnverbrannten Person unter dem Dach halte. – Nichts in der Welt wird mich zwingen, sie als wahr, als wirklich geschehen anzuerkennen!«

In diesem Augenblick wurde die Tür geräuschlos geöffnet, und die Regierungsrätin trat herein. Die schöne Frau hatte geweint – man sah die Spuren deutlich an den geröteten Augenlidern, und auf dem zarten Samt der Wangen glühten dunkle Flecken. Es war unverkennbar, die Leidenschaft hatte eben noch diese Seele derb geschüttelt, wenn auch von seiten der Dame alles geschah, die unwiderleglichen Zeugen zu einem Gesamtbild unverschuldeten Leides umzustempeln. – Sie hatte, um ihr sehr derangiertes Haar zu verstecken, eine weiße duftige Tüllécharpe um den Kopf geschlungen. Sie sah das verhängnisvolle Buch auf dem Tisch liegen und zuckte zusammen. Langsam, wie eine Büßende, schritt sie auf den Professor zu und bot ihm mit schamvoll abgewandtem Gesicht die Hand – er aber verweigerte ihr die seinige.

»Verzeih mir, Johannes«, bat sie. »Ach, ich bin so ungestüm gewesen, daß ich's vor mir selbst nicht verantworten kann! Ich, die sonst so still und ruhig in meinem Gemüt bin, wie konnte ich nur so heftig werden! Aber die unselige Geschichte, sie trägt ganz allein die Schuld! . . . Bedenke, Johannes, mein lieber Papa ist durch dies abscheuliche Buch dort kompromittiert, und dir wollte ich doch auch um jeden Preis eine niederschlagende Entdeckung ersparen . . . Ich kann mir nicht helfen, aber ich muß immer denken, Karoline habe diesen entsetzlichen Zeugen aufgestöbert, nur um uns vor ihrem Weggang noch einen recht schlimmen Streich zu spielen . . .«

»Hüte deine verleumderische Zunge!« rief er drohend und so heftig auffahrend, daß sie erschrocken schwieg. »Übrigens will ich dir verzeihen«, setzte er nach einer

Pause, sich mühsam beherrschend, hinzu, »aber nur unter einer Bedingung.«

Sie sah ihn fragend an.

»Daß du mir ohne jedweden Rückhalt mitteilst, auf welche Weise du in den Besitz des Geheimnisses gekommen bist.«

Einen Augenblick schwieg sie, dann hob sie niedergeschlagen an: »In Papas letzter Krankheit, die, wie du weißt, einen tödlichen Verlauf zu nehmen schien, forderte er mich auf, ihm verschiedene Papiere aus seinem Sekretär zu bringen – ich mußte sie vor seinen Augen vernichten; es waren Hirschsprungsche Dokumente, wahrscheinlich hatte er sie als Kuriositäten aufbewahrt . . . Machte ihn nun die scheinbare Nähe des Todes mitteilsamer, oder hatte er überhaupt das Bedürfnis, einmal über diesen Vorgang zu sprechen – genug – er weihte mich ein –«

»Und schenkte dir ein gewisses Armband, nicht wahr?« warf der Professor grimmig ein.

Sie nickte schweigend und sah flehend und hilfsbedürftig zu ihm auf.

»Hältst du den Vorfall nach dieser Erklärung noch für die Erdichtung einer Wahnsinnigen?« wandte sich der Professor kalt lächelnd nach seiner Mutter um.

»Ich weiß nur, daß diese Person«, sie deutete zornbebend auf die junge Frau, »an Faselei und Unverstand alles übertrifft, was mir bis jetzt vorgekommen ist! . . . Da ist aber der Eitelkeitsteufel, der läßt einem keine Ruhe, da muß man solch ein seltenes Armband umlegen, das bewundern die Leute und sehen auch so nebenbei den schönen, weißen Arm!«

Die Regierungsrätin fiel aus ihrer Rolle als schmerzlich Büßende und schleuderte einen wilden Blick auf die Tante, die plötzlich eine ihrer schwächsten Seiten schonungslos ans Licht zog.

»Ich will nicht weiter erörtern, Adele, wie es dir bei deinem Gemüt, dessen Reinheit und Schuldlosigkeit du bei jeder Gelegenheit betonst, möglich gewesen ist, gestohlenen Schmuck zu tragen«, sagte der Professor scheinbar ruhig, aber in seiner Stimme grollte es dumpf, wie vor dem Ausbruch eines heranziehenden Gewitters. »Es bleibt dir selbst überlassen zu entscheiden, wer strafbarer ist, ob die arme Mutter, die Brot für ihre hungernden Kinder stiehlt, oder die reiche, elegante Frau, die im Wohlleben schwimmt und den Diebstahl liebevoll protegiert ... Daß du aber die Stirn haben konntest, diesen veruntreuten Schmuck um die reine Hand des Mädchens zu legen, welches dir dein Kind gerettet hatte – du sagtest dabei ausdrücklich, das Armband sei dir sehr wert, aber für Ännchen könntest du das Liebste freudig opfern, daß du es ferner gewagt hast, im Hinblick auf die Abkunft jenes Mädchens dich auf den hohen Standpunkt einer makellosen Abstammung zu stellen, alle Tugenden reinen Blutes für dich beanspruchend und sie in die Sphäre der Verdorbenheit hinabstoßend, während du um die Tat deines Vaters wußtest: das ist eine empörende Infamie, die nicht streng genug gerichtet werden kann!«

Die Regierungsrätin wankte, schloß die Augen und griff mit unsicher tappender Hand nach dem Tisch, um sich festzuhalten.

»Nun, ganz unrecht hast du nicht, Johannes«, sagte die große Frau, indem sie die Wankende zwecks der Erwekkung derb am Arm schüttelte, ohnmächtige Frauen waren ihr ein Greuel, »ganz unrecht hast du nicht, aber dein letzter Ausspruch klingt denn doch zu stark! Eine grenzenlose Dummheit war's freilich, allein deshalb darfst du doch nicht vergessen, was du Adeles Stellung schuldig bist ... Der Vergleich mit der armen Frau war – nimm mir's nicht übel – ein wenig albern ... Es ist ein bedeutender Unterschied, ob man ›herrenloses Gut‹ findet oder mit allem Vorsatz anderen Brot stiehlt ... Aber das ist auch wieder so eine von den abscheulichen neumodischen Ideen, daß man Vergleiche zieht zwischen dem gemeinen Volk und den Höhergestellten; es befremdet mich sehr, solche Dinge aus deinem Mund zu hören. Ebenso ist es geradezu unverantwortlich, ein Mädchen wie die Karoline einer Frau von Stand in der Weise gegenüberzustellen, solch eine Dirne –«

»Mutter, ich habe dir bereits heute nachmittag im Garten erklärt, daß ich die unverzeihlichen Angriffe auf die Ehre dieses Mädchens nicht mehr dulden werde!« rief der Professor, und die gewaltige Zornader erschien auf seiner Stirn.

»Oho, mehr Beherrschung und Achtung, mein Herr Sohn, wenn ich bitten darf! Du stehst vor deiner Mutter!« gebot sie, während sie abwehrend die Hand gegen ihn ausstreckte, ein vernichtender Blick zuckte aus ihren kalten, grauen Augen. »Du spielst dich ja vortrefflich auf als Ritter dieser hergelaufenen Prinzessin; da wird mir freilich nichts anderes übrigbleiben, als ihr auch meinen Respekt zu Füßen zu legen!«

»In diese Lage wirst du auch kommen, Mutter«, antwortete er mit großer Ruhe auf den beißenden Hohn, und seine Augen hefteten sich fest und durchdringend auf ihr Gesicht. »Du wirst ihr die Achtung und den Respekt nicht versagen dürfen, denn – sie wird mein Weib werden!«

Und es geschah wirklich, das Unerhörte – das alte Kaufmannshaus blieb stehen nach dieser Erklärung, die Erde öffnete sich nicht, um die kleine Stadt samt dem mißratensten aller Hellwigs zu verschlingen, wie die große Frau in der ersten entsetzensvollen Bestürzung vermutete ... Er selbst stand dort, kaltblütig und unerschütterlich, das Bild eines Mannes, der mit sich abgeschlossen hat und an dem

Weibertränen, Krämpfe und Zorneswüten machtlos abprallten wie die Wellen am felsenharten Ufer.

Frau Hellwig war förmlich zurückgetaumelt – die Regierungsrätin aber erwachte aus ihrer halben Ohnmacht und stieß ein hysterisches Gelächter aus. Der verklärende Schleier fiel vom Haupt herab auf den Nacken, und die zerstörten Locken, in welchen noch die halbverwelkte Purpurrose von heute nachmittag hing, ringelten sich wie Nattern um die gerötete Stirn.

»Da hast du deine vielgepriesene Weisheit, Tante!« rief sie gellend. »Jetzt triumphiere ich! ... Wer hat dich inständig gebeten, dies Mädchen um jeden Preis zu verheiraten, ehe Johannes käme? ... Mir sagte es eine untrügliche Ahnung beim ersten Anblick dieser Person, daß sie unser aller Unglück werden würde ... Nimm du nun auch die Schande auf dich, gegen welche du dich geflissentlich blind gemacht hast! – Ich aber werde sofort nach Bonn abreisen, um den Professorenfrauen zu verkünden, welcher Art die neue, kleine Kollega ist, die nächstens in ihren exklusiven Kreis eintreten wird.«

Sie stürzte zur Tür hinaus.

Währenddessen war die Erstarrung der großen Frau gewichen. Sie umgürtete sich mit ihrer ganzen eingebildeten Hoheit und äußeren Würde.

»Ich habe dich vorhin offenbar falsch verstanden, Johannes«, sagte sie scheinbar sehr gelassen.

»Wenn du das glaubst, so werde ich meine Erklärung wiederholen«, versetzte er kalt und unbeugsam. »Ich werde mich mit Felicitas d'Orlowska verheiraten.«

»Du wagst es, mir gegenüber diese wahnsinnige Idee festzuhalten?«

»Statt einer Antwort frage ich dich: Würdest du mir auch jetzt noch deinen Segen zu einer Verheiratung mit Adele geben?«

»Ohne weiteres. Sie ist eine standesgemäße Partie – ich kenne keinen größeren Wunsch.«

Der Professor wurde dunkelrot im Gesicht; man sah, wie er die Zähne zusammenbiß, um eine Flut heftiger Worte zurückzuhalten.

»Mit dieser Erklärung hast du den letzten Rest von Berechtigung verloren, in einer meiner wichtigsten Lebensfragen mitzusprechen«, preßte er, sich mühsam bezwingend, hervor. »Daß dies moralisch durch und durch verdorbene Geschöpf, diese erbärmliche Heuchlerin, mein ganzes Leben vergiften müsse, kommt also nicht in Betracht ... Du sitzest ruhig hier in deinem stattlichen Haus, und es genügt dir vollkommen, von deinem fernen Sohn sagen zu können: ›Er hat sich standesgemäß verheiratet!‹ ... Diesem unbegrenzten Egoismus gegenüber erkläre ich dir, daß ich um jeden Preis glücklich werden will, und das kann ich nur mit jenem armen verachteten Waisenkind, das wir einst so grausam mißhandelt haben!«

Frau Hellwig stieß ein rauhes Hohngelächter aus.

»Noch halte ich an mich, nicht das Schlimmste auszusprechen!« rief sie mit zuckenden Lippen. »Vergiß nicht: ›Des Vaters Segen bauet den Kindern Häuser, aber der Mutter Fluch reißt sie nieder!‹«

»Willst du behaupten, dein Segen vermöge Adeles moralische Gebrechen wegzuwaschen? ... Ebensowenig kann dein Fluch wirken, wenn er auf ein schuldloses Haupt fällt ... Du wirst ihn nicht aussprechen, Mutter! Gott nimmt ihn nicht an – er fällt auf dich zurück und macht dein Alter einsam und liebeleer!«

»Was frage ich danach? ... Ich kenne nur zwei Dinge, an die ich mich halte, die meine Richtschnur sind: Ehre und Schande! ... Du hast meinen Willen zu ehren, und kraft dieser Pflicht wirst du deinen unsinnigen Ausspruch widerrufen!«

»Nie! Es ist mein letztes Wort!« rief der Professor und verließ das Zimmer, während sie mit ausgestreckten Armen wie eine Bildsäule stehen blieb. Ob diese verzerrten, blutlosen Lippen den Fluch gesprochen? Kein Laut drang heraus in den Hausflur, und wenn es geschehen, er wäre spurlos verhallt – der Gott der Liebe gibt nicht ein so furchtbares Werkzeug in die Hände der Bösen und Rachsüchtigen!

Durch das große Viereck des Vorderhauses huschten bereits die Schatten der hereindämmernden Nacht. Sturm und Gewitter hatten ausgetobt, aber noch flatterten dunkle, zerrissene Wolkengebilde über den Himmel.

Droben im ersten Stock wurden Türen geschlagen, Kasten geschoben, und schwerfällige und behende Füße liefen auf und nieder – es wurde eingepackt auf Nimmerwiedersehen. »Da hätten wir also das Ende von ›Blümlein Vergißmeinnicht‹!« brummte Heinrich seelenvergnügt vor sich hin, indem er einen großen Koffer durch den Vorsaal trug.

Wie ruhig und gelassen gegen das Hasten und Poltern im Vorderhaus erschien das blasse Mädchengesicht im großen Bogenfenster des Hofes! Eine Küchenlampe brannte auf dem Tisch, und daneben stand das Köfferchen mit Felicitas' Kindergarderobe. Frau Hellwig hatte, den Missionsstrumpf in der Hand, von ihrer Estrade aus vor einer Stunde den Befehl gegeben, dem Mädchen ihren »Plunder« auszuliefern, »damit es keine Ursache habe, die Nacht noch im Haus zu bleiben . . .« Felicitas hielt eben noch das kleine Petschaft mit dem Hirschsprungschen Wappen gegen das Licht, als das bleiche Gesicht des Professors im Bogenfenster erschien.

»Kommen Sie, Felicitas! Nicht eine Sekunde länger sollen Sie in diesem Haus des Verbrechens und der bodenlosen Selbstsucht bleiben«, sagte er tief erregt. »Lassen Sie einstweilen diese Sachen hier, Heinrich wird Ihnen morgen alles bringen.«

Sie warf ihren Schal über und traf gleich darauf mit dem Professor im Hausflur zusammen. Er nahm ihre Hand fest in seine Rechte und führte sie durch die Straßen. Am Haus der Hofrätin Frank läutete er.

»Ich bringe Ihnen einen Schützling«, sagte er zu der alten Dame, die das Paar im erleuchteten, trauten Wohnzimmer freundlich, aber erstaunt empfing. Er ergriff ihre Hand und legte die des jungen Mädchens hinein. »Ich vertraue Ihnen viel an«, fuhr er bedeutsam fort, »hüten und beschützen Sie mir Felicitas wie eine Tochter – bis ich sie von Ihnen zurückfordern werde.«

Felicitas, die Johannes' Heiratsantrag angenommen hat, zieht mit ihm nach Bonn, wo sie zusammen leben.

XXVIII

Das junge Mädchen war nur durch einige Straßen und über zwei Schwellen gegangen; aber welch äußeren und inneren Umschwung hatten diese wenigen Schritte bewirkt . . . Hell und sonnig war es, wohin sie blickte – eine freie, gesunde Weltanschauung, lebhaftes Interesse für alles, was die Welt Schönes und Herrliches hat, und ein fröhliches, inniges Familienleben, das waren die Eigenschaften, die im Frankschen Haus vorwalteten. Felicitas befand sich somit in ihrem eigentlichen Lebenselement. Es war ihr ein süß-wehmütiges Gefühl, sich plötzlich wieder mit all den Schmeichelnamen nennen zu hören, die Tante Cordula ihr gegeben hatte – sie war sofort das Schoßkind des Frankschen Ehepaares geworden.

So sah die äußere Wandlung aus, die mit ihr vorgegangen – vor der inneren, tiefgehenden stand sie selbst in süßer Befangenheit . . . Sie hatte an jenem Abend auf die Aufforderung des Professors hin ohne weiteres ihre wenigen Habseligkeiten liegen lassen, im Hausflur hatte sie stumm ihre kleine Hand in seine Rechte geschmiegt und war mitgegangen, ohne wissen zu wollen, wohin ... Und wenn er sie weiter geführt hätte durch die dunklen Straßen, zum Tor hinaus – sie wäre mit ihm gepilgert über die ganze Erde, ohne ein Wort des Widerspruchs oder des Zweifels. Sie war ein seltsames Geschöpf, das bei aller feurigen Phantasie, bei einem enthusiastischen hochfliegenden Geist doch unerbittlich eine feste Basis für alles Tun und Lassen forderte. Die innigen Liebesbeteuerungen des Professors, sein angstvolles Flehen hatten ihr das Herz zerrissen, aber sie waren weit davon entfernt gewesen, ihren Entschluß zu erschüttern, eine innere Umkehr zu bewirken – es mußte etwas ganz anderes gesprochen werden, um dies Mädchen zu gewinnen, und er hatte es getan, jedenfalls ohne es zu wissen. Er hatte ihr bei Verweigerung des Buches gesagt: »Ich kann nicht anders handeln, und wenn mir als Preis die Versicherung geboten würde, daß Sie sofort die Meine werden wollten, ich müßte nein sagen.« Trotz der angstvollen Situation, in welcher sie sich damals befand, hatte ihr Herz doch aufgejubelt – die Kraft des männlichen Entschlusses, der Nachdruck, mit welchem er zur Geltung gebracht wurde, selbst um den höchsten Preis – sie waren die einzige Lösung der Frage gewesen, und da war es nun, das Vertrauen, ohne welches sie sich ein Zusammenleben mit ihm nicht hatte denken können!

Der Professor kam jeden Tag in das Franksche Haus. Er war ernster und verschlossener denn je, es lastete viel auf ihm. Der Aufenthalt in seinem mütterlichen Haus war unerträglich. Wahrscheinlich hatte die fortgesetzte, ungewöhnliche innere Aufregung endlich doch die stählernen Nerven der großen Frau erschüttert – sie wurde krank und mußte das Bett hüten. Sie weigerte sich zwar konsequent, ihren Sohn zu sehen – Doktor Böhm mußte sie ärztlich behandeln, aber der Professor war dadurch gezwungen, in X. zu bleiben.

Mittlerweile hatte er den Rechtsanwalt Frank, als Kurator der Hirschsprungschen Erben, in das Familiengeheimnis eingeweiht und ihm den festen Entschluß mitgeteilt, das Unrecht sühnen zu wollen. Alle Einwürfe, die der Freund vom juristischen Standpunkt aus versuchte, diese Sühne wenigstens zu beschränken, entkräftete der Professor stets durch die entschiedene Frage, ob er das Geld für ein ehrlich erworbenes halte, und das konnte selbst der Advokat nicht mit Ja beantworten. Übrigens meinte der Rechtsanwalt genau wie Frau Hellwig, wenn auch von einem anderen Gesichtspunkt aus, es sei dies ein Streiten um des Kaisers Bart, denn er glaube nicht an die Existenz der Hirschsprungschen Familie. Aber seiner Ansicht nach durfte dem strenggläubigen Verwandten am Rhein, dem hochangesehenen Herrn Paul Hellwig, eine tüchtige Nervenerschütterung nicht erspart werden, und deshalb wurde der wehrhafte Streiter Gottes zur Herausgabe der veruntreuten zwanzigtausend Taler aufgefordert. Der fromme Mann antwortete ruhig, mit dem gewohnten salbungsvollen Schwung, er habe allerdings diese Summe von seinem Onkel erhalten, als Tilgung einer alten Familienschuld, denn sein Vater sei von der Hellwigschen Hauptlinie übervorteilt worden. Woher der Onkel das Geld genommen, sei ihm völlig gleichgültig gewesen und mache ihm auch jetzt nicht die mindesten Skrupel – das sei nicht seine Sache. Das Geld befände sich in den besten Händen! Er betrachtete sich überhaupt nicht als Besitzer seines Vermögens, sondern als Verwalter, und zwar im Dienste des »Herrn«. Er werde den Besitz der Summe aus diesem Grund mit allen Kräften zu verteidigen wissen und es getrost auf einen Prozeß ankommen lassen . . .

Ziemlich ebenso antwortete Nathanael, der Student. Ihm war es »sehr egal«, was ein längst vermoderter Vorfahr vor so und so viel Jahren verschuldet hatte – er hielt sich durchaus nicht für verpflichtet, anderer Sünden weißzuwaschen, und wollte sein Erbteil auch nicht um einen Pfennig verkürzt sehen; auch er erwartete einen Prozeß in aller Gemütsruhe, wie er schrieb, und freute sich bereits auf den Moment, wo die mutmaßlichen Erben die Kosten und sein »überspannter« Herr Bruder seinen hochangesehenen Namen hinterdrein werfen würden.

»Da bleibt mir also nichts übrig«, sagte bitter lächelnd der Professor, indem er diese schriftlichen Zeugen Hellwigscher Ehrenhaftigkeit auf den Tisch warf, »als alles zu opfern, was ich an Erbteil und Ersparnissen besitze, wenn ich nicht auch Hehler und Mitwisser einer schlechten Sache sein will!«

So war allmählich das Ende der Ferien herangekommen. Frau Hellwig war wieder außer Bett, hatte aber entschieden erklärt, ihren Sohn vor seiner Abreise nur unter der Bedingung noch einmal wiederzusehen, daß er den ganzen »verrückten« Hirschsprungschen Handel als niedergeschlagen betrachte und seinen Entschluß, Felicitas zu heiraten, widerrufe – das genügte, um Mutter und Sohn für immer zu trennen.

Felicitas befand sich in einer schwer zu beschreibenden Stimmung. Solange sie im Frankschen Hause war, saß sie jeden Nachmittag zur bestimmten Stunde mit klopfendem Herzen am Fenster und sah verstohlen die Straße hinab – dann kam sie endlich um die Ecke, die kräftige männliche Gestalt mit dem mächtigen Vollbart und der ruhigen Haltung. Es bedurfte jedesmal der ungeheuren Selbstüberwindung, daß das junge Mädchen nicht aufsprang und ihm bis auf die Straße entgegen ging ... Dann kam er näher und näher, er sah nicht rechts noch links, er grüßte die

Vorübergehenden nicht – sein Blick haftete unverwandt auf dem Fenster, hinter welchem der Mädchenkopf sich scheinbar über die Arbeit neigte; endlich war der Moment gekommen, ach, das Leben schloß doch ein Übermaß der Glückseligkeit in sich, von der das junge Herz bis dahin nicht einmal geträumt hatte! – Der Professor sprach zwar nie mit einer Silbe über seine Liebe, Felicitas hätte denken können, dies Gefühl sei durch die letzten Ereignisse bei ihm völlig in den Hintergrund gedrängt worden, wären nicht seine Augen gewesen; diese stahlfarbenen Augen folgten ihr unablässig, sobald sie durch das Zimmer ging oder eine häusliche Verrichtung besorgte; sie leuchteten auf, wenn sie eintrat, wenn sie den Kopf von der Arbeit hob und ihm das Gesicht voll zuwandte. Sie wußte, daß sie noch »seine Fee war, die daheim auf ihn warten und an ihn denken sollte«, und in diesem Sinne empfing sie ihn auch bei seinen nachmittägigen Besuchen. Das Mädchen mit dem einst so eisenharten Sinn, mit dem haßerfüllten Blick und der kalt zurückweisenden Haltung ahnte nicht, welch ein Zauber und Liebreiz ihrem ganzen Wesen jetzt entströmte; alles Schroffe, alle Härten dieses vielgeprüften Charakters waren untergegangen in der süßinnigen, demütigen Liebe des Weibes.

Und da sollte nun morgen ein Tag werden, wo sie vergebens da am Fenster sitzen und ihn erwarten würde. In der stets ersehnten Nachmittagsstunde war er bereits weit, weit von ihr entfernt, zahllose fremde Gesichter hatten sich zwischen ihn und seine Fee gedrängt – es verging vielleicht ein ganzes, unermeßlich langes Jahr, ehe sie ihn wiedersehen durfte; was sollte das für eine Zeit werden, die nun kam? . . . Felicitas blickte in einen öden leeren Raum, in welchem sie sich nicht mehr zurechtfinden konnte – sie hatte ja ihr Steuer verloren.

Am Tag vor der Abreise des Professors saßen die Familie

Frank und Felicitas beim Mittagessen, als das Dienstmädchen eintrat und dem Rechtsanwalt eine Karte übergab. Ein jähes Rot der Überraschung schoß in sein Gesicht, er warf die Karte auf den Tisch und ging hinaus; auf dem kleinen, weißglänzenden Blättchen stand: »Lutz von Hirschsprung, Rittergutsbesitzer aus Kiel«. Man hörte draußen im Hausflur eine männliche Stimme, dann gingen die zwei Herren hinauf in das Zimmer des Rechtsanwaltes.

Während das Franksche Ehepaar sich über das Auftauchen dieses doch gewissermaßen in das Reich der Fabel versetzten Erben in einen lebhaften Gedankenaustausch vertiefte, saß Felicitas in großer Gemütsbewegung schweigend da ... Das arme Spielerskind, das, losgelöst aus jeglicher Familienverbindung, bisher einsam inmitten Fremder gestanden hatte, befand sich plötzlich unter einem Dach mit einem unbekannten Blutsverwandten ... War es ihr Großvater, oder ein Bruder ihrer Mutter? Hatte diese ernste ruhige Stimme da draußen, deren Klang dem Mädchen durch Mark und Bein gegangen, einst den Fluch gesprochen über die abtrünnige Tochter derer von Hirschsprung?

Der Ankömmling nannte sich genau wie sein ausgewanderter Vorfahr. Diese Linie der Hirschsprungs legte ersichtlich viel Gewicht auf ihre Ahnen; es ließ sich fast mit Gewißheit voraussehen, daß die Taschenspielertochter ihre Verwandtschaft mit dem Herrn Rittergutsbesitzer nicht ungestraft würde geltend machen können. Bei dem Gedanken an eine Zurückweisung empörte sich jeder Blutstropfen in Felicitas; sie schloß die Lippen fester aufeinander, als wolle sie damit jedes rasche Wort zurückdrängen, das ihr möglicherweise in der Aufregung entschlüpfen konnte. Dagegen ließ sich ihr lebhaftes Verlangen, den Mann zu sehen, nicht unterdrücken.

Bald nach der Ankunft des Fremden hatte der Rechtsanwalt den Professor zu sich beschieden. Die Konferenz der drei Herren dauerte weit über zwei Stunden. Während dieser Zeit der höchsten Spannung hörte Felicitas den Professor oft, aber mit ruhigem, gemäßigtem Schritte oben auf und ab gehen. Sie sah im Geist, wie der Mann der Wissenschaft gelassen seine schöne, schlanke Hand über den Bart gleiten ließ und dem Aristokraten ruhig Geld und Gut bot, um den Schandfleck von der Ehre seines Namens zu tilgen . . .

Später ließ der junge Frank seine Mutter bitten, Kaffee bereitzuhalten, er werde mit seinem Besuch nach Schluß der Geschäfte in das Wohnzimmer kommen. Felicitas besorgte das Nötige, und während sie noch in der Küche mit dem Ordnen des Kaffeegeschirrs beschäftigt war, hörte sie die Herren bereits die Treppe herabsteigen. Fast wollte ihr der Mut sinken, als sie den Fremden langsam und in ein Gespräch mit dem Professor verwickelt durch den Hausflur schreiten sah. Es war eine fast übergroße, schmale Gestalt, die in Haltung und Gebärden den feinen, formgewandten Weltmann, aber auch den gebietenden Herrn, den seiner bevorzugten Stellung sich bewußten Aristokraten unleugbar verriet . . . Ihr Großvater war der Fremde keinesfalls, dazu sah der feingemeißelte, sehr kleine Kopf mit dem kurzgeschorenen braunen Haar zu jung aus. In diesem Augenblick spielte freilich um die schmalen, dünnen Lippen ein verbindliches Lächeln, mit welchem er sich zu dem Professor hinüberbeugte, aber das schöne, scharfgeschnittene Gesicht mit dem gelblich-bleichen Teint war offenbar mehr geübt im Ausdruck herrischer Strenge als in dem der Güte und des Wohlwollens.

Felicitas strich mit bebenden Händen glättend über ihr Haar und trat in das Zimmer, nachdem die Köchin den Kaffee hereingetragen hatte. Die Anwesenden standen sämtlich in der einen großen Fensternische und wandten der leise Eintretenden den Rücken. Sie füllte geräuschlos die Tassen, nahm das Kaffeebrett und bot es mit einigen Worten dem Fremden – er drehte sich jäh um beim Klang ihrer Stimme, taumelte aber sofort zurück, als habe ein heftiger Schlag sein erbleichendes Gesicht getroffen, während das entsetzte Auge über die Mädchengestalt irrte.

»Meta!« stieß er hervor.

»Meta von Hirschsprung war meine Mutter«, sagte das junge Mädchen mit ihrer tiefen, melodischen Stimme, scheinbar sehr ruhig, setzte aber das Brett auf einen Tisch, weil die Tassen bedenklich zu klirren begannen.

»Ihre Mutter? – Ich wußte nicht, daß sie ein Kind hinterlassen hat«, murmelte Lutz von Hirschsprung, indem er Herr seines Schreckens zu werden suchte.

Felicitas lächelte bitter und verächtlich – teilweise über die eigene Schwäche, mit der sie sich, trotz aller guten Vorsätze, hatte hinreißen lassen, diesem Mann gegenüber ihre Abkunft einzugestehen. In seine schreckensvolle Überraschung mischte sich auch nicht ein Laut der Liebe oder des schmerzlichen Mitleids – sie fühlte sofort, daß sie eine Reihe von Demütigungen für sich heraufbeschworen hatte, sie mußte sie nun erleiden und hinnehmen in Gegenwart der Umstehenden, die, lautlos vor Erstaunen und Verwunderung, der weiteren Entwicklung des merkwürdigen Vorgangs harrten.

Mittlerweile wich die Bestürzung des Herrn von Hirschsprung, aber nur um einer peinlichen Verlegenheit Platz zu machen. Er strich sich mit der Hand über die Augen und sagte leise und stockend: »Ja, ja, ganz recht, diese kleine Stadt X. war es ja, wo die Nemesis die Unglückliche ereilt hat – eine furchtbare, aber leider gerechte Nemesis!«

Es hatte den Anschein, als kehre ihm mit diesem Ausruf die volle Gewalt über sich selbst zurück. Er richtete sich in seiner ganzen Länge auf und sagte mit der vornehmen Leichtigkeit des vollendeten Kavaliers zu den Umstehenden: »Ah, Pardon, wenn ich mich durch einen augenblicklichen Ausbruch hinreißen ließ zu vergessen, daß ich mich in Gesellschaft befinde! . . . Aber ich glaubte ein Familiendrama für alle Zeiten abgeschlossen und begraben, und nun tritt mir hier ein ungeahntes Nachspiel entgegen! . . . Sie sind also die Tochter des Taschenspielers d'Orlowsky?« wandte er sich an Felicitas, sichtbar bemüht, seiner Stimme einen Anflug von Wohlwollen zu geben.

»Ja«, versetzte sie kurz und stand ebenso hoch aufgerichtet ihm gegenüber. In diesem Moment trat die Familienähnlichkeit zwischen den beiden Gestalten scharf und schlagend hervor. Stolz war der vorherrschende Ausdruck in diesen edelschönen Linien, wenn er auch auf einer vielleicht grundverschiedenen Anschauungsweise beruhte.

»Ihr Vater hat Sie nach dem Tod seiner Frau in X. zurückgelassen? Sie sind hier aufgewachsen?« frug er weiter, unverkennbar betroffen durch die imposante Haltung des Mädchens.

»Ja!«

»Dem Mann ist freilich nicht viel Zeit verblieben, für Sie zu sorgen – soviel ich mich erinnere, ist er vor acht oder neun Jahren in Hamburg an Nervenfieber gestorben.«

»Ich erfahre erst in diesem Moment, daß er nicht mehr lebt«, entgegnete Felicitas bebend, während ihre Mundwinkel krampfhaft zuckten und eine Träne in ihr heißes Auge trat. Aber trotz der Gemütsbewegung, die ihr die Nachricht brachte, fühlte sie doch eine Art von schmerzlicher Genugtuung; Frau Hellwig hatte ja oft genug gesagt, ihr Vater ziehe als liederlicher Strolch in der Welt umher und frage wenig danach, was es andere Leute koste, sein Kind aufzufüttern.

»Ah, es tut mir leid, daß ich dazu berufen war, Ihnen diese niederschlagende Mitteilung zu machen!« rief Herr von Hirschsprung, bedauernd den Kopf hin und her wiegend. »Mit ihm haben Sie freilich den einzigen Verwandten verloren, der Ihnen nach dem Tod Ihrer Mutter geblieben ist ... Es gab eine Zeit, zu der ich der Vergangenheit dieses Mannes nachforschte – er hat von zarter Jugend an allein gestanden in der Welt – es ist beklagenswert, aber Sie haben niemand mehr von Ihrer Familie.«

»Und darf man fragen, Herr von Hirschsprung, in welcher Beziehung die Mutter dieses jungen Mädchens zu Ihrer Familie gestanden hat?« rief die Hofrätin, empört über die erbarmungslose Art und Weise, wie er Felicitas aus dem Bereich seiner adeligen Sippe hinauswies.

Ein fahles Rot flackerte über sein Gesicht ... So hinreißend das Erröten auf den Wangen der Unschuld ist, so widerwärtig berührt es uns in dem Gesicht eines hochmütigen Mannes, den wir im offenbaren Kampf sehen, ob er etwas Demütigendes vor uns verbergen soll oder nicht.

»Sie war einst meine Schwester«, antwortete er mit klangloser Stimme, aber das Wort »einst« scharf markierend. »Ich habe es geflissentlich vermieden, diese Beziehung zu betonen«, fuhr er nach einer ziemlichen Pause fest fort; »so wie die Sachen liegen, bin ich zu Erörterungen gezwungen, die mich möglicherweise rücksichtslos erscheinen lassen ... Ich muß dieser jungen Dame Mitteilungen über ihre Mutter machen, die ihr besser erspart geblieben wären ... Frau d'Orlowska hat in dem Augenblick, als sie dem Polen die Hand reichte, für alle Zeiten aufgehört, ein Glied der Familie von Hirschsprung zu sein ... In unserem Familienbuch steht nicht, wie gebräuchlich, hinter ihrem Namen, mit wem diese Tochter des Hauses vermählt war – in dem Moment, wo sie zum letztenmal über unsere Schwelle geschritten ist, hat mein

Vater mit eigener Hand ihren Namen durchgestrichen – das war tausendmal härter für ihn, als wenn er das Totenkreuz hätte hinzeichnen müssen ... Seitdem ist der Name Meta von Hirschsprung spurlos verschollen für uns – kein Freund des Hauses, kein Diener hat je gewagt, ihn wieder laut werden zu lassen; meine Kinder wissen nicht, daß sie je eine Tante gehabt haben – sie ist enterbt verstoßen, und war längst für uns gestorben, ehe sie auf eine so schreckliche Weise endete.«

Er schwieg einen Augenblick. Die Hofrätin hatte während dieser in wahrhaft vernichtender Weise gegebenen Enthüllungen ihren Arm um Felicitas gelegt und sie mütterlich-liebevoll an sich herangezogen ... Und dort stand der Professor – er sprach nicht, aber sein Auge ruhte unverwandt und innig auf dem blassen Gesicht des Mädchens, das abermals für seine tote, »vergötterte« Mutter so schwer leiden mußte ... Es entstand eine momentane, peinliche Stille. In diesem Schweigen lag unverkennbar eine strenge Verurteilung; auch der Sprechende vermochte nicht, sich diesem Eindruck zu entziehen – stokkend, mit unsicherer Stimme fuhr er fort: »Seien Sie versichert, daß es für mich eine sehr schwere Aufgabe ist, Ihnen in der Weise weh tun zu müssen – ich erscheine mir selbst in einem so – so unritterlichen Licht, aber, mein Gott, wie soll ich denn die Dinge anders als beim Namen nennen? ... Ich möchte gern etwas für Sie tun ... In welcher Eigenschaft sind Sie denn hier in diesem sehr ehrenwerten Hause?«

»Als mein liebes Töchterchen«, antwortete die Hofrätin an Felicitas' Stelle und sah ihn fest an.

»Nun sehen Sie, da haben Sie ja doch ein sehr glückliches Los gezogen!« sagte er zu dem jungen Mädchen, während er sich vor der Hofrätin verbindlich neigte. »Leider ist es nicht in meine Hand gegeben, mit Ihrer edlen Beschützerin zu wetteifern – die Rechte einer Tochter des Hauses dürfte ich Ihnen schon deswegen nicht zugestehen, weil meine Eltern noch leben; in ihren Augen würde leider der Umstand, daß Sie den Namen d'Orlowska tragen, vollkommen genügen, um Sie nie zu sich zu lassen.«

»Wie, die leiblichen Großeltern?« rief die alte Dame entrüstet. »Sie könnten um das Dasein einer Enkelin wissen und sterben, ohne sie gesehen zu haben? – Das machen Sie mir nicht weis!«

»Meine liebe Frau Hofrätin«, entgegnete Herr von Hirschsprung kalt lächelnd, »das stark ausgeprägte aristokratische Gefühl, ein hoher Sinn für die unbefleckte Ehre des Hauses sind Familieneigentümlichkeiten der Hirschsprungs, denen auch ich mich nicht entziehen kann – die Liebe kommt bei uns erst in zweiter Linie. Ich begreife die Anschauungsweise meiner Eltern vollkommen und würde genauso handeln, wenn sich eine meiner Töchter je vergessen sollte.«

»Nun mögen die Männer Ihrer Familie über diesen Punkt denken, wie sie wollen«, sagte die Hofrätin beharrlich, »aber die Großmutter – sie müßte ja ein Stein sein, wenn sie von diesem Kind hört und –«

»Gerade sie verzeiht am wenigsten«, unterbrach er die alte Dame in sicherer Überlegenheit. »Meine Mutter hat verschiedene Glieder alter Grafengeschlechter auf ihrem Stammbaum und hütet den Glanz des Hauses wie selten eine Frau ... Übrigens steht es Ihnen frei, meine sehr geehrte Frau Hofrätin«, setzte er, nicht ohne einen leisen Anflug von Spott, hinzu, »einen Versuch für Ihren Schützling zu wagen. Ich gebe Ihnen die Versicherung, daß ich Ihr Vorhaben, sofern mir überhaupt denkbar, sogar möglichst unterstützen werde.«

»O bitte, nicht ein Wort mehr!« rief Felicitas in namenloser Qual, während sie sich aus den Armen der alten

Dame loswand und die Hände derselben beschwörend erfaßte. »Seien Sie überzeugt, mein Herr«, wandte sie sich nach einer momentanen Pause ruhig und kühl, wenn auch mit zuckenden Lippen, an Herrn von Hirschsprung, »daß es mir nie einfallen wird, mich auf ehemalige Rechte meiner Mutter zu stützen – sie hat sie hingeworfen um ihrer Liebe willen, und nach allem, was Sie soeben ausgesprochen, hat sie dabei nur gewonnen ... Ich bin in dem Glauben aufgewachsen, daß ich allein stehe in der Welt, und so sage ich mir auch jetzt: Ich habe keine Großeltern.«

»Das klingt scharf und bitter!« sagte er leicht verlegen. »Aber«, fügte er mit einem Achselzucken hinzu, »so wie die Verhältnisse nun einmal sind, bin ich genötigt, Sie in dieser Art von Auffassung verharren zu lassen ... Im übrigen will ich für Sie tun, was in meinen Kräften steht. Ich zweifle keinen Augenblick, daß es mir gelingen wird, von meinem Vater eine anständige lebenslängliche Rente für Sie zu erwirken.«

»Ich danke!« unterbrach sie ihn heftig. »Ich habe Ihnen eben erklärt, daß ich keine Großeltern habe; wie können Sie denken, daß ich von Fremden Almosen annehmen werde?«

Er errötete abermals, allein jetzt war es das dunkle Rot der Beschämung, welche vielleicht zum erstenmal im Leben diese hocharistokratische Seele beschlich. In offenbarer Verlegenheit griff er nach seinem Hut – niemand hinderte ihn daran. Er berührte, sich gegen den Rechtsanwalt wendend, mit einigen fast geflüsterten Worten noch einmal das Geschäftliche; dann bot er, wie von einem plötzlichen Impuls bewegt, Felicitas die Hand, allein das junge Mädchen verneigte sich tief und zeremoniell vor ihm und ließ ihre beiden Hände langsam an den Seiten niedersinken ... Das war eine herbe Sühne, die das Spielerskind dem stolzen Herrn von Hirschsprung gegenüber für sich verlangte! Er wich bestürzt zurück, neigte sich mit einem Achselzucken vor den übrigen und verließ, vom Rechtsanwalt begleitet, das Zimmer.

Als die Tür hinter ihm ins Schloß fiel, schlug Felicitas mit einer heftigen Gebärde die Hände vors Gesicht.

»Fee!« rief der Professor und breitete seine Arme weit aus. Sie sah empor und – flüchtete hinein. Die Arme um seinen Hals schlingend, drückte sie ihren Kopf fest an seine Brust ... Der junge, wilde Vogel ergab sich für alle Zeiten, machte auch nicht den leisesten Versuch mehr aufzufliegen. Es war süß, in starken Armen geborgen zu rasten, nachdem er im einsamen Flug durch Sturm und Wetter sich fast zu Tode erschöpft hatte.

Bei diesem Anblick gab die Hofrätin ihrem vergnügt lächelnden Gemahl einen Wink, und beide gingen geräuschlos aus dem Zimmer.

»Ich will, Johannes!« rief das junge Mädchen und schlug die Wimpern auf, an denen noch die Tränen des kindlichen Schmerzes hingen.

»Endlich!« sagte er und legte seine Arme fester um die zarte Gestalt, sie war ja mit diesem Ausspruch sein eigen. Welch ein Gemisch von Glut und Zärtlichkeit brach aus den strengen, stahlgrauen Augen, die auf das glückselig lächelnde Mädchenantlitz niedersahen!

»Ich habe von Stunde zu Stunde auf das erlösende Wort gewartet«, fuhr er fort; »Gott sei Dank, es ist aus eigenem Antrieb gesprochen worden! Ich wäre sonst heut abend noch gezwungen gewesen, es zu veranlassen; ob es mir dann so süß geklungen hätte wie eben jetzt, ich bezweifle es! ... Böse Fee, mußten erst so bittere Erfahrungen über mich kommen, ehe du dich entschließen konntest, mich glücklich zu machen?«

»Nein!« rief sie entschieden und wand sich los. »Nicht der Gedanke, daß Ihre äußere Lage sich geändert habe, hat mich besiegt; in dem Augenblick, als Sie mir konsequent und entschieden die Zurückgabe des Buches verweigerten, kam urplötzlich das Vertrauen –«

»Und wenige Augenblicke danach, als das Geheimnis mir offenbar wurde«, unterbrach er sie und zog sie abermals an sich, »da erkannte ich, daß du bei aller Schroffheit, bei allem Trotz und Stolz, doch die echte, beseligende Liebe des Weibes im Herzen trägst. Du wolltest lieber entsagen, ehe du das Leiden einer schmerzlichen Erfahrung über mich kommen ließest ... Wir haben beide eine harte Schule durchgemacht, und – täusche dich nicht, Fee, über die Aufgabe, die dir zugewiesen wird! Ich habe meine Mutter verloren, mein Vertrauen an die Menschheit hat einen starken Stoß erlitten, und – auch das muß gesagt sein – ich besitze in diesem Augenblick fast nichts als meine Wissenschaft!«

»Oh, ich Glückliche, daß ich neben Ihnen stehen darf!« unterbrach sie ihn und legte die Hand leicht auf seinen Mund. »Ich darf freilich nicht hoffen, Ihnen das alles ersetzen zu können, aber was ein demütiges Weib irgend tun und ersinnen kann, um das Leben eines edlen Mannes zu erhellen, das soll gewiß geschehen!«

»Und wann wird dieser stolze Mund sich herablassen, mich du zu nennen?« fragte er, auf sie herablächelnd.

»Johannes, bleib nicht allzulange fern von mir!« flüsterte sie bittend.

»Ach, hast du im Ernst geglaubt, daß ich ohne dich gehen würde?« rief er leise lachend. »Wenn es sich in diesem Augenblick nicht so schön fügte, so würdest du heute abend erfahren haben, daß du morgen früh um acht Uhr, in Begleitung unserer lieben Hofrätin, mit mir nach Bonn abreisest. Die liebe, alte Mama hat dir ein wenig Komödie vorgespielt, mein Kind; droben im Staatszimmer stehen seit gestern die gepackten Koffer, und ich habe, unterstützt von ihrem Rat, selbst das Reisehütchen ausgesucht, das ich auf der trotzigen Stirne da sehen will ... Du bleibst vier Wochen als meine erklärte Braut im Haus der Frau von Berg, und dann – zieht eine kleine Frau neben das Studierzimmer des grimmigen Professors, der Falten auf der Stirne und bitterböse Blicke mit nach Hause bringt.«

❖

Herr von Hirschsprung legitimierte sich, respektive seinen noch lebenden Vater, als einzigen Erben, und das Vermächtnis der alten Mamsell wurde ihm ausgehändigt. Er erklärte die Ansprüche der Hirschsprungs an die Familie Hellwig bezüglich der unterschlagenen sechzigtausend Taler für vollkommen getilgt, nachdem der Professor die dreißigtausend Taler der Tante Cordula aus seinem eigenen Vermögen verdoppelt und somit das Kapital bis zu seiner vollen Höhe ergänzt hatte.

Für das verbrannte Bachsche Opernmanuskript mußte Frau Hellwig bare tausend Taler erlegen; sie fügte sich knirschend, weil sie von allen Seiten die Versicherung erhielt, daß ein Prozeß noch ganz andere Opfer von ihr fordern dürfte.

»Warum soll ich's leugnen?« sagte am Reisemorgen der Rechtsanwalt errötend und lebhaft erregt zu dem Professor, der reisefertig in der Fensternische neben ihm stand und auf seine Begleiterin wartete. »Ich gönne dir Felicitas nicht! ... Ich habe im ersten Augenblick dies seltene Geschöpf erkannt und werde lange Zeit brauchen, um zu vergessen ... Aber einen Trost habe ich dabei: Sie hat dich zu einem anderen Menschen gemacht und den sittlichen Rechten der Menschheit, ihrer unanfechtbaren guten Sache einen neuen Bekenner zugeführt ... Schlagender konnte meine freie und gewiß gesunde Ansicht über unsere sozialen Mißverständnisse nicht motiviert werden als durch den Umstand, daß – verzeihe mir die bittere Wahrheit – die stolzen Hellwigs den Angehörigen des verachteten Spielerskindes gegenüber Schwerschuldige waren ... Da stehen die einen und sehen hochmütig auf die anderen herab, und die blinde Welt ahnt nicht, daß es faul ist unter ihren gerühmten Institutionen, und daß der frische Luftzug der Freiheit nötig ist, um sie wegzufegen, die den Hochmut, die Herzlosigkeit und mit ihnen eine ganze Reihe der schlimmsten Verbrechen begünstigen.«

»Du hast recht, und ich nehme diese bittere Schlußfolgerung ruhig hin«, sagte der Professor ernst, »denn ich habe in der Tat schwer geirrt. Aber der Weg, den ich zurückzulegen hatte, war steinig, und deshalb gönne mir den Preis, den ich schwer erringen mußte.«

❖

Der Professor hat seine junge Frau in den »exklusiven« Kreis der Professorenfrauen eingeführt, und das ideal schöne Wesen an seiner Hand ist, trotz der boshaften Einflüsterungen der Regierungsrätin, mit Liebe und Bewunderung aufgenommen worden ... Es ist Wahrheit, was er einst so hinreißend gedacht hatte: Felicitas schmeichelt ihm die Sorgenfalten von der Stirne, und wenn er abends inmitten seiner gemütlichen vier Wände bittet: »Fee, ein Lied!«, da braust sofort die prachtvolle Altstimme auf, die ihn einst hinausgetrieben hat aus dem mütterlichen Haus in die Thüringer Wälder, der er entfloh, weil sie ihn unwiderstehlich hinüberriß zu dem wunderbaren Spielerskind.

Er hatte sämtliche Möbel aus der Mansardenwohnung nach Bonn schaffen lassen. Der Flügel und die Büsten samt der üppigen Efeudraperie schmücken jetzt Felicitas' Zimmer. Im Geheimfach des Glasschrankes bewahrt die junge Hausfrau auch jetzt noch das kostbare altväterische Silberzeug auf; den kleinen grauen Kasten samt Inhalt aber hat der Professor an demselben Tag verbrannt, an dem die Hirschsprungs das ausgleichende Kapital in Empfang genommen haben. Das Schuldbuch ist vernichtet, das Unrecht gesühnt, soweit menschliche Kräfte es vermochten, und Tante Cordulas Geist kann unbeirrt seinen hohen Flug weiter verfolgen.

Heinrich lebt in Bonn bei dem jungen Paar. Er wird hoch in Ehren gehalten und fühlt sich über die Maßen wohl; wenn er aber auf der Straße der in Samt und Seide gehüllten, jetzt ungeniert nach der neuesten Mode gekleideten Regierungsrätin begegnet, die stets den Kopf wegwendet, als habe sie das ehrliche Gesicht des alten Mannes nie gesehen, da schmunzelt er vergnüglich in sich hinein: »Das Blümlein Vergißmeinnicht hat doch nichts geholfen, gnädige Frau Regierungsrätin!«

Die schöne Frau kann übrigens ihren tadellos geformten weißen Arm nicht mehr mit dem Armring schmücken, ihr Vater hat ihn »gewissenhaft« mit dem Bemerken, daß er durch »Zufall und Irrtum« in seinen Besitz gekommen, an die Hirschsprungschen Erben ausgeliefert. Er lebt auf sehr gespanntem Fuß mit seiner Tochter, weil sie die »grenzenlose Dummheit« begangen hat, seinen Anteil an dem Raub zu bestätigen . . . Sie hat längst den Nimbus der Frömmigkeit und sanften Milde eingebüßt, beteiligt sich aber noch immer mit großer Ostentation an frommen Bestrebungen, während ihr Ännchen unter fremder Pflege einem sicheren Tod entgegenwelkt . . . Und er, der strenggläubige Verwandte am Rhein? . . . Es ist nicht zu denken, daß ihn die Nemesis auf Erden ereilt, er wird mit frommer Ergebenheit alles, was über ihn kommen mag, Prüfung nennen. Wir übergeben ihn deshalb dem öffentlichen Gericht; die empfindlichste Strafe für den Heuchler ist, daß ihm vor aller Augen die Maske vom Gesicht gerissen wird! . . .

Frau Hellwig sitzt nach wie vor hinter ihrem Asklepiasstock. Das Unglück ist endlich auch über ihre gefeite Schwelle geschritten; sie hat zwei Kinder verloren; ihren Sohn Johannes hat sie verstoßen, und eines Tages lief die Nachricht ein, daß Nathanael im Duell geblieben sei. Er hat viele Schulden und einen sehr befleckten Ruf hinterlassen ... Die eisernen Züge der großen Frau sind schlaffer geworden, und manchem will es scheinen, als neige sich der Kopf mit dem einst so starren Gepräge des Hochmuts und der Unfehlbarkeit oft recht müde auf die Brust ... Der Professor hat ihr vor kurzem die Geburt seines erstgeborenen Kindes angezeigt. Seit der Zeit liegt in dem Strickkörbchen, das bis dahin nur derbe blaue und weiße Knäuel mit grobem Faden beherbergt hat, ein zartrosiges Strickzeug, Frau Hellwig arbeitet nur verstohlen und zeitweise daran. Friederike schwört, es sei kein Missionsstrumpf, sondern ein allerliebstes Kinderstrümpfchen. Ob und wann diese zierlichen, rosaroten Dinger die strampelnden Beinchen des jüngsten Hellwigschen Familiengliedes umschließen werden, wir wissen es nicht, aber zur Ehre des Menschengeschlechts soll gesagt sein: Es ist keine Seele so verhärtet, daß nicht ein weicher Punkt, eine edle Regung, eine süßklingende Saite in ihr schliefe; sie wird sich freilich oft dieses inneren Schatzes nicht bewußt, wenn die Erweckung von außen fehlt. Aber vielleicht ist die großmütterliche Liebe solch ein ungeahnt warmer Punkt im Herzen der großen Frau, der, plötzlich angefacht, ein mildes Licht ausströmt und das übrige Eis des Innern schmilzt.

Hoffen wir, lieber Leser!

- Tod von Fritz Hellwig, alte Mamsell erscheint (37/38)
- Familienwappen auf Kleidung / am Haus (61)
- Fee entdeckt das Köfferchen (61)
- Fee entdeckt Armreif (84)
- Armreif der Regierungsrätin (122)
- Alte Mamsell - Paul Hellwig (126)
- Entdeckung des Manuscripts (129)
- Fee entdeckt den Namen „von Hirschsprung" auf den Grabstein der Mutter (187)
- Tagebuch löst das Rätsel (246)

Nachwort

Wie kommt es, daß sich keiner ein Lächeln verkneifen kann, wenn man ihm errötend gesteht, daß man an den Romanen der Marlitt Vergnügen findet? Wie kommt es, daß keine Literaturgeschichte und auch kein Literaturlexikon ihren Namen der Erwähnung wert erachtet? Wen ahmt sie nach? Wo ist ihr Vorbild? Wer will behaupten, daß sie nicht aus reinem Herzen und in ehrlichem Bemühen die Gestalten ihrer Romane geschaffen und mit ihnen gelebt hat, sie, die selbst ein schweres Schicksal mutig getragen hat? Wer will bestreiten, daß sie die Kunst des Erzählens beherrscht?

Wir müssen unseren Lesern die Antwort schuldig bleiben.

Tatsache ist es, daß die Romane von E. Marlitt zu ihrer Zeit, also in den zwei Jahrzehnten von 1866 bis 1886, von dem deutschen Leser begeistert aufgenommen wurden und zu den meistgelesenen Werken gehörten, wenn man bedenkt, daß die Familienzeitschrift »Die Gartenlaube«, zu deren Glanzstücken jene Romane gehörten, von 375 000 Familien abonniert war.

Dr. Friedrich Hofmann schildert in launiger Weise, mit welch großer Spannung das Publikum auf das Erscheinen jeder neuen Nummer wartete, wie der Bediente unten im Torweg stehenblieb und das Dienstmädchen unter der Treppe hockte, beide, um ihren Teil erst wegzulesen, ehe die verzweifelt harrende Herrschaft darüber herfallen konnte.

Was E. Marlitts Bücher dem kleinen Mann aus dem

Volke bedeuteten, das schrieb ein Arbeiter am Tage ihres Leichenbegängnisses im Juni 1886 an die Redaktion der »Gartenlaube«:

»In früher Morgenstunde las ich in einer hiesigen Zeitung von dem Heimgang der allverehrten Dichterin Marlitt. Diese Trauerbotschaft hat auf mich einen tiefen Eindruck gemacht, daß ich den ganzen Tag bei schwerer Arbeit nur an die dahingegangene Dulderin denken konnte. – Geehrter Herr! Der Ihnen diese Zeilen schreibt, ist nur ein Arbeiter. Was soll ich Ihnen sagen, wie lieb mir die Dichterin war, wie sie es so recht verstand, zum Herzen zu sprechen und armen niedergedrückten Gemütern Lebensodem einzuhauchen, damit sie weiterarbeiten können in der Alltäglichkeit? Ich habe die Geistesgaben unserer Dichterin stets mit Andacht gelesen und mich in den verschiedenen Lebensaltern daran erbaut und aufgerichtet: als Lehrling, als wandernder Handwerksbursch und als verheirateter Mann. Als Lehrling war ich verlassen, sie rief mir zu: Verzage nicht! Als Handwerksbursch war ich von der Welt mißachtet, sie tröstete: Verliere das Vertrauen nicht! Und wenn ich als verheirateter Mann mich manchmal in meinen Mußestunden durch das Lesen ihrer schönen Erzählungen über die Sorgen und Mühen des täglichen Lebens zu erheben suche, so ruft sie stets: Hoffe! Und wie ist es der Dichterin stets gelungen, dem Guten, Edlen und Schönen zum Sieg zu verhelfen! Sie war eine echt deutsche Dichterin, deren Namen unter den Edelsten der Nation immer genannt werden wird. Und Sie, verehrter Herr, werden sich wohl in Ihrem Schmerz damit trösten, daß unsere Dichterin nun ausruht von ihren Schmerzen. Ich aber rufe ihr ein ›Ruhe sanft!‹ in ihr letztes kühles Bett nach – es kommt vom Herzen.

Ein Arbeiter.«

Bitte beachten Sie
die folgenden Seiten

Eugenie Marlitt

Schulmeisters Marie/ Die zwölf Apostel

Ullstein Buch 23414

Ullstein

Die bewegenden Romane der Eugenie Marlitt (1825–1887) gehörten zu den meistgelesenen ihrer Zeit. Die gelungene Mischung aus Spannung, Gesellschaftskritik und anrührender Menschlichkeit findet auch heute noch begeisterte Leser.

»Der Erfolg der Marlitt ist dem Dumas' vergleichbar.«

Propyläen Geschichte der Literatur